浅笑低吟的风铃

南美兰 著

陕西新华出版
太白文艺出版社·西安

图书在版编目（CIP）数据

浅笑低吟的风铃 / 南美兰著. -- 西安：太白文艺出版社，2023.12（2024.1重印）
ISBN 978-7-5513-2432-8

Ⅰ．①浅… Ⅱ．①南… Ⅲ．①散文集－中国－当代 Ⅳ．①I267

中国国家版本馆CIP数据核字（2023）第211853号

浅笑低吟的风铃
QIANXIAO DIYIN DE FENGLING

作　　者	南美兰
责任编辑	曹　甜　关　珊
封面设计	四叶草
版式设计	建明文化
出版发行	太白文艺出版社
经　　销	新华书店
印　　刷	三河市嵩川印刷有限公司
开　　本	787mm×1092mm　1/16
字　　数	340千字
印　　张	24.5
版　　次	2023年12月第1版
印　　次	2024年1月第2次印刷
书　　号	ISBN 978-7-5513-2432-8
定　　价	79.80元

版权所有　翻印必究
如有印装质量问题，可寄出版社印制部调换
联系电话：029-81206800
出版社地址：西安市曲江新区登高路1388号（邮编：710061）
营销中心电话：029-87277748　029-87217872

洗尽铅华始见真

董信义

  散文是作家心性、情感、体验的真实表达，它不是客观的场景纪实，而是要在作家智慧的思想和丰沛的文采中见心性。一个好的散文家，不能仅停留在记录真实上，还要体悟出真实深处潜藏的思想，并通过文字让人们产生对诗意和远方的追求和向往。

  南美兰虽然出道较晚，但她是懂得散文是要表现什么、给人什么的。她以女性的细腻和敏锐，捕捉生活的色彩；以平实的文风和率真的性情，给散文注入活力。在她的散文中行走，眼眶会湿润，心灵会感动。无论停留于何处，都有一番叫人回味、怀想、远望的情愫。

  南美兰很执着，也很浪漫。她的外表看起来安静，而内心却有春水涌动。这种感觉是透过她的散文散发出来的。一个有爱的人，怀揣着对美好的向往，人生处处是风景，生活处处是诗意。在《乡恋深处》这一辑里，她将母爱的无私与博大，人生的烟火和况味，以及对故乡的思念与感怀，写得生动感人。她的散文中没有大的场面，没有暴风式的气势，只有泉水淙淙，风铃声声，把赤子之心种在故乡的泥土里，叫人畅想。无论是记忆中的年味还是麦收时节布谷鸟的叫声，都传达着作者对故乡的迷恋和热爱。

  如果说南美兰的散文是一条清澈、欢快又隐含忧思的河流，那么，她对家人的呵护、理解、关心、牵挂，又构成了她散文河流中一股源源不断的支流。对丈夫的信任和依恋，也在她的散文中体现出来。在恋爱中包容体贴的丈夫，在商海中杀伐果断的丈夫，在家庭中开明儒雅的丈夫，都让她自豪。她把这种爱毫无遮蔽地倾吐了出来，可以看出她的真诚、坦荡和娴雅。而她对子女的爱与关怀，又是那样的无私和博大。家人的互信互爱使得南美兰活得通透、洒脱、优雅。

人常说，人品即文品。一个追求至真至善人生的作家，她笔下的文字就如春夜喜雨或者秋望麦田。南美兰是一名教师，为人师表的她，内心如山花般烂漫。她笔下的散文，除了描写亲情、友情和乡情，还蕴含家国情怀。她有赤子之心，她笔下的散文见忠诚、见赤情、见性灵，写出了一个有良知有担当的文化人的时代感和使命感。

在阅读《浅笑低吟的风铃》这本书时，能够看出南美兰是一个喜欢旅游的知性散文作者。她的游记散文，行文自然，不求一景一物多具象，而注重描写情景入心后的难忘记忆。她的大多数游记散文都颇有灵气，且不失雅致和华美。如果把通感和诗意的写法融入其中，那么，她的游记散文将给人更多的回味。同时，如果把游记散文中记录的生活体验和在生活中感悟出的哲思糅合在一起，那么，她的散文品格和意境则将会更高妙、更悠远。

当然，我们不能要求每一个散文作者都能写出有格调、有高度、有品位的作品。但作为一个知性的散文作者，必须有思接千载、心游万仞的气度和情怀。南美兰明白，写作是人心灵的一次遨游和飞翔，但如果不脚踏实地，那么写出的作品自然会失之偏颇。从她所写的影视评述类文章来看，她能透过影视剧呈现的故事和人物去寻找自己在现实中的精神家园。这个家园里有她追求卓越的念头，也有她破茧成蝶的愿望。因而，她参加了很多征文活动。她说，不为获奖，只是想和外界有一个交流的渠道。让一个孤傲的灵魂在夜深人静的时候，能听到风铃声声。那样，也是非常美好的。

也许，她散文的境界和格调就藏在她文字的背后，但我们在阅读《浅笑低吟的风铃》时，常常有扼腕叹息之意在心头流动。也许，这与她对文字打磨提炼的时间稍短有关。这是问题，也不是问题，关键在于作者如何化解，如何破茧。如果能继续坚持读书、思考、写作，在风铃声中分辨春夏秋冬，感知人世冷暖，那么，南美兰的散文道路将会走得更稳更远。

是为序。

2022 年 6 月 13 日

董信义：中国作家协会会员、中国人民银行作家协会副主席、咸阳市作家协会副主席、咸阳散文学会会长，已出版作品十二部，部分作品获奖并被多家报刊转载。

目录 CONTENTS

乡恋深处

致我记忆中的年味	003
我在老王会开心逛	008
再逛老王会	012
哦，那时的麦收时节	016
芒种小记	021
清明情思	024
情暖女儿心	029
乡恋深处我的发小啊	031
母亲节——感恩父母	036
老父亲的作业	039
怀念公公爸	042
母校感怀	047

爱住我家

我的爱情故事	053
我爱我的老公	056
我的学车记	059
我和女儿的高考	062
周六烟火气	065

暑假秦岭散心散记 068
国庆西安赛格行 070
体验地铁 073
铿锵母女三人行 076
两个小棉袄的温暖 082
我家有女初长成 085
难忘今日 088
陪你一起过周末 091
暑假陪小宝故事三则 094
女儿的作文体验课 098
小宝的生活点滴记录 101
为你欢喜为你忧 105
我想要说给你听 108
为天娇中考加油 112

好友情谊

拜访作家同学 117
我的作家朋友 119
我的闺密 122
大学同学相聚 125
高中同学小聚 128
闺密好友相聚 130
两件礼物舞出的诗意美丽 133
缘分让我们走近 136
匠心独具巧设计,读写结合提素养 138
铿锵玫瑰,助力抗疫 141

风一样的女子　火一样的情怀	145
青春路上追梦人	147

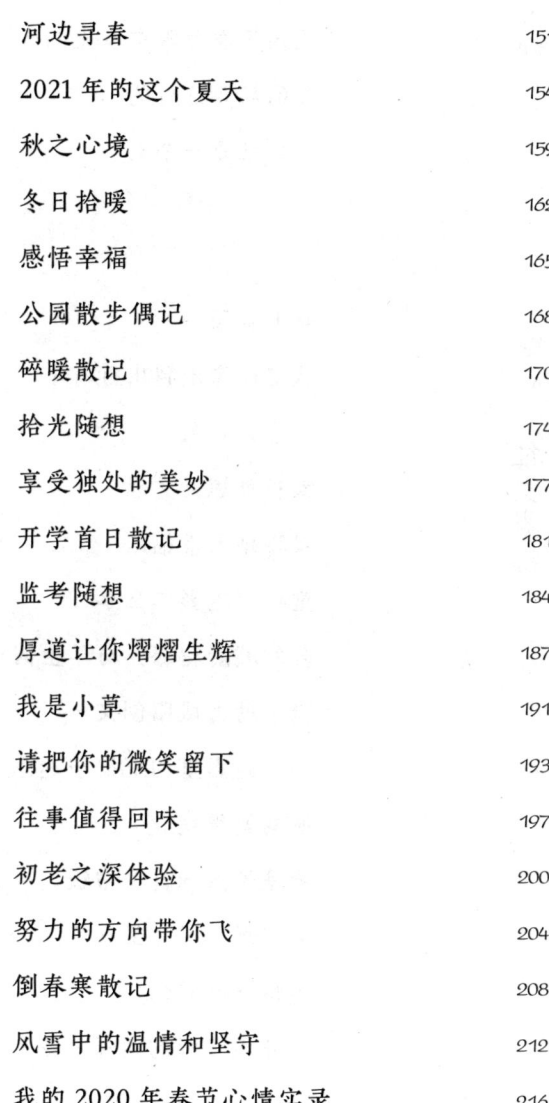

生活感悟

河边寻春	151
2021年的这个夏天	154
秋之心境	159
冬日拾暖	162
感悟幸福	165
公园散步偶记	168
碎暖散记	170
拾光随想	174
享受独处的美妙	177
开学首日散记	181
监考随想	184
厚道让你熠熠生辉	187
我是小草	191
请把你的微笑留下	193
往事值得回味	197
初老之深体验	200
努力的方向带你飞	204
倒春寒散记	208
风雪中的温情和坚守	212
我的2020年春节心情实录	216
抖音杂谈	221

影视况味

《江南爱情故事》观后感	229
电影《半生缘》观后感	232
漫步西影厂	235
平凡的无奈　刺骨的温暖	240
让孩子成为眼中有光的人	243
我们都要好好的	247
一生只爱一个人	252

征文集锦

爱上咸阳	257
从交通靠走到出行有车	260
但愿人长久	264
家长里短话党恩	269
双脚踏上幸福路	274
童年看电影二三事	279
我的减龄秘籍：与学生同欢笑共成长	283
携手助力咸阳创文	289
杏花疏影里的沉醉与遐思	292
愿老妈得欢欣	295
最是情浓味真家常饭	300
醉美新兴平　最抚凡人心	303
疫情下的我们仨	306
盛开在云端的网课之花	311

旅游杂记

百里画廊半日游	317
汉中赏花行	319
壶口瀑布一日游	321
夏游小雁塔	325
兴庆宫公园雨中游记	328
民盟一日游	332
仲夏新疆之行	338
非常6+1的芽庄之行	345
我的欧洲之行	354

后　记　　　　　　　　　　377

乡恋深处

乡恋深处

致我记忆中的年味

逝者如斯夫！似乎就是一转身，这一年就已接近尾声，新的一年正在向我们招手，又要过年喽！

过年，曾经是一个多么让人畅想又期待的时刻，可以拥有那么多整年都梦寐以求的美事，可以穿花衣、吃美味、放鞭炮，还可以走亲戚、领红包、看新女婿新媳妇。更为期待的是，可以不用干家务，不用做功课，可以玩它个昏天黑地！多么美好的盛大节日啊！

可如今，离过年也没几天了，周围的人们依然四平八稳，生活如常，似乎没有多少急于打扫收拾屋子、置办年货的急迫劲和神圣感。这让我在心里禁不住深深地怀念小时候过年时的情景。

常言说，过了腊八就是年！在我的老家，从腊八开始，就拉开了腊八会的序幕。天天有集，集市很大，四里八乡的人都来赶集，开始给娃们扯布缝制新衣服，开始一点一点地置办年货。记得那时候，过完腊八，我就扳着手指头，数着还剩多少天就过年。那时候，日子过得好慢好慢，等得我好辛苦！那时候，人们出行靠走，最多是自行车，交通不像现在有平坦的公路、现代的车辆这么便捷。所以，赶集置办年货需要好几次，一是分批转运，二是货比三家，以求达到花最少的钱，办最好的事！

那时候，我还是一个爱臭美的小姑娘，每次去赶集，对于买鞭炮呀、买菜呀、买肉呀都不是很感兴趣，唯一让我留恋驻足的事就是扯花布、扯床单。那时候，一些家境不好的人家，用自己的土织布给娃做衣服，颜色

浅笑低吟的风铃

非黑即蓝，或是蓝白格子，与集市上卖的花布一比，奇丑无比！一些家境可以的，就给娃扯布做一身衣服，一是因为那时候成衣稀少，二是因为做衣服省钱划算。

我妈妈是裁缝，那时候，我家有村上唯一的缝纫机。我妈妈为人和善，干活干净麻利，能裁能缝，所以，从腊八开始，到我家里来求我妈做衣服的人就很多。妈妈做活很细致，通常先要把衣料过水，以确认衣料是否会缩水，再把衣料整理平展，铺开在炕边，拿尺子、粉笔量画出剪线，熟练利索地裁剪、缝制、熨烫，最后成衣。

每每此时，我就在旁边一边玩耍一边观看，最爱听的就是妈妈裁剪衣服时的嚓嚓声和缝纫机缝纫衣服时的嗒嗒声。那是一首首欢快的歌谣，流淌在我童年的记忆里；那是一支支多彩的画笔，斑斓了我童年的色彩！

时间缓缓地流淌，到了腊月二十三，这也是一个标志性的日子——祭灶，离过年更近了，已经能嗅到更浓的年味了！记得那时候，我妈妈忙着给人做衣服，我奶奶老当益壮，体谅妈妈，家里的三顿饭，还有年前的打扫，她都一个人默默进行。她把祭灶这活动看得很神圣很严肃，这一天，她一大早就开始发面，开始剁葱花，做油泼面，下午等面发好，就开始烙饦饦馍，等馍烙熟，锅盖一揭，那面香、油香、葱香，扑鼻而来，溢满屋子，我和两个弟弟上手想吃，总被奶奶呵斥，说是要让灶王爷先吃先品，我们于是嘴噘脸吊，闷闷不乐。这时，奶奶便教导我们说，灶王爷是一个很大的神，他管着我们全家的衣食温饱，必须虔诚对待，好让他上天言好事，回宫降吉祥。再者，家人吃了祭过灶爷的饦饦馍，这一年也会平平安安、顺顺利利，好运相随。每每这时，我们才破涕为笑，也会模仿着奶奶，跪在灶王爷像前，两手合十，许愿祈祷，磕上三个响头。

盼啊盼啊，终于到了腊月三十，这时大多数人家的年货已置办停当，大扫除进行了，年馍也蒸好了，年肉也炒好了。这一天，到我家来找我爸写春联的人络绎不绝，我爸很是热心，有求必应，为此，早早就准备好了割纸的小刀，摆好桌子，备好笔墨，外加一本楹联书。那些略有文化的人，他们就自己翻书，选他们中意的内容；对于那些不太识字的人，我爸就给他们念,让他们自己选,服务贴心,乐此不疲!

我呢,这一天,也和好几个小伙伴凑在旁边,我爸写的时候,我负责拉平春联,以防墨水流洒。我爸每写完一联,我都会和他小心翼翼地把春联放到一边的地上,等其风干,再帮忙收拾好上联、下联、横批,并记好哪副是哪家的,有时还跑腿送春联。

小孩子记性好,到现在我还能张口说出几副春联,比如:欢天喜地度佳节;张灯结彩迎新春。横批:家庭幸福。再比如:五湖四海皆春色;万水千山尽得辉;横批:万象更新。还比如:天增岁月人增寿;春满乾坤福满楼;横批:四季长安。这样的春联,文化底蕴深厚,每每读来,使人饶有兴味。红红的春联,喜庆祥和美丽,渲染了年的氛围,染红了我对年的记忆!

大年三十傍晚,年已然到来,空气中溢满了年的味道。你听,鞭炮声噼里啪啦,此起彼伏!你看,每家春联红艳,喜气迎门!你再看,小孩子们已经穿上新衣新鞋,串门嬉闹,放炮玩乐!此时,我和我的小伙伴们疯跑追逐,约好了大年初一好好地玩乐一下,跳一天的格子!

吃过年夜饭,天完全地黑了下来,我们一家人坐在我奶奶的热炕上,聊天说地,总结今年,展望来年。每每此时,我们小孩子们只顾吃糖嗑瓜子剥花生数红包,对大人们的话懵懵懂懂,只记得,家人们围坐在一起,陋室里播撒的都是情,弥漫的都是爱!满满的幸福环绕着我们!我还记得我们把这叫守岁,十二点一到,立马出门放炮。据说,大年初一这一天,谁家的炮放得越早,谁家的运气越好!

其实,大年三十晚上,熬不到十二点,我们早已人困马乏,手里攥着压岁钱,呼呼酣睡,一直睡到天大亮,才被一波一波的鞭炮声吵醒,和小伙伴们约好的六点就起床见面玩耍的约定随风而去!

按我们这儿的风俗,大年初一早上一定是要吃臊子面的,臊子面的面是手工挂面,做挂面用的是我们关中自产的优质小麦面粉,经若干步骤拉成细丝,晾晒风干,分切成筷子那样长。这种面的特点就是易于保存,吃时操作简单,来多少客人都不会有怕不够吃或做不出的压力。但臊子面的

浅笑低吟的风铃

浇汤是有讲究的，首先肉臊子是必需的，其次，还要有菜臊子，豆腐、韭菜、香菜、虾皮，丰盛得很！这种大餐在当时不是每天都能吃到或想吃就能吃到的，所以，我总憋足了劲要美餐一顿。印象中，我似乎至少能吃三碗呢，典型的吃货啊！

还没吃完饭，小伙伴们已经找上门来，所以，我匆匆吃完饭，就迫不及待地去和小伙伴们跳格子，尽情地玩耍。跳累的时候，就手拉手找同学玩，从村东逛到村西，从村南浪到村北。那时候，我们村的城门道是最热闹的去处，好多在外干事的乡党都回来了，乡亲们穿着新衣，抽着香烟，天南地北、五湖四海，好不亲切，好不热闹！我当时觉得他们的世界好大好大，他们谈论的每一个地方都是我的向往！

说来也怪，年前数着星星盼着月亮盼来的大年初一转瞬即逝。正月初二这一天，按照我们这儿的风俗，嫁出去的女儿要领着女婿孩子回娘家拜年，订了婚的小伙子和大姑娘也要去未来丈母娘家或未来婆家拜年，稀罕得很！那时候，人们相对封建保守，家人把这头一回看得又重要，人们闲聊时，早就知道了今年谁家媳妇要回来，谁家女婿要登门。在大人们的渲染下，新媳妇新女婿被蒙上了层层神秘的面纱，在我们小孩子们的眼里，似乎是天外来客，我们比主人家还急迫，不停地向路口张望。新人刚进村口，我们这帮孩子就像一群信鸽，立马飞奔，第一时间把信息传递给主人家，然后一直尾随着新人，目送其进入家门，然后，每隔一会儿，就趴在新人坐的房间门口羞怯地偷看。新女婿新媳妇呢，则是略显羞涩，会不好意思地发糖果给我们吃。看了新人，得了糖果，我们会立马兴奋地四散而逃！

过完了初二，人们继续走亲访友，日子又回归常态，在我们小孩子看来，年似乎已过完，日子似乎又快了好多。

时光飞逝，不知不觉，我已年过四十。最近这些年来，物资丰富，资讯发达，超市的一站式服务省去了人们置办年货的艰辛，商场里的排排衣服实现了人们天天穿新衣的美梦，街道上的特色饭店经常丰富着我们的味蕾，便捷的手机连通了全国各地，甚至世界各国。可以说，我们天天都在过年！但是，这种年似乎又缺少些什么。在心底，我十分怀念小时候过年时的那种年味，那么的朴素，那么的悠长！

浅笑低吟的风铃

我在老王会开心逛

在我的老家兴平北塬上的南位镇一带，每年农历十月十五开始，都有一个为期五天的盛大的古会——老王会，我们也叫十月会。

说起老王会，在塬上一带，名气大得很啊，它不但历史源远流长，朴素厚重，让人感慨自豪，而且来历也颇具英雄气概、侠肝义胆，让人心生敬意！

老王会距今已有五百多年的历史。据兴平县志记载：在明朝末年，关中大旱饥荒。兴平旱塬地带的北乡（现在的南位）更是凄凉。百姓卖儿卖女、吃草根、剥树皮。然而，当时的官府催粮仍很紧，百姓为此苦不堪言。为了解救百姓于水火之中，当地有王姓兄弟五个人前往官府求缓征、免征。然而，官府以"聚众闹事"为由，对五个人治以重罪，以致五人惨死。这个事迹感动了当地群众。为此，有十三个村子的群众为了感念王氏五人的恩德，特立此会纪念。

今年古会的东道主是我的老家御阡村。十三年才能当一次主办村，多么难得！我自豪！我盼望！我激动！我早早就数着日子，狠狠地憋着一股劲，一定要安排好时间，回去好好逛逛！

我之所以如此热衷盼望，有两个主要原因：一是多年未回老家了，思乡心切，非常想回去走走我曾走过的乡间小路、坑洼街道，看看如今老家的村容村貌、邻里乡亲。二是对古会怀有怀旧情结，想起小时候，每年的老王会真是小孩子的天堂和乐园。依稀记得，跟着大人去逛会，能吃到好吃的，能玩到好玩的，更重要的是能买到过年穿的花衣裳！

老王会为期五天，根据传统，在十月十七有盛大的搭火戏，即下一年的主办村要敲锣打鼓、扭秧歌、跑旱船前来敬神并祝贺，作为今年的主办方也要以礼相待，锣鼓迎接。最值得一提的是，还有自古流传下来的祭品，那就是双方都要宰杀一头大肥猪，系上大红绸缎，披红戴花，并让宰杀的大肥猪趴在锣鼓队的车上或多人抬着，招摇过市，伴着震天响的锣鼓，在秧歌队的花枝招展中，在人群的如潮簇拥下，相聚于大戏台下。两队会合，暗中PK，争奇斗艳，高潮迭起；领导讲话，追昔抚今，催人奋进；群众助威，鸣炮放铳，热闹非凡。这是古会最有意义的一天里最有看头的时候。

以上就是古会的前世今生，你说，盛大不？以上就是我对古会的千千情结，怀旧吧？归心似箭，那么，还等什么？走，逛会去！

于是，就在今天早上，我早早出发，就是想亲眼见证搭火戏热火朝天的场面。怎奈，走到南位村的时候，路上车辆行人已开始多起来，车速如龟，无奈，只能将车停在路边一户人家门口，步行前往。其实步行也挺好的，一是能锻炼身体，二是还可尽情张望这曾经熟悉的一切。

这条乡间小路，曾经是土路，尘土飞扬的，现在已是水泥路面，还算平整。我上学时，走过无数次，但自从上大学后，就几乎没再走过。今天，走在这条路上是那么的亲切，那么的美好。另外，路上逛会的人那真是人山人海啊！有步行的，有骑自行车的，有骑摩托车的，有开着蹦蹦车的，有小两口引着娃的，有三五好友搭伴的，有儿子开车载着老人的，总之，摩肩接踵，行进缓慢。

看路的两边，全是商贩。卖的东西五花八门，应有尽有，有各种小吃，有各种服饰，有各种苗木，有各种蔬菜。卖得最多的是本土小吃，有油糕油饼麻花，有凉皮凉粉豆面糊，有扯面炒饭羊肉泡，有包子饸饹浇汤面，各具特色，热气腾腾，色香诱人！

最拉风的是有商贩拿着话筒，巧舌如簧，外加现场演示，竭力售卖自

浅笑低吟的风铃

己的商品。最具人气的是歌舞团、游乐场、大戏台子，歌舞团和游乐场是中青年和孩子们的乐园。你听，歌舞团那儿的音乐时而劲爆，时而轻柔，时而民族风，时而国际范，那里被中青年围得水泄不通！你看，游乐场那儿有旋转木马、空中转椅、充气城堡、碰碰车等，孩子们或独自，或由大人陪同，忐忑不安，但又兴味十足，体验刺激，感受快乐！你再看，那些坐在大戏台下看戏的老人们，大多数都是秦腔迷，对于台上演员们吼的秦腔戏，看得如痴如醉，看到高潮时，鼓掌喝彩；看到入迷时，咿咿呀呀。还有一些老汉，三五一堆，噙着烟锅，聊天说笑；还有一些老婆，捏着帕帕，家长里短；还有一些孩子，手拿吃食或玩具，追逐嬉闹。这一切的一切，都是我儿时的场景，都是那么熟悉，那么亲切，那么朴素、实在、有趣！

我边走边看，饶有兴致，无奈人多，拥挤难行。对于期待看的搭火戏，也只能听闻其声，难睹真容了！遗憾得很！

不过，让我无憾的是，我回到了老家，在老家的门前看了看，在老家的房子里坐了坐，在老家的院子里转了转，留恋怀念。想起小时候，每次吃饭的时候，就在那个向阳的墙根，就在那个打扫得光亮的土场，我们一家，还有左邻右舍的大人孩子，晒着太阳，咥着干面，说着笑话，听着故事，是那么质朴和谐，其乐融融！只可惜，几十年后，墙根依旧，昔人不在！我的爷爷奶奶，以及与他们年岁相当的那些邻居乡亲，大爷大婆、大伯大妈，如今都已作古。似水流年，物是人非啊！让我高兴又惊讶的是：他们的后辈长成了我记忆中曾经的他们。

在老家留恋拍照后，我又到我小时候玩的城壕树林徘徊追忆，还好，戏台就在城壕边，能让我在听着秦腔戏的时候，看着热闹，忆着往昔。后来，我又趁着逛会，走遍了村子的角角落落。村子变化真大呀！原先村子只有两条正街，道路坑坑洼洼，两边土房低矮。如今呢，四条街道，水泥路面，两边砖混小楼，瓷片贴面，干净洋气！再看乡亲屋里，水磨石地面，院中花园，冬青葱郁，菊花飘香，房子里，家具齐全，床铺温馨，还挺高大上的！这一切，让我高兴，让我惊叹！

我逛到一点多时，和家里来的亲戚们一起吃羊肉泡，人真多呀，等了好长时间。好在天公作美，外面不冷，还有阳光，我们聊着天，也不觉得等得辛苦。和姨们姑们的聊天，就像这冬日阳光，让人心里暖暖的、亲亲的！希望姨们、姑们身体健康，十三年后我们还能再相聚！

吃完饭后，我又回到老家，在老家的角角落落又看了看。感谢勤劳善良、热情好客的老爸老妈，为了这次过会亲戚们来时，能有个歇脚处、喝水处，事先专程从城里回来打扫清理了整整两天，听说枯树叶、烂树枝就拉了十几车子！这才有了亲戚们来时，依然是十几年前的那种感觉，干净、整洁、熟悉、温暖！我也希望父母身体健康，心情舒畅，十三年后，这个院落依然宾客盈门，欢声笑语！

下午四点多，我们依依惜别，从我村往南位村步行时，我们鞋上、裤腿上沾满灰尘，我们很累，腿脚沉重，但是，我的心里很踏实、很兴奋！感谢这次老王会，让我梦回老家，重走了儿时乡路！感谢老王会，让我见到了邻里乡亲！感谢老王会，让我看到了村貌巨变！感谢老王会，让我见到了七姑八姨！感谢老王会，让我们了解了历史，传承了历史，学会了感恩！

正如戏台两边的巨幅对联描述的那样：念昔日抗粮五烈士流芳百世，看今朝免税众乡亲康乐万年！真心祝愿，我可爱的老家，越来越富裕！真心祝愿，古老的老王会，越办越红火！

浅笑低吟的风铃

再逛老王会

2019年11月13日,农历十月十七,我们老家北塬上的老王会拉开了序幕。按照传统,这一天有声势浩大的搭伙戏,所以,一大早,四里八乡的人三五成群,像潮水一样,朝着今年的东道主村定周村一波波地涌来。

秧歌扭起,旱船跑起,锣鼓喧天,热闹非凡!受这火热气氛的感染,被少小乡情亲情呼唤,我也不由得十分激动,心潮澎湃,在为期五天的大会上,玩得很嗨!

光荣着老冯的光荣

今年的东道主村定周村,是生养我们老冯的故乡,是他少年时成长的地方,所以,他热爱这方水土,牵挂父老乡邻,关注家乡发展。

老冯十六岁全家离开家乡,到城里上学生活,毕业后积极创业,有欢笑,有泪水,有豪冲霄汉的成功快乐,也有陷入低谷的失意徘徊。好在苦心人天不负,这几年,他也小有成绩。业余时间,闲暇之余,他喜欢读书,特别喜欢历史、哲学,酷爱古诗词,经常吟诗填词且高产。兴致一来,经常学着李太白的样子,一手背在身后,一手摸着光溜溜的下巴,轻踱几步,来上一首诗或一阕词,惹得我哈哈大笑。不过,笑归笑,我还是挺佩服他的,他的诗词符合平仄,押韵顺畅,道理深厚。正因如此,在醉美新兴平这一方文学江湖里,他有"十二诗圣"之一的称谓!

正是基于他工作上的小成绩和文学方面的小才华，更是基于他对家乡发展的热情关注和眼界格局的开阔高远，所以，他受到村委会班子的竭力邀请，作为村子在外工作的杰出代表，在上万人的大会上做的热情洋溢又十分接地气的发言，受到一致好评！特别是他提到的乡愁乡恋与爱国主义文脉的传承，提到的举办老王会的学习与思考的六个方面的精神传承，深刻而有意义，值得我们反思。我为他高兴！为他骄傲！

快乐着老妈的快乐

老王会有着五百多年的历史。据说，在明朝的时候，有一年，关中大旱，兴平北塬这一带的旱情尤为严重，民不聊生，十分凄苦。但官府征粮任务不减反增，为了抗粮，这一带十三个村子的人提议反抗，派王氏五兄弟前去官府商议，但遭到了官府的镇压和杀害。为了纪念王氏五兄弟的壮义之举，十三个村子决定立会纪念。就这样，十三个村子轮流办会，流传至今。

一个村子十三年才轮一次呀，所以，轮到哪个村子时，那个村上下全力齐欢腾。村委会商议安排大会各项活动，村民每家每户打扫庭院招待亲朋，神圣又热闹！正因为以上渊源和传统，所以，从小生活在这里的人们对此会非常有感情，这是真正的乡恋乡愁。在外的游子，远方的亲人，都会因本村老王会的举办而不远迢迢万里归来。你许久许久未见的人，在老王会期间，都会邂逅，然后，拉手寒暄，拍其肩背，踢其屁股，骂其死到哪儿去了，好不随和亲切！

今年，我老妈，一个七十五的老太太，竟然也在老王会上参加同学聚会了！真没想到！真为她高兴！是在这次会上，我才听我们当地人说，老辈人常说，人一辈子活的岁数也就是本村举办三个老王会的时间长短。噢，是的，在过去，生活条件不好，物资匮乏，人的平均寿命也就五十岁左右。而今呢，生活水平大大提高，不缺吃不缺穿，人们追求的是精神的富足。御阡中学1961级健在的老人家们能相聚在一起，很是新潮！实属难得！这真是国家发展强大，社会进步的阳光照耀在了这些夕阳红老人的身上！让他们也张开了嘴、眯起了眼，笑成了朵朵黄菊花！

开心着同学的开心

在会上，各种聚会一桌一桌的，有战友聚会，有同学聚会，有亲戚聚会，有家人聚会，我目睹了他们的亲切热火，我亲耳听到了他们的聚后感慨！不易呀，难忘呀，珍重呀，总之，千言万语汇成一句话，我们都要好好的。

受其感染，平常沉默好静的我，也在我的高中同学群里喊了一嗓子，招呼同学们来逛会。同学们挺热情的，有空能来的都赶来了，实在脱不了身的就只能心怀遗憾了，不过，遥远的贺电发来了，还有红包雨也在群里下了一阵。参会的同学呢，也把酒言欢，吃菜叙旧，还不忘录几段视频，在群里来个实况直播！

当然了，拍照留念是少不了的。照相时，男同学是比较随意和不太修边幅的，而女同学呢，已差不多半百的岁数了，典型的中国大妈，丝巾、剪刀手、笑脸、八颗牙是标配！噢，对了，今儿天气给力，蓝天白云，阳光灿烂，热得大家都没戴时尚的帽子，哈哈，帽子也是中国大妈的照相必备哦！再看所照照片，男同学虽已发白头秃，但老成持重，男人味十足！女同学呢，虽皱纹细密，但风韵犹存，少女情怀依旧！哈哈哈……

来的十五个同学聊得热火朝天，不觉天已擦黑，只能依依惜别。我和来得晚的薇薇、格娟又逛了夜会，吃了热油饼、凉面皮、豆面糊，很简单，却丰富，因为那是挥之不去的浓浓的儿时的味道和记忆！

我们三个还在大戏台子那儿转了转，听了会儿高亢狂野的吼秦腔，很亲切，挺舒服的，还在大戏台上寻找童年，照相留影。在这儿，我真的似乎看到了小时候那个长着一双水灵灵充满好奇的大眼睛、扎着两条小马辫、穿着小花袄的我自己！正围着舞台，这儿瞅瞅，那儿看看，再和小伙伴追逐打闹一会儿，银铃般咯咯的笑声传得很远很远……

天公作美！在过会这几天，天气一直特别给力，天气晴朗，蓝天白云，没有大风，不热不冷，所以此次老王会比上几次过会的人更多、更热闹。可以说，此次老王会真的办得顺顺利利、轰轰烈烈！乡党们商贩们真正地逛美了，吃美了，购物美了！

通过此次大会，乡党、亲人、朋友、战友、同学又多了感情的联络，增进了革命友谊，真的特别令人欣慰，值得永远珍藏于心！真心祝愿大家相互珍重，期待下次再见！更愿老王会的精神文化传承愈加浓厚深远，也愿乡党们继续践行社会主义核心价值观，把家乡建设得更加富强、和谐、美好！我们坚信明天会更好！

浅笑低吟的风铃

哦，那时的麦收时节

早上打开手机，我习惯性地浏览一直关注着的几个本地公众号，读到了几篇关于三夏大忙的文章，看到了农村抢收麦子的照片，觉得特别亲切。这些文字和照片把我的思绪拉向了久远的过去，如开闸的回忆汹涌而来……

我有十几年的农村生活经历，除了上学读书外，也是经常参加农村劳动的，对于三夏大忙、龙口夺食等火热的抢收抢种的场景，还是有深刻印象的。

记得那时候，田野十分广阔平坦，春天，麦苗返青后，一望无际的麦田和田边的各色野花给人无尽的希望和诗意。初夏，麦子即将成熟，颗粒一天天地饱满，麦秆一天天地变黄，丰收在望，农人既欢喜又熬煎。欢喜的是，热腾腾的白蒸馍在桌上向你微笑哩；熬煎的是，割收麦子颗粒归仓是一件浩大费人的农事，得全村总动员，全家齐上阵。

农活把式我爷

小时候，还是传统的农耕时代，国家也刚实行包产到户政策。爷爷是一家之主，多年的生产生活经验已经把他打磨成了一个农活把式——噢，好多年没用过"把式"这个词了，乡音未改鬓毛衰，这会儿不知怎的，它就跳出了我的脑海。告诉你吧，把式大概就是行家里手，能起示范作用的意思。麦子快黄的时候,邻村就开始有忙前会了,爷爷在把家里原有的农具拿出来收拾检查好,弄清楚需要更换的、还需要添置的之后,就上会去,置办好一套工具:镰、杈、钐子、木锨、草帽、磨刀石等,准备割麦。

我还记得割麦的程序,先是割完一片菜籽地,进行光场,即把地整平,洒上水,洒点灰,再用碌碡多次碾轧,直到场地瓷实又平整。光脚走在上面,凉爽又舒服呢!麦黄了,爷爷就带领我们全家去割麦,割一大抱麦后,捆成捆,竖起来,割完后,用架子车装好拉回场里,码好堆成垛,然后再看天气,分批摊场、碾场、翻场、扬场、晒麦、装口袋、归粮囤。这一切都是需要统筹和技术的,蛮干是不行的,爷爷把这一切都安排得有条不紊,大概二十天后,麦收结束。这里,要特别感谢我家的那头被爷爷养得膘肥体壮的老黄牛,在从地里拉麦,在场里碾场,在拉粪犁地的时候,它可帮了我们大忙了呢!

手中有粮心不慌,看着冒尖的麦囤上边还趴着一圈粮食口袋,爷爷乐开了花。爷爷后来得病去世得早,没有赶上现在的好时代,离开我们已近四十年,早已魂归大地。这里我想深深地纪念一下他,他名叫南毓芳,之所以记得这么清楚,是因为那时我家的口袋上都写着他的名字,通过他的名字,我不仅深深地记住了毓这个字,不会闹笑话把它念错写错,而且对钟灵毓秀这个成语也感到特亲切呢!

家务里手我婆

三夏大忙的时候,骄阳似火,农活很繁重,还要抢时间。因为早上麦子还有潮气,不好割;中午天最热的时候,麦秆很干燥,就好割多了。所以,人们往往就头顶烈日,汗流浃背,抢割快收。这么重的活,必须保证好后勤工作,做饭烧水的活就交给了我婆。

我婆是地道的关中妇女,印象中她头上顶着帕帕,穿着大襟子袄,裤脚还常扎着带子,以便干活利索。她的确麻利勤快、心灵手巧,茶饭做得很好。每天一大早，她就给家人做好早饭，烧好开水晾凉，以便家人吃饱喝足后提上一电壶开水、一黑瓷罐凉开水，再去下地收麦或碾场。家人走后，我婆还要收拾打扫庭院、喂鸡喂猪、清洗大家换下的脏衣服。紧忙慢忙，日头已到头顶，又得做午饭了。午饭还是变着花样的，今天煎饼卷菜，明天面皮稀饭，后天又是油泼四棱子面。

我最爱吃我婆做的凉调四棱子面了。人的胃是有记忆的，直到现在，我隔三岔五就要做一回这饭，以安慰在外吃得乏味的味蕾。其做法相对简单，先和面，和得稍软一点，再醒半小时，在醒面的时候，你可以择菜、切菜、燣菜，还要剥蒜、砸蒜，油泼蒜和辣子，调好醋水备用。接下来再揉面、擀面、剺面、煮面，最后用笊篱把面捞出锅，在案板上晾凉，再多焯些绿菜和自家泡的黄豆芽备用。

万事俱备，只等人回。当晒得满脸通红、累得筋疲力尽的家人回来的时候，能直接吸溜一老碗蒜香扑鼻的凉面，再到炕上打着呼噜，美美地午休那么一会儿，那真是人间最幸福的事，再苦再累都值了。

小时候，还有麦客，当人们收麦忙不过来的时候，就干脆掏钱雇麦客帮忙收麦。麦客这种职业现已消失，他们是20世纪90年代以前陕甘宁地区流动的帮人割麦子的人，也是那时候农民外出打工的一种方式，他们自背铺盖，聚集在县城或集镇，等人雇佣挣钱，出门的下苦人很不容易，我记得我婆对他们管饱喝好，不扣工钱，临走时还送给他们每个人三五个蒸馍。多么善良勤劳的我婆啊！

我爸妈和我姐弟仨

前面说过我爷是一家之主，是我们的坚实靠山。不幸的是，我爷在1984年的时候因病过世，年仅六十岁。我记得那时候爸妈特别难过和无助，因为，我爸那时候虽然已三十多岁，但他年轻时动过一场大手术，不能干重活，又因一直教书也不太会干农活，家里还有我小姑和我们这帮小孩子，该咋办呀？熬煎呀！

人常说，车到山前必有路。人也是被逼出来的。我记得，在我爷去世后，我妈带领我们姐弟仨割麦，为了避免我们小孩子们争多论少、挑肥拣瘦，她也活学起了包产到户政策，在把我们带到要割的那片麦地的时候，她用步给我们量距离，割完就奖冰棍，我们都很乐意呢。有一件趣事，就是小弟他小嘛，给他分的地比我们少几步，他也割得快，割完后，歇了一会儿，就高兴地在小水渠那儿跳来跳去玩，一不小心，踩到了镰把，镰刃翘起，割破了他的胳膊肘，害得拉麦累了在抽烟的我爸赶紧摁灭烟头，跨上自行车，带着我弟飞一般地向卫生院奔去。

20世纪80年代末的时候，兴起了打麦子的脱粒机，村人也买了好几台。用脱粒机打麦子确实是一大进步，大大地提高了干活效率，省去了代代传承的碾场、翻场、扬场等又慢又累的工序。用脱粒机打麦，是按小时收费的，这就需要劳力上得多，从麦垛上往下扔麦捆的，解开麦捆的，把麦捆抱到机子跟前的，往机子里塞麦子的，在脱粒机那头装麦粒的，把麦秆运走的，真是繁忙紧张的一条龙作业啊。

我们那时候小，出不上大力，多亏了父母平时为人处世善良随和，人缘还是很不错的，才有了左邻右舍随叫随到的帮忙，当然还要感谢当时民风的淳朴，族人的团结，才使得我爸我妈在最初独立自主对付三夏大忙时少了很多的杂乱无章和手忙脚乱。

我妈过日子是勤俭节约的，生活中是爱归整爱干净的，这是优点，也是缺点。1987年的时候吧，在脱粒机脱麦时，她发现传送带那儿掉落了一些麦秆，就想用手去捡拾，没想到飞转的带子削去了她右手中指的一块肉，伤到了筋，血流不止。她只做了简单的包扎，节俭使她不再去医院复查，结果那根筋再没有长直，如今伸开手掌时，小半截指头只能斜竖着，没法伸直，夏天出汗的时候，汗水集聚在褶皱处，奇痒难耐，但这丝毫没有影响我妈对于我们日常生活的打理和付出。

正因为农村生活的苦和累，也因为赶上了倡导知识改变命运的教育政策，我妈总是现身说法，督促我爸带我们认真学习，力争鲤鱼跳龙门。我和我弟确实是时代的幸运儿，考上大学，脱离了农村，外出学习工作。在这里，我也想对我爸妈说，你们辛苦了！

光阴似箭，日月如梭。我已有几十年没再干过农活了，更没有经历过如火如荼龙口夺食的三夏大忙了。今天看过我们本地公众号关于收麦的文章和照片后，我更深切地感受到了科技的伟大。现如今的收割机，只要开进麦地，干净的麦粒直接装袋，繁多的麦秆直接被打碎，成了能再利用的有机肥料，几个小时直接收完，骄傲地宣告麦收结束，农人们要做的就是再晾晒干麦粒，就这，还听说很快收割机会设计加入烘干系统，出来的直接就是干麦粒，可以直接入囤呢。

这些年来，我们的科学技术日新月异，我们的国家日益强大，我们的生活越来越好。城市化的进程也在不断推进，进城务工的人越来越多，却出现了一个不容忽视的问题，这就是城市框架的拉大占用了好多原先的良田，农村的良田因收益倒挂出现了很多的撂荒，每每想起都让人感到忧伤和可惜。希望这个问题得到应有的重视和合理的解决，重现良田风吹麦浪万顷碧波荡漾的美好画面，毕竟，人是铁饭是钢，民以食为天啊！

芒种小记

今天的天气真好,蓝天白云,阳光明媚,小区里红花绿草,鸟语花香,阳光透过茂密的树枝,洒在嫩绿的草坪上、砖红的小径上,斑驳横斜,疏影摇曳,一切是那么的美好,让人觉得生机勃发,心中充满无限欢喜。

今日也是芒种,这是二十四节气中的第九个节气,是夏季的第三个节气,意味着像麦子这样带芒的作物进入收获时节,谷黍类作物也开始播种了。所以也叫忙种,这是农人们最忙的时节。

风吹麦成浪,蝉鸣夏始忙。今年没空出去看麦田,但在朋友圈里也能看到麦子的生长变化,看到绿油油的青麦一日日地长成金灿灿的样子,就像是看到可爱的小朋友长成壮实的小伙子,让人内心喜悦。

每当夏风轻轻掠过,麦田如海浪般此起彼伏,那饱满的麦穗,是沉甸甸的收获,让我很高兴,总是忍不住要多看几遍,真想冲出去也在麦田里转一转、疯一疯,真切地感受丰收在望的喜悦呀!

忽然想起了两年前的端午前夕,我带老爸老妈去渭河边看麦子,在桑镇老街吃饭。饭后,我们沿乡间小路返回。一路上沃野千里,风吹麦浪,葱绿的树木,金黄的麦子,白白的水泥路,不时有农人在路上走过,在地头观望,好一派悠然安静、自得其乐的乡村画卷!

我高兴地给老爸老妈照了一些照片。他们也是久居斗室,未出县城多日,回到熟悉的乡村,看到熟悉的田园,心情自然也是开阔了好多,兴致

浅笑低吟的风铃

勃勃的。

老爸老妈在小区还种了几样蔬菜,作务得挺勤的,他们把建楼时遗留的好多小石子小水泥砟子捡了一遍又一遍,还买了一小袋化肥、一长截水管,细心侍弄着各种蔬菜。就像是养了个小孙子,又喂吃又喂喝,还不时拔拔草松松土,像是给菜们挠痒痒似的。不过,他们说,施了农家肥的地土质疏松不会板结,而且种出的菜好吃一些。一堆粪,一堆粮,一个粪蛋蛋,一碗米饭饭,是真的哟!

所以,当他们看到路边大树下的一堆农家粪时,立即欢喜起来,说想弄点回去给菜施肥。要知道,农村现在养牛养羊的人不多了,好多人都出去打工挣钱去了,所以,我们小时候家家门前或地头都有的粪堆已鲜少能看见了。征得了人家的同意后,我在车上找了两个塑料袋,装了两小袋。人活着得有个盼头,老人在生活中必须得有心理寄托。每当把种的菜给我们提些,又给邻居们送些时,他们挺高兴的。这就好!老人一定要多活动或劳动,要多与人聊天交流,这样既锻炼了身体,又不觉孤独寂寞,才不会被无用感折磨。我真的支持他们!

在朋友圈里看着村里塬上的收割机有的已整装待发,龙口夺食刻不容缓;村里塬下的收割机已轰轰烈烈在田间开动,麦粒很快装袋拉回晾晒,我真的特别高兴,内心还有一点点急迫,真想飞奔回去也为三夏大忙做点什么。但现在机械化早已解放了农民,收割机收完麦子后有烘干机烘干麦子,腾出地后有玉米播种机再种上玉米,再也不是我们小时候用锄头挖小坑点玉米的时代了。

民以食为天,手中有粮心中不慌,人是铁饭是钢。这会儿,我又想起了前段时间一些地方出现的毁青麦现象,真的令人气愤和担忧!气愤的是刚过上了吃喝不愁的日子就忘了居安思危,根本不理解粒粒皆辛苦的不易,根本没有体会过一顿没得吃心中饿得慌的难受。把青麦割了做饲料卖钱追求经济?粮食危机真来时,拿着钱都买不来粮食!担忧的是,眼看着各种开发区不断拉大框架,征用了很多原来的良田,国家的耕地红线一定要守住守好呀!另外,种庄稼收入包不住投入的成本,挣不下钱,青壮年多去打工而撂荒了土地，好多村子已快成了空心村，也很让人觉得可惜，更觉隐隐忧患。

宝剑锋从磨砺出，梅花香自苦寒来。十年磨一剑，这会儿，我又想到明天就是一年一度万家瞩目的高考了。莘莘学子十二年寒窗苦读，起早贪黑，风里来雨里去，两耳闻着窗外事的同时，排除着干扰，一心只读圣贤书。明后天的高考就是他们的收获季，星光不负前行者，功夫不负有心人。愿高三考生们乘风破浪，此战必胜！另外，高二的学生已是妥妥的准高三了，时不我待，已扬起了风帆以梦为马。高一的还有点躺平思想的幼稚娃们目睹这全民保驾护航的高考阵势，掐指一算，幡然醒悟，已开始瑟瑟发抖暗暗发誓开始努力用心学习了……

汉代刘向有言："鱼乘于水，鸟乘于风，草木乘于时。"今日芒种，它提醒我们，一手收获，一手播种，忙闲有时，行止有度。希望乡党们在这农忙时节，抢收小麦颗粒归仓！并尽快趁着刚下了一场透雨的时机，抢种玉米。人误地一时，地误人一年。土地真的宝贵啊！希望参加高考的考生，沉着冷静，披荆斩棘，下笔有神，超常发挥，金榜题名！

芒种芒种，忙来忙去，有种有收。芒种不种，过期无用。芒而不茫，心有所向，身忙而心明。希望咱们大家都应时而变，顺势而为，把握时机。忙把希望种下，收获果实；忙把快乐种下，收获笑声；忙把问候种下，收获情意；忙把祝福种下，收获幸福！

清明情思

今年过年全家人在一起聊天的时候,老爸就表达了一个愿望,即清明节时,全家要聚齐,他想带着儿孙一起去给我爷我婆上坟。父亲今年虚岁已经八十岁了,他的这个愿望我们都能理解,在欢乐和隐忧中大家一致表示赞同。

但由于疫情,远在广东的小弟和在兰州的侄女,还有在西安上学的两个侄子都没法赶回来,近在咸阳的我和大弟必须担起责任,在清明节当天早早赶回兴平,接上老爸老妈,回老家上坟。

我们在老家虽然只待了三个多小时,但从踏进村口的那一刻起,我内心的记忆和想念就翻腾不止,让我心绪难平,感慨万千。

追忆童年

自从1988年我考上大学离开老家后,回去得就不勤了,特别是2003年父母也搬离老家住进城里之后,我回去的次数就更是屈指可数了。二十年后的今天重回梦中的堡子,简直感觉就像是穿越了。村子发生了很大的变化,街道路面硬化了,不再是坑洼不平的土路。家家都是楼房,贴了瓷片铺了地砖。村里还增加了两条街道,我简直都快认不出我屋了。

我们是沿着二支渠河梁子去的我爷我婆的坟上。这一路已经完全不是我小时候的那个样子了,不过,我还是捡拾了很多的童年回忆。这个二支渠，它可真是我们村的风景线，更是我们童年的乐园。

那时候，为了护渠也为了闲地利用，村人在它的两旁栽了很多的白杨树，白杨树又高又直又粗壮，顺着渠梁子一直延伸到另几个村子。渠梁子呢，也因为护渠的人把河渠里的沙土翻覆上，又因走的人多了，那真是又白又光。春夏之际，两岸庄稼葱茏，绿野几十里，油菜花儿随风飘摇招蜂引蝶，各种野花如苔米也学牡丹开，各种鸟儿叽喳啁啾飞来飞去。当你行走在这样的渠梁子上，感觉白杨树就像威武的士兵夹道欢迎着你，那景致，那心情真是美妙极了！

那时候，大人们在地里干活，我们小孩子们就在渠梁子上疯玩，从南边的渠梁子飞跑而下，又趁着惯性爬上北边的渠梁子。还双手伸直步步惊心地走过搭在渠上的圆滚滚的水泥管子。还比赛过爬树、捉知了、折柳枝吹哨子。记得有一年夏天收麦子的时候，我们几个伙伴提上担笼去拾麦子，我们要翻渠从渠南往渠北去，这就得先把担笼扔过去，不料想担笼滚到了人家地里，这家的儿子是个精神病，经常打人呢，他非说我们几个小孩拾了他家的麦子，他叫着一二一罚我们在渠梁子上跑操了几十圈呢！这一趣事至今还清晰地印在我的记忆里，想想就好笑。

秋冬时节，白杨树叶子由绿变黄，满城尽是黄金甲呀。但冬之将至，好景不长，这金灿灿的树叶慢慢枯萎，在11月的某一天，寒潮袭来，冷风呼呼地刮，树叶哗哗地掉，寒风裹挟着落叶在渠边翻搅着。风停之后，渠里及渠边地里，积下厚厚的一层落叶，我们小孩子们又从家里背来背篓、拿上竹耙子，又搂柴来了，不用说，肯定是要在这如毯子样的落叶上滚来滚去玩一会儿的。

啊，多么无拘无束欢乐无邪的我的童年呀！

缅怀先辈

在极目四望中，我们来到了东岸地里。东岸地是我们村东一组、二组的公墓地，我爷我婆就葬埋安息在此处。

浅笑低吟的风铃

三十八年过去了，坟上杂草丛生、枝蔓缠绕，几棵树长得挺高的，我爸栽的那棵柏树也长得更旺了，我爸给我爷立的那块碑子依然挺立，其上的字迹依然清晰。我们把碑子前的杂草拔了一些，腾出了一小片可以立足的地方，又把碑子扫了扫，开始烧纸钱并自言自语与先人对话，诉说思念并告知我们的近况。我爸想起了他的两个如今需要照顾的妹子，挺激动的，还流了泪；在告知我们家的现状的时候，说了很多，又高兴了起来，露出了笑意。

是啊，几十年过去了，整个社会发生了巨大的变化，没上过学的那些人，思想太过传统的那些人，还有那些智力有障碍的人，真的几乎成了时代的弃儿。我爸高兴的是我们姐弟三人没有给他丢人，都有体面的工作、稳定的生活，几个孙子孙女都考上了一本大学，两个已工作，两个大学在读，未来可期，还有一个高中在读，虽调皮叛逆但三观很正，还算努力。他虔诚地给我婆我爷报告并祈求他们的护佑。

在老爸的絮絮叨叨中，在升腾起的缭绕烟雾中，我也泪湿眼眶。我小时候与爷爷奶奶生活的一些细枝末节又浮现在眼前。印象中的我爷总是穿一身黑粗布衣服，系着腰带扎着裤角，头上还系着白羊肚手巾。他是一个识文断字的农民，我见过他噼噼啪啪地打着算盘记过账，我见过他手脚麻利地光过场扬过麦，我见过他套着牛拉过粪犁过地，他养过羊养过猪铡过草还教过我挤羊奶。他六十不到却得了肝硬化，我们四处求医但却无法挽救，只能看着他撒手人寰。我还记得1984年11月那天，他临终前想见娃，派人去学校叫回我们时，他已经过世，躺在床上，手和脸蜡黄蜡黄的样子，我很难过却不会哭喊。

我又想起了我婆，我婆是一个地道的关中妇女，印象中，她挺清瘦的，总是穿一件藏蓝色的大襟袄、黑色的裤子，穿着白色的袜子、黑色的布鞋，扎着裤脚，头上顶一块蓝白格子的帕帕，麻利得很。忘不了她擀的四棱子面、燣的菜花是那么香，忘不了她做了早饭从窑窝递给赖在炕上不起床的我，忘不了她挎着提货笼子引着我走亲戚的情形，更忘不了1995年十月会前两天还好着但几天后她哮喘咳嗽突然去世的噩耗……在我的心里，我总是觉得我婆是去了很远很远的地方走亲戚去了……

啊，多么勤劳善良生活简朴的我爷我婆啊！

活好当下

在给我婆我爷上完坟后，我们往南走，准备从另一条路回去。在从每一个坟头路过时，从立的碑子上，或从老爸的介绍中，我们知道了里面长眠的那些人，都是我熟悉的乡党邻里。他们的音容笑貌，他们的一些生活场景还是那么清晰地闪烁在我的脑海里。

想当年，就在我们村东河渠两岸的地里，春天时他们说笑着锄着地拔着草；夏忙时他们挥汗如雨割着麦龙口夺食；秋天时掰着玉米整着地，雨水中抢种小麦；冬天农闲时，会端着饭碗聚在一起晒着太阳吃着饭聊着天，不紧不慢，淳朴悠然。他们经常会开着玩笑，说好好干、好好活，要不然不知哪天就被抬到东岸地里去了。流年似水，岁月无情，我记忆中的好多邻里长辈如今都睡到了东岸地里，这让我们必须坦然面对的同时又伤感不已。

老爸最伤感，因为他的一个同学圈的核心人物在没有病症的情况下很突然地就走了，这让他很难过，就光今天给我们已说了好几遍了。老爸今年已经虚岁八十岁了，他年轻时得过胸膜炎动过手术，住了几个月医院，身体一直虚弱，干不了重活，正如我妈说的那样，原以为我爸不会陪她活过七十岁呢，现在能自理地活着都是活长头呢。老爸也深知这一点，他说人生就是一个过程，最好把每一天都看作一次短途旅行，活好每一天！

已是知天命之年的我深表赞同。年前我的一个前同事从检查出卵巢癌住院动手术到去世不到一个月时间。还有前一段时间3月21日M5735客机梧州坠机，这些自己周围的人和事的惨痛让人不得不慨叹，我们真的不知道明天和意外哪一个先来。也不得不佩服网上的一个比喻：人生就像是坐一趟单向的长途列车，有的人上来有的人下去，同一站上来的人也都会在相同的或不同的站点下车，都是向死而生，最终都要下车。下车太早的人让

浅笑低吟的风铃

人惋惜，坐车时间长的人更要珍惜。总之，还在车上的人更要爱惜当下的拥有，感谢命运之眷顾，放下对金钱名利的过分贪婪，轻装前行，关爱同伴，努力追梦，饱览沿途风光，活出意义和价值最为美好。

生活要有仪式感，在今年阴历六月十九日，按照我们的安排和计划，我们准备给我老爸正式地过一个八十大寿，感谢老爸老妈对我们一辈子的付出，教育下一代要感念传承先辈的风范，走好人生的每一步，阳光向未来。

啊，多么朴素诚恳开通开明的老爸老妈啊！

沿着南边的路，我们往回走，路边地里果树花已开，菜籽花正艳，麦苗也正绿，春意浓浓，一切都郁郁葱葱。要是放到我们小时候，村民们一定会喜笑颜开，不时来田间观看庄稼长势，孩子们一定会欢实地追逐嬉戏于地头，追逐着蝴蝶采摘着野花。可如今，因城镇化的发展和新农村的建设，农业大部分已经机械化，个别地块撂荒了，外出打工的人多了，孩子们也大多去城里读书了。村子大多成了空心村，留守的多是老弱病残。这又让我们在怀旧中有一丝丝隐忧。

老爸老妈走在前边时，我抓拍了一些他们行走在熟悉街道上的照片；我们坐在老屋里时，我又拍了家里的一些物件和角落；在张里农家乐吃饭时，我也拍了一些地道的饭菜，准备长久留存，记录我们的清明千结情思，纪念我梦中的旧事旧物老人老屋。我将把这些珍藏到永远！

情暖女儿心

刚才，干完了手头的工作，我看了看微信上的美文，读到林语堂的这几句话，让我印象颇深。他说，人生幸福，无非这四件事：一是睡在自家床上，二是吃父母做的饭菜，三是听爱人讲情话，四是和孩子做游戏。仔细读读、想想，的确如此，每一个人，在忙碌工作了一天之后，在辛苦应酬了一天之后，回到家，能享受到以上待遇，真乃神仙一个，真乃世间幸事美事！此时，什么追名逐利，什么烦恼失落，什么人情世故，统统都是浮云！

这么说来，我是很幸福的！这个周末，我就吃上了老妈给我烙的萝卜菜合和青菜锅盔，还穿上了老妈给我缝的贴身棉背心。此刻，读着这段话，摸摸身上的柔软棉衣，又吃了一个老妈烙的菜合，我幸福着。但不知怎的，我的心隐隐作痛，一丝莫名的隐忧和恐惧袭上心头；不知怎的，我突然有种想哭的感觉。

这个周六，老爸老妈打来电话，说要来咸阳看媳妇孙子，顺便给我送吃的。考虑到父母拎着东西坐车不方便，我就劝他们不用坐车劳顿，我会开车回去接他们。

在来咸阳的路上，老爸说上次来咸阳，侄儿说他古文学得不太好，老爸就立即发挥余热，奉献他多年的教学经验，和他孙子边聊边讲课本上的古诗文。孩子很是配合，说教学效果还是不错的，最起码娃克服了恐惧古文的心理。娃知道一定要理解古文注释，还要学会查阅工具书。老爸说，

浅笑低吟的风铃

这周想给娃把古文再说说。

老妈呢,则给我絮叨着说,媳妇工作忙,她得帮忙收拾打扫房间卫生,又说让我给老公和娃把衣穿暖,把饭吃好,还问我把几年前她给我们缝的棉背心拆洗了没有,若没有拆洗,抽空给她拿回去,说趁她眼睛还能看清,她给我们一拆一洗一缝。听到这儿,我的心里很感动、很难过。加上老爸还晕车了,看到他很无力很难受的样子,又想到老妈腿脚已不如从前灵便,走路蹒跚的样子,我的心里更加难过,几乎都快要哭了!

为儿女操劳、为他人着想的老爸老妈,啥时候,你俩才能为自己想想,真正洒脱,做回自己,潇洒自如地放心放手,挥一挥手,说一声,儿孙自有儿孙福呢?

星期天上午,我因要回兴平参加一个婚礼,赶十二点就要到,老爸老妈执意要我顺便送他们回去。我说好不容易来了,小住几天吧,他们执意不肯,说虽然暖气来了,但屋里不热,过段时间再说吧,但只要那个调皮贪玩的孙子需要,他们义不容辞。

回兴平县城时,因堵车,我们走的是老家的那条乡间小路。许久未回老家了,走在沟沟坎坎的乡间小路上,多么熟悉的情景,多么亲切的声音!我有点激动,老爸老妈也很是激动,他们忘掉了身体的不适、心中的不快,跟我说起了过去的好多人和事……

就在刚才,我刷微信时,还看到了一篇孝心无价的文章,题目是《父母在,人生即有来处;父母去,人生只剩归途》。这个题目,在此刻穿着老妈缝的棉背心,吃着老妈烙的菜合,听着老爸过去故事的我看来,有些残忍。我忧,我怕,怕这种幸福有朝一日离我而去,我会孤苦无助、无处依靠。我在心里默默地祈祷,愿时间停滞,永葆父母康健!愿时光驻足,永留美好幸福!

乡恋深处我的发小啊

不思量，自难忘。半个多世纪过去了，我是多么想念住在北京城南的那些景色和人啊，而今或许已物异人非了，可是，随着岁月的荡涤，在我一个远方游子的心头，却日渐清晰起来，我所经历的大事也不算少了，可都被时间磨蚀了，然而这些童年的琐事，无论是酸的、甜的、苦的、辣的，却永久、永久地刻印在我的心头，每个人的童年不都是这样的余霭而神圣吗？

这是电影《城南旧事》的片头题记，在电影插曲《送别》的渲染烘托下，在主人公深情告白的引领中，英子的童稚纯真深深地感染了我、打动了我，我也不由得想起了几十年前在乡村一起与我玩耍成长的两个发小。

与故事中英子的经历不同的是，我和我的两个发小，在失联了将近三十年后，我们重拾联络，聚首了两次！去年是在大年初九，今年是在大年初七！每次聚会，我都心潮澎湃，有文字记录感受。

在看完电影《城南旧事》后，记忆中发小的故事又在我的心头跳跃。于是，我重温了曾经的所记，整理出此文，献给我的发小！献给我的乡恋！

2017年大年初九之聚

最近几年，随着年龄的增长，我越来越爱怀旧。多少次，在梦里回到我生长的老家御阡村，回到我成长的老屋，回到我启蒙的学校。多少次，

浅笑低吟的风铃

发呆时,想起一块玩耍的发小,想起我们一块上学的情景,想起我们一块游戏的画面,想起我们一起偷菜的糗事。每每此时,沙乐和彩玲的模样就浮现在我眼前。

时光如梭,将近三十年过去了,我们三个要好的发小因为上学,因为出嫁,因为搬家,再未谋面。每当忆旧时,我都在想,我亲爱的姐妹,你们如今在哪里?

年前,几经波折,我们终于搞到了相互的电话,终于联系上了!终于听到了对方熟悉的声音,激动之情溢满心田!更为高兴的是,我们今天见面相聚了!终于见到了梦中想念的姐妹!真是激动万分啊!

今儿一大早,九点的时候,我就接上彩玲,开车直奔沙乐家,见面之时,我们都很激动,简直有说不完的话!

谈话中,我得知彩玲目前工作状况顺意,孩子工作学习势头强劲,我真为她高兴!让我佩服的是彩玲走出农村进城打工的那份勇敢无畏,还有打工学习搓澡按摩时的那份用心执着,如今,她的手艺技法得到广大顾客的肯定赞美,她的收入也是芝麻开花节节高!我由衷地为她感到高兴!

我也得知沙乐的情况,沙乐两口子虽然扎根农村,但是勤劳致富,持家有方,家里房子盖得很宽敞,铺的地板砖,装的太阳能。她的两个孩子也很听话,特别是儿子,不但学到了修车技术,开了门面,而且阳光乐观、风趣幽默,与父母跟朋友似的!羡慕沙乐的和谐夫妻关系,钦佩沙乐的勤劳质朴!

唯一让我和彩玲感到美中不足的是沙乐所在的村子还有些偏僻封闭,沙乐的思想还不是那么与时俱进,真心希望她能和彩玲一样,走出农村,在城里发展,改变生活方式!

真心感谢便捷及时的通信方式,真心感谢四通八达的柏油马路,真心感谢自己克服困难学会开车,才使得我怀念的一切不再是梦,而是成为我们说聚就聚的欢声笑语!

最后,祝福我们友谊长存!

2018年正月初七之聚

　　大年初七，天气晴朗，阳光明媚，我与发小彩玲相约去沙乐家再逛逛。彩玲是哪一位呢？你看穿皮裤的那位，圆脸，大眼睛，长发及肩，挺摩登要强的吧？沙乐是哪一位呢？你看穿着烟灰色格子上衣的那位，面色红润，少有皱纹，挺朴实阳光的吧？是的，面相是能反映人的一些性格的，二位发小确实性格鲜明，各有特色。

　　我们三个年龄相仿，小时候，因是邻居，上学、做作业、干活、玩耍经常在一起，吃饭时经常是要么串门子，要么都在沙乐家门口，你我不分，感情深厚。

　　有几件趣事经常闪现在我的脑海里。过年前，我们一起把薄薄的塑料纸用彩色粉笔染成好几种颜色，再用剪刀剪成适合我们扎头花的小长条，用彩条扎起头发，变换各种发型，自得其乐，臭美得很！

　　三十晚上，我们就约好，初一人们放炮的时候就穿着新衣服串门拜年，吃完一大早的臊子面后，玩跳格子游戏，尽兴地能玩到吃午饭的时候，乐此不疲，意犹未尽！

　　彩玲好强能干，吃苦耐劳，思想先进，大概七八年前，就从农村家里出来，进城打工，学到了扬州搓澡的手艺，加上真诚待人，善于沟通，技术和为人都得到了公司和顾客的认可，月收入高得很呢！还有，你信吗？这家伙现在把智能手机玩精了，还在手机上经商呢，已由去年的主管发展到总监，经常在他们公司的那个群里讲课，还被人称为南总呢，你说，厉害不？

　　还需一提的是，彩玲这家伙的育子经验很值得借鉴，就是以身作则，即语言鼓励加行为表率，激励女儿和儿子独立、上进、奋斗、感恩，祝福他们！

　　沙乐的特点也很显明，为人真诚，勤劳善良，不端架子，与她在一起，她总是展现真我本色，你会感到特别踏实舒服。小时候，她学习挺好的，特别是上初中时，她的数学题做得很好，只是因为家里孩子多，家境

浅笑低吟的风铃

清贫，没能上高中，这是她的遗憾。我有时在想，她要是上了高中，凭她的努力，她也是能跃出农门的！她嫁到了西边，人们思想相对落后，只是在去年，因为农产品销路不畅且价格低廉，她才终于鼓起勇气，下了决心，进城打工。据她说工作不累，就是收入偏低。她的真诚热情，很受民政救助部门领导及站里老人的称赞！为她点赞！还有，她一出来打工，交往多了，眼界宽了，思想活了，也不满足这个低工资的工作了，据她说，她准备到西安参加培训学习，力争拿到月嫂证，好好挣钱，好好享受生活！为她加油！她的儿女也挺有闯劲的，女儿在上海打拼，儿子开了修车店，不错不错，祝福祝福！

小时候，她俩也经常在我家玩，我外出上学后，她俩还常去我家里玩，出嫁后，回娘家，也经常到我家串串门子，和我妈说这说那，很是投缘，很有感情。自从2005年我父母搬到城里后，再没见过面，甚是记挂。所以，今儿我开车，带她们去了我家。到达时，我妈正在小区门外和一堆老婆晒太阳，她俩一叫，我妈立马循声转过来。认出她俩时，她们居然拥抱在一起，迎她们进门后，有说不完的话。我们三个，就像是远嫁的姑娘，跨越万水千山，回到了娘家，依偎在老娘跟前。过去的事、过去的情，实在难忘怀呀！她们说，刚见到我妈与之拥抱时，鼻子酸酸的，我坚信，这是真切的情感。这就跟前几年，我听到沙乐她妈去世时，我当时就想趴在她灵前去哭一样，还有去年听到彩玲说她妈刚去世，我的心儿不由得一颤，眼泪也在眼里打转一样啊！过去的纯朴的亲邻啊，爱你们！想你们！

回忆如潮水，往事永难忘。正如《乡恋》这首歌所唱的那样："你的身影，你的歌声，永远印在我的心中。昨天虽已消逝，分别难相逢，怎能忘记你的一片深情！我的情爱，我的美梦，永远留在你的怀中。明天就要来临，却难得和你相逢，只有风儿，送去我的一片深情！"亲爱的发小啊，你们永远在我的心里！

最后，让我再次哼唱《送别》这首歌，氤氲在这哀而不伤的氛围中，回味我的乡恋，想念我的发小，回放我们的相聚时光，同时，把我的祝福传送给她们！愿她们与时俱进，幸福生活！我们仨，明年再聚！

"长亭外,古道边,芳草碧连天。晚风拂柳笛声残,夕阳山外山。天之涯,地之角,知交半零落。一壶浊酒尽余欢,今宵别梦寒。

"长亭外,古道边,芳草碧连天,问君此去几时还,来时莫徘徊。天之涯,地之角,知交半零落。人生难得是欢聚,惟有别离多。"

浅笑低吟的风铃

母亲节——感恩父母

从小到大，受中国传统思想和文化的影响，我们一家人含蓄内敛，家人之间的感情和关爱，都是心里有嘴上无，只是默默付出，未见轻声表达。

我是英语专业出身，对于西方文化也是耳濡目染，他们情感奔放，大胆外露，率性自然，不管是恋人之间，还是家人之间，时不时地会有一个深情的拥抱，一声轻柔的问候，一句暖心的我爱你。多年以来，虽然逢节，我也会给父母买点东西，但是，从来没有说过我爱你们、我想你们这样直白的话语。

今天是母亲节，微信上、QQ上铺天盖地都是感恩母亲的信息，其中贾平凹的《致母亲》，如叙家常，小中见大，感动得人泪眼婆娑。我的内心难以平静！是啊，有一月未见我的老爸老妈了，更为要命的是，我因老爸的耳背、老妈的唠叨，一个月里也未打电话给他们了，真是不该呀！美文感染，良心发现，我拿起电话，电波传情，大声祝福，老爸老妈，我想你们了！今天是母亲节，祝福你们！你们为了我们，辛苦了！我爱你们！我晚上过去，我们一起聊天吃饭吧！电话那头是老爸憨憨的笑声，母亲轻声地责骂：熊娃，这么长时间也不回来，给娃缝的马甲，也不来拿，蒸的包子也不来取。

傍晚时分，我和老公去看老爸老妈，我们邀请他们去饭店吃饭，他们嫌贵，执意不去，无奈，我们只好买些好吃的好喝的送上楼。事实上，能陪他们说说话聊聊天也是一种不错的选择。

老爸下午刚理了发，看上去气色还不错，只是牙齿又掉了一颗；老妈穿了件亮色马甲，瞧上去还挺潮流的，只是腿疼不能长久站。但总的来说，他们的状况比冬天的时候要好，这令我们很是欣慰。去年冬天的时候，老爸可能是因烟瘾太大，加上气候干燥，每天晚上总是咳嗽不停，痰多气短，弄得人揪心难忍，医院拍片后发现老爸患有轻度肺气肿、严重气管炎，弄得我惶惶不可终日，生怕老爸有个好歹。

从小到大，老爸对我们姐弟很是疼爱。在20世纪80年代物资匮乏的时候，父亲给予我们好于同龄人的生活，时不时地带我们去县城，街道上看耍社火走高跷，电影院看电影听报告，书店里看书挑书买书。父亲每周从城里下班回来，他自行车的后架上总夹有从城里农贸市场买回的肉呀菜呀，自行车头上挂着的黑提包里总有别的孩子很少能吃到的糖果呀点心呀，更为奢侈的，还有他给我们订的《少年文艺》、订的《少年智力开发报》、订的《英语园地》、订的《中学生数理化》。我一直感念，我和弟弟之所以能轻松考上大学跳出农门，真的是得益于老爸的引领与付出。爸爸，我爱你！

去年冬天，老妈来咸阳给小弟看孩子，可能是老人缺钙的原因吧，她的右腿总是隔会儿就疼，厉害的时候不得不抓住沙发才能起来，弄得我心里很焦虑，赶紧买盖中盖给她恶补。想起小时候，我妈知书达礼，心灵手巧，勤快能干。只是生不逢时，家庭的高成分使她与进城上学工作失之交臂，遥遥相望。20世纪60年代，老妈是上到高一的，是少有的识字女性，传统观念、家庭成分中断了她的大学梦，是她一辈子的遗憾。但她上得厅堂、进得厨房，到什么山头唱什么歌，不怨天尤人，接受命运。回到农村和我父亲结婚后，她学会了干各种农活，学会了裁剪缝纫衣服，因有文化和为人谦和，她还当了小队长、村妇联主任。她勤劳善良，在村中很受人高看。对于我们的上学，妈妈也是有前卫思想的。那时候，我爸是八年制学校校长，塬下边的。我村及周边的考上学的外头人，逢年过节来我家走动坐坐的人很多。我妈很羡慕，我还记得她对我爸说的话：咱们累点苦点

浅笑低吟的风铃

不要紧,把咱娃也要供着上大学!

就这样,妈妈里里外外一把手,支持着父亲的工作,敲打着我们的学习。功夫不负有心人,天道酬勤,后来,我和小弟考学顺利,妈妈喜极而泣,享受着乡亲的祝贺,分享着我们的快乐。我一直感念妈妈,正是有了你的勤劳,我们能吃上可口的饭菜;正是有了你的巧手,我们能穿上洋气的衣服;正是有了你的鼓励,我们能走出贫瘠的农村。这一切,在物质贫乏、思想落后的20世纪七八十年代是多么不容易啊!妈妈,我爱你!

陪老爸老妈聊天一直到快十一点,聊过去、聊现在、聊农村、聊城里、聊儿子、聊女儿、聊女婿、聊媳妇、聊外孙、聊上大学的、聊上小学的。他们说他们很知足,说他们从来没想到他们能住上高层,生活到风景如画、生活便捷的城里来,也能在广场跳跳舞打打牌,还能跟儿女到酒店吃吃饭,跟老友去台湾旅旅游。现在,最大的愿望就是他们的帅帅、博蛋和豆豆能快乐成长、学业有成。我笑答,儿孙自有儿孙福,有你们积累的善行,他们一定会青出于蓝,后来居上,说不定将来会去北上广,甚至美国、澳大利亚、加拿大。

回到家里,刷着微信、QQ上面各种感恩母亲的美文分享,看朋友们母亲节感恩活动的图片感言,我觉得很踏实。今天,我终于西化了一把,大声对父母说出了多年说不出口的我爱你,回家和父母过节聊天,我无悔。老爸老妈,你们的儿女心中有你们,你们的孙辈心中有你们,愿你们身体健康,笑口常开,好人好报,心想事成,你们的小孙孙们未来不是梦!

老爸老妈,我爱你们!

乡恋深处

老父亲的作业

我的老家御阡村要编村史，村主任、书记等一行人专程到城里来找我父亲，恳请他回忆并记述我们村过去的一些情况：过去的村容村貌，过去的婚丧嫁娶，过去的村风民俗，过去的农业副业，等等。被他们的热情及信任所感动，受自己上了年纪老是怀旧的情绪所驱动，还有想为后来者继往开来、发扬优良传统的美好心愿，我的父亲欣然接受，满口答应。

接受任务的第二天，他匆匆吃完早饭，戴上老花镜，铺好了本子，拿起了笔，打开了记忆的闸门，像个认真的小学生，仔仔细细地回忆记录，大干了一星期，密密麻麻地写了三十页。

我今天读罢其所记，深深地被感动。随着他的文字，我了解了我村过去的情况，特别是东西城门楼的存在及作用，村东南及村西北的两个土墩台的美好传说。村子东城门外的普济寺，普教传福；经过村子西北东南向及东北西南向的骡马车道，连通四面八方。这些我虽然未曾见过，但是，透过父亲的文字，我依然能感受到以前村人的质朴勤劳、朴素善良！

另外，读父亲的回忆文字，也勾起了我对儿时生活的记忆。小时候，过年是非常讲究的。腊月二十三的祭灶，庄严神圣，只盼灶王爷上天言好事，回宫降吉祥！大年三十，本家人相聚座谈，总结过去，展望来年，称为守岁。大年初一的早上，孩子们穿上新衣新鞋，在大人的带领下，给家族里的长者磕头拜年，喜领压岁钱。正月十五，喜迎元宵节，踩高跷，耍社火，敲锣鼓，扭秧歌，真是热闹非凡！

浅笑低吟的风铃

父亲的文字中，也写到了我村的一些能行人或有手艺的人，比如粽子客、荞粉客、眼药客、铁匠老汉、皮匠老汉、轧花老汉、念经班子等。这些人里，个别的真人我还见过，其余的我虽未见过，但对其后人我还是了解的，读来很是亲切！

读到这里，小时候村里的一幕幕不禁浮现在眼前。似乎，在路南，那个卖粽子的老汉还坐在他家简陋的院子里，一手拿着粽叶，一手从盆里抓米和枣，不紧不慢地包着粽子，一群鸡鸭环绕着他叽叽嘎嘎，旁边还卧着他家的小狗。又似乎，在路北，那个铁匠家门口，圪蹴着几个男人，还有围坐着几个头上顶着帕帕的妇女，他们一边看铁匠工作，一边谝着闲传、拉着家常。

这一切历历在目，清晰如昨。只可叹，时光流逝，父亲文字中的这些能行人及手艺人，早已作古；我记忆中的那些场景，早已难觅。

读到此处，我心潮难平，感慨万千。岁月悠悠，时光匆匆，青山依旧在，几度夕阳红！

最后，我必须提及和记录的是，在父亲的文字中，我寻觅到了我爷爷的踪迹：新中国成立前后，村人很少识字，偌大一个村子，从东到西、从南到北，识字的就那么三五个人，我爷爷就是识文断字的人之一。在父亲的描述中，我爷爷上完店张的佐林完小，又背馍过河，到户县（今鄠邑区）上涝峪初中，后又到礼泉上学。

读到这儿，我很为爷爷自豪，正因为爷爷勤勉好学，我家才一直耕读传家，才培养出了我父亲。正因为父亲文学底蕴深厚，才有了今天被村主任专门邀请的殊荣！也正因为受父亲影响，才给予了我们早年跳出农门，进入城市，融入城市的机会！

我深深地感念我的爷爷！但同时，又为爷爷的早早离世感到深深地惋惜！爷爷谢世于1984年，享年六十岁。走得太早了！至今，我还常常想起爷爷的音容笑貌，爷爷的勤劳善良，爷爷的谆谆教诲！我在想，爷爷要是多活二十年，他一定能看到社会发展得兴旺发达，他一定能看到家庭的变化日新月异，他一定能享受到物质的丰富和精神的满足！

自从爷爷去世后,每年清明节、寒衣节时,我虽心里怀念爷爷,但从未去过爷爷的坟头,我很自责!在这里,我向天堂的爷爷说声对不起,孙女不孝!

　　随着父亲的文字,我回忆了很多,感慨了很多。好了,拉回我的思绪,平复我的心情,再看父亲的这份认真的作业,我笑着给他竖起了大拇指,并开玩笑说,老爸你真牛!送你一百个赞!父亲受到鼓舞,心满意足。同时,自己又给自己提出了目标任务,一是回忆记录我爷爷的生平事迹,二是整理记录自己的教育工作。我打趣说,第三个任务,回忆记录一下你和我妈的爱情故事嘛!

　　哈哈,期待父亲的大作哦!

怀念公公爸

清明前后，春风和煦，暖阳高照，百花盛开，蜂飞蝶舞。田野旁，小径中，公园里，大路边，树林里，花丛中，不时有游人踏青赏花。我呢，也禁不住这灿烂春色的诱惑，凑凑热闹，看看风景，嗅嗅花香，拍拍美照。但是，我的内心却是沉甸甸的，怎么也轻松不起来。因为，我公公爸的三周年忌日就要到来了。

这几日，纪念活动的各种安排已基本就绪，老公的情绪很低落很压抑，昨天，他写好了祭文，痛哭了一场，情绪才有所缓解。

他的祭文写得特别好，情真意切，痛彻心扉。他是从三个方面写的：好人爸爸，勤人爸爸，智人爸爸。读之，我能感觉到那种刻到骨头里的痛，我泪眼蒙眬，心口堵痛。公公爸那慈祥的音容笑貌又浮现在眼前，在世时的生活点滴又出现在脑海。我也想拿起笔，写点什么，来纪念我敬重的公公爸——冯志升。

多才敬业的老师

我上小学时，公公爸是我们严肃的冯校长，是我敬爱的冯老师。冯老师对我特别好，原因有三：一是我爸也是另一所小学的校长，他和我爸是好同行；二是我学习好，常是三好学生，常得奖；三是我妈把我收拾得洋气可爱，挺漂亮。

让我印象最深的是，冯老师会识谱会唱歌，会拉二胡会拉手风琴，他曾给我们上过音乐课，教我们唱《学习雷锋好榜样》《让我们荡起双桨》等歌曲。他边拉手风琴边教我们唱歌的样子，在那个物资匮乏、艺术稀罕的年代，是那样的魅力无限！在我们小学生的眼里，简直是帅呆了酷毙了！我们非常喜欢他的课，成天盼着上他的课，因为，在他的音乐课上，随着手风琴的一张一合，婉转美妙的旋律就会流淌出来，我们便会乘着歌声的翅膀，心儿飞向远方！

冯老师是很和气的，见人总是不笑不搭话，启发学生总是循循善诱。记得小学四年级时，班主任让我做一个全校发言，我很害怕很紧张，是冯老师鼓励我先把稿件背得滚瓜烂熟，再给他及班上的同学们模拟演练，才消除了我的不安，树立了我的信心。冯老师又是很严肃的，记得有一天早上，他在校门口拦了四五个睡懒觉迟到了的学生，为了严肃校纪，杀一儆百，在全校大会上对那几个学生点名批评并责令其在班上做了检讨。这一举动对全校学生都有极大的震动和警诫，所以，冯老师在当我们八年制学校校长那几年，我校校风正、学风浓，考上县南郊重点高中的有十几人，他们后来都成了最早考上大学的那批人，走出农门，事业有成，至今，村里人和那些学生还对他念念不忘。

开明负重的父亲

1994年，在他的撮合下，我和他的大儿子结了婚，我们成了一家人。角色转换了，他成了我可敬的公公爸。

在二十二年的共同生活中，我多次听他及家人讲过他过去的生活。年轻时，他家里兄弟姐妹多，很是穷困，分家时，几乎啥也没有。加之婆婆体弱多病，还有两个幼小的儿子嗷嗷待哺，也常生病，公公经常是又当爹又当妈，忙了外面忙家里，吃了无数的苦，受了很多的难。

公公是个大能人，学啥会啥，会啥精啥，真是干一行精一行。教书时，他是威严的校长，平和的同事，可亲的老师；务农时，他是麦场的把式，育种的专家，养猪的好手。他一直秉承着耕读传家、勤劳致富的传统。

1984年左右，他已调到兴平县（今兴平市）县委宣传部工作，当上了理论教员、宣传科长。那时候，农户和富户有着天壤之别，能跳出农门、吃上商品粮是多少人梦寐以求的事情啊！为了解决全家的城镇户口问题，他开始了高等教育自学考试课程学习，经常在紧张忙碌的工作之余，见缝插针，忙里偷闲，看教材查资料，记框架背重点，决心之大、用功之深，赢得了同事同学的一致赞誉！就这样，1986年，他终于梦想成真，事遂人愿，拿到了大专文凭，解决了全家的城镇户口问题，带着全家走出了农村，生活在了城里。老公常说，公公爸很厉害，在全家奋进奔小康的道路上，他完成了第一步，从农村走向城市。

公公爸是很开明的，或许是因为原生家庭、生长环境、个人认识、做人格局，婆婆思想传统、过分节俭，所以，经常和公公爸有意见相左的时候，也有委屈错怪儿子、媳妇的时候。每每这时，都是公公爸明智地放低姿态、不端架子，大度地换位思考、包容对方，隐忍地寻求平衡、化解矛盾。这一点，我每每想起来，就忍不住想哭，真心觉得公公爸一生不易！

慈祥和蔼的爷爷

时光静流，公公爸五十岁的时候，他升级当爷爷了，之后的二十年间，他共有了六个孙子。他思想开明，没有任何重男轻女的思想，他爱他的孙辈们，对每一个娃都很慈爱、很耐心，特别是对我的女儿，付出得最多！

由于我和老公工作忙，女儿小时候一直多是跟爷爷奶奶在一起，公公爸对女儿的照顾，确实是全心全意、无微不至。在生活方面，他对娃爱之切疼之深，尽量满足娃的愿望，几乎是娃要吃什么就给娃做什么，有时娃要吃人民路那家的臭豆腐，甚至是二半夜要吃汇通面，公公爸都会不厌其烦，骑着他的摩托车，独自给娃买回来或是带着娃一块去吃。在娃吃的时候，他还会倒来开水，让娃边吃边喝，然后，他就坐在娃的旁边，笑眯眯地看着娃。在学习方面，他对娃要求非常严格，作业一定要写完，字一定要写好。总给娃讲字如其人，中国的汉字最美，他还会唱解晓东的歌曲《中国娃》，特别是里面的那句歌词："最爱写的字是先生教的方块字，横平竖直堂堂正正做人也像它。"娃碰到数学题不会做时，公公爸一定会戴上老花镜，带着娃认真读题审题，启发思考，个别难题还会打电话请教孩子的老师，直至弄懂弄通。并教会娃不耻下问，不懂就问，三人行必有我师焉。在待人方面，他总是热情周到，以身作则。每学期开学前一天，女儿总要积极地去给老师帮忙，干点杂事。每每这时，公公爸总是把娃准时送到学校，并和老师及其他几个同学一起搬书、分书、扫地、办板报等。还有，每天在校门口接娃时，会经常和那几个门卫聊天并帮他们维持秩序。他总是那么真诚，那么和蔼，一点架子都没有。就这样，他和娃的老师、娃学校的门卫、娃同学的家长都成了朋友，赢得了他们的尊重。这让我想起了蒙哥马利的一句名言：谁穿上谦卑这件衣裳，谁就是最俊美的人。

  今天，终于挤出时间，一鼓作气，写下了以上文字。揉揉疲累的眼睛，我和老公开车回老家，计划收拾打扫老屋，准备下周给公公爸过三周年。汽车音响里响起了降央卓玛演唱的《父亲》这首歌，哀婉的音乐，走心的歌词，又把我们带入思念的气氛之中，公公爸的音容笑貌、生活点滴，又一次浮现在脑海。是啊，父亲是儿那登天的梯，父亲是那拉车的牛！……都说养儿能防老，可儿山高水远他乡留；都说养儿能防老，可你再苦再累不张口。我们只有轻歌一曲和泪唱，愿天下父母平安度春秋！

  不知不觉地，泪水又模糊了我们的眼睛。是啊，可恶的心梗，你是多么无情啊，以至于让我们做儿女的猝不及防！和善的公公爸，你是多么决绝啊，以至于让我们做儿女的痛不欲生！直至今日，我们都觉得你没有离开，你只是长途旅行去了，去了很远很远的地方，有朝一日，你还会回来看看你喜欢的儿孙们。可是，这就是残酷的现实和生活！你再也不会回来了！但你永远活在我们的心中！

浅笑低吟的风铃

擦干眼泪，望向窗外，又是一个生机勃勃的春天，一切是那么的美好，公公爸，你的孙儿们也如这花儿草儿树儿，茁壮成长着，天天进步着！在此，唯愿这和煦的春风，温暖的阳光，盛开的鲜花，婉转的歌曲，捎去我们对你深深的思念……

母校感怀

雨天是阴郁的,是勾人思念的,是引人回忆的。在这湿漉漉的日子里,翻看前几天拍的母校的照片,大脑里回忆在翻腾,内心的思念在疯长。我感慨万千。

我的母校,兴平南位高中,在20世纪七八十年代,学生济济一堂。它承载着兴平北塬上南市、南位、店张三个乡孩子的高中教育,贡献不小。

那时候,城乡虽有差别,但是农村好多的家庭都秉承着耕读传家的古训。所以,娃们都是就近上学,一来刻苦读书以求有朝一日鲤鱼跃龙门,二来若家里农活紧张能回家搭手帮忙。

那时候,城乡虽有差别,但是教育的分配较为均衡。南位高中也有很多优秀教师,他们年富力强,大爱无疆,一支粉笔、两袖清风、三尺讲台,燃烧着自己,照亮了学生,激发了多少农家子弟走出去、迎未来、看世界的雄心壮志!

那时候,南位高中也是美丽校园呀。校园布局对称合理,校园环境简朴干净。一进校门,一条大路直通学校的会议室。会议室建在一座长方形的高台上,两边分别有几个房间,当年在我们学生的眼中,那真是神秘莫测。那是校长书记的办公室所在,那是政教处教务处所在,是整个学校的中央和心脏。

会议室的前面,东西两边,有两个对称的读报栏,读报栏那儿有东西两条路,东边是高中部的教室及女生宿舍,西边是初中部的教室及男生宿舍。在那个资讯匮乏的年代，读报栏里的报纸是我们认识世界、了解外面的窗口，那里课前课后，经常聚集着三三两两的学生，看报学习记录。

会议室的后面有座两层小楼，是教工宿办楼，宿办楼的后面是宽阔平整的操场，操场的西边是学生食堂和教工食堂。

那时候，南位高中也是人气校园，在校学生也是成百上千，也是人声鼎沸呀。我们学校虽然偏处一隅，但师生们依然胸怀家国。学生们每天早上，出操跑步，强身健体。上午，走进教室，捧起书本，风声雨声读书声，声声入耳；国事家事天下事，事事关心。晚上，学生们挤在大宿舍，睡大通铺，吃锅盔干馍，就咸菜辣子，欢声笑语，乐在其中！

那时候，我们并没有觉得艰辛苦难，还真如微信段子里所说的，那时候，我们穷得像孙子，却快乐得像大爷！

值得庆幸的是，那时候，我父亲在南位高中任教，我家离学校也只有二里路，所以，我并没有体验过住大通铺、吃干馍就咸菜的艰苦。相反，我要么回家吃饭，要么上灶吃饭，晚上住在我爸的房子里，看书做作业，听收音机，还和楼上别的伙伴玩耍嬉闹。

岁月变迁，一晃几十年过去了。但是，随着年龄的增长，我们却愈加怀旧，过去的一切，不但没有被时光销蚀，反而在记忆中愈加清晰。让你不知不觉中，在心中对它千呼万唤；让你在不知不觉中，走进它，用双手抚摸它，用双脚丈量它。

9月19日，因着同学父亲的白事，我们终于有机会重新扑入它的怀抱，故地重游，感慨万千！

20世纪90年代中期以来，随着普通农家对于教育子女的重视和投资，随着国家城镇化建设的扩大和深入，农村学生大量拥入城市，农村学校开始衰弱凋敝，南位高中也难逃厄运。

为了整合资源，利用校舍，南位高中曾在2000年左右把茂陵初中迁来，但生源依然流失严重，无力回天，在2005年左右分流了教师，关闭了学校。

如今的校园，荒草丛生，楼舍废弃，辉煌不再，让人心生难过。站在教工楼前，仰望着二楼东边的那个空房子，我更是难忘！就是在那个房子里，我挑灯学习，看了许多我爸给我订的《语文报》《中学语文教学参考》，做了好多《中学生数理化》上的题，还记下了好多《中学英语园地》刊登的英语故事和国外风情，让我有了对英语的喜欢，以及誓上外院的向往！

我想上楼去，在那房间里看看，无奈，杂草掩没了楼梯，况且楼梯也已封闭，只能再次回到楼前，久久仰望，深深思量，凄凉从心中阵阵升起。李煜的《虞美人》在我心头浮现："春花秋月何时了，往事知多少？小楼昨夜又东风，故国不堪回首月明中。雕栏玉砌应犹在，只是朱颜改。问君能有几多愁，恰似一江春水向东流。"

我和同学一起回忆起了我们曾经的老师。想当年，他们四十岁左右，腹有诗书气自华，戴着眼镜，儒雅绅士，风度翩翩。如今有些已经作古，有些已是风烛残年，让人不禁感叹，岁月无情，时光匆匆。我似乎再次明白了人生的道理：莫要逞能好强，莫要争多论少，莫要损人利己。定要与人为善，定要凭良心做事，定要乐于助人。

在这个阴郁的雨天里，一边翻看这些手机照片，一边听着许美静的《城里的月光》，歌词真是应景！

每颗心上某一个地方，总有个记忆挥不散；每个深夜某一个地方，总有着最深的思量。

啊，南位高中，我的母校，就是在我的心中挥不散，有着最深思量的地方！

爱住我家

我的爱情故事

星期一早上，因业务需要，我和老公回兴平民政局补办结婚证。原以为手续复杂，需要折腾，没想到，办得很顺利，很快新证到手。拿着新的结婚证，看着旧的结婚证，我们感慨万千。

旧证上的我们年轻稚嫩，略显羞涩。老公一头乌发，眉清目秀，神似男神赵又廷；我呢，长发飘飘，浓眉大眼，极像新疆胖美女。新证上的我们中年老成，很是淡定。老公已经发疏，戴着一顶恰同学少年的帽子，有点像老舍或郭沫若，不变的是那依然真诚的憨笑。我呢，依然留着长发，穿着一件狐毛领的皮棉衣，有点像旧上海某些美女的那种装扮，不变的是那依然诚恳的神态。

反复抚摸着、审视着新旧两张结婚照，心中感慨万千，往事如昨，记忆的大门刹那间打开。

想当年，我俩是闪婚。我涉世不深，天真简单，只是觉得不反感他，还挺喜欢他跷着二郎腿、抽着烟的那种自信，还有憨憨的露着虎牙的那种略带羞涩的笑。我根本不知道机关单位、事业单位，干部、工人身份的不同和差异。老公呢，有些主见，只是母命难违，也不反感我，他不知道固定工作的重要和意义，只是懵懂地想做生意赚钱养家。就这样，我们阴差阳错，在不到两个月里，我们就成了领了结婚证的夫妻。

我那时很傻，一身的书呆子气，就不知道夫妻是必须同衾而眠、日夜陪伴、长相厮守的，我老是想回我单位的宿舍单独休息、单独生活。我

浅笑低吟的风铃

更不懂婆媳关系的微妙和处理办法。记得我曾给老公说，夫妻应该亲密有间，他那时年轻，也不懂事，他勃然大怒，厉声呵斥我。我很委屈，只是觉得书上就是那么讲的。老公当时也很傻，一身的哥们儿义气，就不知道媳妇将是自己这一生最亲密的枕边人，他曾为了朋友冷落我，为了对母对弟愚忠冷淡我，曾说过兄弟母亲是亲的，媳妇可以重娶这样的混账话，让我伤心欲绝。总之，刚结婚那会儿，我俩是俩傻子，互不反感，但无深爱，几无城府，仍未断奶，的确幼稚。

好事多磨。我俩可以说是先结婚后恋爱。随着时间的推移，我俩一天天加深了了解，多了份理解，互增了信任。我们也在一天天地学着长大，学着了解并顺应人情世故，比如互买生日礼物，互敬双方父母，拜访亲戚朋友，与兄弟姐妹聚餐，等等。老公是一个果敢有思想的人，他抓住机遇，停薪留职，经营广告部，开发房地产，成绩斐然。他加入政协，加入工商联，加入企业家协会，又先后到浙江大学、中山大学、上海财经大学学习培训，他的社会能力、个人素养有了巨大的变化，俨然是兴平咸阳的名人、成功人士。我呢，是一个温柔又独立的人，我教书敬业，团结同志，爱生如子，不断学习，与时俱进。2003年，我抓住机会，通过试讲，顺利调到咸阳，孩子也同我一道来咸阳接受教育。如今，我虽不是官方名师，但我却是民间艺人，有美女作家的称谓。我们的大女儿很优秀，已上大二，阳光健谈，爱好广泛，经常是他们院各种活动的主持人。我们的小女儿也不逊色，正上三年级，活泼好动，兴趣多多，特别爱看书，小小年纪，已经读了快二十本少儿小说。

在这二十年里，我们慢慢地接受了对方，认可了对方，欣赏着对方。我们已由最初的亲密有间到如今的亲密无间、密不可分，俨然是对方生命的一部分，我们是实实在在的亲人关系，这种亲人之亲胜过父母之亲、兄弟姐妹之亲。如今，一方面，我体谅他的辛苦打拼，体量他的酒局应酬，体谅他的与人周旋。每次看到他疲惫的面容，我就心疼；每次看到他酒后的难受，我就心疼；每次看到他无奈的表情，我就心疼。这时，我就会抛却自己工作生活中的一切不快和烦恼，千方百计地逗他开心放松，帮他舒展心情。我发自内心地感觉到钱乃身外之物，够花够用足矣。我真心实意地感觉到留得青山在，不怕没柴烧。人是最重要的，该放手时就放手，健康最重要，千万不要让自己心力交瘁。另一方面，他也心里有我，对我非常依赖。每次下班一回到家，如果我没在，他就心慌，坐立不安，非要打电话弄清我在哪儿，在干什么，与谁一起，多长时间回家，有时，甚至直接叫我回家。有时他开玩笑，叫我媳妇妈，撒娇要吃这饭、要吃那饭，喊我给他倒水。有时，我为此很烦，懒得理他，但他会给我唱歌，会给我跳舞，幽默风趣。唉，没办法，甜蜜的负担！他常在他的朋友圈直率真诚地夸我贤惠、德厚，说他会加倍珍惜我的。他曾发誓说，如果以后我有病或别的什么，他会举全力挽救我，哪怕做苦力。我傻傻地信了。尽管我们结婚已二十年，背着有钱人的名，但实际上，我们家并无多少积蓄，何况去年为解老公急用，我拿出了我的所有。

就在补办新证的那一天，工作人员要收回我们的旧结婚证，他说要保留作纪念。正在商量之时，工作人员就把我们旧证上的照片撕下来了，他急了，狠狠地说了那人一顿。此事虽是插曲，但足见他对我们过去的珍惜。

看着新老结婚证上的照片，我们感叹岁月催人老，时间都去哪儿了？回顾这二十年，我俩工作蛮拼的，过了一段有钱就是任性的生活。我们怀念珍惜。今年，国内经济形势不好，我们的生意也一落千丈，前路茫茫，我有时特别忧心，不知眼前的曲折困难何时才能化解。但我想，人心齐，泰山移。我们将搀扶走过。盼望柳暗花明、豁然开朗的日子！期待下一个十年、二十年、三十年，我们依然恩爱！依然相拥！

浅笑低吟的风铃

我爱我的老公

已经午夜一点，老公半醉半醒地睡着了，打起了让我欢喜的呼噜。可是，我翻来覆去怎么也睡不着，只因我深爱我的老公，我快乐着他的快乐，痛苦着他的痛苦。

从去年开始，房地产形势每况愈下，市场疲软，资金回笼几乎为零，老公的公司也前路迷茫，徘徊不前，为了寻求生存，只能狠心转让自己苦心经营的公司的股份，真是不舍呀！这个公司自成立以来，已辉煌走过十余载，为了它的成长壮大，老公像爱自己的孩子那样，倾尽了心血，倾尽了热情。在签合同的那几天，老公苦闷、彷徨、纠结、不舍，他的痛苦，我看在眼里，疼在心上。但没办法，市场环境恶化，只能忍痛割爱。我坚决认为：钱真是个硬通货；识时务者为俊杰；不能坐以待毙，必须变通，必须寻求新的有资金实力的人，因此我们转让了百分之六十的股份。

老公是一个真男人，做事雷厉风行、果敢机敏，但同时又是一个有着温柔心肠的谦谦君子。与他生活的这么多年，我耳濡目染：他的确是一个儒商，并且身体力行，践行富则兼济天下，穷则独善其身。做生意这么多年，他都是一言九鼎，绝不食言，总是站在对方的角度，为对方着想，并践行和平共处，追求双赢。正因他的实在、仗义、正直、果敢，他赢得了良好的口碑，拥有了一致的社会好评。没想到，此次合作的伙伴匪气太重，素质太差，道德低下，做事太过自我，加上合同资金未付完就争权夺利，让我的老公很不爽，有不小的失落感，对合作失去信心，他纠结、苦闷、不甘心，情绪有时很低落。我看在眼里，疼在心上。

我爱我的老公，我要他快乐！我要他飞翔！我该怎么办呢？我想到我的性格，我物质欲望不强，知足常乐，随遇而安，不争强好胜，不强出风头，不搬弄是非，与人为善，严以律己、宽以待人，不争多论少，不争权夺利，不强取豪夺，我自嘲傻乎乎的，但幸福感很强。

所以，我奉劝老公，以我为镜，难得糊涂，知足常乐，急流勇退，放下过去，放下名利，转换角色，适应角色。最主要的，常思以下几点，改变生活思路，提高生活质量。

首先，要有一颗感恩心。从最初创业到现在，历经艰辛，吃尽苦头。咱不是官二代，咱不是富二代，咱凭着咱超前的思路、踏实的工作、厚道的为人，打开了工作局面，开创了自己的一片天地，咱挣了钱，赢了名，咱得感谢老天爷，天道酬勤，咱得感谢朋友们抬举咱，咱得感谢老婆娃，知足吧！

再则，要有一颗平常心。咱多年的打拼，老天有眼，还成就了咱。咱要感谢，要低调，不能飘飘然。咱和大多数人一样，就是凡夫俗子，咱没有三头六臂，咱不会欺行霸市，咱是合法商人一个，咱就是一个普普通通的，有七情六欲、有喜怒哀乐的人！俗话说，花无百日红，人无千日好，咱学过哲学，咱知道，否极泰来、物极必反，咱应该见好就收，急流勇退，知足吧！咱就过咱老婆孩子热炕头的生活！

最后，咱还要有一颗阳光的心，即充满正能量的自信心。人生在世，谁都不可能永远顺风顺水、一帆风顺。为了所谓的成功，谁没有当过孙子，没有喝过几桶恶水？咱辉煌过，咱风光过，多好啊！现在，大形势不好，咱识时务者为俊杰，咱忍得一时，全身而退，不奉陪了，好不？俗话说，话不投机半句多。另外，困难是暂时的，船到桥头自然直，困难总会熬过去的，明天依然美好！

老公，我是你永远的粉丝！微信上刚看了一段话，愿与你分享：如果生活是一杯水，那么痛苦就是掉落杯中的灰尘。没有谁的生活始终充满幸福快乐，总有一些痛苦会折磨我们的心灵。我们可以选择让心静下来，慢慢沉淀那些痛苦。如果总是不断地去搅和，痛苦就会充满我们的生活。所以，不乱于心，不困于情，不畏将来，不念过往。如此，安好。

我还看到了一句话：贤人争罪，愚人争理。看完我很有感触，你太能干了，你太善良了，你礼让他人、苛求自己，你什么都想完美，你就会很累，咱现在什么都有，有房有车，有深爱你体贴你的老婆，有敬重你爱戴你的孩子，咱争啥呢？咱累了，停会儿休息休息，好吗？我希望再次看到那个幽默风趣、意气风发、自信昂扬的你！

老公，钱财面子乃身外之物，亲情爱情才永恒不变，一个人最终的成功是幸福美满的家庭！这一点，你已经拥有！让那些小肚鸡肠、工于心计的人羡慕去吧！

老公，我和孩子是你永远的粉丝！

爱住我家

我的学车记

今天,我终于拿到驾照了!我激动不已!回想起我学车练车的过程,有犹豫,有退缩,有决心,有奋进,有被骂,有被笑,有被赞,有被撑,我感慨万千。

今年暑假的时候,女儿要去报名学车,硬要拽上我与她做伴。到了报名的地方,我顺便问我能否学、能否学会,原因是,俗话说,人过四十不学艺,所以我问的时候,很忐忑,极其不自信。驾校的人开玩笑说:好我的南老师呢,咱把那么难的英语都能学会,何况这简单的机械操作呢,开车无他,唯手熟耳。只要你有信心有决心,坚持练,不放弃,保你半年拿上驾照!我一听,还是有些犹豫,女儿在旁为我打气:妈,你学吧,看你周围的几个阿姨,人家早几年就开上车了,多时尚多风光多能干!你再不抓住机会和我一起学,你就更老土、更out了。我一想,就是的,现在,上班出门聚会旅游,不会开车,真的是既掉势又不便。现代社会,开车已成了一门生活必备技能,艺多不压身嘛!况且,在我心里,我依然年轻,要与时俱进!于是,我义无反顾地报了名。

报了名后,就开始准备科目一。理论考试so easy!我先做了驾考宝典上的九百道题,又做了五套模拟题,最后,九十六分轻松搞定。

接下来,我就开始练科目二。据说科目二是开车的基础,也是最难考的。我暗下决心要把它练好。可是,理想很丰满,现实很骨感,我碰到了以下几个问题:一是我缺乏自信,上车后手忙脚乱,不是挡没挂上导致

浅笑低吟的风铃

车发出噪声,就是离合松得太快导致车熄火,惹得教练又是狠瞪我又是批评我,弄得别人又是议论我又是笑话我,羞死我啦!二是我有些机械化思维,总是想按教练说的那几个点倒库,总是想不压线一把进库,且左右两边距离合适,如若快要压线或车身不正,我就是不会调方向,急煞我也!三是练车人太多,早上激情澎湃趁凉赶去,中午疲惫不堪闷热赶回,就这样最多练上三把,有时一把未进,还不知死在什么地方,因为牛气的教练懒得搭理学员,如此低效,耗死我了!以上问题耗尽我的学车热情,打击得我几欲退缩,几欲放弃。

但我女儿练得好,不仅鼓励我要自信放轻松,而且还坐在副驾驶上指导我。就这样,我坚持着,大概十天之后,在一个早上,倒库时我突然一下子就会调方向了,几次练习,调得还蛮好,得到了教练和其他学员的肯定和鼓励。教练还说,像这样,在人少路段你就可以开你家自动挡的车啦。我激动啊!果然,在之后的某一天,在一条新修的高速公路上,我主动要求,在老公的指导下,心惊胆战地开了大概二十公里。老公开玩笑说你不笨呀,开得还蛮好的嘛。我更加激动,奔走相告各位同事各位好友各位学员,我敢开车啦!我会开车啦!之所以这么兴奋这么高调,这么天真这么好玩,是因为我一直认为,汽车那么大个东西,我一个妇女,怎么能启动它、驾驭它?叫上几个人推着它、抬着它还行。

在这之后,我有了充分的自信,倒库练好了,侧方停车也就不是很难了,半坡起步、直角转弯、曲线行驶也就不在话下了,不就是记住几个点位,踩刹车、松离合、转方向嘛。在正式考试前的几天,在钓台旧考场练车的时候,我虽忐忑紧张,但我还以"会开车的人""上过路的人"的身份分享经验,指导过别的学员练车呢。就这样,渐长的自信、扎实的训练、朋友的鼓励使我在8月29日科目二一把过了!我兴奋激动,恨不得手里拿个喇叭,把这一消息广播给全世界!

科二考完后,我长舒一口气,正好也已开学,挺忙的,我就以忙为理由,心安理得地拖着未去练车,未与驾校联系。直到有一天,听到办公室的周大美女科二已过,准备考科三时,我才突然醒悟我不该懒惰,不该再枕着科二的成绩睡大觉了,要知道她报名比我迟好多啊!在她的鼓励下,我立刻与驾校取得联系,与学车时认识的一个挺开朗的王会计联系。机缘难得,她刚考过科二。天赐良机,我俩一拍即合,搭伴练科三。科三是路考,模拟灯光、变道转弯都不是很难,最难的是加减挡。而要做好加减挡,就要熟悉挡位,并且要手脚并用,先加大一点油门,待速度上到二三十时,再踩死离合器变换挡位,在规定的路段完成规定的加减挡的考试内容。为此,我们姐妹二人花了两个傍晚练习换挡,又花了三个晚上练路考。(我这家驾校挺坑的,没有自己的练车场,白天怕交警查,只能晚上练。)寒风凛冽中,我俩,还有别的练车的人,却认真练习,练得热火朝天。我不禁自责,我原以为,天寒地冻,别的人一定也像我一样,穿得跟企鹅一样,臃臃肿肿、摇摇摆摆,恨不得像狗熊一样狠吃长膘,酣睡冬眠呢。我自责我的拖延症,自责我的不进取,自责我的不争胜,自责我的小满足,自责我的无大志。好在有姐们的鼓劲和教练的肯定,说我加减挡做得还不错,我下决心一定要练好,一定要考过。功夫不负有心人!一个好汉三个帮!12月25日,我在第一次失败后,谨慎抓住第二次机会,考过了科三!我兴奋,这是今年圣诞老人送给我的最大的圣诞礼物啊!

乘胜追击!科四是理论考试,考文明驾驶,对我来说so easy!有了科一的经验,我依葫芦画瓢,又做了驾考宝典的五百道题,做了八套模拟题,在1月19日,以九十四分顺利收官!

盼啊盼,终于,在2月4日,我拿到了驾照!在同事朋友的祝贺中,我体会到了成功的喜悦,我体悟到:只有树立信心,狠下决心,持之以恒,才会有喜上眉梢、心花怒放的机会!我知道,拿上驾照并不等于会开车、能开好车,我还得继续用心实习,熟练技术,苦练内功,才能自由驰骋,体会驾驶的快乐,才能自由神州行!

最后,衷心感谢在我漫漫学车路上给予我帮助鼓励的亲们!

浅笑低吟的风铃

我和女儿的高考

又到一年高考季，又是一年高考日。今天是2014年6月7日，是全国高考的第一天，新闻报纸有关高考的报道铺天盖地，微信、QQ上有关高考的祝福接踵而至，我不由得心生紧迫，感觉庄严神圣。在此，我由衷地祝福莘莘学子超常发挥，金榜题名！看着驰骋考场的孩子们，望着陪同等待的家长们，我思绪万千，感触良多。

我想起了我的高考经历。1988年，我参加高考，报考的是外语类，考试地点是兴化学校，我们当时考六门课，语、数、外、政、史、地，语、数、外的分值是一百二十分，政、史、地的分值是一百分，总分是六百六十分。那时候，社会、家长对高考的关注没有如今这样过火，这样狂热。我记得我就和平常考试一样，不是很紧张，吃饭自理，依然住校。那时候，我最大的梦想是考上西安外院。我是那么渴望走出农村，能到西安去上学；我是那么渴望考上外院，能与老外对对话。那时候，我特别喜欢学英语，尽管当时的学习条件特别简陋，但我喜欢上课跟着老师走，和他一起读、一起背、一起往下顺老师举的例句。常常，我能得到老师肯定赞许的目光，很受鼓舞，如打了鸡血一样更加爱学英语。课外，我还常爱记单词、查词典、背课文、做阅读，每当我做数学题受阻，背文科乏味时，读读英语我便精神抖擞。如此良性循环，我的英语成绩自然出众，同学们都管我叫英语大师。当时，众人都看好我能考上外院，但高考时政治考得太低，最后上了宝鸡师范学院的外语系，我心存遗憾。但我的父母已很知足。那时候，高考的录取比例特别低，大约就是百分之十二，能考上"高中专"已是范进中举了。

我还清晰地记得发榜当日我去看榜的情形，当时我是跟和我从小一起长大的朋友美红去看的，当时接待学生查询的老师是刘志忠老师，他也是第一个恭喜我的人。遗憾的是美红没有过线，在回家的路上，她一路都闷闷不乐，似乎我和她成了两个世界的人。我当时年少，除了说明年再补习外，我不知怎样安慰她，后来，她没有补习，再后来，她就嫁了人，种着几亩苹果，养着三个孩子，成了一个地道的农村妇女。不知是嫉妒还是自卑，我们咫尺天涯，自那以后再未曾见面，我非常想念她！我还记得看完榜回到家的时候，干了一上午农活的父母正在午休，我激动地大喊：爸、妈，我考上大学了！听罢此言，父母一下子激动地坐起来，看我的目光里满是兴奋。很快，我考上大学的消息传遍了全村，传遍了父亲工作的单位。那时候我、父亲、母亲，我们一家人赚足了面子，很是风光。考上大学，确实改变了我的命运，要不然，《篱笆·女人和狗》就是我的生活写照。感谢高考！

我想起了女儿的高考经历。去年，女儿参加高考，我紧张焦虑，总是感觉不踏实。我的女儿聪明好动，性格外向，在学习上总是不很上心，看着别人家的孩子考试进步，再看看自己的孩子无甚起色，我十分抓狂。特别是可恶的数学，有时不升反降，我更是几乎晕倒。听人说走艺考是条捷径，且不影响文化课录取，我决定双管齐下，两条腿走路，给女儿报了播音主持、电视编导的辅导班。女儿虽说看不起学艺术的路子，倒也听话配合，每周除了繁重的文化课外，坚持去上艺术课。她的悟性挺高的，顺利通过了全省艺考，还赴西安、成都参加了五六所学校的校考。在实地见识了艺考的千军万马后，她意识到艺考并非捷径，极有可能沦为炮灰，便下决心走文化课的路，对艺术不抱希望。此时已是元月份了，时不我待，刻不容缓！

为此，我还请了几个高手老师分析了她的现状，找出了她的软肋，应她的要求，恶补数学！我们找的那个数学老师挺给力的，重基础，抓考点,加上女儿聪颖用功,提高得很快。更值得一提的是她的阳光自信,我私底下常为她捏一把把的汗,而她总说,我咋能考不上呢?我肯定能考上!她用她的成绩证明了她自己,由此我也悟出,积极的心理暗示是很重要的!6月23日,网上查询成绩,我们特别紧张,当得知女儿数学一百一十五分,总分高出录取线四十三分时,我激动得眼泪都流了下来,赶紧打电话给亲戚朋友、同学同事报喜。我还清晰地记得,我当时看我女儿的眼神,跟我妈当年看我的眼神一样,满是兴奋,满是欣赏!看着考上大学的女儿,我突然觉得她是那么可爱,那么漂亮!

  接下来,就又得忙填志愿的事了,我们找齐近三年的高校招生报考指南,按高出分数线的差额找能填报的学校,再找出自己感兴趣的学校,工作量很庞大,心情也很纠结。在确认高考志愿的最后一天,只能狠心做出抉择,孤注一掷,按下确认键后,只能在心里祈祷,能被"冲"的那所学校录取。感谢高考,你让我欢喜让我忧,女儿终被延大录取,我们也很满意。感谢高考,让我女儿有了深造的机会,有了展示自己的平台!

  我还想到了从教以来的数次高考监考,神圣庄严。啊,过去的都是好年景!看着驰骋考场的学子们,望着在外等候的家长们,我再次由衷地祝愿莘莘学子超常发挥,金榜题名,前程似锦!

周六烟火气

今天周六,不上班,早上我睡了个自然醒。起床后,拉开窗帘,立于窗边,哇,下雨了,好清凉!

本想钻回被窝,再偷懒一下,但是看着有些凌乱的客厅,挠挠有点油腻的头发,还是决定先冲个澡,敷个面膜,清爽一下!

洗完澡,老公和孩子还在酣睡着,我轻手轻脚,尽量不去吵醒他们。昨晚,他们追了好几集电视剧,父女聊天沟通很是顺畅热闹,今天下雨,天又凉,让他们多睡会儿吧。

我这人是有一点强迫症的,我是见不得东西胡乱摆放、随手乱丢的。这会儿,看着狼藉的茶几、皱巴的沙发,我心里很是不悦,嘟囔着,几个猪,光知道吃,光知道㧟,就不注意公共卫生,害得我得重新收拾。

不过,说实在的,平常忙于工作,周末又常练考,家里老人体弱,又常有兄弟串门,屋里总是有些原生态。平常白日上班,眼不见心不烦,但今日,我闲下来了,实在看不下去了,我要彻彻底底地打扫一下、整理一下,最起码要让我自己能看得过去。

我先是把沙发上的衣服、书本、零食等放到茶几上,抽下沙发布,抖落掉碎头发、碎馍花,又把沙发布铺回去,弄平展。拿出一个废塑料袋,整理茶几。零碎食品,能吃的留下来,吃不成的扔。各种药品,未过期的留,过期了的扔。扔完了无用的,把有用的分门别类归整好,放到茶几的二层或抽屉里。接下来,我拿起扫帚,仔仔细细地把各个房子和客厅的角

浅笑低吟的风铃

角落落扫了一遍，扫完后，我又拿拖把把整个地拖了一遍，拖地的时候，我用手把拖下的小泥条子从拖把上拽下来，扔到垃圾桶里。

大概一小时后，终于打扫完了，我坐在沙发上，长舒一口气，看着窗明几净的客厅，一切都归整成了我想要的样子，很舒心。听着孩子已经醒来的窸窣声，想着她一会儿在书房里看书画画的样子，很顺心。我叫骂着：老公你快起床了！死鬼，把你老婆快累死了！听着老公讨饶说：周末了，你让我多睡会儿，你劳动，你光荣，你休息，一会儿午饭带你吃香的喝辣的，下午带你和娃兜风逛世界！老婆呀，你还不知道？你老公的早晨从下午开始嘛！听着老公幽默的话，很开心！

我躺在沙发上刷朋友圈，真的如段子里所讲的那样，打开手机，有那么多条信息等着你刷，逐条点过去，一些回复一下，真如皇帝批阅奏折一样，国内国外、历史当今、大事小情、张三李四、生活动态、心情分享，尽在掌握之中！在这些五花八门的信息轰炸中，时间过得很快！

头一抬，已经快十二点了。咦，屋里咋这么安静呢？刚才房子里不是有窸窣声，人已起来，怎么这会儿悄无声息呢？我撩开女儿的门帘，她正坐在床上看《哈里·波特》呢，她冲我一笑，我朝她竖起大拇指，还不错，好样的，爱阅读的孩子有出息！我又推开老公的房门，哼，老家伙斜靠在床背上，抽着烟，刷着手机，一副葛优躺的样子，见我进来，嘿嘿地笑笑，赖皮地说，老婆你辛苦了，让朕好好过个周末嘛！唉，碰着这样又懒又皮却心软嘴甜的老公，我真是无语了。不过看在他在外独当一面，一个顶俩，劳心劳力，全心全意干事业的份上，我迁就他了！我还是很喜欢他身上的虎气和猴气的！

出得房门，我喊道：各位猪们，我准备做饭了，半小时内收拾好你们自己！

于是，我打开冰箱，取出豆角、土豆、西红柿，洗净切丁，葱、姜、蒜爆香，混在一起，炒出素臊子，又炒了一点肉臊子，出锅备用。接下来接小半锅水，开始烧水。烧水的时候，我取出小盆，开始和面，水稍多一点，加一点盐、一点调料面，用力地搅，搅后的面，已没有面疙瘩，而是有了一定的黏度。锅里的水烧开后,揭开锅,端起盆,把这有黏度的面,用筷子夹成一小节一小节的,夹完后,大火煮一会儿,小火再熬一阵儿,拌入刚炒的肉臊子、素臊子,就是我们爱吃的老鸹臊,要知道,老鸹臊和下雨天很配哦!

饭做好后,他们已陆续收拾好了,我们围坐在茶几旁,看着电视,吃着饭,大女儿放下碗,把我一抱:妈妈,我可爱你啦!小女儿边吃边说:妈妈,你做的饭咋这么好吃呢?老公说:老婆,你说,我一高富帅,周围美女如云,我咋没动凡心,咋没抛弃你呢?你说这是为什么呢?还不是你的温柔,你的体谅,特别是你的可口的粗茶淡饭,牢牢地抓住了我的胃嘛!我们都笑了。

吃完饭后,老公开车去工地了,大女儿化了淡妆出门约会去了,小女儿开始做她的作业了,我呢,钻到被窝午休去了。一切是那样的平和。岁月静好,有你们真好!

午休后,雨已停,外面很安静,我坐在客厅,有一点感慨,今天,我累着,我快乐着,我静着,我体悟着。幸福是什么呢?我想起了林语堂的名言:幸福,一是睡在自家床上,二是吃父母做的饭菜,三是听爱人给你说情话,四是跟孩子做游戏。多么接地气的至理名言啊,喜欢这样的烟火气!

愿我这个周六的烟火气长长久久,永永远远!

浅笑低吟的风铃

暑假秦岭散心散记

放假在家，我已闲了快一周了。因为闷热难耐，心烦气躁，每天，我除了打扫一下卫生，简单弄点吃的，几乎无所事事，无聊透顶。加上老公事业不顺，心情不好，有点消沉，我烦恼着他的烦恼，心情也很忧郁，似乎总是大石压心，阴云密布的。

昨天，吃过午饭，我们决定出去走走逛逛，散散心，开开眼，放飞一下心情。我们先在银行办完业务，再在陈阳寨接了老人和小宝，哄小宝说去游泳，骗她上了我们的"贼车"后，上了高速，一路向西，下武功，去周至。我们的目的地是周至老县城，因为我们早就听说周至老县城地处深山，群山环绕，流水潺潺，民风淳朴，明清建筑，天人合一，休闲放松，是真正的世外桃源、避暑胜地，既能饱览自然美景，又能远离城市喧嚣，抛却各种烦恼，真正体验慢生活！这是我们最初的打算。

怎奈进山之后，山路十八弯，路途遥远，不一会儿，小宝就不停哭闹，直喊难受，要下车。其实，不光是小宝难受，平常爱逛、很少晕车的我，因这山路的弯绕，也难受得有些恶心。没办法，只得找了一个宽阔处停车休息。

好玩的是，我们停的地方是周至县陈家河乡政府。停车后，我们从后备厢取出瑜伽垫，铺在地上，小宝就肆无忌惮、无忧无虑地趴在垫子上玩起了手机，打扮起她的小人偶，刚才的难受烟消云散、无影无踪。我们几个大人呢，也坐在垫子上休息了好长时间，其间我们还在旁边的农家乐咥了三老碗扯面，香得很。我和老公打趣说，幸福是如此简单，旅游是如此粗糙，开着车，离开待腻了的地方，在大自然的任意一个地方，铺开垫子伸展伸展，或绑上吊床摇摆摇摆，心情则会大好，多么简单易行，多么省钱实惠啊！

吃饭时，与邻桌的游客聊天，了解到距老县城还有七十多公里，路途遥远啊！了解到去老县城是单行道，堵车难行啊！了解到在老县城还得穿棉袄，准备不足啊！得，收心吧！我们最后决定忍痛割爱，梦断此处，转身回家吧！

在回来的路上，可能是心情不再急迫，可能是身体充分休整的原因吧，我们都没有不适症状。我们打开车窗，任山风吹拂脸庞；我们放开音乐，随曲调挥舞摇摆。大自然，真神奇啊！层峦叠嶂，绿树成荫，鸟儿啁啾，黑河流水；清澈见底，鱼儿戏水。我们随心所欲，走走停停。印象最深的是黑河水库，水深几十米，绿水悠悠，水面如镜。这水，给我们带来丝丝凉意；这水，让我们燥热的心情平静冷静！还有那山，给我们带来绿意浓浓；那山，让我们愁怨的心理变得渺小无趣！是啊，留得青山在，不怕没柴烧，生活中没有过不去的坎，坚持下去，一切都会过去的，我想老天应有眼，好人好报，保佑正直善良有爱心有正义感的老公，快快柳暗花明，豁然开朗吧！

六点左右，我们出了山，沿环山公路继续观光，一路风景，一路欢笑。在路上，我忽然想到小宝和她爷爷在陈家河乡政府门前席地而卧的情景，开玩笑说，小宝啊，你和你爷爷贼搞笑呢，旅了个什么游啊？不就是像在乡政府门前缠访，只为领低保？落魄啊，搞笑啊，哈哈哈！小宝听出我在调侃她，又是瞪我，又是蹬我。到家后，老公说了句，今天出去，舒缓了心情，我又找回了我的精气神！说着，还调皮地秀肌肉，像李小龙秀功夫的样子。我什么也没说，只是抿嘴笑……

浅笑低吟的风铃

国庆西安赛格行

　　国庆长假，我不想出远门游玩。原因有二：一是，国人扎堆过节，怕高速路堵车、景点拥挤，不想受那份罪；二是，现在稍微上了年纪，有点小爱钱，把口袋捂得比较紧，不想受花钱心疼那份痛。我只想待在家里，好好休息休息，好好整理整理，好好做个美梦，梦里花落知多少！梦里数钱到手软！

　　尽管待在家里，但望望窗外，阳光明媚，万里无云，走出小区，街道清静，路人不多，想想人家都外出度假，信步山水之间，流连大美自然，欣赏秋之诗韵，放飞美丽心情，我就有点坐不住，不，是十分坐不住。那么，去哪里走走呢？

　　和女儿一商量，她说，带我去西安，一是让我这个土老帽开开眼界，见见国际范儿；二是宰一下我这个葛朗台，给她买件风衣，让她飘一飘、美一美。虽然心里很怕花钱，虽然嘴上说让她节俭，但我还是和她一拍即合，唉，谁让我是她老妈呢！谁让我女儿那么楚楚可怜呢！

　　说走咱就走啊，老公极不情愿地送我们到地铁口，快快地回家去，美美地玩他的游戏去了。地铁站里人确实较多，买票还须排一会儿队。女儿买了去小寨的票，说带我去赛格国际购物中心。地铁真快呀，不到半个小时，我们就到了小寨站。我原本以为，下了地铁，必须得出了地铁站，上到地面，从地面再进入赛格。没想到，仔细瞅瞅ABCD等出口，直接就有进赛格的入口，直接就来到了赛格的负二层。这里灯火通明，店铺林立，人头攒动，我心里暗暗惊叹，确实比咸阳高大上！

正在我惊奇之际，我忽然听到有潺潺的流水之声，循声走来，我看到一处奇观，室内瀑布！据说这瀑布占地四百多平方米，从六楼款款流过，再飞泻而下到负二楼，是全球最大的室内瀑布。哇，真是开眼界了！再仔细看，设计者煞费苦心，瀑布两边，绿树高直，鲜花映衬，碧草茵茵，还添加了灯光效果，瀑布水流一会儿金黄，一会儿莹粉，一会儿浅蓝，一会儿淡紫，美轮美奂，引得游人驻足仰望，拍照留念。

我和女儿逐楼游逛，在优衣库卖场流连试衣，唉，一般般，没试到合适的，再逛再淘吧！这里真是国际化的商场，好多品牌我这个老土真没听说过。说实话，当我看看、摸摸、试试这些所谓的国际大牌时，我觉得也没啥与众不同的，心里还有些鄙夷，国人总是觉得国外的月亮比国内的圆，说穿了，还不是虚荣心在作怪？有句话不是说了嘛，中国人是外国人的钱袋子嘛。这里我不知道表述得对不对，不过一句话，不要好高骛远，要脚踏实地，量力而行，我又教育起女儿。女儿对我的话有些抵触，提醒我要换换思想观念，讲讲生活质量，提提生活品位。我嘴上反驳，但对女儿的话，我心里还是有些认同的。

是啊，我原先对自己还是很自信的，幸福指数还是挺高的，觉得我还是很年轻的。不过，最近这一两年，与周围的年轻人相比，意识到自己确实不再年轻，生活方式确实有些落伍，比如对手机上的糯米网、美团、支付宝等功能也是最近才熟悉运用，确实让我大开眼界，实惠便捷，好处多多。好吧，听女儿的，与时俱进吧！

我们边说边看，不知不觉，来到了一楼，我找到商场大门口，出去上了小寨人行天桥，透了透气，左看右看，感受大都市气息！是，西安是比咸阳车多、人多、楼多，但没有咸阳闲适、清静，没有咸阳空气好！透透气之后，女儿带我又进了赛格，噢，对了，风衣还没买下呢。

进了正门，我看到了一条很长很长的扶梯，直通六楼。哇，长见识了，据说这是亚洲最长的通天扶梯，有五十多米长，直通六楼餐饮区，安全可靠，时尚便捷，省时观光，把购物变成美妙的游乐。那么，体验一下吧！

浅笑低吟的风铃

随着扶梯的缓缓上行，看赛格灯火辉煌，听水流潺潺，闻室内花香，真是惬意，真是奢华！来到六楼美食区，又是店铺林立，各地美食，应有尽有，特色各异，食客很多，热闹非凡！据说这里有全国七十多家连锁餐饮品牌，饕餮美食，任尔选择。

逛完了美食区，我正准备下楼再看衣服，女儿又对我说，老南，请抬头上看。我一看，咦，怎么上边有那么多车呢？原来，赛格的七、八、九楼是空中花园停车场！据说有一千六百多个停车位！哇！我这个老土又一次被这样的高大上震惊！我纳闷，车是怎么上到楼顶的呢？我感叹，这个世界上能人怎么这么多呢？怎么能设计并建造出这般人间奇迹？脑力为什么如此强大？我自叹不如。

下得楼来，在ES处试得一件毛衣外搭，酒红色的外衬，烟灰色的里衬，配以风雪帽，合身时尚，气质休闲，女儿穿上，长发飘飘，明眸眨眨，活脱脱的日韩美女范儿！美！潮！我开玩笑说，听说恋爱时，文艺范儿的美女和冷峻型的理工男很搭哦！又催促她，什么时候给我领个李健般的理工男回来呢？

逛完赛格，本打算回家，但一看地铁里买票的长队，我们望而却步。我们灵机一动，为了避开晚高峰，索性坐公交到钟楼再逛一圈。

晚七点半左右，我们坐地铁回家，此时，地铁站人不多，上车就有座位。回到家，钱包瘪了，肚子饿了，双腿累了，头脑木木的，但我的心里咋就那么不平静，咋还那么兴奋呢？答案如下：花小钱也可收获大快乐！家门口也可仰望大世界啊！

体验地铁

星期天的早上,正闲得慌时,女儿打来电话,邀请我和她爷爷奶奶去西安,去体验一下地铁,我爽快地答应了。一方面,陪陪我长在爷爷奶奶跟前的小女儿;另一方面,自从地铁开通至咸阳后卫寨以后,我一直没时间去看看、逛逛街。

我请他们吃了袁记肉夹馍后,酒足饭饱,坐K630直至后卫寨地铁口,因我和女儿一直未坐过地铁,所以,我俩对什么都感到好奇,特别是活泼的小女儿,拽着我往前冲冲冲,尴尬的是,在自动售票处,已经out的我竟不知如何操作买票,竟要体验过几次的公公爸帮忙。买票时,聪明的女儿一直在旁看着,我们共买了三张票,本想让小女儿逃票过卡,但我一想,不就五块钱嘛,咱丢不起那人,于是,就准备帮女儿买票。但人小鬼大的她执意要自己买票,我一想,让孩子锻炼一下嘛,于是就在旁边看着。只见她像模像样地先选取一号线,点击了目的地纺织城,再点击票数一张,然后,把十块钱铺平展,送入纸币口,最后按确定。哇!她成功了!我们都夸她聪明,真是的,她竟然学得这么快,而且还那么自信大胆,我不禁感叹,初生牛犊不怕虎呀!同时,我也感到羞愧,其实,刚才,我都不敢操作,胆子小的我总是有一种依赖感,总是希望有人能帮助我。我很欣喜,我的女儿有主见、有胆识,长大一定很能干,三岁看老嘛!

过卡后,我们继续朝下走,地铁站真大呀!坐地铁的人真多呀!我

浅笑低吟的风铃

和女儿继续东瞅瞅、西瞧瞧，真是高大上呀！不一会儿，车来了，我们很幸运地坐上座位，车厢里干净整洁，就是人多，起点站就坐满了，门口还站着不少人。地铁就是快，不到半小时就到了钟楼站，这儿下的人多，上的人也多，女儿问我为什么，我就给她讲，西安城的一个特点是道路都是直线的，钟楼是中心，是西安最繁华的地方，围绕着它，辐射周边的东大街、西大街、南大街、北大街，特别是东大街，两边店铺林立，都是各种名牌店，是有钱人的天堂。更有特色的是西大街，它那里的回民街，集中了陕西的好多名小吃，像面皮呀、炒凉粉呀、肉夹馍呀、臊子面呀……最让人神往的就是桥梓口牛羊肉，老孙家羊肉泡，说得我女儿口水都流下来了，直嚷嚷着也要下车去吃，我哄了半天，她才不噘嘴了。

大约过了二十分钟，我们到了纺织城站，出了站，就是中泰广场，有一家商场正在做活动，各种促销，各种打折。这时，女儿爱美的天性就显出来了，小小的她，这衣服摸摸，那包包试试，最后，试穿了一双镂空鞋，竟十分喜欢，不买不走，我只得答应。在确定颜色时，她在粉色和绿色之间犹豫，我说拿粉色吧，她没吭声，这次，人小鬼大的她竟玩起了天意，说左手是粉色，右手是绿色，口中念念有词，不知人家数了多少下，终于停在了右手上，决定穿走绿色的。看着她臭美的小样，我又一次感叹女儿的主见，感叹女儿的机灵，要知道，她是才八岁的小屁孩呀！

离纺织城一站的地方是半坡遗址博物馆，我们决定走过去，顺便看看纺织城的市景。不一会儿，我们就到了半坡遗址，买票进去之后，好动的女儿还是上蹿下跳的，安静不下来。我担心，像这种情况，上课肯定也静不下来，怎么能养好习惯，搞好学习呢？我灵机一动，给她讲我大女儿怎么会主持，怎么会发言，又给她讲她喜欢的少儿台主持人红果果、绿泡泡，我鼓励她给我们当导游，念博物馆的解说词，碰到不会的字，我们和她一起念，我们几个大人不停地夸赞，其他游客也表扬，就这样，她竟然在我们的夸赞下，安静了下来，和我们手拉着手，坚持到了最后。看着乖巧的女儿，我狠狠地连亲了她几口，我体悟到，小孩也爱听好话呀！正确引导加适时鼓励是育人之道呀！

下午五点，我们准备返回，从半坡上车，已无座位，疲惫的大人坚持站着，活泼的女儿竟拿起我的苹果手机玩起了自拍，各种表情，各种鬼脸，各种pose，外加美颜。疲惫的我看着人小鬼大的女儿，心里乐滋滋的。很快，我们就抵达了终点站后卫寨，满车都是咸阳人，一出站，哇！又长见识了，21路车站排起了长龙，足有五十米！等啊等，终于坐上了车，我爱意浓浓地把女儿抱在怀里，看她继续玩自拍。突然，这小家伙郑重其事地对我说：老妈，我觉得你这手机姐姐拿上更好。我诧异，为什么呢？你猜人家怎么说？她说：这手机高大上，而你应该拿老土的，因为你是个土包子！嘿，这小屁孩，你也太有看法和主见了吧！

晚上，当我回忆起今天的地铁之旅时，我不禁感叹，科技日新月异，后辈青出于蓝，我还需努力啊，不然都会被自己的孩子小瞧的！

浅笑低吟的风铃

铿锵母女三人行

记得书上说过，母子关系犹如放风筝的人与风筝。风筝总想飞得高一点再高一点，最好能够挣脱引线。放风筝的人总是处在矛盾的状态，希望风筝飞得高一些稳一点，却不肯放手，把引线拽得紧一些再紧一些。

随着女儿的长大，我越来越觉得此话有理。我的两个宝贝女儿和我就是这样的。这不，她们在西安工作求学，已有两周没回家了，我打电话说想过去看看她们，给她们做好吃的、买想要的，她们都不为所动，竟然说，我只要把我和她爸管好，能不来就不要来了，她们能管好自己。唉，热心碰冷脸，好伤心！真是儿大不由娘、女大不中留啊！

但是，儿行千里母担忧，我坐不住了，我要去看看她们！她们毕竟还是孩子。所以，虽然天下着小雨，虽然没有被邀约或者说不太受欢迎，收拾完家务，我还是急急火火地奔向了西安。

精干傲娇的大宝

寒假的时候，小宝就抱怨说她坐在最后一排的时候，看不清楚黑板上的字，嚷嚷着说要给她配眼镜，后来因为年前各种年事准备，加之大年初二她就去了澳大利亚留学了半个月，回来的第二天不得不狂补作业，第三天一大早就得到西安开学报名。所以，只有拖到了开学。又因为我也开学了，对西安的道路不熟悉，所以，带小宝配眼镜的任务就落到了大宝的身上。

爱住我家

　　我家的大宝真是我们全家的骄傲呀！2017年，经过短短五十天的复习，她一路过关斩将，通过笔试，杀进面试，又横扫强敌，成功上岸，考上了千军万马过独木桥的公务员，端上了金饭碗，在9月份的时候就已在西安市碑林区纪委上班了。经过一年多的工作生活，她已对西安较为熟悉，加之她对百度地图、高德地图等运用熟练，所以，可以说她基本已经是一个西安通了。让她带小宝配眼镜，她责无旁贷。

　　姐儿俩现在挺亲密的。大宝对小宝恩威并用，严格要求，说一不二，小宝也很喜欢她姐姐，对其言听计从，跟在后面屁颠屁颠的。我看着很开心。想起大宝当年还抱怨过我，生小宝时为什么不和她商量呢，还不满我们哄小宝时随口说的坏天天呢。我忍不住偷笑。

　　大宝平常工作忙，加上谈的恋爱是甜蜜又艰辛的异地恋，一般晚上睡得很晚，只有周末时才能补觉，所以有睡懒觉的习惯。可是，她有一个最大的优点，就是事分缓急，关键时刻不掉链子。这次为了给小宝配眼镜，牺牲了懒觉时间，两个周六都是七点起床，早早排队，挂号检查，散瞳验光，配取眼镜，来回跑、上下跑，折腾了两个早上。

　　值得赞赏的是，大宝不像我，大多数用的东西差不多就行了，她不怕花钱，讲求品质，这次给小宝配的眼镜花了一千六百元呢，据说是轻薄防尘、耐摔防碎什么的。嗯，不错！在此，妈妈为你点个赞！

　　不过，我要提醒敲打她的是，考上公务员后，她自满了起来，少了急迫感，少了争胜心。我常说要乘胜追击，争取考研，提高自我。假期她已向我表态啦，目标是交大。嗯，这就对了嘛！

顽劣叛逆的小宝

　　2018年3月的时候，全国各大城市展开抢夺人才大战，西安吸引人才，拥有高级职称的四十五岁以下的人可轻松落户。为了给大宝弄个窝，也为了小宝能享受上西安的优质教育资源，我们在曲江买了房，小宝顺利在曲江一中上了初中。

浅笑低吟的风铃

曲江有历史悠久的大雁塔，依其厚重的文化底蕴所打造的大唐不夜城、大唐芙蓉园、曲江池等景点吸引着全国甚至全世界的游客，是5A级景区，所以，曲江的环境是西安最美的，配套设施也是西安最好的，曲江一中的教学设施也是西安最高大上的，能在曲江一中上学是多少家长和孩子梦寐以求的啊！

可是，小宝毕竟是个孩子，她很喜欢新学校、新老师、新同学，但就是惰性太大，在学习上不深钻，爱偷懒。真是有些急人呀！这样下去可不行呀！

她的数学已经有些吃力了，语文也不突出，英语还行。我常说，快补短板吧！但她对补课很反感，根本不想去。好在有大宝对其循循善诱，制定目标，数学如若考过八十，就不补，如若低于八十，无条件补课。小宝也是挺聪明的，老师的点拨、补充练习、错题重做等方法，效果显著。期末考试，数学考了九十分，总名次上升了一百六十名。娃一下子有了信心。

多年的教学实践，我深知，一个娃能不能把学上成的三个条件：想不想学，能不能学，会不会学。依此看来，小宝就得好好讲求一下方法，即如何提升成绩的问题。

我对小宝的学习还是充满信心的，一是娃有学习的意愿，她还挺灵的，她努力和她们班的学霸交朋友，说有不懂的可以随时问，还说她咋这么幸运，小学的、初中的朋友都是学霸。我赶紧说，近朱者赤近墨者黑，物以类聚人以群分嘛，好好加油，给自己争脸，别给朋友掉份。二是娃很阳光自信，虽然前两次月考成绩一般，但娃没有气馁，也在找她和别人的差距，还经常自我鼓励，说从咸阳来西安上学，又没学过奥数奥语，目前成绩中游，尚可理解，我在追呀！三是娃的学习习惯还行，上学从不迟到，老师布置的作业都能按时完成。就是缺乏不怕困难深入探究的那股钻劲。娃呀，俯下身来、沉下心来多读多背多多整理错题集呀，安逸失志呀！

追随俩宝的妈咪

我家两个宝贝女儿如今都工作学习生活在西安，我和我家老冯很欣慰，引以为傲。

想起我小的时候，生长在农村，县城去得都不多，更别说西安、咸阳了，那时候，我特别羡慕西安、咸阳有亲戚的同学，他们放假还可去亲戚家串门拜访，见识见识大城市。老冯也一样，我们结婚时，都没出过兴平，连山都没见过。经过多年的发展，我们从县城到咸阳到如今的西安，心里很欣喜。

不过，如今的我们已步入初老行列，健忘、思想短路、说话打磕巴、行动迟缓已偶有发生，更糟的是，对新生事物感觉迟钝，接受缓慢，甚至于内心深处有点排斥。但是，又想抓住中年的尾巴，出去走走，到大城市看看，开阔一下眼界，感受一下新生事物，了解一下潮流趋势。在这样的情况下，参加旅行团多是走马观花，如若多去自由行、深度游，是最好不过了，所以多么希望娃能把我带上啊！说白了，就是想跟娃混。

此次来西安，就跟大宝混上了一次。午饭时，她带我们到骡马市那儿的一家网红店吃了日本咖喱饭，小小的店，外面排了很长的队，终于吃上了，味道于我just so so（马马虎虎），但是小店的日式氛围让我感觉新鲜，樱花环绕，卡通图片、动漫书籍烘托出日式氛围，有点意思。

下午去了西安SKP，在那里高大上的电影院看了电影《绿皮书》。记得去年在永宁门那儿上城墙时，看见西安SKP，不知何意，只听女儿说那是一个卖奢侈品的大商场，是高端奢华、流行时尚的前沿，据说一块地砖一万元，已有几十种国际一线品牌强势入驻，一个包包二十万，于是就把我吓住了，没想着进去，也没时间进去。

今儿，大宝说，今年挣钱了，带你去那儿看看，感受感受，看场电影还是可以的。《绿皮书》这部电影，别的影院三十元，SKP里六十元，进去感受一下！

里面确实高大上！灯火通明，宽敞明亮，鲜花环绕，音乐轻柔，座椅舒适，颜色柔和，确实是前所未有的时尚氛围。当然啦，东西很贵，我喝了一杯蜂蜜水，花了三十元！

还得提一下这里的厕所，干净奢华，窗明镜亮。马桶太人性化啦！坐垫带加热，便后自动冲洗屁屁，洗后烘干，全方位的呢！用之，真是无与伦比的极致体验，你会既窃窃心喜又闲适欲仙。真是太高级了！舒服死你！

晚上我们娘儿仨挤在印象城大宝的房子，看书聊天听音乐。

第二天，大宝上午十点半就出门去武汉出差了，留下我监督小宝做作业。下午一点的时候，我带小宝在北大街书店看书，让我感到高兴的是，小宝居然在书店流连了一个半小时，看书挑书，竟然挑了《数学黄冈同步卷》和《书虫英语入门级》的上中下三套，还有《论语注释版》和《林清玄散文集》！我的妈呀，太阳从西边出来啦，这是语数外全方位呀，决心蛮大的！我鼓励她，常立志不如立长志！一定要长期坚持、化整为零、日积月累，千万不可一时热情、虎头蛇尾、一曝十寒！

小宝告诉我，她现在对学习有了很大兴趣！这周的英语听写九十分，全班前八；数学七十三，超过年级前百的魏逸一分！是的，超一分也是超啊，起码可以和学霸相提并论了，真好！小宝你潜力无穷啊！妈妈乐意掏钱！希望你在做题看书时，书里的知识能润物细无声，慢慢地浸润你的书卷气。等你长成亭亭玉立的大姑娘时，你也能如董卿、陈更般知性优雅、卓尔不群！

今天，当我记录我们娘儿仨的三人行时，发现昨天是3月3日。噢，怪不得气温已经回升，柳枝已经发芽，迎春花已经开放，各个广场游人如织，放风筝的人很多。春天真的来了！

想起了苏红的那首老歌《又是一年三月三》："又是一年三月三，风筝飞满天，牵着我的思念和梦幻，永把我陪伴。风筝懂得我的心，朝我把我头点。抓把泥土试试风，放开长长的线。风筝带着天真的笑，和白云去做伴！"真好呀，大宝小宝，你俩就是那在高空自由舞蹈的风筝。

是的，大宝已经工作，越来越干练和独立了，有了自己的心上人，还有一帮子同学朋友，陪我的时间少之又少。小宝呢，今年上了初中，一下子长大了，逆反心理很重，总想跳出大人的约束和指导。但是，娃呀，妈妈也明白啊，我不想你们走弯路遇挫折，我只愿春色铺满我们的心，愿春光照耀我们的路！

浅笑低吟的风铃

两个小棉袄的温暖

今年母亲节的时候,我人还在巴黎旅游,巴黎的时间比北京时间晚六小时,所以六点半被叫醒服务叫醒后,我打开手机,就看到了小宝给我发来的呼唤,一连串的妈妈妈妈,还有发来的三个红包:五元的、两元的、一元的,连在一起就是网络语:"521",即我爱你。

哦,天哪!太阳从西边出来啦!这个一向厌烦我顶撞我的小人儿,竟然还有这样的表达,让我受宠若惊!我赶忙回复:我也想你,更爱你哟!人家回我一个调皮的嘿嘿。

记得过去两年,在母亲节的时候,美术班教孩子画的画、做的花,人家要么藏起来,要么扔在那儿,就是不送给我,我很伤心,觉得她是个白眼狼。我不是早上送你上学,晚上接你下学,给你做好吃的、买好穿的,你怎么心里就不接受我呢?某些时候,似乎还觉得我们的陪伴是侵入了你的地盘,打扰了你的幸福?

今天的这个小小的"521"给我带来了莫大的惊喜,小宝长大了,懂事了,明白了我对她的爱。有事实为证,她最近对汉服、漫展感兴趣,给我发了好几张图片让我帮着挑选,当然啦,小财迷的主要目的是让我掏钱。

还有,晚上和我视频时,我看到她洗漱时还用洗面奶,真让我惊讶,原来最不爱洗澡洗头洗脖子的那个臭小孩竟然爱美起来了。你听人家怎么说,请你去百度一下,青春期的孩子新陈代谢快,不用洗面奶彻底清洁的话，脸上就会长痘痘的啦！哦，原来如此。臭丫头，那就坚持用吧，用完了，老妈给你再买哦！

另外，让我感到稍微宽心的是，这学期小宝行为上更阳光了，学习上更用心了，明显有争胜心了。她期中考试考得不错，有进步，平常的测验也有进步，快赶上她的好朋友及超越对象谷之衡、杨萧宇、魏逸、周雨萌啦！希望小宝与上进生为伴，向优秀者看齐，坚持下去，天天进步，再接再厉，实现目标，超越自己！

还要谢谢大宝，我们一起在欧洲旅游，她和我在一起，在巴黎的老佛爷百货里给我买了迪奥口红，说希望我好好保养自己，启发我别太抠门太放弃自己，别太给她丢人。好吧，话糙理端，我已半老徐娘，以后老了还指望人家呢，听话吧。也得稍微讲究一下，追求一下生活品质，毕竟，这次欧洲之行也是开了开眼界的，嗅了嗅浪漫艺术气息的，见了见很多世界名牌的，看了看一些明星代言同款的。

这次出游，大宝就是我们两口子的贴身导游，跟在大宝后面，有时我觉得我真像个瓜子，行动瓜，有点抠门和小气。比如，走到意大利，她就非要我们尝罗马的冰激凌；走到比利时，她就非要我们吃有名的黑松露巧克力；走到德国，她就非要我们喝德国啤酒；走到法国，她就非要我们尝法式大餐。我嫌贵，她说，旅游就是出去花钱的，花钱买经历、买体验，要不，像许多大妈大叔一样上车睡觉，下车尿尿，走到景点拍照，有什么意思？

有时候，我的一些想法也瓜，目光短浅，格局有限。比如走到巴黎的时候，老佛爷百货是购物的天堂，世界名牌应有尽有，购物者挤满商场，出手阔绰。受其影响，我也心里痒痒，但没想好买什么，也是舍不得花钱，下不去手。大宝说，妈，辛苦工作，操持家务，你应该拥有几个像样的物件，不但自己享受了高品质，而且还会保值，甚至增值呢！于是，我就拥有了宝齐莱手表，拥有了希思黎全能护肤品、MK包包。

在和大宝游玩购物时，因为在人生地不熟的异国他乡，来自各个国家各种肤色的人都有，我心里有时候还有些忐忑，甚至犯嘀咕，与人沟通有

浅笑低吟的风铃

防备心,购买东西纠结没主意。而大宝呢,总是那么机灵,那么自信,那么能干,懂得那么多品牌,用英语跟人沟通礼貌大方。这真是让我惊喜和踏实,她还幽默得不行,开玩笑说,妈,我咋这么机智呢?妈,你是个人生赢家,咋生了我这么能干的一个女儿呢?嘿,你就得意吧!

她还言必信、行必果。母亲节这天,她送了我口红,还说要给我发红包。过去两天了,我以为她忘了,没想到,昨天,她给我发了两千元的红包,真好!女儿真懂事!财迷妈妈收下你的心意喽!

今天,看着朋友圈里关于母爱的文章和朋友们晒的幸福,又温习了一遍俩宝的礼物和祝福,我感到很开心。都说女儿是妈妈的小棉袄,养女儿好,那么,我有俩小棉袄,就更温暖了。孩儿们,妈妈也爱你们!

不过,我的唠叨你们还是要听一下的:大宝,人说,过日子要细水长流呢,青春飞扬的你,可以张扬个性,体验奢华;但是,一定要有节约意识哦!小宝,人说,人情要礼尚往来呢,还有一点小金库的你,可以爱钱省钱,积少成多,但是,也不能太小气抠门哦!记住了,少气你妈,比啥都强,哈哈哈!

愿你们快乐生活,天天开心!

爱住我家

我家有女初长成

女儿五一节放假在家待了几天,她的所做所言所思,让我感觉和以前的她大不一样,我不禁感叹,女儿长大了。

女儿是晚上回家的,所以我没顾上给她做好吃的,心里有点过意不去。第二天我们带她去饭店吃,按惯例都是她爸爸点菜,但这次,她当仁不让,执意要她点。我们共十三人,她点了十二道菜,六素六荤,外加一份甜玉米汤,我们吃得几乎没剩菜,感觉还很好,不油不腻,很可口,价还不高。一桌人都夸,女儿真是长大了,能独当一面了,我心中窃喜,感觉很有面子。更让我感到高兴的是,她还充当起了几个堂弟堂妹的老大,把那几个毛小子疯丫头管得服服帖帖,围着她的屁股转。更可喜的是,女儿对那几个小的的一席话,她说,你们要听话,爱爷爷奶奶、爸爸妈妈。在饭店点菜时,点的菜数是人数加一,基本是荤素对半;吃饭时,要先礼让年龄大的人。她特别嘱咐那几个小的吃饭时不要不停转盘,不要夹一下菜又放下,不要吧唧嘴,要学会用纸巾,等等。我在旁边听着她讲的道理,看着她的演示,心中感叹:女儿真是长大了,懂事了!

傍晚时分,我应女儿的要求,和她一起去咸阳湖走走,然后再去给她买条长裙。自从女儿上大学以后,白天老是我一个人,过着吃饭、上班、看电视的无聊生活,去咸阳湖走的机会都很少。今天,她陪我走,正合吾意,顺便探探她在学校的表现,天赐良机呀!

我原以为,她会和以前一样,讨厌我探听她和同学的交往,讨厌我

浅笑低吟的风铃

询问她的学习情况，讨厌我对她的生活指手画脚。出乎我意料的是，一路上，她都挽着我的胳膊，边走边聊，还时不时把手机拿出来，给我看她各种活动的照片。通过交谈，我了解了女儿这半学年的成长：3月份，她主创了法学社的"3·15"宣传活动的展板，亲任美术编辑，展露了她的美术才艺，受到好评，并又受别的社团的邀请，参与创作与宣传。4月份，她又被选拔去参加她们院的辩论赛，由最初的不情愿到最后的决赛八人，一路走来，痛并快乐着，收获了知识，收获了自信，收获了深刻，收获了成长，收获了升华！5月份，她本无意再参加什么活动，但闪光的金子是耀眼的，在延大好书推荐活动的初赛中，她热心为舍友和学姐制作的PPT受到了赏识，加上她擅长主持和发言，被院学生会强力推荐，不用参加初赛，直接参加延大的好书推荐活动。我讥笑她：成天玩呢，啥时候读过书嘛！还给人家推荐好书呢！她嗔笑着说：妈，你真坏，你咋门缝里看你娃呢？你以为你娃光拿手机打游戏呢？人家还看了好多电子书呢！告诉你，我这次准备推荐的书是《安德的游戏》，是一本科幻方面的书。我听了，拍马屁说：还挺高大上的，我都没听过。她接着给我说，她最初是看了同名电影，觉得好看，才下了电子书看完的。我在女儿的拥挽中，和她边走边聊，通过女儿的讲述，我心中窃喜，女儿已经长大，长成了一个多才多艺，侃侃而谈，有主见、有思想的姑娘！比她妈强，比她妈吃得开！

在统一广场坐了一会儿后，我们又出发去北门口夜市去给她淘她想要的长裙。北门口夜市挺大的，有好多摊位，有卖包包的，有卖鞋子的，有卖饰品的，有卖衣服的，其中卖今年流行的长裙的有七八家，每走到一家，老板都夸我娃个子高、身材好，能挑得起长裙，把我们娘儿俩都夸得飘飘然。街上的确美女如云，有天生丽质的，有浓妆艳抹的，有高端大气的，有小鸟依人的，但说句实话，有我女儿这一米七的高挑身材的还真不多。果不其然，女儿试了一件长裙后，效果非凡，成熟知性，稳重可人，她的发型也和衣服挺搭的。毫不犹豫，我果断掏钱，搞定它！女儿更是臭美，直接就穿着新裙子飘走了！跟在她的后面，我幸福满足，女儿长大了，变漂亮了，变懂事了，变得有思想了，变得有内涵了。

明天，短暂的假期后，女儿又要走了，又要独自一人去求学了。我在想：我和她爸能尽量给她富足的生活，但今后的工作，就得看她学业的程度。老天保佑，赐她一份较好的工作，赐她一个潜力股的男神吧！

浅笑低吟的风铃

难忘今日

2015年8月21日，天空蓝蓝，白云悠悠，微风习习。

这一天，对我来说，是一个让我激动又难忘的日子，托女儿之福，我有幸成为陕西省公民代表，来到了陕西省人民政府新城大院，受邀参加女儿参与的陕西省大学生到省政府见习总结大会，并参观了庄严神秘的省政府大院。我激动万分，心潮澎湃，百感交集。

参加此次见习的有来自全省三十七所高校的一百七十名大学生，平均每个大学只有四到五人有此机会，女儿能积极参与并脱颖而出，确实是实力和机遇的美丽相遇，实属难能可贵！

在见习期间，女儿独立生活在西安，上下班交通路线自己寻找熟悉，早上上班自己定闹铃提前到达，上班期间虚心请教，不断观察提高。见习期间，熟悉了省法制办备案处的工作流程，尊敬指导老师和处室老师，得到了他们的认可，特别是她写的见习报告《路漫漫其修远》，构思巧妙，结构完整，真情实感，颇有文采，得到了处室老师的点赞，并已发表在省法制办的官网上！

想着女儿的这些进步，加上手握着喜庆的大红请柬，平生第一次走进神圣庄严的省政府大院，我不由得感到由衷的自豪，似乎有一首欢快的歌儿在心中流淌，哦，泉水叮咚，泉水叮咚，我心情激荡，脚步轻快！

我们这些受邀代表在省政府讲解员的带领下，参观了占地三百多亩的新城大院，参观了雨水收集循环利用水池、西安事变指挥部、鲁迅图书馆、政务会见厅、历史沿革展室等地，全方位了解新城大院环境概貌，多角度认知陕西省人民政府。我们还走访了省发改委和国家统计局陕西调查总队，听取工作介绍。总体的感觉是省政府的工作人员并不是我们想象的那样傲气、官气十足，相反地，他们精英！热情！高效！扎实！

让我难忘的是参观西安事变指挥部时，凝望着那些发黄的文件照片，抚摸着古朴斑驳的木桌木椅，扫视着张、杨曾经的墨宝真迹，我觉得历史沉甸甸的。他们，为了抗日，为了挽救国家人民于危难，毅然决然地采取措施，发动政变，逼蒋抗日，是怎样的一种舍生取义！是怎样的一种大义凛然！那么，当代的我们，为了实现民族复兴，为了实现中国梦，是否也该全力以赴，干好自己的工作？

让我感到非常荣幸的是，我们还参观了政务会见厅，就是咱们在陕西新闻上看到的省委书记、省长会见各级政要的地方。会见厅不是我们想象中的那样宽敞无比、豪华逼人。相反地，大厅的面积不大，布局合理，庄重典雅，沙发的四周有咱们陕西的几件出土文物，历史久远，精巧厚重，充分向海内外省内外展示咱们陕西乃十三朝古都所在，历史悠久，文化灿烂！参观此地，我就可以想象到省委省政府为了咱们三秦大地的超越发展，为了咱们三秦父老的和谐生活，日理万机、共谋发展的情景。努力吧，学子们！少年强则国强，陕西的明天靠你们！祖国的未来靠你们！

参观走访完以上地方，呼吸着清新湿润的空气，穿过绿茵茵的草坪曲径，聆听着大院楼后喷泉哗哗的流水声，一路与讲解员、与其他几位家长边走边交流，感觉幸运、激动、自豪！为孩子们自豪，为自己自豪，我们一致认为，孩子们此次机会难得，收获多多！开阔了眼界，增长了见识，提升了层次，对未来的努力方向更加清晰明确了！

最后，我们集合在省政府大楼前，参加了见习大学生们简朴庄重的结业仪式。仪式由省政务办唐主任主持，他的讲话诗情开头，画意结尾，表达了对孩子们的一月见习友谊，依依惜别之情。总结了孩子们五周见习的成长与不足，表达了他对孩子们的殷切期望和美好祝愿。讲话水平之高，情谊之深，希望之切，让我们感动，让我们振奋。这就是高层次，精英！

浅笑低吟的风铃

高效!

　　会后,孩子们拍照留影,记录这难忘的经历,定格这美好的瞬间,与处室老师依依话别。在拥挤的人群中,有三四位记者,我女儿有幸得到了采访。月余的见习,她的确长大了、稳重了,面对镜头,她神情自然,小有激动,但滔滔不绝。讲得不错!让我小小炫耀一下吧!实录如下:

　　　　不管是对于现今学习还是日后工作,在一个月见习中,我收获颇丰,从处室老师身上,改变了我对公务员单调乏味、和尚撞钟、高高在上的误解,从他们身上,我学到了严谨的工作态度和为人处世的方式方法,我将会把收获到的有形和无形的知识应用到实践,做最好的自己!短暂的离别为了更好的未来,如果有机会,我也想成为一名公务员,做祖国建设的一枚螺丝钉,到祖国需要的地方去,建设国家,发光发热,贡献力量。加油!我还会回来的!

　　在回家的路上,天依然是那么蓝,云依然是那么轻,风依然是那么柔,女儿是那么漂亮可人,我是那么怡然自得、心满意足!坐在车里,陶醉在沁人心脾的音乐里,我的心情飞扬!女儿慵懒听歌,但自信满满!

　　不错,今天是个好日子!是的,难忘今日!

陪你一起过周末

一

好几周没有陪小宝了,小宝与我们关系都显得很疏远了。一是因为忙,二是因为懒,三是因为娃不亲近我们,我们有点伤心,很是内疚。今天我们和小王,带着她的小淘,说一块去游乐场,小宝才兴致盎然,毫不犹豫地答应和我们说走就走。我们很高兴。

小宝真是小小女汉子,爱冒险爱刺激,那些看着头都晕的项目,像摩天轮、自控飞机、海盗船等,她都敢尝试。她还是天生的小司机,第一次直接就会开模拟电动汽车了,而且还带着小淘,转弯加油,操作老练。她还玩了孩子们都爱玩的旋转木马,臭美地挑了一匹白马骑着,胆大地正骑反骑侧骑。最后,又和小淘去钓鱼、玩套圈,还幸运地套到了玩具汽车一辆、南瓜玩偶一个,她兴高采烈地说着跑着,小淘跟在后面手舞足蹈,我们也很开心!

夜幕降临,我们钱包已瘦,肚子已饿,才走出游乐场,吃了点街边小吃、锅盔牙子,稍作休息,适当调整,又来到广场,给小宝买了一个飞天箭。小宝很能干,稍微练了几下,就飞得比卖的人的示范还高!我们来到草地上,小宝飞着她的箭,在漆黑的夜空是那么闪亮,那么高远!我们一行人的笑声是那么爽朗,那么开心!

回家时,我们问小宝回陈阳寨还是回秦宝,她犹豫了一下,说:住秦宝吧！哇，出乎意料，我们太有收获了！我真心希望当我下次问她想爸妈吗时，她会说想。当我问哪里想时，她会说心里想，而不是肚子想，想我们的好吃的！娃就是这样，谁对其付出的爱和关怀多，娃就依恋谁！

现在，我和小宝有个约定，周五晚上就把作业做完，周六早上学完画，周六下午和星期天搞好个人卫生后，小宝就可以穿上漂亮的裙子，就可以跟我们一起到街上飘，到公园飘，到广场上去疯，到田野里去疯！奔跑吧，小宝！追逐吧，小宝！

二

星期天早上，小宝刚一醒来，我连忙殷勤招呼，嘘寒问暖，弄吃弄喝。温柔是个宝，小宝中招了。看到这么和蔼可亲的妈咪，她终于答应要洗澡了。我趁热打铁，和她拉钩为定。小宝虽然倔，但还懂事，说话算话。一吃完中饭，就很顺利地和我去丽都洗浴，洗得很彻底。抚着小宝的飘飘长发，嗅着小宝的淡淡发香，看着小宝的纤纤背影，我满心欢喜，我终于完成了一项浩大工程——给宝宝洗了澡，还她以清丽飘扬！

下午三点多的时候，应小宝的提议，我们去摘樱桃。兴冲冲地赶到塬上的樱桃园后才发现，我们来得太早了，樱桃才刚上了一点色，大多数还是生涩的青果。怎么办呢？举目四望，田野里春意盎然，生机勃勃，平坦坦的土地，绿油油的麦苗，沉甸甸的菜籽，轻盈盈的野花，清静静的农家，忙碌碌的农人，春光无限，田园气息扑面而来，让人想开车悠闲畅游其间！狠狠吸氧，徜徉融化，我们赞叹着、羡慕着，小宝呢，打开车窗，欢呼着、雀跃着！

臭美的我，又一通取景造型，拍摄留影，影响得小宝也在丛中一笑。与笨笨的我相比，她可真是机灵，随便摆个姿势，都是自然可人，堪称经典。她也承认，讲了卫生，长发就能飘起来了，心情也能飞起来了！妈妈，下周我还想洗澡！讨厌的老公乐不可支，一个劲地夸他娃聪明伶俐、楚楚动人，一根筋地说我笨拙臃肿、丑态百出。唉，真是别人的老婆自己的娃啊！我无语，能不能安慰一下我这颗受伤的小心脏啊！

　　车子悠悠地行进了一个多小时，我们突然发现北边乌云压境，山雨欲来，不好，大暴雨就要来了！我们赶紧往我们想去的大秦农庄赶，你说巧不巧，我们到了目的地，车刚停稳，天已昏暗，电闪雷鸣，狂风四起，卷起黄尘，非常吓人。我们赶紧钻进农庄饭店，这时，瓢泼大雨倾盆而下，仔细一看，还有豆大的冰雹！真险呀！

　　看来，一时半会儿是走不了了，虽然不是很饿，但这里富有特色的铁锅，刚炖的土鸡、现炸的油饼，让人垂涎欲滴，再加上老公的渲染、小宝的请求，我终于松开了紧捂钱包的手，松口不再坚持回去吃，也敞开了少了点油水的胃，不管了，先吃饱，再减肥！慢悠悠地吃完饭，酒足饭饱，可口开心！外面呢，雨过天晴，风雨彩虹，清新美丽！

　　回家的路上，小宝给我讲了几个冷笑话，讲了TFBOYS，讲了谢娜张杰，还给我唱了邓紫琪的歌。我们俩感叹，这个小鸡蛋，眨眼间就成人了。我们约定，下次大宝回来时，我们再品尝这美味的铁锅炖鸡，再相聚在这田园的大秦农庄！留住我们一家四口的情真意切，记录我们一家四口的欢聚一堂！这个周末惊险、开心、充实，值得回味记录！从陈阳寨回来时，小宝对我们还有点依依不舍。我们真愿走进她梦里，走进她心里！宝宝，我们下周不见不散！

浅笑低吟的风铃

暑假陪小宝故事三则

Story One

前几天（7月12日），小宝喊我回兴平老家，我连忙放下手中的活往兴平赶。要知道这小妞平常不太亲近我的，一是生活习惯，二是太有主意，所以，人家主动喊我，我倒殷勤起来了。回到土地局家里，小宝正和她的小伙伴波波玩耍，见我进门，很是兴奋！为啥呢？只见她拿出几张照片，是她刚照的大头贴，照得不错，姿势自然可爱，表情也萌萌的！听到我的夸奖，她抱着我的腿，噘着小嘴，撒娇着摇着我的胳膊，恳求我：妈妈，我还想和你照大头贴！唉，我以为是啥事呢，和娃拍几张亲子照，好事啊！定格美丽容颜，记录成长经过，增进母女感情，多好的事呀！我二话没说，走，照相！

小宝真是能干！在照相处，她先是有礼貌地和店主打招呼，说明来意。再要来了背景图册，取来一张纸，拿笔记下和我一起选的背景序号，最后把选好的序号交给店主，待店主设置好相机后，就和我一起摆各种姿势照相。小宝真是机灵，一方面指导我和她做各种造型，一方面还要用脚踩下快门。手脚并用，照相指导，确定取消，她弄得有条不紊。而我呢，似乎成了一个傀儡，听由她的摆布。小宝的可爱机灵感染了木木的我。你们看照片吧！我也会剪刀手、比心、做聆听状、捧脸，是不是我也已经返老还童，有点萌萌的呢？

下午的时候，我们又收拾了商业局家属院那边的老房子，收拾了曾经的生活、曾经的记忆。给人家腾房子，心里还是有些不舍的！小宝和她爷爷搬了好几趟东西，挺能给大人操心的！搬完东西后，人家又给我提了要求：买一双人字拖，买一双一脚蹬的鞋。这个小鸡蛋，不爱洗头，不爱洗澡，还这么臭美！不行！我不能先让你提要求，我也有条件，买人字拖可以，但得先把头发好好洗洗。至于一脚蹬鞋子，太成人化了，等长大些再说。她想了下，点头同意。我们各取所需，皆大欢喜！好，不说了，再欣赏一下我们萌萌的大头贴吧！再回味一下我们暖暖的生活点滴吧！

Story Two

暑假到了，没有了学校的约束，没有了时间的限制，没有了作业的烦恼，小宝最近可是玩疯了！每天熬夜玩耍到半夜三更，早上睡到日上三竿，起来后，不洗脸不梳头，邋遢得很。这样下去怎么得了？我心里万分焦急。最近，我在看电视剧《虎妈猫爸》，看到剧里对孩子教育的付出，我真是惭愧。是啊！一个家庭最大的成功就是对孩子教育的成功！我家的小宝聪明伶俐，接受能力强，记忆力强，理解能力强，字也写得很好，是个学习的好苗子！她现在九岁多，正是记忆力强的好时期，我得好好培养她、开发她、引导她！决不能再让伤仲永的悲剧在我家孩子身上发生！那么，怎么办呢？

我突然想起曾看到这么一句话：阅读的力量无限大！大量的课外书的阅读，不仅能开拓孩子的视野，还能够提升孩子的智力、情商和想象力。一句话，腹有诗书气自华。对，我可不能做一个不负责任的家长，任小孩像野草一样疯长。十年树木，百年树人，我要做一个有耐心的园丁，引导她改掉不好的习惯毛病，保存其良好的亮点势头！对，我还在书上看到过小学阶段要是能做到以下几点，就完美了：习惯至上，阅读不减；学习讲时效，计算为重点；字迹要工整，错题要记录；如果玩伴好，小学则完美！这些经验多像及时雨，说得多到位啊！对，不能再蹉跎岁月了。

心动不如行动！我巧用智慧，带她去汉唐书城看书去！她刚开始还

浅笑低吟的风铃

很排斥,不想去,但环境确实可以影响人、改变人,正所谓,跟着啥人学啥人。汉唐书城里十分凉爽,轻柔的背景音乐流淌着,看书的娃三三两两的,有站在书架旁随意翻的,有坐在地上投入专注的,有和家长一起寻找心仪书籍的,总之,读书的氛围浓浓的。小宝很受感染,很快地徜徉在了书的海洋。我们挑了四年级要用的《奇迹课堂》,挑了两本杨红樱的《淘气包马小跳》,这是必买的!又挑了她感兴趣的《阿凡提》。我心疼娃坐在地上凉、站着累,所以,我就到看书收费区,要了一杯奶茶,我以身作则、言传身教,我们坐在那里,静静地看书。你还别说,小宝一下午看了六本书呢!回来的路上还给我讲呢。我们约定,每两天去书城看书一次,一可蹭空调,二可学习。我多么希望,在我们的一起努力下,小宝的小学阶段能完美,为她的终身学习打好基础!

Story Three

好不容易放假了,我应该多陪陪小宝,带她长长见识,培养一下好习惯,增进一下母女感情。于是,今天午休后,我打的去陈阳寨,一是给她送去我从网上给她买的专家推荐书《我是白痴》和《父与子》,二是想千方百计哄她去汉唐书城看书并蹭空调。怎奈我到后,她执意不去,原因是想和笑笑玩,还想等她奶奶炒的馍豆豆吃。哦,原来今天是阴历六月六,按我们这儿的风俗,就是家家都要炒馍豆豆,还要翻晒各种棉被棉衣。让我感到高兴的是,小宝很喜欢漫画书《父与子》,你看,她坐在沙发上全神贯注,沉醉在故事情节中,有时一声叹息,有时一阵傻笑。总之,她走进了书中的故事情节里,似乎忘了周围的人和物,真好!大概一个小时后,她看完了,很高兴。看她读书学习,我更高兴,因为,我想想方设法培养她爱上书本,养成爱阅读的好习惯!

作为奖励,我提议和她骑自行车去她们学校看看,这个提议得到了小宝的热烈响应,她高兴得跳了起来,手舞足蹈,拉着我的手,立马就要出门,我当然很乐意了!前一段时间,她爸刚给她买了一辆自行车,她很爱骑，并且车技已经很不错，在小区里穿梭自如，只不过没上过路。今天我带她骑自行车去她学校，路途不短，路况复杂。所以，我不停地叮咛她骑慢点，多观察，听到喇叭声时要注意，实在不行，就停下来推着车走或干脆停在原地。小宝很听话，骑得真是不错，灵活自如，身轻如燕，特别是她今天刚好穿着大摆裙子，风一吹，裙摆飘舞，她的小屁股一扭一扭的，很是好看！很是老练！我开玩笑说，人家一些贵妇人吃完晚饭后，在街上或公园遛狗，我呢，骑车遛女儿，哈哈哈……到了金泰学校，我们发现工人们正在翻新操场，小宝很兴奋，喊叫说，下学期我们就有新操场用了，可以在操场上奔跑追逐，甚至打滚。说得极是！参观完她们学校，小宝当起了导游，骑车带我参观金泰小区，告诉我这个小区有很多园，什么朗园呀，什么明园啊，什么沁园呀，还有好多庭，什么御庭呀，什么馨庭呀。她骑车带我参观了这个小区的角角落落，很好，总的感觉是，高大上！设计讲究，绿化不错，红花绿草，生机盎然，街道干净，停车有序，真不错！小宝骑累的时候，我也闷热得气短头晕，于是，我们在一个小广场停下休息，好动的小宝又玩了各种器械，不亦乐乎！

　　最后，我们在一小吃店稍做补充，我心烧得不行，吃了老冰棍一根，小宝有点饿，吃了土豆条一包，嘘，还偷吃了一块小奶糕！我开玩笑说，你爷平常不让你吃，你偏要吃，但愿你的肚子和嗓子不要出卖你！不然咱俩会被骂得很惨，会死得很难看，哈哈哈！我们偷吃冰棍时，无意间看到店外的墙上写着这几句，有教育励志作用，和小宝共学，处处留心皆学问嘛：智者不愚，廉者不贪，知者不惑，勇者不惧。今记之，与大家共勉！

浅笑低吟的风铃

女儿的作文体验课

最近几天,骄阳学校不知从哪儿搞到了我的电话,三番五次打电话让我带孩子去听他们的体验课,迫于无奈,星期六(7月19日)下午,我带着我女儿去体验。

在等电梯的时候,偶遇了一对母女,妈妈带女儿来上作文课,这位妈妈心直口快地跟我聊起来。她说她女儿以前不会写作文,害怕写作文,来此培训后,挺有收效,孩子现在主动写作文,喜欢写作文。她还说,虽然她是农村家庭,但现在日子还好,就要给娃提供好的学习机会。她说了好几遍要钱干什么?还不是为娃嘛!听了她独角戏一样的话,电梯里的几个人和我一样都想笑,同时,她的话对我很有触动。

我对我小女儿的教育,说来问心有愧。她从小由她爷爷奶奶带大,虽然她也很亲近我们,但更离不开她爷爷奶奶。我的小女儿长得白净漂亮,笑起来甜丝丝的。她聪明伶俐,活泼好动,学习上一点就通,就是性子急,不服人,不太用心钻研,用她自己引用老师的话,就是天资聪颖、心浮气躁、粗心大意呗!她现在还小,所以有时对她,我们大人是又好气又好笑;但与今天偶遇的这位妈妈相比,我还得反思自己。

很快,电梯到了十五楼,已经有几位家长带着孩子到了。投影仪上正放映着孩子们爱看的动画片。女儿一下子兴奋不已,她的情商很高,不一会儿就和另几个孩子打成一片,玩得不亦乐乎。过了二十几分钟,预约的家长和孩子们都到了,体验课开始了。老师先讲有关右脑的开发及重要性，说迄今为止，爱因斯坦的智商最高，但其右脑也只被开发了百分之十，可见右脑的潜力巨大。还讲了思维导图，思维导图就类似于联想记忆，类似于大脑风暴。

接下来，两个老师测试思维导图的效果，一个老师让在座的家长和孩子随心所欲地说几个数字，另一位老师看一遍，然后面向大家，背对黑板，顺着背、倒着背、某行某个背，分毫不差，完全正确，我惊叹！再接下来，多媒体上又展示了几组词组、十几面国旗，还有某人的一些作品名称，问我们在座的孩子家长能不能记住，能记多少。我看得头都大了，根本就记不住几个，再仔细一看那些东西，似乎也没啥规律可循。但几个老师把几个孩子带到另一个教室，不知人家是怎么培训的，反正，几个孩子基本都能顺背、倒背，我惊奇！我就在想，一定要让娃把这招学到手，那她背汉语字典、成语词典、英语词汇，将易如反掌，那她的学习将会顶呱呱，那我再也不用担心她的学习啦！

这家学校功课做得很足，震倒家长以后，打起了亲情牌。老师让每个孩子当众介绍一下今天陪自己来的家长，说出最想对家长说的话，再拥抱一下家长。接到任务后，我捏了一把汗，我女儿从小娇生惯养、任性好动，她敢说吗？她会说吗？她能说好吗？但很快我就明白我的担心是多余的，只见我女儿挺认真挺用心的，她嘴里念念有词，不一会儿就准备好了。时间一到，老师让那两个年龄较大的孩子先说，但她们推辞说还没准备好。这时，我女儿勇敢地举起了手，准备先说，我向她投去赞许的目光！只见我女儿落落大方，口齿伶俐地说：这是我的妈妈。妈妈，我想对你说，感谢你为我付出的一切！妈妈，我有时很淘气，但是，妈妈，我爱你！看着女儿的优秀表现，听着女儿稚嫩的话语，我激动不已，热泪盈眶，我把扑过来的女儿紧紧搂在怀里，对她说：小宝，你真棒，你是妈妈的另一个骄傲！你和你姐姐一样，聪明大气，有当主持人的禀赋！下面在座的老师家长都夸赞我女儿说得好，我很满足，我很骄傲！

回想起来，真是好玩，孩子毕竟是孩子，要知道，今天一大早，我去看她，也许是没睡醒吧，人家气呼呼地从卧室跑到书房，恶狠狠地把我关

浅笑低吟的风铃

在门外,让我出去,让我回去,真是任性啊!但孩子的心灵是纯洁的,她也想做一个好孩子,一个人见人夸的好孩子!你看,刚才她说得多好啊!我暗下决心,一定要把女儿培养成凤!

这个学校的营销策略挺高明的,打完亲情牌后,各个击破,只见另几个工作人员拿着课程安排表与每一个家长交流,一对一地沟通、推销、说服。我开诚布公地谈了我的体会,力赞了他们的思维导图理念,就是我们平常说的联想记忆、大脑风暴,还沟通了孩子小学的学习教育。我当时很冲动,看着孩子渴望的眼神,准备给孩子立马报这个右脑开发的培训班。但当时没带那么多钱,我就决定推到星期一再说。

令人生厌的是,这个学校又给我打了几个电话,力劝我快来办交费手续,暴露了它唯利是图的本性。再者,当我冷静下来,仔细一想,我不能拔苗助长,扼杀孩子的天性,剥夺她假期无忧无虑的时光。我知道,十年树木,百年树人,孩子的教育急不得,得慢慢来,言传身教,潜移默化,身体力行,树好榜样。我要多鼓励赞扬孩子,树立其信心;我要多陪伴提携孩子,优化其习惯;我还要与时俱进,多多充电,给孩子传授知识的同时,更要讲求学习方法。

女儿,你是妈妈的小宝,我看好你,咱们一起加油吧!

小宝的生活点滴记录

妈妈，在线吗？帮我把作文改一下。

妈妈，在线吗？请问六一儿童节有我的礼物吗？

妈妈，生日快乐！

收到，谢谢宝宝，最近学习辛苦了，赶紧发过来我给你改，礼物肯定有！

这是最近两周小宝在QQ上主动跟我的连线和沟通，我很欣喜！

你知道她以前对我的态度吗？

宝宝，作业有啥问题吗？要不要我帮你听写下英语？

宝宝，咱们去街道逛逛，顺便吃好东西，你去吗？

宝宝，今儿星期天，咱去舅家吃舅家婆的煎饼，你去吗？

不去，没有，你出去吧！

生硬的拒绝，推我出房门的动作，让我很难过！

是的，上了初中的孩子逆反心理强烈，很难管教。再者，初中阶段，特别是初二是孩子学习两极分化的重要学段，孩子成长的点点滴滴，学习成绩的起起落落，无时无刻不在牵动着父母的心！这几年中，我受尽了这个叛逆神兽的嫌弃脸色和冷漠拒绝。看来要苦尽甘来了！

这周小宝从西安回来，变化很大，主动和我交流，我很高兴，从与她的交流中，还有两次考试成绩，加上在家的表现，我看到了不一样的小宝贝！

浅笑低吟的风铃

阳光上进的学习状态

　　疫情防控期间,小宝在家待了将近一百天,其间上了两个月直播课,我观察到她挺自律的,虽然周末的时候、放学的时候、课间的时候,她就松弛下来,有睡得晚早不起的放纵,有手机上聊天游戏的放纵,有打个盹吃个东西的放纵,但是只要上课,从不迟到早退,只要是老师布置的作业,再晚都要写完。开学后,据老师讲,她的学习状态一直不错,每天能按时并保质保量完成作业,每日在家长群里公布的未做完作业名单里,从未出现过她的名字,倒是英语的单元听写中、语文背诵考查中、地理知识检测听写中,她常在优秀之列!

　　在疫情后开学的两次考试中,她成绩不错,我真为她高兴!老师高度表扬了她,特别是在班上其他同学都在上课外补习班,而她未上任何补课班的情况下,能考到班上前十,真的挺厉害的!我在想,原因有两个:一是小学已培养成的良好学习习惯,二是有课堂听讲记笔记的良好习惯。我想起来了抖音上的一个小段子:学霸和学渣的区别,学霸和学渣下课都在打闹疯玩,区别就是听讲时学霸两眼放光,紧跟老师,生怕错过一句话一个字;而学渣呢,听讲时左顾右盼,心不在焉,总想着放学吃什么、喝什么、去哪儿玩、和谁玩、玩什么。

一往情深的个人爱好

　　和大多数的少年儿童一样,幼儿阶段,小宝也报名学过好几种才艺,比如美术、舞蹈、钢琴等,我还记得她穿着舞蹈服跳拉丁的那种可爱样,漂亮机灵,动作是那么协调!我还记得她弹钢琴时,手指是那么灵活,弹出的调调还挺好听的。可惜,到了小学六年级后,都因吃不了苦而放弃了。坚持下来的只有美术,她对美术是情有独钟的,并且,美术的素质教育已融入她的审美和学习生活中了。比如,她会点评我的穿衣搭配,告诉我黑白灰的经典,同色系如何搭配等。课余无聊时,她会随手拿起笔,画几朵小花，画一个卡通人物等，上初中后，她一直是班上的板报小组成员和班级名片的制作人！她一直说，她长大后要考中央美院。

这周回来，我又发现了小宝的新爱好，就是看日本动漫。哇，你说起这个话题，她立马滔滔不绝，如数家珍，简直是大师级的专家啊！唯一不好的就是，她对这些动画的周边产品爱得如痴如醉，并攒钱购买或请求我们赞助购买。我的观点是，不要中毒太深哦！小孩子追你所说的二次元是可以的，特别是景仰膜拜于其中的人物的帅气才干，为其中正面人物的大义牺牲而顿足痛哭，这些我们都能理解。但作为学生，特别是关键年级的学生而言，千万不能本末倒置。

幽默搞怪的一枚吃货

对于吃货之称，小宝自己心服口服，她有一句名言：嘴巴就是用来享用人间美味的。老南牌方便面是她的最爱，名字也是她起的。每隔几天，她都要过一下这口瘾，并且要吃全套的，这也是我的独家秘方哦！即，荷包蛋、一撮绿菜、一根香肠、一包方便面，外加一勺芝麻酱、一勺老干妈、一勺盐、一勺醋。当我把美味端到她跟前时，她幽默地说：过瘾啊！并给我竖起大拇指。还有，每到饭点，她就在想吃什么呢？外卖也是一周一次的。唉，毕竟是00后呀，一点都不亏待自己的嘴，而且吃的东西还很洋气，肯德基呀、比萨呀、日本料理呀，叫了个鸡呀、咖喱米饭呀、各种蛋糕芝士卷什么的。

这家伙还挺幽默的，最近就有两则笑话，都是QQ发给我的。一则是：妈妈，告诉你一个悲惨的消息，我，你的女儿，在很久以前入了很多坑，JK制服、二次元、手绘、谷坑、一直没有告诉你，今天告诉你了，所以，以后我要狠狠地花你的钱。另一则是发来漫画：孩子在家为什么喜欢锁着房门？因为家长进来基本没啥好事，并且开始唠叨。试想一下，如果家长一进来就发钱，那情况肯定不一样。哦，还有一则，就是人家把我跟她的QQ对话里我所说的全部话整理到一起，打包给我发了过来，并说：你看看

浅笑低吟的风铃

你说的哪一句话和学习没有关系?！通过这个图，我还看到，人家给我起的备注名是御用厨师！唉，瞧瞧，这个幽默的小家伙，是不是可爱又可恨呢？

的确，今年小宝确实长大了，不光是个头上的长高，心智也成熟了许多，特别是有了自己的思想。比如，在西安上学，和班上的几个优秀同学关系很好，生日互送礼物，周末同约外出，课余谈论所读之书。回到咸阳的时候，约起小学的两个好闺密，一起逛会儿街，吃个串串，互相鼓励，聊一聊梦想和打算，真不错呀！

近朱者赤，近墨者黑，好朋友对娃的影响是很大的，对于她交友的做法，老妈我很赞同、很高兴！老妈真心希望小宝能吃、能玩、能学！

今儿听说一学生有严重的心理问题，几次直言要跳楼，把我吓坏了，中午赶紧发QQ给她：

宝宝，学习了一早上，辛苦了！要劳逸结合，学的时候好好学，玩的时候好好玩，可不敢有啥心理问题想不开哦，可不敢太沉迷于一些动漫或小说，看一些低俗读物哦，也不敢跟陌生人说话、吃喝别人的东西哦！

她回：呵呵，你以为我是傻子吗？我三观正确，心理正常着呢，老土的妈妈！

好吧，我基本放心了。其实，老妈我真心希望小宝能吃、能玩、能学，是一个快快乐乐的永远也不要长大的孩子！

为你欢喜为你忧

这几天,办公室的几位年轻同事大谈育儿经,有的给娃报了作文写作技巧辅导班,有的给娃报了少儿绘画素描班,有的给娃办了图书馆的借阅卡,周末带娃去图书馆读书,让娃感受阅读的氛围,培养娃的阅读兴趣和阅读习惯。听了她们的计划安排和经验交流,我深深地感到我这个妈妈当得很不称职。

我的小宝,从小由爷爷奶奶带着,溺爱娇惯,淘气任性,是一只十足的散养小宠物。三年级前,还听话可爱,兴趣广泛,画画得不错,舞也跳得不错,和小区的小伙伴玩得也不错。但自从上了四年级,舞蹈坚决不学了,唉,可惜那几套漂亮的舞蹈服和舞蹈鞋了。和小伙伴在小区里也不再疯玩了,开始沉迷电视和电脑了,唉,可惜那双溜冰鞋和自行车了。特别是做作业时,不让大人在旁边辅导了,人家坚持要自己做,还不太肯让大人检查了,你说这能让大人放心吗?大人敢放任自流吗?她的这些现状让我很着急,同事们的育儿理念让我很自责。我焦躁不安,我"压力山大"!

周末,我去看她,这次人家没有拒绝排斥我,相反地,对我十分热情,甚至依恋有加,主动跟我谈了她的学习情况:妈妈,我语文测验得了一百分,我数学测验得了九十八分,本来能得一百分的,只是因为粗心,把一个数字写错了。我还用步步高点读机做英语测试啦,得了一百分。

听到这些,我心里窃喜,为了鼓励娃的学习热情,我故作惊讶,惊奇

浅笑低吟的风铃

地问：真的吗？老妈可以看一下你的卷子吗？娃兴高采烈地把卷子拿来，我一看，是真的不错，卷面整洁，字迹工整，仔细一看，阅读题理解还不错。我顺势鼓励，让娃有成就感，增强其学习兴趣，树立其学习信心。我还趁热打铁，叮咛其要多看课外书，多做摘抄笔记。有了一定的阅读量，语文的阅读理解题就能答得更充分，写作文时就会言之有物，甚至妙笔生花！我还给她提出努力方向：你曾经不是还写过一段小说吗？多多读书，多多积累，尽快把小说写完，让老妈拜读一下，好吗？争取在报上发表，让同学羡慕一下，好吗？小宝听了，既胆怯又有想法，说，那好吧！

说到读书，小宝来了兴趣，打开了话匣子。妈妈，我每晚睡觉前，不看书睡不着觉！妈妈，你给我买的马小跳系列，我早就看完了，都快背过了！妈妈，听说杨红樱出了一本新的马小跳，你能带我去买一本吗？听到娃的这些已取得的成绩和进步的要求，你说，我能拒绝吗？我能不奖励一下小宝吗？

记得育儿专家指出，如果说一二年级是孩子养成好习惯的开始，那么三四年级便是习惯养成的关键时期和最后定型期。专家还跟踪研究了近千位学生（从一年级直到高考）得出的结论：高考成绩与学生三四年级的成绩是成正比的。许多孩子便是没有把握好这个坎，基础没有打牢，所以在以后的比拼中一路落后，差距越来越大。

三四年级不仅是孩子成长的关键期、转折期，也是考验家长教育水平的重要时期。那么我该怎么帮助引导小宝养成好习惯，为她的未来打好基础，做好准备呢？

一、多多进行引导鼓励

发现她的优势，了解她的不足，激励她发挥特长，更上层楼，鼓励她改变不足，提高兴趣，均衡发展。

二、与她一起学习研究

学习的难度加大，最好的方法便是与孩子一起研究、分析。每次写完作业、考试完后，都要指出她的问题所在，以及后面隐藏的深层次原因，是根本不会还是基础不牢，抑或是马虎大意，分析完后要让她记录下来，反复练习。此外,还要多给孩子鼓励,尤其是当她遇到困难时,要克制自己,尽量不要说:怎么不好好听课啊,老师都讲了!你怎么这么笨!这样会毁了她的。

三、肯定她的独立自主

既然三四年级是孩子习惯养成的关键时期,既然她现在不让大人坐在她旁边陪她做作业,那不如将计就计,帮助她养成"属于自己的习惯"。这样可以让她养成为自己的作业负责的好习惯。这些还可扩展到预习、复习、查阅资料、记笔记等方面。

为了小宝的未来,我也是拼了,谨记专家建议和教导,多引导,多鼓励,多积累,奖励为主,一起成长!那么,心动不如行动,马上开始,奖励加激励吧!

今儿个阳光明媚,春光大好,微风习习,去咸阳湖泛舟如何?今儿个周末休闲,书海漫步,书香浸润,汉唐书城买书,可好?今儿个阳光可以,欢声笑语,去肯德基解馋,可好?说走咱就走啊,你乐,我乐,大家乐啊!让我们荡起双桨!让我们放飞心情!

今天,和小宝的亲子活动,我看到了娃很多可爱的,值得放心、值得称道的地方,让我焦虑的心情得到了一点舒缓。今天,反思了专家的建议教导,我看到了我很多忽视的,值得学习、值得实践的做法,让我迷茫的思路有了一丝曙光。但我的心中依然有块大石头,压得我不敢喘息:人家娃都学各种才艺去了,都加深拓宽课外知识去了;人家娃都到西安上学去了,去享受大都市的优质资源去了。我家小宝两年后能去西安上学吗?不学奥数,能考上吗?没有才艺,能出色吗?考上了,住哪儿呢?租房吗?谁陪娃呢?我又苦恼起来。

浅笑低吟的风铃

我想要说给你听

亲爱的小宝：

　　你好！时间过得真快呀，转眼就到了年末，2020年即将过去，2021年即将到来，你们正乐乐呵呵地等着跨年的全班文艺联欢。班主任赵老师给家长们布置了一个作业：给自己的孩子写一封信。还真是巧了，这段时间我一直有写信与你沟通的念头。那么，借此机缘，就让我以书信的形式与宝宝你沟通沟通，说说心里话。

　　首先，我想说说你在妈妈心中的形象。

　　你是一个阳光善良、上进自律的孩子。人说，近朱者赤，近墨者黑。观其友知其人。你在咸阳的闺密张滢月，你在西安的好友刘瑞沂、周雨萌都是阳光灿烂的青春美少女：活泼可爱，伶牙俐齿，才艺不凡，文采飞扬，学习成绩名列前茅！你很喜欢她们，我也一样哦！你们在一起有说不完的话，聊不完的天，蹦不完的冷幽默，分享不完的动漫故事，规划不完的相约出行，推荐不完的网络小说，嘿嘿，还有百吃不腻的美食。当然了，能吃就能学，你们还常常一起现场或隔空相互鼓励，探讨问题，督促学习，畅谈梦想，妈妈真的很赞赏！都是嘴上馋猫、手中执笔、心中有梦的好孩子啊！

　　记得疫情防控期间，你每天都能克服惰性，准时起床，坐在电脑前听课记笔记，努力完成作业。还有，你在西安上学，爸妈没在你跟前，你一个人，尽量不给叔叔阿姨添麻烦，不迟到不早退，自己记笔记做作业，妈妈觉得你真的很自律很自立。以我站在大人的角度，你的阳光善良、自律自立、不卑不亢是非常优秀的立身处世的品质呢，再送你一个大大的赞哦！

其次，我想说说你和爸爸妈妈的沟通。

爸爸为了咱们家能致富奔小康，辛苦打拼，应酬颇多。妈妈为了干好工作，起早贪黑，连颠带跑。我们也知道你今年初三，课业重压力大，周内没有陪伴你，我们很歉疚。所以，每个周末都盼着见见你，和你聊聊天，给你做好吃的、买你想要的。可是，你对我们的态度却是关上门，捂耳朵，蒙被子……爸妈热脸碰个冷尻子，你说气人不？换位思考一下，你千呼万唤盼星星盼月亮想见的一个人拒你于千里之外，你作何感想呢？你是不是会火冒三丈怒气冲天，真想痛骂他一通甚至想暴揍他一顿呢？

有个电影名叫《有话好好说》，希望你以后不要再这么叛逆这么任性了，知不知道？不听老人言，吃亏在眼前，周杰伦的歌不是有首《听妈妈的话》吗？

说到这儿，我就想起了你和你爸之间的一个故事。大概是去年寒假吧，你爸和我想带你去吃饭，你断然拒绝，我们好说歹说，你仍坚决不去，你爸的热情被你耗尽，于是，硬是拉拽着你去，去了你还不吃，他一下子生气了，打了你，你哭了，妈妈心很疼。等你爸那坏脾气过去后，你冷静地对他说：爸爸，咱们能不能以朋友的方式来谈一下呢？首先，我已表明我不去，你非拉我去，这是不尊重我。另外，为什么每次有冲突有矛盾时，错的永远是别人而你总是对的，你有没有反思过自己？我们老师说了，老不反思自己的人走上社会，会吃亏的！还有，你们老是夸姐姐是乖乖女，好像我不乖似的，我要是不乖，我班同学咋都喜欢和我玩呢？她是她，我是我！

你的这番话把你爸惹笑了，他称赞你口才好，还向你道歉了。并且还开玩笑说小不点长大了，开始引经据典头头是道了。哈哈，这就是知识的力量！由这个故事，宝宝你是不是也要反思一下自己对我们的态度？是不是该有话好好说呢？是不是应先别排斥再耐心说出想法呢？我们也是开

浅笑低吟的风铃

明的父母,对的再接再厉,不对的立即改正嘛!关键是大人的想法观点你也要听进去呀,要理解父母之心。你不是说了嘛,有一种冷叫父母觉得你冷,该穿秋裤了,我们的啰唆也是一种关爱呀!

最后,妈妈想聊聊你的中考复课。

时光如梭,转眼你已是初三学生,距中考已不足两百天了,时不我待,想想都着急。要知道,中考可是你人生的第一次大考呀,我们已经知道,在西安,现在的中考比高考还难,要有一半的娃上不了高中呢!上不了高中,又不让补习,只能去职业学校。在大人们看来,以现在的国情,上职业学校就相当于开始混社会了,就极可能把娃荒废了呀!

"人必须活着,爱才有所附丽。"这是鲁迅先生在他唯一的爱情小说《伤逝》中的名言,用在教育上也格外合适:一个普通人家的孩子,你必须先杀出重围,找到立足之地,才能谈自我和尊严。你想要得到更多尊重,创造更多价值,获得更多自由,就要在一路艰难跋涉中,走向更高的平台,碰撞出更大的自我。

父母之爱子,则为之计深远。咱家也是万千普通家庭中的一个,我们大人努力工作创造财富,就是想给你们当好垫脚石,希望你们能通过努力学习,上个好高中,考个好大学,站得高看得远,将来能找一份体面有尊严的工作,实在不行也能做一个生活不会那么艰难的普通人。

在此,妈妈承认你挺努力的,你的努力和人缘从你好友刘瑞沂写给你的诗《致娇儿》中我已窥见一斑了。是啊,同学眼中是光是热,努力向上的你,初二下学期开始学习势头很好,我们曾一起展望,希望你能保持并超越,通过这几次成绩,看来与我们的展望还有一小截距离哦!说明别的同学比咱更用心更努力,咱得有危机感!

为此,妈妈建议你,树立目标(考上曲一)、制订计划、认真听讲、认真写作业、不懂就问、整理错题、多刷真题,如若能每天进步一点点,相信你会做得越来越好!相信2021年的你会笑傲中考的!

以上就是妈妈在跨年之际、初三的关键时刻想与你沟通的一些心里话,希望你能认真读完,领会在心,并付诸行动。在我心里,你一直是一个阳光自信自律上进的小仙女哦！望你天天向上、天天开心！祝你新年快乐哦！

              你的妈妈

              2020年12月30日晚

浅笑低吟的风铃

为天娇中考加油

亲爱的宝贝：

听老师说你们后天要举行中考百日誓师大会，为了营造全体初三学生全力奋战中考的氛围，为了让还沉浸在过年状态里的孩子们收心静心，为了让更多的孩子不留遗憾升入心仪的高中，特请每位家长给孩子们手写一封信。

接到这个作业，我觉得学校组织得真及时，老师要求得真挺好，我正有许多话要跟你说呢。

时光如梭，你已从牙牙学语的小不点长成了亭亭玉立的小美女，从不想去幼儿园的小屁孩长成了自己的事情自己做的中学生，而今，竟然很快就要考高中了。我有时感觉似乎是在梦里，亦幻亦真，但这一切是真真切切的现实，你确实是初三毕业班的学生，现在离中考仅剩一百天了。时不我待，你该怎么办呢？在这儿妈妈有一些建议和做法想与你分享。

树立信心，明确目标

自信是成功的第一要诀，但自信是建立在对自己的现状有清醒认识上的，还要有行动去调节和自我修正，绝不是盲目乐观，坐等收获。纵观你的小学中学学习，你还是有一些功底的。记得你上幼儿园面试时，小小的你就自信地对爷爷说，我能考上。你上小学时，五年级以前一直是班上前五名的孩子。你来西安上初中后,刚开始有些不适应,经过你的积极调整,从初二开始成绩稳步提升,这是很好的势头。但你必须明白,中考政策使得中考竞争很激烈,咱必须得下些劲,费些功夫,多多钻研,保证考上高中,努力考上曲一,这样的话,你就不用住校,可以吃上家里的可口饭菜,晚自习后就可以在自己的小闺房里学习放松,还可以和姐姐看会儿日本动漫。

抓住课堂,紧跟老师

有句陕西话说,慢牛不下晌,下晌又套上,用于指办事没效率。这句话你应记在心里,即不学不说,学的时候就要高效。那么怎么高效呢?那就是上课专心听讲,认真记笔记,听讲的时候,对于理科课程,多体悟老师的解题思路和完整步骤,对于文科课程,多记背老师所强调的常考点和易错点,你的历史和政治是弱科,要上课听记老师梳理的线索和对现实问题的链接,大题慢慢地就会减少失分。因为,初中的你们,自己钻研拓展的能力还很有限,而老师则相对有经验得多,跟着老师的引领,你会事半功倍。上课的认真听讲、与老师同学的互动已使你理解了很多,所以晚上回家的作业就会省时顺畅很多,这样你就会轻松很多而不会是连轴转疲劳战。

重视模考,整理错题

模考不是目的,而是检测所学的手段。模考题的命制,肯定是中考团队或相关老师根据中考考纲命制的,它肯定要体现中考的考点还有对现实生活的联系和指导。另外,多次的模考就是限时训练,有助于训练你对答题时间的把握和对真正中考考场的适应,所以,抱怨可以,但绝不可排斥。要知道,初三、高三哪个孩子不苦不累?哪个孩子不拼不搏?作家柳

浅笑低吟的风铃

青说过：人生的道路虽然漫长，但紧要处常常只有几步，特别是在人年轻的时候。现在，中考就是你的人生的第一大考，事关未来，事关家庭，事关你在咱家里的个人形象哦！每次考完试后，你一定要坚持各科都整理出一个错题本，反思错因，查询相关知识，举一反三，触类旁通，争取下次不再失误。每次考试前，看看错题本，相信我，你会觉得很有效哦！

保持乐观，劳逸结合

这学期的练考考试肯定比较频繁，肯定有考得不尽如人意的时候，不要气馁，在心里积极暗示自己：这题对我来说难，别人也不一定会做呢。另外，就是不要否定自己，要和年级的同学横向比较，知己知彼方能调整状态并努力以达到百战不殆。每日给自己制定学习计划和时间计划，完成了奖励自己吃个好吃的、看会儿漫画、听会儿音乐等；如没完成，也小小地惩罚一下自己，饿一小会儿吧！英语中有句谚语：All work and no play makes Jack a dull boy. 意即只学习不玩耍，聪明孩子也变傻。所以，妈妈希望你继续自律，安排好时间，管理好自己，劳逸结合，用心备考，学的时候好好学，玩的时候好好玩。周内全神投入，周末爸爸妈妈来了，你适当放松，我们好好犒劳你。

你已经是初三学生了，离中考只剩一百天了，时间紧迫，盛年不重来呀！少壮不努力，老大徒伤悲，要说的话还有很多，但由于时间关系，加上怕你嫌我啰唆，就暂且到这儿吧，希望你能把妈妈以上的肺腑之言和谆谆教诲认真阅读，用心体会，并用于行动实践，相信你一定会越来越棒，中考大胜！加油吧，美少女！

你的妈妈：南美兰

好友情谊

好友情谊

拜访作家同学

前一段时间,闲来无事,有感而发,写了一篇文章,本意是记录生活,抚慰心灵,留住美好,少留遗憾,很随意地发在朋友圈与朋友们分享。让我意想不到的是收获了许多点赞和肯定的评论,这让我受宠若惊,同时又信心倍增!后来,我把拙文拿给我已是作家诗人的老同学看,引起了他的一些共鸣,获得了他的一些肯定,后来文章被发表在《文化兴平报》上,我倍感荣幸!

今日得空,前去拜访老同学,我很是高兴,收获不少!

记得上高中时,老同学就酷爱文学,已开始写诗创作。当时,我父亲是他的语文老师,创办了校园文学社。我父亲爱心满满,爱生敬业;我同学灵感多多,写作积极。师生合作频繁,很是投缘!我同学当时做着文学梦,高中刚毕业那会儿,一有诗作,就骑着自行车,行走十里多的土路,到我家和我父亲共同探讨,共同升华,直到满意才肯罢休。那时我已到外地上学,父亲总是用他的奋斗成长故事激励我。

几十年没见面了,今日拜访,竟无一点生疏之感,聊起天来,也无过多顾忌,聊工作,聊家人,聊孩子,回顾过去,展望未来,感慨时光匆匆。转头回去看看时,已匆匆数年;抬头向前望望时,得且行且珍惜啊!

另外,说到我的写作,他很是赞赏我的态度,他说,这是一种很好的工作习惯和生活态度,提到一些老干部老教师退休后,有好多拿起了笔,

浅笑低吟的风铃

回忆自己的一生，起起落落、浮浮沉沉；记录自己的感悟，平平淡淡、从从容容；分享自己的经验，真真切切、诚诚恳恳！他说，这是一种很好的开始，坚持下去，退休之后，我的人生会很充实，更精彩！当然啦，热情归热情，关键是要静下心来，多读书，多积累，多沉淀，讲技巧！还建议我多看花城出版社和漓江出版社出的中国散文年选，对我真是谆谆指点提携，我很是感动！

不过，我内心其实忐忑不安，觉得他真是高估我了，同时，又信心倍增，跃跃欲试，仿佛我已然是一个文学青年了。我在心里对自己说，梦想还是要有的，万一实现了呢！哈哈！这会儿，坐在床上，听着歌曲，翻看报纸上我的拙文，虚荣心得到了很大的满足，上进心也得到极大的刺激。这不，胡言乱语，东拉西扯，记录下这生活的过往，永留住这人生的希冀！坚持吧，追求吧！

好友情谊

我的作家朋友

已是五月中旬了,本应是艳阳高照、美女裙飘的初夏盛景了,但几天的阴雨却让气温骤降,街上行人纷纷裹衣前行。这样的天气,宅在家里睡觉追剧,或邀朋友喝茶聊天是最好的选择了!

就是在这样的天气,我想起了美女作家雪梅,她最近成立了幽兰清香堂工作室,创办了春芽子作文大讲堂,几次热情邀请我过去喝茶聊天,看来我今天去是最好不过了。

于是,在安顿好孩子的学习后,我决定去拜访她。虽然事先未约,但是,心有灵犀,就在我抱着侥幸心理,试着敲门的时候,居然传来她清丽的应答。啊,她人在!她热情迎我进门后,就动手烧水给我泡咖啡。

在她给我泡咖啡的时候,我细细环顾了一下她的工作室,真是室如其人,舒适洁雅得几乎一尘不染。一张整洁的办公桌,一台精巧的笔记本电脑,几十本名人佳作,就是她汲取灵感及创作的源泉。一把烧水壶,一方小茶几,一张时尚布艺长沙发,就是她以文会友、聊天说地的大世界。一张大黑板,一个多媒体,七八排新桌椅,就是她伯乐识人、潜心树人、培育新人的广阔天地。在靠近桌椅的墙上,贴着桃红色的纯色壁纸,上面书有"春芽子作文大讲堂"几个黑色大字,在她办公桌的对面,整面墙是一幅江南春水墨画,别的墙面均是淡紫色薰衣草壁纸。整个工作室散发着清新淡雅的书香气息。我不禁感慨,这样的环境,太适合习书作文了!朋友们在这里喝茶聊天,孩子们在这里习书作文,是再好不过的环

浅笑低吟的风铃

境了。

　　咖啡泡好了后,我们坐下聊天、聊过去、聊现在、聊未来、聊家常、聊写作,我们没有保留,无话不谈,投缘得很!我发自内心地觉得,有这样一位爱生活、懂生活、会生活的朋友真好!

　　我想起我们的初识,那是两年前,我写的一篇拙文发表在《华商报》的副刊上,我高兴地前往报社去取样报,碰到了长发飘飘、靓丽时尚的她,她就是副刊的编辑,对我的文字表达了肯定和赞赏,说有底子,几乎不用修改。这让我受宠若惊,信心倍增!

　　因为年龄相仿、志趣相投,我们互加好友,有了更多的互动和交流。

　　每一次看到她的文字,我都悉心拜读,读她的文字,我能感受到她内心的丰富阳光,清丽淡定,时尚自信,沉静美好;每一次读完她的文字,我都深受触动,灵感忽现,也就学着她记录下自己的生活点滴、杂感随想,或喜或悲,或咏或叹,慢慢地也积攒了些自己的拙文,抒发了自己的情怀,愉悦了自己的心灵。

　　谢谢你,雪梅!你激励影响了我!

　　自认识雪梅以来,觉得她丰富得就像一本书。早在2008年,她的散文《槐花情》就获奖,是我们敬仰的陈忠实大作家亲自为她颁的奖!今日聊天,她又和我分享了她现在的打算,她正在酝酿构思着一部长篇小说,基本成熟,名字都已起好,预计三十万字。听了她的构思,我很是赞赏,都市题材,符合她时尚丽人的风格,主题有着深刻的社会责任感,结局落寞凄凉,发人深省。听了她的构思打算,我真是佩服。

　　雪梅美女是一团火,她用她的智慧、她的爱心、她的付出,培育了一个优秀的儿子。她的儿子,博览群书,爱好广泛,初入职场就小有成绩,并对自己的前途有着明确的人生规划。她用她的慧眼、她的点拨、她的指引,培养了一个优秀的小作家,这个小作家已上大学,坚持写作,估计大学毕业时就会有一块分量很重、令其脱颖而出的敲门砖:作品集。

　　如今,雪梅美女依然激情满怀,她从骨子里痴爱文学,一路走来,她积累了点点滴滴的写作经验和感悟,在她做作文版编辑的时候,发现作文是很多孩子难以把控和掌握到游刃有余的一大难题，有些孩子爱写作文但又写不好，这一切，都是源于孩子没有得到专业正确的指点和引导。于是，她便萌发了自己创办春芽子作文培训大讲堂的想法，就是想把她的经验和写作技巧，传授分享给更多的孩子，让更多孩子喜欢上读书，喜欢上作文。同时，她又加入了很多的人文情怀讲座，让走进春芽子的孩子，感受到一个春暖花开的人生境界。

不知不觉，两个小时过去了，到了接孩子的时间了，我们不得不中止交流，依依惜别，说好了没事就来聊天，说好了有空就来喝茶。

下得楼来，走在街上，雨依然在下，风依然在吹，街上的行人依然行色匆匆，但我的内心如火般炽热，充实自信，我脚步轻快，心情飞扬！

我为雪梅的热情、坦率而激动和感激。我会读更多的书，我会坚持我的文学爱好，努力丰富自己的内涵，让自己的生活更加多彩！谢谢雪梅美女的熏陶影响，认识你真是有幸！

在此，期盼你的小说早日成功出版！祝愿你的春芽子作文大讲堂越办越好！

浅笑低吟的风铃

我的闺密

好长时间没见好友Z了，有些想念。很久也没有看见她的微信动态了，甚是挂念。她是否一切安好？她是否依然靓丽？

今日得空，电话联系，相约咸阳湖边，赏花看柳。我如约到达，放眼四望，寻找美人身影。只见运动器材那边，一位时尚美女，也正在环顾四周，似是在找人。她一袭黑色连衣裙，风姿绰约；一条耀眼的红丝巾，随风飘动；一款讲究的手提包，精致典雅。她站在人群中，如鹤立鸡群，优雅知性，超凡脱俗。这不就是我的好友吗！我们挥手示意，相互招呼。

见面之时，我们寒暄打趣，都嗔怪对方不够意思，不多联系。见面之后，我们亲切如初，甚是高兴！还等什么？走吧，沿湖走走，随意聊聊吧！

这几日的咸阳湖，波光粼粼，清凉阵阵，柳叶嫩绿，随风飘舞，百花齐放，美不胜收。天公作美，这一切在蔚蓝天空的映衬下，更加婀娜多姿、风情万种。湖畔堤岸上，游人如织，赏花观柳，休闲放松。好一派生机勃勃的人间四月天，繁华恬静！

我们俩在这如画景色中徜徉，敞开心扉，聊天叙旧。

记得上学时，好友Z就学习认真，喜欢阅读，勤学好问。那时，我俩虽不在一个年级，但因为是邻村乡党，又因亲属关系同住在学校的教师楼上，经常见面，互相串门，那时就有了深厚的情谊。后来，我们考学毕业，又成了同事，联系更多。再后来，因工作调动，我们分开，但联系未断。我非常庆幸我能有这样一位朋友，因为与她的每一次聊天，不仅能让

好友情谊

我心灵放松，还能让我学到为人处世的道理，感受到生活的美好意义。

就比如今天的聊天，她又为我打开了一扇窗，带来了丝丝清新的气息，温柔和煦！

好友Z一直好学，她说学习是一件多么让人舒服幸福的事情啊！这不，最近她关掉微信，牺牲周末，正在潜心学习心理学，准备考心理咨询师二级证书，一来有利于她做好学校心理咨询室的工作，二来退休后还可兼职，发挥余热，三来还可交到许多各行各业的朋友。我感到意外，人们常说，人过四十不学艺啊。但这姐们硬是放弃舒适，依然学习，广交朋友，我深感敬佩！

这一丝清风吹醒了我的迷茫徘徊。世界很美好，学习无止境，不能过早地放弃自己。四十多岁的时候，得慢慢地养成自己的爱好。比如化妆，比如画画，比如读书，比如写东西，越是年长，越要养成自己的爱好，越要知道拥有一片属于自己的天空和绿洲是多么重要！

好友Z虽然身为女性，但结交广泛；虽然时尚，但冰清玉洁；虽然口快，但幽默风趣。这不，她给我讲起她们的一些同学聚会，经常是她热心召集，并爽快做东。不为别的，只为纪念怀旧曾经的青葱岁月，只为联络加深现在的相携相扶，这让我很是羡慕。

她感慨，四十以后，人至少得有三个圈子：一是亲人圈子，这是我们生长的太阳，血浓于水，亲人幸福，你才心安，亲人阳光，你才灿烂。二是同事圈子，这是我们呼吸的空气，有时清爽，有时阴霾，尽量远离那些负能量的垃圾人，而应靠近那些积极上进的有为人，这样你才能有向上的力量，成长的空间。三是朋友圈子，这是我们生存的水分，没有水源，我们会干涸，没有朋友，我们会寂寞。孤独是每一个人与生俱来的，处理不好，心理就会出问题！高兴时，唤好友庆祝分享，阴郁时，和好友倾诉排解！

这一丝清风，让我警醒，做人必须大气，千万不能吝啬抠门，更不能斤斤计较，否则人生的路会越走越窄。是啊，一个人要得健康生活，这三个圈子必须得维护保养！

浅笑低吟的风铃

我们相聊甚欢，与好友Z的一席谈话，使我大开眼界，心灵舒适！她的学识，就如她的一袭黑裙，深厚稳重，让人叹服。她的为人，就如她的那款手包，精致典雅，大气持重。她的谈吐，就如她的红丝巾，鲜艳夺目，火辣时尚。

我们沿湖折回，与好友的一程散步，我神清气爽！她的见识，就如这盛开的樱花，花团锦簇，涉猎广泛；她的思想，就如这粼粼的湖光，涟漪浅浅，波光潋滟；她的启迪，就如这阵阵清风，温暖如春，悠远绵长！

今日，湖畔一游，我欣赏了人间四月天的美景，感受到了友谊的温馨。啊，好友Z，你就是我心灵深处的人间四月天！

好友情谊

大学同学相聚

　　时光飞逝，自从我1992年大学毕业至今，二十年已匆匆溜走。但关于大学的记忆，却清晰如昨。闲暇时，在梦里，我经常会回忆起那段青葱岁月，回忆起我们的班花，我们的校草；回忆起我们的狂热，我们的纠结；回忆起我们的成长，我们的得失；回忆起我们的欣喜，我们的眼泪。那山，那水，那人，那情，那景，历历在目，挥之不去。每当此时，我都在心底发问：我曾经的同学，你现在在哪里？你在他乡还好吗？

　　前一段时间，在微信上和几个大学同学联系上了，相互间有了互动，真心高兴！但相隔千里，大家也都挺忙，从没奢望能相聚见面。但7月2日让我们的梦想成真了！我们曾经的班花徐雯从昆明回来了，约了几个同学在西安见面，真让人激动啊！

　　7月2日下午，我提前安排好工作，让小王送我去西安，辗转到了东南二环的立丰国际，在一家星巴克里见到了我久违的几个同学，有徐雯、张庆、郝小平和但军。多年未见，我们兴奋地相互拥抱、相互寒暄。待坐定后，我们才相互打量、相互沟通，她们几位都说我变化不大，气色挺好，我窃喜。同时，我也迫不及待地从上到下瞅瞅她们，变化也不大，每个人依然如故；但是，都已从当初的花季女生成长为现今的风韵女士，都已从当初的不谙世事成长为现今的收放自如。交谈中，我们欣慰地了解到我们的家庭都幸福美满，都有自己满意的郎君，也有引以为豪的孩子，事业稳定，家庭稳定。我们都感叹，在当今开放自由的社会，我们都应知足，且

浅笑低吟的风铃

行且珍惜！

交谈中，给我印象最深的是：徐雯的漂亮热情，张庆的多才稳重，但军的内秀内敛，郝小平的活泼可爱，还有吃饭时才加入的刘灵巧的积极进取。四十不惑，我们已走过青涩，走过迷茫，走过得意忘形，步入中年。我们学会老成，学会平和，变得宠辱不惊，坐看花开花谢，大多数的时候，我们更愿意做一个坐在路边鼓掌的人。其实细细想来，生活是什么？正如歌中所唱，平平淡淡、从从容容才是真！问心无愧、天长日久才是神！对于一些人和事，得之我幸，不得则看淡。正如一首诗中所写的，阳光温热，岁月静好，如此安好。但有一点，千万不能马虎，那就是子女的教育。她们几个对孩子的付出，大到择名校学才艺，小到日常饮食起居，打理得井井有条，真让我自叹弗如，值得反思学习呀！

我们是在离星巴克不远的国力仁和吃的饭，包间轻歌绕梁，温馨舒适，映衬得几位美女风姿绰约。吃饭是次要的，怀旧是必然的，展望未来是必须的！徐雯说，这次回来时间紧，下次回来一定要多联系些西安及周边的同学，特别是想见见我们的荣华同学、玉亚同学，听说她们事业干得风生水起，真是我们同学的骄傲啊！另外，在座的几位今年都是家有考生，还得鼓足干劲，争上名校。我们约定，待到娃都上了大学，有了工作，我们就背起行囊，相互串门，给身放假，让心旅行！

久别重逢，我们相谈甚欢，不知不觉已近十点，分别在即，徐雯送了我们每人一盒云南鲜花饼，礼轻情意重啊，我得学学！我想起了上大学时徐雯的名言：肚子没油水了，得回家吃顿妈妈做的饭，尝尝妈妈的味道。于是她周末回家返校时还带来烤面包、自制蛋糕，我还吃过好几次呢。说真的，当初很是羡慕嫉妒恨啊！想到此，我开玩笑说，当初的小吃货已变成老吃货，真是"吃"情不改啊！大家哈哈大笑，合影着，道谢着，分别着，目送着，珍重着。

在回家的路上，我思绪万千，感叹岁月它太匆匆，想起了我最爱听的歌《时间都去哪儿了》，还有《光阴的故事》。我还想起了去年看的电影《致我们终将逝去的青春》，还有《中国合伙人》，剧中的情景、人物、

好友情谊

故事，不就是曾经我们的缩影？我感叹，虽然我们已到了看山不是山、看水不是水的人生阶段，但和曾经的同学在一起，我们看山还是山，看水还是水！珍重吧，同学！珍惜吧，生活！珍藏吧，记忆！

愿我所有的大学同学，生活幸福，身体健康，天天开心！祝福你们！

浅笑低吟的风铃

高中同学小聚

几十年没见的同学勇杰从新疆回来了,邀我们几个高中同学去西安看曾经的英语老师李老师,我们相谈甚欢!

勇杰事业上的成功不是无缘无故的啊!

一是"感恩"二字永在心中。当年李老师是他的班主任,他是班长,因为年龄差距不大,因为惜才爱才,他们很是投缘,李老师让他住自己的宿舍,给他提供好的学习环境,助他考上大学,跳出农门。吃水不忘挖井人,他忘不了老师的恩情,专门回来看望老师。

当年李老师住在我爸隔壁房间,我爸经常能碰到勇杰。当时我爸是他的语文老师,经常鼓励他,推荐好书给他看,这些日常的点滴,至今他也感念于心,也专程看望了我父亲。

二是好的习惯多年不变。这不,最近他给我发了四篇他写的文章,都是关于故乡和母校的。大学毕业后,他在新疆工作了几十年,文中的思乡之情让我感动!比如《秦腔感怀》,比如《秋过茂陵》,比如《故乡的雪》,一段戏曲,一则新闻,一次回乡经历,都能让他感慨万千,洋洋洒洒几千字,思乡之情跃然纸上,让人共鸣,深深思量!

最让我感动的是他写母校的文章《龙门楼里的龙门阵》,讲述了我们当时上学时的生活和故事,我有幸几次成为他故事中的角色,读之真的让我身临其境,仿佛重回高中时代,那山、那水、那人历历在目。我仿佛又看到了龙门楼上傻傻的我们,男女生不说话,见面只是友好地、羞怯地笑笑，但私下里又憋着劲儿地比拼学习，想来真是好玩！总之，读完他的文章，我大大地为他点赞！

三是与人为善格局很高。几十年不见，从他的聊天中，我了解了他上大学的时光，了解了他工作的情况，了解了他家人的情况，可以看出，他勇挑重担，敢于创新！比如，大学时有同学因为助学金闹得不愉快，不停地求助于辅导员，作为班长的他知情后，当即表态，放弃他的助学金，让给更需要的同学，问题迎刃而解。辅导员赞赏他的果断和气度，此事之后，他们成了好哥们，友谊保持至今，愈久愈醇！

大学毕业后，他被分配到新疆，远离父母，远离家乡，孤身一人在油田打拼。凭着宽厚待人，凭着吃苦耐劳，凭着好学钻研，他从基层一步步走到今天的领导岗位！还有，他和他的妻子同在单位做工会党务工作，经常为同事调解邻里纠纷、夫妻争执、孩子叛逆等问题。我想，没有一定的个人修为、人格魅力，怎能正身正人？还有，虎父无犬女！她的女儿考上了上海大学，今年已保研，也是一个妥妥的别人家的孩子，为他高兴、骄傲！

正如歌中所唱，没有人能随随便便成功！勇杰同学，我们这些老同学，还有几位老师，我们为你点赞！你对几位老师的探望，会是他们今冬最持久的暖！你组织的同学聚会，将是我们今后生活中最绚丽的记忆！祝福你！祝福老师同学们！

浅笑低吟的风铃

闺密好友相聚

中午，好友打来电话，说自从过年小聚之后，已有多日未见，想约几个朋友见个面，吃个饭，聊一聊，我欣然应允。是啊，有一段时间未见面沟通，我的确想念那几个姐们了。再者，整天忙于备课、上课、改作业，很少出去上街休闲，我觉得我的思维都僵化老旧了，也该出去透透气，换换心情了。

下午六点，我拿了瓶红酒，如约而至。之所以拿红酒，一方面是我确实珍惜和这几个姐们的友谊，我曾当着她们的面，直言我本人情商低，朋友少，但我的心最诚；另一方面，也想制造一点浪漫的气氛，跟个时髦，耍个酷。大概七点，我们六人聚齐，边吃边聊，聊老公，聊孩子，聊工作，聊家庭，聊国内，聊国外，很是放松，很是开心！

我们几个人是乡党，又是同学加同事，有很多共同的经历，说起小时候的人和事，上高中时的同学和老师，工作后的同事和领导，个个历历在目，件件恍如昨日，但却物是人非，我们不禁感叹岁月它真是把杀猪刀啊！是啊，稀里糊涂中，我们已人到中年，四十不惑，看看身边千奇百怪的人和事，有夫妻吵架闹离婚的，有子女贪玩不上进的，有男士做事斤斤计较的，有女士行事尺度太大的，真是家家有本难念的经，幸福的家庭是相似的，但不和谐的家庭却各自有不同的不合拍的节奏啊！

以人为镜，我们几个朋友也探讨了好多婚姻家庭、子女教育、享受生活、传递正能量等话题，我感触良多。

好友情谊

我们几个朋友都有着幸福的家庭，十分令人羡慕。问及她们的幸福公式，那就是爱心加尊重加宽容加体谅。网上有句话说媳妇是用来疼爱的，同理，丈夫也是需要体谅加疼爱的。当今社会，男人们在外"压力山大"，不想当将军的士兵不是好士兵，从政的想着高升，从商的想着发财，而这一切都要用人脉来支撑，在外应酬不醉不归，逢场作戏给足面子成了大多数男人大多数时候必做的功课。男人们也累啊，此时，他们所需要的是关爱体谅而非冷嘲热讽，他们需要的是尊重宽容而非辱骂撒泼。他们也有郁闷脆弱的时候，在这时候，知冷知热的你，小鸟依人的你，就是他恢复信心、重振雄风的巨大动力，并且，你就会走进他的心里。所谓日久见人心，患难见真情。是啊！我们都认为，二十年走来，夫妻间真心换真心，尊重赢尊重。夫妻之间无理可讲，适当退让乃为上策。

我们几个朋友都有着聪明的孩子。有两个已上了大学，有两个今年高考，还有一个高二、一个高一。上了大学的已经解放，就要高考的箭在弦上，正上高中的蓄势待发。我们交流着对孩子的教育问题、出路问题。我们深深地知道，当今社会，大学孩子必须得上；但是，上了大学未必就能高枕无忧。就业压力是那样大，所以，孩子以后要想在社会上立足，必须知识过关、阳光向上，还必须有一定的受挫折抗击打能力。后者更为重要，要知道，几乎没有人的生活是按着他预设的那样发展的，人在社会上成长，必须得能屈能伸、与时俱进，要能享受得了掌声喝彩，也要能独饮悲愤曲解。我们感到欣慰的是那两个高三孩子这几次模考都不错，希望他们高考时能超常发挥，金榜题名。那两个高一高二的孩子天资聪颖，勤奋上进，以后的高考应该没有什么问题。我们都认同优秀的孩子是老师和家长"忽悠"出来的，我们将把"忽悠"进行到底，用放大镜看孩子的优点潜能，用显微镜看孩子的缺点不足，鼓励其提高成长，优化其人格素质。还有，千万不能溺爱孩子，要知道，溺爱今天的孩子就是树立自己未来的敌人。

我们几个朋友都有着自己热爱的工作，我们支持着老公的工作、事业，但我们不依附于他们。我们认同女人必须要有一份工作，这是独立自

浅笑低吟的风铃

主、能说得起话的前提。我们慨叹时光流逝，转眼已四十不惑，结婚后，我们为丈夫孩子忙活，淡忘了亲人朋友，淡忘了同学同事。为了老公孩子，我们节约着吃的穿的，节约着玩的逛的。但如今，孩子纷纷升学，我们也该为自己扬眉吐气一把，精彩纷呈一把！我们要干净清爽，享受生活；我们要储存友谊，享受友谊！说来很是惭愧，我那几位朋友都早已超脱，都开上了自己的车，都已是高大上的女人，只有我，学车才处于报名模式。漫漫学车路，我该如何熬过啊！

我们几位朋友都是含蓄内敛、不事张扬的女士，我们不会阿谀奉承、巧舌如簧，我们不会阳奉阴违、两面三刀，我们不会指鹿为马、旁门左道。我们只知坦诚相待、以心换心，我们只知多多沟通、互通有无，我们只知相互鼓励、共赴美好。我们讨厌生活中爱搬弄是非、以德报怨的那些人，讨厌生活中怨气冲天、心机重重的那些人，讨厌生活中道德低下、男盗女娼的那些人！我们相信，只要人人都奉献一点爱，世界就会更美好！

我们久未见面，聊天到饭店打烊。回到家里，我的心情久久难以平静。感谢几位朋友，和你们聊天我无拘无束、畅所欲言，和你们聊天，我很放松，我有对过去的回忆，有对现在的珍惜，更有对将来的憧憬！我将永远珍视我们的君子之交！愿朋友们心想事成，天天开心！

好友情谊

两件礼物舞出的诗意美丽

从昨天开始,持续了几日的雾霾终于消散,蓝天露出来了,视野开阔了,太阳钻出来了,心情敞亮了。

干完了手头的工作之后,我揉了揉昏花的老眼,站在窗台向外眺望。校园很美很静,小桥流水,绿草茵茵,黄叶飘飘。电线上十几只无名的小鸟,叽叽喳喳,时飞时落,阳光美好明媚,一派欣欣向荣。

我想出去走走,看看朋友,她已打过好几回电话了。

到了朋友的办公室,一阵甜香之气扑面而来。哇,她已熬好了八宝之水,有枸杞、梨片、山楂等,品之,沁人心脾!真不错!水好,友更好!

我们边喝边聊,心不设防,坦率真诚,相互打趣,笑语盈盈,相谈甚欢。使我更为开心的是,我收到了两件礼物,一件是同学县伦捎来的他的新书,一件是同学小霞送我的新旗袍。

此时,夜深人静,翻看着这两件礼物,我心中很是温暖。稍作联想,似乎还蕴含着某种生活哲理呢!

县伦早在上中学时,就小荷已露尖尖角,早有蜻蜓立上头。那时候,他就已经活跃在学校的文学社,已有几首小诗发表在省级报纸上,当时就很让我们同学羡慕呢!如今,经过岁月的积淀、人生的历练,他已是诗界大咖,声名远扬,头衔不少,作品多多。他已是中国诗歌学会会员,陕西省作家协会会员,兴平市作家协会主席,作品层出不穷,已出书六部。

他这次送我的书名为《村里村外》,共分五辑。第一辑,乡土意象;

浅笑低吟的风铃

第二辑，沧桑乡土；第三辑，故乡人事；第四辑，故土情怀；第五辑，异乡岁月。

读之，乡土气息扑面而来，清幽幽、甜丝丝。故乡，村庄，母校；祖辈，父母，师友；乡情，亲情，爱情……跃然纸上，引人怀念，发人深思。

也许是已近五十知天命之年，这几年来，我也开始喜欢怀旧。旧人，旧物，旧事，时常在脑海闪现；或喜，或悲，或忧，已经无关紧要。有时候，我也有一种强烈的愿望，要把它们记录下来，唱给自己听。不管别人喜不喜欢、理不理解，我踏歌而来，还将欢唱下去。正如县伦在后记里所说，对于文学，他是一个热爱者，热爱，但不痴迷，热爱，却不勤奋。有兴趣、有想法了就记下来，写一点，不勉强，更不刻意。

是啊，我深表同意！现在，闲暇之余，我有时感觉有一肚子的话要倾诉，于是便诉诸笔端，记录美好，排解失意，述说迷茫，寻找方向。私密的，说给自己；公开的，投给公众号，收获点赞，愉悦心情，充实生活，刷刷存在感。正如几个文友鼓励我的那样，为自己找一个高雅一点的圈子，丰富一下几年之后的退休生活！我将坚持下去，努力浸润在书卷里，活出诗意和远方。

小霞是同学圈公认的气质美女。记得上高中时，她中等的个子，圆圆的脸庞，长长的辫子，是我记忆中的"小芳"。那时候，她爱文学，更爱美，但条件所限，穿衣打扮美得不很突出。但那两条长辫子却美出了特色，至今还在我的脑海里晃来晃去。

毕业后，小霞同学眼光独到，觅得如意郎君，投身商海，敢闯敢干，雷厉风行，出类拔萃，已做贾总好多年了。

如今，有了经济基础，加上长相资本，她誓将臭美进行到底！上一次同学聚会时，人家旗袍加身，丝巾飘飘，惊艳了全场！

后来与她聊天，得知她在工作之余，还参加旗袍秀活动，提升了气质，美丽了心情，还交到了不少爱美的朋友，活得真是有质量！我很羡慕！

今天，她送我旗袍，建议我也尝试着改变穿衣风格，坚持使用面膜，适当地化点淡妆,这样会更自信,悦人悦己!她强调说,不要再仗着自己底子好,不去保养,不加注意!

她说得没错!是啊,还敢照镜子吗?每每顾影自怜,都黯然神伤!岁月真是把杀猪刀啊!猛然间,女儿说我的话响在耳畔:你不收拾自己,就是自己把自己放弃了!是啊,多么可怕呀!想想我当年也是以美女自居,也是爱追星爱臭美的"南美美"啊!

此时,思绪收回,翻看着县伦的书,抚摸着小霞同学的素雅旗袍,品味他们间的真诚交流、打趣调侃,很有感慨!觉得自己是不是活得过于平淡、过于传统了呢?

一首老歌闪现在我的脑际:春夏秋冬,忙忙活活;急急匆匆,赶路搭车;忙于家庭,忙于工作;一路上的好风景,没仔细琢磨!是不是再也不能这样活了呢?是不是得郑重其事,改变自己,与时俱进,活出新潮范儿呢?

是啊,作为一名爱美的老师,我应该活出雅兴、活出美丽!那么,方向在哪里呢?

远在天边近在眼前嘛!今天收到的这两件礼物,似乎蕴含了我今后生活的努力方向!读书写随笔,穿衣追潮流,尽量让自己的心情,也如这几天的可人天气一样,蓝天白云、云淡风轻!让自己每天的生活,也如今日的校园一样,小桥流水、鸟语花香!让自己的后半生,也腹有诗书气自华,诗与远方常相伴!

浅笑低吟的风铃

缘分让我们走近

今天，阳光明媚，天空格外湛蓝，空气特别干净，阳光透过窗户，照在宽阔的客厅里，暖暖的！吃过午饭，我躺在软软的沙发上，懒懒地张望着外面万里无云的蓝天，享受着屋里彻底打扫后的齐整，心情美美的！今冬时常霾锁帝都，压抑得人心情时常灰蒙蒙的。今天，难得的好天气啊！本想着下午去看牙，但又一想，我怎能辜负如此的良辰美景，为啥要在室内浪费好时光？为什么不趁着年还未过完，去看看我的几位不常见面的老朋友呢？对，拿起电话，约起来吧！我先约了文歌，她在学车呢，我又约了灵歌，她没事，我接上她，又约了改春，改春在上班，盛情邀请我们去她办公室聊天。就这样，我们五点半聚齐，本打算在外面的饭店吃饭闲聊，没想到改春单位的朋友从他们灶上给我们端来了稀饭，还有菜合，盛情难却，吃吧！嗯，家常味，真美！

比这更美的是我们的温馨聊天！我们聊起了我们的相识过程，真是有缘啊！记得1988年我转到南郊中学后，有幸和改春做了一年的同桌，那时候，我从农村的中学转来县城，既土气又没见过啥世面，是改春的大大方方、侃侃而谈、勤学好问让我熟悉了陌生的学习环境，让我明白了历史地理知识的记忆窍门，还认识了她的两位已考上大学的要好同学：灵歌和文歌。就是从那时起，这两个大名就印在了我的脑海里，我当时非常羡慕已考上大学的她们，她俩就是我的偶像啊！

巧的是，后来我大学毕业，被分配到南郊中学，灵歌也调来南郊中学，那一年，我俩还有雪红都是刚毕业，又没结婚，年轻的我们自然而然经常在一起，无话不说。灵歌有才气，北方工业大学毕业，是进过京的；她还认真，工作干得有条不紊；她还十分文艺，爱看书喜思考，我当时很崇拜她！

文歌呢，多年来，我只闻其名，未见其人，原以为此生无缘了，没想到，山不转水转，她又和我另外两个好朋友段段和培玲是好姐妹。我们在咸阳聚会时，终于见面了。我和文歌相见恨晚！我们的性格挺相似的，都有农村的成长经历，都朴素、真诚、不耍心计。虽然她是科级干部，但是她从未有过架子，没有高高在上，和她交流，很放松！

我们还聊到了我们的工作生活。说到这儿，我觉得，我们就要向改春学习了。改春一直在银行工作，还当上了行长，她思想观念新，讲究生活质量。你看她的穿衣打扮，总是那么讲究，那么时尚。她留了烫发头，还染了酒红色；身穿短棉袄，搭有丝巾；身穿紧身裤，还配有短裙；脚穿高跟鞋，还是搭到膝盖的长筒靴。这样的装扮，职业稳重，干练时尚！

让我感到揪心的是灵歌的身体，几年未见，我原以为她还是那么风风火火、兢兢业业，没想到，今天才发现她病得不轻！腰椎间盘突出，不能久坐，不能长站。就在她跟我们说话的时候，都不得不调整坐姿，有时，还不得不趴在椅子上。她说她现在从兴化东院最远只能走到南十字，太不可思议啦！我们真为她心疼啊！

时光如梭，转眼我们已过不惑，奔向知天命之年，身体最重要啊！如今，都已眼花，说话时，脑子偶尔还有短路现象，头发也有花白，牙齿也有松动，甚至掉落，不服老不行啊！以灵歌为例，不注意身体，不注重养生不行啊！

七点半的时候，我们依依惜别，在开车回咸阳的路上，虽然路灯昏暗，四周漆黑，但我的心里如今日天空般开阔敞亮，我的内心如今日阳光般灿烂温暖！姐妹们，见到你们，真高兴！我没有辜负好时光，我又一次把你们请进了我的心里！静静的，暖暖的！

浅笑低吟的风铃

匠心独具巧设计，读写结合提素养

10月21日，久雨初晴，天空湛蓝，暖阳高照。高一（10）班的教室里更是阳光灿烂、暖意融融，学生们意气风发、激动活跃。为什么呢？原来是侯婷老师在此激情地上了一节读写课。

这节课的内容是必修一第三单元的小阅读，按照教材的编排，就是在阅读的基础上进行写作的输出，挺有难度的。但在侯老师的精心设计和处理下，学生们学得容易，学有所获。课堂内容亮点纷呈，课堂效果非常突出，达到了从阅读到写作的华丽转身。

表格呈现，条理清晰

课堂一开始，她以 Do you like travelling？（你喜欢旅行吗？）这个问题吸引学生的注意力，顺理成章地导入本文主题 A night in the mountains（山上的一晚），接着让学生先读，找出本文的主旨大意和写作顺序，在仔细阅读时，就课文的两段设计了一张表格，从 see, do, hear, feel（看、写、听、感）四个方面，就要找的信息以挖空的形式让学生查读，化难为易，学生不但读懂了课文，而且对游记的写作有了初步的了解。

好友情谊

图片展示，仿写美句

在知识点的处理上，侯老师也是用了心思的，她没有直接地孤立地解释词汇和句型，而是让学生找出他们喜欢的句子并说出喜欢的原因，引导着学生赏析美句。的确，美和妙是因为这些句子的描述运用了拟人和比喻的修辞手法，所以形象生动，让人读起来有画面感、有代入感。接着图片展示，让学生仿写美句，如，仿照The lakes shone like glass in the setting sun and looked wonderful（湖水在落日的余晖下闪亮如镜景的迷人）写出The pines are tall and straight, just like tough and determined soldiers, protecting their own homeland（松树又高又直，就像坚韧而坚定的士兵守护着我们的家园），为后面的写作做了一定的铺垫。

列出要点，引领写作

在阅读理解和美句赏析的基础上，侯老师自然地引出了如何描述一个旅游景点的话题。她先是启发学生介绍一个景点要写的话题，并就每一话题整理出可能用到的短语，让学生明白了说什么，以及怎么说，然后展示出黄山的图片，并给出位置、美景、文化、历史等关键词，然后引导学生连词成句，连句成段，连段成文。更为巧妙的是，在介绍黄山说明文的基础上，她又以课文为例子，用五个W和一个H的问题，把说明文又改写为一篇游记。真是巧设计，讲得透，练得活，大容量！

学生展示，素养提升

学生是课堂的主体，老师只是一个引导者和监督者。在侯老师的循循善诱下，学生们对游记的内容写法和词汇句型有了一定的储备，接下来是他们展示自己的时候了。在限定的五分钟时间里，所有学生都写出了自己的小游记，时间一到，学生们争先恐后纷纷举手，最后三个学生上台展示，他们分别写了三亚之行、夏夜观天、柞水之行，他们的游记要点齐全，行文流畅，用词准确，句式多变，不但分享了自己的难忘游历，也歌咏了祖国的大好河山，更锻炼了自己各方面的综合素质！

课件简捷，板书精美

在如今多媒体流行的时代，一些老师过度地依赖课件的展示而忽视了板书的设计和书写。在这方面，侯老师又给我们提供了一个很好的范例，她的课件没有别人的标新立异或花里胡哨，而是简洁明了和干货满满。她的板书也是别具一格，结合本单元Wang Kun and Wang Wei made a bike trip along the Mekong River（王昆和王伟沿着湄公河骑自行车旅行）的中心，巧妙地画出一辆自行车的简笔画，车座上是一个人，旁边是记叙文的六要素，即五个W和一个H，前轮是文中所讲的see, do及答案的关键词，后轮是feel及相关答案，最下方红笔醒目地写出读完本文要达到的素养提升：Enjoy the beautiful scenery and spread our Chinese culture!（享受美丽风景，传播中国文化！）这样的板书，大大地帮学生理解了课文，又展示了游记写作的切入点和要点，可谓一箭双雕！

总之，侯老师凭着她靓丽自信的气质、阳光强大的气场、干脆清晰的讲解、灵活多变的教法，把很有难度的读写课上出了新意，上出了广度和深度，使得听课的师生如沐春风，意犹未尽，受益匪浅。大家一致认为这节课上得非常成功，不但是对英语组同课异构活动的深化，更是对她所研究的课题《高中英语阅读输出方式与策略探究》的推动，值得大家学习借鉴！

好友情谊

铿锵玫瑰，助力抗疫

——记致远阁英语组的那些姐妹花

天有不测风云。2020年春节前夕，一场发生在武汉的新冠疫情以迅雷不及掩耳之势席卷湖北，并有向全国蔓延的可怕势头。为了保护人民的生命和健康，党中央国务院高度重视，听取专家院士的建议，审时度势，做出全国一级响应的重大决策。于是，从除夕夜开始，全国人民积极响应党和国家的号召，开始了宅家做贡献的抗疫工作。在抗疫期间，发生了许多感动人心的故事，涌现出了许多可歌可泣的人物，常常让我感动得泪湿眼眶。

最近，我们实验中学提笔壮声、助力抗疫的活动正在如火如荼地进行着，作为实验中学一分子，在致远阁英语组的Sisters（姐妹）群里，我深切地感受到我们十二个姐妹们心系疫情、爱家爱校、乐教奉献的点点滴滴。这些生活点滴，像大海里的小浪花，让我们在枯燥的生活中感受到诗与远方。那些工作点滴，像跳动的小音符，让学生们宅家抗疫的无序生活变得灵动鲜活了起来。此刻，我也想拿起笔记录一下我们十二个Sisters的抗疫故事。

用words and action（语言和行动）关爱同事响应政策

此次疫情发生的时间节点正值我们的传统节日春节。刚开始，政府号

浅笑低吟的风铃

召宅在家、少聚会、戴口罩、勤洗手、勤通风的时候，社会上的一些人可能是对形势预判不足，也可能是平常的惯性思维，又或者是脾气大我行我素，不愿接受管控，总想着偷偷溜出去活动转悠或走个亲戚串个门子，没想到形势严峻，不仅在微信抖音里丢人现眼，而且还受到了严肃处理。还有一些人刻意隐瞒自己的疫区行程或与疫区人员密切接触的实情，导致一些人被感染和更多的人被隔离。对于这样的人或事，我们群里都会群情激奋，口诛笔伐！在批评这些恶劣的人和事时，我们都能努力做到自我管控，决不出门，出门买菜不仅必戴口罩，而且速去速回。

疫情防控期间，我们天天都关注着每日疫情通报，特别是陕西省的情况。咸阳的情况更是牵动着我们的心。每当某县某小区出现一例确诊而封小区隔离人时，我们惶恐，我们焦虑，我们着急。每每这时，陈阿楠老师总是善意提醒，温柔鼓励，在她春风化雨的声音里，我们深深地感受到被照顾被关爱，于是我们坚定地互相支持着，期待拨云见日，疫情快走开……

用 heart and soul（心和灵魂）苦练厨艺补偿家人

犹记得疫情发生之前，办公室姐妹们全神贯注备课的姿势，雷厉风行管班的气势，步履匆匆上下班的背影，还有早餐时咬几口菜夹馍狼吞虎咽的紧迫，加班时叫来外卖吃好吃坏吃饱就行的应付，晚自习时给孩子叮咛好安顿好在办公室让其玩让其做作业的无奈。特别是当班主任的那些青年教师，早出晚归，风雨无阻，天天如此，月月重复，早操清点人数，上课批改作业，晚自习讲解值守，真的特别辛苦，她们亏欠家人、亏欠孩子的太多太多……

此次疫情的暴发，给整个社会按下了暂停键，人们宅在家里就是为国家做贡献。我们姐妹们终于有机会睡个自然醒，然后一整天一整天地待在家里，陪陪家人，看看电视，跟孩子们玩。当然，神兽也有烦人的时候，于是，和全国人民一样，我们姐妹们也霍活起了面粉，苦练厨艺，玩转了陕西面食界！每有成就，就拍照在群里展示，大家就好评如潮。于是，就有美女索要配方步骤。于是,被索要的美女就热情献出秘方加上线上指导。再于是,巧厨娘很快诞生并不断成长为大师级别。写到这里的时候,我似乎又闻到了陈美丽老师那洗、剁、腌、炸、蒸步骤齐全的辣子鸡的香味,又似乎尝到了在邵露老师指导下杨舒老师做的新疆拉条子,又似乎看到了卢维娜老师蒸的菠菜凉皮,还似乎尝到了卢娟老师炸的油饼油糕及蒸的酥酥枣馍和层层花卷……

在此,还要特别表扬一下南方美女黄雅静老师,她虽嫁来陕西已有十年,但一直身在陕西心在湖北,固执地认为自己对陕西面食不感冒,没想到今年竟天天霍活面粉,和面蒸馍,学会了扯面油泼面,自己承认已沦陷在老陕面食里并陶醉在做面食的成就感里不能自拔。最后,也低调地表扬一下我自己,受国人及姐妹们的影响,我也研究起了美食,迷恋上了做饭,人生第一次完成发面蒸包子蒸花卷的全过程,又尝试了咖喱拌饭、水果沙拉、红枣蛋糕这些洋饭菜,还与武功的弟媳来了个文化交流,得到了真传秘籍,学会了地道的武功旗花面的做法!嗯,香得很呀!

用 passion and love(激情和爱)精心备课网上直播

疫情严峻,开学延期。为了响应上级号召,落实防疫教学两手都要硬、停课不停学的教育宗旨,将疫情对教学的影响降到最低,我校从2月10日开始,积极开展起了线上教学活动。致远阁积极响应,开展起了打赢防疫防控阻击战、决胜教育教学攻坚战的录播课活动。

线上教学对我们来说是一个新生事物,说实在的,一下子要从一个普通教师变为女主播,形式很陌生,转变太突然,我们的心里很忐忑。但是备课组长黄雅静老师排除万难,精心组织,制订计划,安排人员,明确内容,一马当先,第一个上了直播课。当然啦,组员们也积极响应,热情参与,个个都是顶呱呱!

我们这次的网课内容安排得特别好,把整个高中阶段的语法做了全面的梳理解读并链接高考、讲练结合,获得了学生的肯定和家长的好评。这

浅笑低吟的风铃

真是我们姐妹们团结协作、共同努力、辛苦付出的结果！

俗话说，活到老学到老，此次网上教学活动中，我这个老教师很受感动并深受鼓舞。我发自内心地赞叹，后来居上，年轻人真厉害！她们不但课件制作熟练新颖，而且讲解干练，重难点突出，最为值得一提的是形象靓丽得耀眼！特点突出得难忘！你看，镜头里的黄雅静扎个马尾，眼睛大大，语速稍快，像极了赵薇版小燕子，讲起课来，知性优雅，干净利落，温柔可爱，又像极了央视新秀主持人李思思！你看，镜头里的侯婷，白白净净，明眸善睐，面带微笑，声音洪亮，亲切自然，像极了少儿节目主持人月亮姐姐！你看，王军平和邵露，齐耳短发，发音标准，讲解干练，每每发问，直指重点，像极了央视主持人陈鲁豫！你看陈美丽和卢维娜，气势恢宏，大刀阔斧，干净利落，直击要害，余音缭绕，那气场那自信，像极了电视剧《欢乐颂》里刘涛饰演的职场女性安迪！你再看，镜头里的梁兰，备课扎实，讲解深情，特别是她圆圆的脸庞加上她课件中举的生动例子，让人联想到她微笑拈花的样子，使人感受到她诗意的情怀！最后，压轴的还有润物细无声的陈阿楠老师和柔情蜜意育栋梁的卢娟老师。还要特别鸣谢场外指导、电脑高手小美女崔娟娟老师，以及娴静漂亮的杨舒老师，你认真听课记笔记的样子真美！再最后，还有志忐上镜助力网课的我，录完课后，虽小有成就，但深感夕阳无限好，只是近黄昏呀！

最近几天，疫情向好，除了武汉，各地的新增病例和疑似病例已连续为零，按照党中央国务院的安排，各地已有序分层复工复产，低风险地区的人们也可以戴着口罩出来透气活动。我们欣喜地看到冬已尽，春已来！柳树发芽了，花儿开放了，我们姐妹群里也有欢声笑语了，我们共同唱起了《风雨彩虹铿锵玫瑰》这首歌：风雨彩虹，铿锵玫瑰，芳心似水激情似火梦想鼎沸。风雨彩虹，铿锵玫瑰，纵横四海笑傲天涯，风情壮美！

我们Sisters相信：疫情防控必将全面获胜！我们Sisters盼望，快快回到可爱的校园久违的教室！我们Sisters约定：课堂教学显英姿，三尺讲台展豪情，多为国家育英才！

好友情谊

风一样的女子　火一样的情怀

当你有幸走进咸阳海成房地产开发公司的办公室，或者来到中南海成的项目部，或者入住咸阳丽嘉酒店，你一定会碰到一个风一样的女子。她穿衣打扮时尚，举手投足温柔，待人接物优雅，说话办事干练，你一定会对她印象深刻，竖指称赞！

她就是咸阳海成房地产开发有限公司总经理助理、咸阳海成热源公司总经理、咸阳丽嘉酒店经理、陕西省爱国主义协会咸阳分会副会长、咸阳市秦都区政协委员，一身兼数职的王琼。

你一定讶异，时尚但有些单薄的她，怎么有如此多的光环？一定是个富二代吧？其实，恰恰相反，她1982年出生于淳化县一个贫困之家，母亲多病早逝，兄弟姐妹又多，家里只有父亲一人挣钱养家，在父亲劳心劳力的叹息声中，在弟弟们少衣少食的哭闹声中，她学会了坚强不屈，学会了分享分担，学会了仁爱奉献。

人常说，穷人的孩子早当家，正是小时候的清苦，造就了她改变命运、自强不息的精神。在中专毕业后，她排除万难，自学法律，取得大学文凭；她自主创业，遨游商海，提高生存技能；她眼光独到，加盟海成，实现人生价值。在海成工作期间，她勤奋扎实，吃苦耐劳，创新变革，把公司的人事管理得井井有条，把楼盘的销售打造得风生水起。

一分耕耘，一分收获！她多年的付出也赢得了公司领导和同事们的肯定与赞赏，她多次被评为公司优秀员工、楼盘销售冠军、兴平市最美西城

浅笑低吟的风铃

人,并当选咸阳市秦都区政协委员。

吃水不忘挖井人,在辉煌的成绩和耀眼的光环面前,来自农村的她并没有忘乎所以。她知道,城市里、山区里还有一些贫困户、留守儿童需要她去帮助、去关爱。所以,几年来,她同海成公司总经理冯海先生一起,连同秦都区政协、咸阳市政协、陕西省爱国主义者协会的同人,多次下乡,深入群众,进行脱贫帮扶。她多次参加咸阳市民营企业家协会、咸阳慈善协会举办的五下乡慰问贫困孤寡老人、资助大学生圆梦活动,足迹遍及咸阳北五县,在自然灾害地震泥石流发生时,也是积极捐款捐物,总计下来,捐款已达数万元。特别值得一提的是,仅在去年一年,她就为旬邑县店子河乡精准扶贫捐款一万元,为陕玻小学爱心助学捐款七万元。这是何等的仁爱与魄力啊!

当有人问她,别人偷奸耍滑混工资,你这样拼命累不累时,她说:要设身处地,换位思考,我不是给老板干呢,我是给自己干呢,老板信任我,给了我这个平台,那么我就要不负所望,舞出精彩,实现自我!我奋斗,我快乐!我努力,我成功!

当被问到,你家有儿子,需要攒钱买房买车娶媳妇,你为什么还这样捐款时,她说:儿子还小,我还年轻,作为一个政协委员,我有责任以身作则,身先士卒,与时俱进,认真学习治国理政的方针策略,积极响应习近平主席的伟大号召,切实贯彻落实十九大精神,为实现中国梦、强国梦做出自己的一点贡献!

王琼就是这样一个风一样的女子,小宇宙大爆发,她有能力,有情怀,有格局,相信她会一如既往地风风火火,干出红红火火的成绩,做出轰轰烈烈的贡献!

好友情谊

青春路上追梦人

  3月12日，阳光明媚，春意盎然，我们学校高三年级举行了隆重热烈的百日誓师大会。大会开得非常成功，极大地鼓舞了高三学子们拼搏加油的斗志和坚持学习的热情。除了各环节发言人热情洋溢的讲话外，两位学生主持人激情澎湃的主持也给全体师生留下了深刻的印象。

  学生们都在私下里八卦两位主持人，特别是那个声音清脆悦耳、长相甜美可爱的女主持人。悄悄地告诉你们吧，我是她的英语老师，她是我的得意门生，我对她挺了解的，你们想知道的我都帮你采访到了，下面就让我们走近她吧！

  她叫王嘉雯，是高三（2）班的学生，班主任是甘新华老师。正如流行歌里唱的那样，爱拼才会赢。据王嘉雯同学讲，她在泾阳上小学时，无意中被老师发现她伶牙俐齿，声音清亮，不太怯场，于是推荐她主持六一儿童节节目，会后获得了老师们的肯定和同学们的羡慕，她很受鼓舞，从此爱上舞台，向往主持，当一名主持人的梦想播种在了心里。初中时，努力学习、考上咸阳名校实验中学是她的追求，因为，她知道考上"实验"，就意味着能考上一个好大学，就会越来越靠近她的梦想。

  功夫不负有心人，初中三年的努力，终于换来了实验中学的录取通知书，她满心欢喜，兴高采烈地踏进了实验中学。在这里，红墙绿树小径通幽的校园让她好奇，满腹经纶不失时尚的老师让她仰望，青春飞扬活力四射的同学让她兴奋，分门别类奇思妙想的各种学生社团让她激动不已，

浅笑低吟的风铃

她毫不犹豫地加入了播音主持社团。在这里，她和其他社员同学在主持方面都得到了较专业的指导和练习，她小时候当主持人的梦想更加清晰和坚定，并且，她有了努力的目标大学，那就是中国传媒大学。

梦想就是努力的方向。为了这个梦想，她尽可能争取每一个锻炼的机会。据她讲，高一时，听说学校招募周一升旗仪式的主持人，她壮起胆子，毛遂自荐，找到谷校长，争取到了试一试的机会。可就在试主持的当天，她感冒发烧了，她硬是强撑着主持完，没想到竟然得到了谷校长的肯定，最终被确定为升旗仪式的主持人。高二时，她又主持了实验中学校园科技文化艺术节开幕式闭幕式，几个学生主持人团结协作，几次磨合，他们神采飞扬的主持激发带动了实验学子唱起青春之歌，让整个校园沉浸在一片欢乐的氛围之中，更助力了同学们全面发展展现才艺的愿望和将素质教育渗透到学业中的行动。

如今，已是高三的冲刺阶段了，整个高三年级都是紧张的备考状态。是啊，开局就是决战，起步就是冲刺！高三（2）班在班主任甘新华老师的严格管理下，更是团结紧张严肃，学生学习生活等各项活动井然有序、有条不紊。上课及练考时，同学们都神情严肃、全神贯注。但我们不是死学傻学，我们都相信英语的一句谚语：All work and no play makes Jack a dull boy.（只工作不玩耍，聪明的孩子也变傻。）在这重复枯燥的冲刺阶段，班上活泼的事情多数时都交给了王嘉雯同学，课堂上，她经常发言，还不忘适当地调侃说笑一下；课间时，常能看到她和同学嬉笑打闹的点滴场景，也能听到她和几个女生余音缭绕的歌声袅袅，同学们的每日励志演讲更能看到她风趣活泼的串联主持。

三分天注定七分靠打拼。为了她从小就根植于心的梦想，王嘉雯同学一直尽力抓住一切机会，并为之努力。披星戴月走过的路，必能繁华满地，通往锦绣前程！祝福王嘉雯同学能走入中国传媒大学，圆梦主持人！为班级争光，为学校添彩！

生活感悟

生活感悟

河边寻春

周日在家收拾了多半日,感觉有些疲累了。我躺在沙发上小憩,懒洋洋的。抬头望向窗外,雾霾散了,蓝天终于露出来了,微风吹着,树枝摇着,鸟儿叫着,孩子们打闹着,叽叽喳喳的,欢欢闹闹的,一切都有了生机。是的,不知不觉地,春天已然来了,我突然很想去河边走走看看,探一探春的踪迹,嗅一嗅春的气息!

来到河滩,视野很开阔。游人三三两两,大多在河岸的水泥路上活动。我和老公另辟蹊径,想去河边看看,于是下得岸来,走在土黄的沙滩上,踩着松软的沙土,轻柔缓慢,留下脚印一串串,别有一番情趣。河道边较高的地上,长满了茂密的芦苇,经过秋去冬来、风吹雪打,已然干透,全身黄衣,但依然竖立着,微风一吹,沙沙作响。它那黄褐色的穗子,在风中摇曳着、荒芜着、繁华着、茂盛着、凋败着,让生活在现代水泥森林里,压抑的、烦闷的、乏味的人们不由得有了美的感受。我俩惊喜着,欢欣起来。

春江水暖鸭先知!来到河边,几只野鸭在河水中畅游着、追逐着、嬉戏着。水流哗哗,在太阳光的照射下,泛着金光,河中央的几处小高地上,荒草中已有丛丛绿芽冒出,调皮地看着这个世界,让人看到生命的自强、寒暑的更替和岁月的流逝。我在心中不禁感慨,野火烧不尽,春风吹又生。年年岁岁花相似,岁岁年年人不同。

廊桥那儿放风筝的人很多。又是一年三月三,风筝飞满天!父母带

浅笑低吟的风铃

着孩子，小伙带着女友，抱着喜欢的风筝，来到河边，人人笑开颜，抓把泥土试试风，放开长长的线，风筝带着天真的笑声，和白云蓝天来做伴！看啊，天上的风筝，形状各异，五颜六色，无拘无束，自由舒展，惬意极了！看啊，地上的孩子，聪明伶俐，调皮可爱，自由奔跑，任性玩乐，尽兴极了！看啊，就连那宠物狗，也围着主人，一会儿吠叫几声，一会儿摇摇尾巴，一会儿跳过来，一会儿蹦过去，欢实极了！

我俩慢步走着，尽情地四望着，贪婪地呼吸着，多么想把这一切的一切，一点一滴地记录定格下来。多么难得的春日午后，多么美好的幸福画面啊！只是我们有点隐隐的小忧伤。时光匆匆，不觉我俩已近天命之年。世事纷扰，做人不易，每日瞎忙，早出晚归，为生活，为工作，为孩子，操心费力，难得清闲。多么盼望时光它慢一些，再慢一些啊！多么希望自己是一只风筝啊，无拘无束，无忧无虑。

返回到岸边的水泥路上，我们仔仔细细、真真切切地看到柳树已经发芽，鹅黄色的，那小小的芽苞儿，虽然柔弱鲜嫩，却又鼓足了劲儿，蓄势待发，让人心中不禁为之一颤。那成行的柳树，柳枝垂下，随风飘舞，婆娑着，远远看去，像多情的女子的秀发，婀娜多姿，如烟似梦。还有那叫不上名的花树，花儿也在春风的轻拂下，迫不及待地献礼人间，有的含苞待放，有的已然怒放，远看像淡粉的霞，引人驻足，折得一枝，凑近嗅之，清香扑鼻。花儿也引得那蝴蝶蜜蜂流连其间，忽然想到那首诗："黄四娘家花满蹊，千朵万朵压枝低。留连戏蝶时时舞，自在娇莺恰恰啼。"

看那饱满的花骨朵，让人想到要想坚挺饱满还需稳扎稳打；看那怒放的花儿，让人想到要经得一番寒暑苦，再来嫣然笑春风。

我们慢慢悠悠、从从容容地寻找着春的踪迹，轻轻柔柔的，鲜嫩嫩的。我们仔仔细细、真真切切地嗅到了春的气息，清清浅浅的，甜丝丝的。是的，春已回大地，万物已复苏。不过，在多愁善感的人看来，春日苦短，就像人的青少年时期一样，懵懂中倏然而过。在豪情满怀的人看来，"一年之计在于春，一日之计在于晨；盛年不重来，一日难再晨，及时当勉励，岁月不待人"。

所以，各位，趁着春光大好，暂抛烦忧，走进大自然，采撷春景，剪裁心中美的画面，让春天永驻你我的心间！趁着春色灿烂，怀揣憧憬，走进大自然，捡拾美好，触摸心中的诗和远方，让春色永远铺满你我的心田！

浅笑低吟的风铃

2021 年的这个夏天

早起刷抖音的时候，读到了一段情感语录：夏已尽，秋将至，一叶落，天下秋。一个转身，夏天就成了故事，一次回眸，秋天已成了风景。这段话让我很有触动，于我，今夏漫长，没有什么故事，不过游历和经历还是有的，并且每一段过往都引发了我浅浅的思考。

天外有天，风物无限

每次听到《葡萄熟了》《花儿为什么这样红》等歌曲时，你是不是对新疆很向往呢？每次听到王洛宾的《达坂城的姑娘》《在那遥远的地方》等名曲时，你是不是想到了流浪追梦的三毛？

多年来，就是这些经典歌曲撩拨着我，牵引着我，什么时候能到新疆去走走看看呢？看一看它的辽阔高远，瞅一瞅那儿的帅哥美女，听一听那儿的迷人歌曲，尝一尝那儿的瓜果美味，品一品那儿的正宗新疆菜。

今年 7 月 5 日，这一天终于到来了，朋友的女儿带着我们坐上了去往乌鲁木齐的飞机，开启了我们的新疆之旅。

我有幸坐在靠窗的位置，天气晴好。一路所见，极其清楚，我鸟瞰了从陕西到新疆美不胜收的沿途风光，心中无数遍赞叹着大自然的鬼斧神工。在陕西时，蔚蓝的天空下，白云朵朵，有像棉花堆的，有像被扯开的丝絮的，极目远望，整个景象，像极了浩茫云海里边的朵朵白云岛，让人禁不住联想，里面是不是住着许多神仙？

到了甘肃、新疆，万里无云，只看见下面层峦叠嶂，山峦上面被雨水冲刷过的沟壑千丝万条，沙漠广阔无垠，只有上面的沙棘如星星点点。河流像一条带子蜿蜒入山谷，公路像一条黑线延伸向远方。到了乌鲁木齐上空，俯瞰下去，在荒野中有绿林片片，还挺平展的，看来乌鲁木齐是个不错的地方。

我们此行是定制线路，叫伊犁仲夏夜七日游。在这七天里，我们顺着S101国防公路前往精河市，沿途欣赏了迷人的硫磺沟七彩丹霞，从精河前往特克斯，沿途经过了大西洋的最后一滴眼泪赛里木湖、霍城的解忧公主薰衣草庄园，还在伊犁首府伊宁市的喀赞其蓝色小镇走了走。从特克斯前往新源，沿途感叹于琼库什台古村落、恰西草原的神秘立体之美。从新源前往奎屯，留恋于唐布拉百里画廊、仙女湖的壮丽与秀奇。从奎屯前往独山子，叹服于世界筑路奇迹独库公路和独山子大峡谷的伟大与震撼。

这一路走来，我们似乎经历了夏冬两季，有炎热暴晒下凉风阵阵、清澈的湖水被吹起涟漪，有广阔草原上各色花儿的摇曳绽放香味丝丝，有重峦叠嶂里迷彩草原上牛羊悠闲如珍珠点点，有无尽山峰顶一年四季里的白雪皑皑，有行走独库公路时哈希勒根隧道旁滑雪打雪仗的笑声朗朗，还有前往唐布拉百里画廊深处的人间仙境仙女湖时的马蹄嘚嘚，这一切至今还如梦似幻如在眼前难以忘怀。

七天的伊犁之行，我真正明白了什么叫不到新疆不知中国之大，不到伊犁不知新疆之美。置身于这立体的美景之中，让人有些窒息、有些词穷，我的头脑里反复蹦出的英语单词是beautiful（美丽的）、fantastic（美妙的）和breathtaking（摄人心魄的），成语诗词如风景如画、气壮山河、江山如此多娇、引无数英雄竞折腰等。还有，新疆土地的辽阔广袤，群山的连绵起伏，雪松的挺拔茂密，让我心中不由哼起几句歌词，如山外青山楼外楼、天地间走来小小的我等。是啊，在这无边无际的大美新疆，我真正理解了宇宙的苍茫，明白了山外有山；在独库公路的蜿蜒穿行

浅笑低吟的风铃

中，我真正明白了人类的伟大、自己的渺小。敬畏自然吧！

人外有人，须得勤学

众所周知，北京是我们的首都，是全国的政治文化经济中心，是国际大都市。每一个中国人，都对它充满敬意并心驰神往。不是吗？小时候，《我爱北京天安门》这首歌就深入我心，《让我们荡起双桨》这首歌让我对北京的北海公园情有独钟；青年时，《亚洲雄风》这首歌让我们对1990年北京的亚运会记忆犹新；成年时，刘欢和莎拉布莱曼演唱的《我和你》这首歌让我们为2008年的北京奥运会心潮起伏；更有《北京欢迎你》这首歌不时萦绕在耳畔，跳动在心际，经常催促着我多要去北京走一走看一看。

我已去过北京三次。第一次是1988年考上大学时，既懵懂无知又意气风发，跟着同学在长安街走了走，在清华园转了转，觉得自己轻如鸿毛，心里挺自卑的。第二次是在2002年，那已是工作后的第十年，有幸在中国农业大学里参加教育部举办的"烛光工程"项目培训，见识了来自加拿大、美国的课堂教学模式，领略了来自全国同行的英语风采，少了点自卑，多了点自信。第三次是在2007年正月跟婆家人一起开车去北京走亲戚，停留的四天里，我们瞻仰了毛主席纪念堂，参观了故宫博物院，深刻领略了中华历史的厚重与领袖的伟大，觉得我辈当自强。

今年7月19日，我和老公有幸随咸阳市民营企业家协会参加了百年明德教育科技院举办的第七十七届百年明德讲堂，近距离见识并聆听了一些名人大咖的讲座，深受启发。其中就有备受国内外广泛关注的央视新闻评论员杨禹，他的讲座题目是《学习宣传贯彻习近平总书记在庆祝中国共产党成立一百周年大会上重要讲话精神》，让我们深入了解了共产党的光辉历程、共产党人的不屈不挠精神。如今，走过百年，我们已全面完成小康社会建设，还要努力奋斗共同富裕，实现中华民族的伟大复兴。杨老师不愧是与水皮、石述思、叶檀等共同获得"电视评论五虎将"大奖的人啊，全程讲解逻辑清晰，思想深刻，稳重成熟，让学员们对党充满敬爱，对自己也自省反思，对祖国充满信心和热爱。

军事问题专家李莉作了题为《大国竞争时代中国国家安全新挑战》的讲座，让我明白了美国想一直称霸世界、千方百计阻挠我们发展的不死野心，我们每一个中国人都要紧跟党中央，要有不畏强敌、不惧风险、敢于斗争、敢于胜利的勇气。李老师是全国三八红旗手，作为女性军事问题专家，更让人肃然起敬。另外，年轻的高长勇院长对中华文化的源头活水《易经》做了深入浅出的解读，我明白了我们熟悉的成语如自强不息、厚德载物、仁者见仁、智者见智、洗心革面、泰极否来，还有启蒙、文明、人文、文化等词汇都出自《周易》，他的联系实际、与学员互动的讲解激发了我对易经和中国文化学习更大的兴趣。

此次北京学习，我们深深觉得，北京乃藏龙卧虎、精英云集之地，不得不承认人上有人，我辈得活到老学到老，开阔眼界，提升格局，与时俱进。

珍爱生命，且行且惜

记得19日坐高铁来北京时，路过河南境内，阴沉沉的天空下着淅淅沥沥的小雨，烟雨蒙蒙，富有诗意，意境幽远。

谁能想到，就是这习以为常的小雨，在7月20日的时候，短时间内增强，变为灾殃。据报道，下午两点到四点的郑州，乌云蔽日，电闪雷鸣，狂风骤雨，一小时下了两百毫米的雨量，几乎相当于平常一年的总雨量，很快就造成了郑州全市内涝，整个街道水深齐腰，地势低洼处、地铁进水停电，多人被困地下，在黑暗中挣扎，隧道积水几乎没顶，多辆车被泡，有人困于车内。没有人能想到，他们遭遇的是百年不遇的特大水灾。据8月2日人民日报消息，这次河南特大洪涝灾害共造成三百零二人死亡，五十人失踪。真是天有不测风云，人有旦夕祸福啊！

7月30日的时候，救援恢复中的郑州，新冠疫情又暴发了，湿热难耐中，市民每日进行核酸检测筛查，有病例的小区封闭管理，真是福无双至、祸不单行呀！

浅笑低吟的风铃

郑州的洪涝阻断了开往各地的列车，在北京结束学习的我们，不得不退了高铁票，买了贵于平常的飞机票，于忐忑中回到西安。鉴于南京、张家界疫情的蔓延趋势，陕西也提升了防控力度。市民们响应政府号召，积极接种疫苗，尽量减少外出活动，就是外出，也要合理规划好时间，公共场所佩戴口罩，配合测温，保持安全距离。

对疫情管控的升级，让人的内心小有紧张，生怕自己会像在西安兵马俑游玩的那对重庆小情侣一样，不幸中招了，那将会多么让人惶惶不可终日呀！

这个夏天，郑州的水灾，南京的疫情，是那么的猝不及防，是那么的始料未及。看着新闻的时候，进水的地铁里爱心故事在演绎；灾情发生后，各地驰援河南的人间大爱在接力。咸阳民营企业家协会的老公也悲天悯人，自发倡议，积极捐款，支援河南灾后重建。不过，我还是深深地为遇难者感到遗憾、惋惜和难过，他们怎么也不会想到，早上高高兴兴去上班，晚上却永远无法安安全全返回家。这让活着的我们不禁再次思考明天和意外哪个先到的问题。人生在世，苦海无边，不如意事常八九，没有人能预知意外，但生命至上，且行且珍惜吧！

草写此文的时候，风儿不时拂过我的脸颊、吹动我的头发，凉意阵阵。的确，节气轮回中，一个转身，秋天已成为风景，回首今夏的上述经历过往，催生了我对珍爱生命、珍重生活、人生追求的浅浅思考，百感交集中暗思量，问苍茫，为何美丽的人间如此多灾多难？何时得安康？于是我在心里默默祈祷，愿祖国永远山河无恙，我们永远安康乐业。

生活感悟

秋之心境

秋风萧萧愁杀人，出亦愁，入亦愁。座中何人谁不怀忧？令我白头。胡地多飙风，树木何修修！离家日趋远，衣带日趋缓。心思不能言，肠中车轮转。这是昨天在刷微信时，我读到的让我咂摸了许久的一首汉乐府诗歌，它把由萧瑟秋风秋景所引发的秋思秋愁写得愁闷难耐、衷情深长、扣人心弦。

是啊，每至深秋，飘落的树叶，枯萎的花儿，寒凉的风儿，暗淡的日光，这些晚秋的景象都会让人触景生情，情绪低落，心生抑郁，愁思涌上心头，剪不断理还乱。每每这时，人常常会感到极度疲惫，精力不够，昏昏欲睡。可你知道这是为什么吗？你知道如何减除这种愁思、改变这种心境吗？

在一篇英语七选五文章中我找到了相关的答案，那么，就让我给你科普一下吧！

这种现象被叫作SAD（seasonal affective disorder），即季节性情绪异常。研究人员指出，产生这种异常是受天气变化影响的，是跟太阳光的可用性有关的。有一个理论讲到户外阳光的减少会影响人的情绪，使睡眠和生物钟被延迟。另一理论说到因为SAD，人体里负责传输神经信息的化学物质可能会发生变化。但针对SAD，统一的认识是应多接触日光，这样就可以很好地纠正上述异常，即改变抑郁情绪，恢复身体活力，增强工作效率，提升生活质量！

浅笑低吟的风铃

那么，怎样才能应对这种秋季情绪抑郁呢？文中的几点建议有趣极了，让我说与你听！

一、吃块巧克力，想想度假。正如你所知道的，巧克力是情人节礼物的首选，不仅因为它甜蜜醇香的味道，还因为它背后凄美的故事。现在我再告诉你，研究也表明，吃巧克力和糖，的确能缓解焦虑。所以，当你情绪不好或遭遇烦心事时，就拿出几块巧克力，边吃边畅想你与家人、恋人、朋友已经实施的或正在筹划的海边踏浪、爬山登高、体验风情、尽享美食的假期吧！

二、看明亮色彩，听听音乐。秋天多雨，有时，淅淅沥沥的雨断断续续下了好几天，滴答滴答，没完没了。秋季多阴天，有时，天空灰蒙蒙雾沉沉的，阴云笼罩，好几天徘徊不散。秋季也是多风的，瑟瑟的风儿吹得树叶飘零，在空中飞舞。那么，多看看明艳的颜色，如大红色和橘黄色，你的眼前定会因之一亮！精神也会为之一振！因为，研究表明，颜色治疗也是可以改变人的情绪的。你还可以听听你喜欢的音乐，让音乐带你去你心中的春天美景，与神往的人儿一起倾诉欢歌。你还可以随之舞蹈，舞出激情与活力！

三、让花草陪伴，读读美文。生机勃勃的绿植和花草是令人振奋的，这是我们每个人都能感受到的。正如歌里所唱，羞答答的玫瑰静悄悄地开！家里或办公室里有了花草，有时真的会让人有风含情水含笑的愉悦感。那么，快快行动起来，用花儿装扮一下你的空间吧！然后，再慵懒地躺在沙发上，捧起一本书，读读美文，清空心灵的尘埃，难道不是乐事一件？

四、到自然中去，锻炼身体。新鲜的空气和适度的锻炼能改善人的心肺功能，促进血液循环，调节神经系统。另外，锻炼还能平和舒缓人的情绪。所以，在家里待久了有些烦闷的时候，在办公室里连续工作时间较长有些疲累的时候，请你不妨停下来，伸个懒腰，喝一杯茶，最好直接到户外去伸伸胳膊踢踢腿，做做深呼吸，见见日光，晒晒心情！

五、与家人朋友，聊聊过往。记得有人说过，当一个人拥有亲情、友情、爱情这些人间美好时，那么，他就是世界上最幸福的人。相反地，当他缺一样或两样时，他的人生就是有缺憾的，特别是他三者都不具有时，那在这世间，他的心灵就会是在流浪，灵魂无处安放，则无异于孤魂野鬼！所以，与人为善，广交朋友，这样，当你feel down（低落）或feel blue（忧郁）的时候，跟家人朋友约起，聊聊过去那些幸福的往事，畅想一下美好的未来生活，是不是很快会有一种拨云见日的美妙感觉？

　　文中还说了：Remember, spring always lives in your heart.意为：请记住，春天永远住在你的心里。这句话是多么精辟啊！我的个人理解是，要尝试遵循以上改善心境的实用办法，努力改变自己，减少外界干扰，平和心态，淡泊自然，以达到"宠辱不惊，闲看庭前花开花落；去留无意，望天上云卷云舒"的境界。

　　换个角度和心境再看这愁煞人的深秋，你一定又会吟出杜牧《长安秋望》中"楼倚霜树外，镜天无一毫。南山与秋色，气势两相高"的豪情来，也一定会引发出刘禹锡《秋词》里"自古逢秋悲寂寥，我言秋日胜春朝。晴空一鹤排云上，便引诗情到碧霄"的诗兴来！那么，春天就会悄悄走进你的心里！

冬日拾暖

最近，天气寒冷，昼短夜长。雾霾严重，多日不散，一切都很寂寥，使得今冬显得更肃杀。在这样的环境下，人也会显得无精打采的。在这个时候，我喜欢裹上胖胖的羽绒服，缠上厚厚的围巾，戴上绵绵的手套，外出去街上转转，捡拾一些小温暖，藏在心里头，来抵抗这个寒气逼人的隆冬。

我最喜欢去的是小区附近的早市和夜市。这里永远不会让我失望，每次总能拾到一袋子的温暖，那里有最世俗的喜悦，最烟火的丰盈。早市时，很多小商贩开着蹦蹦车，拉来了各种新鲜蔬菜和水果，有水灵灵的萝卜，胖墩墩的大白菜，绿油油的菠菜。还有出水不久的莲藕，白白胖胖的，一节一节的，让人忍不住想象到炝炒莲菜的嘎巴脆爽。还有才挖来的蒜苗，带着泥土的气息，一根一根的，让人忍不住想象到臊子面的香气扑鼻。

傍晚时分，卖水果的商贩多了一些，人常说货卖堆山，到处是一蹦蹦车的橘子呀、苹果呀、梨儿呀、甘蔗呀。商贩们扯开了嗓门，用陕西话吆喝着：来来来，走一走，看一看，尝一尝，甘蔗甘蔗，甜得很甜得很，把人能甜死！这样的吆喝，原生态，接地气，太亲切了！太给力了！不一会儿，车前围上了一圈人，挑的挑，拣的拣，相互间寒暄着、玩笑着。付了钱，提着兜，或匆匆离去，或缓缓转身。小贩往往眯起眼睛，冲他们挥挥手，并叮咛：姨呀叔呀，哥呀姐呀，吃好了再来哦！生动的俗世，贴心的暖，常常让我觉得活着，是一件多么好的事，做一个充满烟火气的普通人真好！

　　偶尔也去世纪金花转转。天冷了，各家挂着的，几乎都有胖胖的棉衣羽绒服，却都是青春亮丽的温暖模样。依据以往的买衣服经验，买衣服是要碰运气的，或者说衣服和人也是有缘分的。很多时候，你可能不一定想买衣服，但当你转商场的时候，可能有某一件衣服会让你眼前一亮，于是你就试穿一下，大小、尺码、颜色、款式都很满意，上身效果也很惊艳，你很可能就很爽快地决定开票打包提走。然后，这件心仪的美衣，就被你抱走了，心情美美的，走路也轻飘飘的。

　　所以，我也觉得，那些青春亮丽的衣服的温暖模样，或青春飞扬，或深情款款，或风姿绰约，或简约时尚，都似在等待着与它倾心的人把它领回去，仿佛是渴望爱情的年轻人，爱情对他们来说就是天大的事。遇到什么样的爱情，决定什么样的生活。如果在年轻的时候，有幸遇到一段甜蜜的爱情，就能温暖人的一生。对于一件冬衣来说，遇到谁、温暖谁，也是一生。

　　我更喜欢开车去城外头。收获后的田野坦坦荡荡，像一个老农，有种历尽世事的清明豁达。路边的树木，在历经春天的桃红柳绿、夏天的枝繁叶茂、秋天的金黄盛装后，在冬日，洗尽铅华，本色出演，却也多了沧桑中的冷峻与担当。田野里的小麦苗、菜苗，因冬日的干旱与寒冷，叶子有些枯黄干瘪，但你若近观之，其中心仍是翠绿的，让人不觉在心疼之余，又对其充满敬意！今冬的隐忍，为的是那春来到时的绿意盎然、山花烂漫！突然想到《梅花三弄》里的一句词：若非一番寒彻骨，哪得梅花扑鼻香！

　　田野里的那些暖，是家常中的朴素安心。像奶奶长满了老茧的手，慈爱地抚过孩子的头发，轻柔又坚定。而我最喜欢的暖，则是街边的小惊喜。偶然遇到的人，偶然发生的小故事小场景，暖心暖梦，几乎让人相信，冬天也是暖的。

　　那一日傍晚，吃完晚饭，我去人民路的世纪金花里闲逛，流连于各种时装店。不知不觉逛到晚上九点，人家要下班了，我匆匆下楼，准备打的

浅笑低吟的风铃

回家，没想到在电梯里碰到了和我曾住一个院子的两口子，他们俩为人谦和友善，说多日不见我了，执意开车把我送回了世纪大道。当我连声说谢谢时，他们只是笑笑，说，一脚油门的事，没什么的。还有，前几天，我逛完狗市，买了一些东西回到单元门口，正准备放下东西，腾出手掏钥匙时，在不远处等孩子的六楼大姐手里拿着钥匙，小跑着过来，帮我开门……当我连连说谢谢时，她也只是笑笑说，举手之劳，没什么的。

　　那些随处可见的小温暖，与我有关的，与我无关的，都被我一一捡拾起来，藏进冬的心里，一点点地积攒起来，用来对抗这个世界的寒冷与荒芜。等到有一天，春回大地，桃花耀眼明，微风吹过，我便会会心一笑，想起曾经捡拾温暖的冬天。

生活感悟

感悟幸福

前几天我们月考，完形填空题采用的是2014年江西省的高考题，是一篇夹叙夹议的文章。讲的是一个学生，放假在家，本可以和平常假期一样，蒙头大睡到日上三竿，但他那天却睡意全无，早早起床。他站在阳台上，俯视楼下的停车场，惊异地发现一个衣着朴素的老人骑着一辆破旧的自行车，早早地就来到了停车场，虽是天刚大亮，但他已擦完了十几辆车。只见他一手提着水桶，一手拿着抹布，不紧不慢地擦完挡风玻璃，后退几步，骄傲地看着自己的劳动成果。又一会儿擦完汽车四轮，又走到旁边，满足地欣赏着自己的工作成绩。在这当儿，碰到熟悉的路人和上市场买菜的老人，他就停下手中的活儿，热情地和他们打招呼，闲聊寒暄几句。

老人的这些举动引发了这个学生的思考和自责，他想了很多很多。有那么一会儿，他惭愧不已。他在想，自己才十六岁，却总想追求安逸——一到假期就昏睡疯狂；总追求虚荣——穿名牌骑名车。尽管这样，他似乎也没幸福感可言，远没有这个穿着破衣、骑着破车、干着破事的老人优哉游哉。在那么一瞬间，他感觉这个老人给自己上了无声的一课：人，不管多大年龄，只要身体硬朗，愿意工作，多与人沟通，传递微笑，那么，他的生命就是有意义的，他的生存就是有质量的，他的生活就是幸福的。

无独有偶，这周末，我们到咸阳职业技术学院参加继续教育培训，陕

浅笑低吟的风铃

西师大的徐波峰博士给我们做了专业技术人员的心理健康和调适的专题讲座。徐博士专业学识扎实宽广，积淀深厚，生活阅历丰富多彩，讲课风格平易近人，深入浅出，好多高深的理论，都通过现实生活中真实的经历或故事展现出来，让我们觉得听他的课，就好像和一位久违的邻家大哥拉家常。在讲到人都需要周围外界人的认可时，他举了他们师大教授的一个例子，让我记忆犹新，思考良多。

例子是这样的：师大有一位教授，风度翩翩，粉丝上千，事业有成，弟子众多。他的妻子，虽已徐娘半老，但风韵犹存，事业红火。就是这对在外人眼里郎才女貌、相得益彰、高不可攀的夫妻，在家里却水火难容、互不理睬，究其原因，不是爱已不再，不是心有外属，而是因为累。讲课累，应酬累，钩心斗角累。有一次，教授被妻子训斥不许在客厅抽烟，而只能躲在阳台上抽烟的时候，和前面故事里的学生一样，他看到了让他很感慨的一幕：楼下有一个建筑工地，工地上有好多夫妻同时打工挣钱。你可以想象，这些民工整天和泥土、白灰、石灰、砖头打交道，他们的衣服灰扑扑、烂兮兮，他们的脸和手因有着汗水和灰尘的混合更加黑乎乎、脏兮兮。就是这样让教授感觉和自己有天壤之别的民工群体里，他看到有一个妇女，一手拿着一个大饼，一手端着水杯，自己啃一口饼，也给丈夫啃一口饼，自己灌一口水，也给丈夫灌一口水，边吃边喝边打情骂俏，旁边的工友也起哄憨笑，引逗得这对夫妻也笑得咯咯的，像母鸡生完蛋之后发出的那种欢唱。

这一幕震撼了教授，那笑声刺痛了教授的神经。他羡慕不已，感慨万千。他在想，幸福是什么？生活是什么？什么是幸福的生活？是学识？是金钱？是地位？似乎都不是，徐博士总结说，生活是一个过程，幸福是一种体验。在这个过程中，平和的心态最重要。其实，生活很简单，只要懂得珍惜，自然，你就拥有了生命的光彩。

上面两个故事，一个是我读来的，一个是我听来的。它们引发了我对什么是幸福、什么是生活的思考。在这儿，我想说说我曾经有过的一个你也许会觉得好笑的感觉。每年过年时,我们都要去农村老家走亲戚,在路上、在村里、在家门口,总是会看到走亲访友的路人,大多是男的骑着摩托车或自行车,也有开着蹦蹦车的,车前坐着孩子,手里拉着气球,车后坐着媳妇,提着礼品,搂着丈夫,有说有笑,一路欢歌,其乐融融。那情景,是让坐着小车的我十分羡慕的;那情景,是让生活在城里的我忘不掉的。他们物质虽不优裕丰厚,但精神却充实幸福;他们虽生活在穷乡僻壤,但他们的幸福生活却大放异彩。我在想,幸福是放身段,寻捷径?幸福是宁愿坐在宝马里哭,也不愿坐在自行车上笑?似乎都不是。在我看来,幸福生活就是在道德范围内的相互欣赏,相互搀扶,同甘共苦,相濡以沫,安之若素。

  联想到如今我的实际生活,我也在思考,什么是幸福工作?什么是幸福生活?我是一个高中英语老师,带高二英语。每天上课,看到活泼好学的学生,与他们一起学、一起闹、一起聊,我感觉我很充实,看到学生的进步提高,我很欣慰,和学生们一起学英文歌看美剧,我觉得我也变年轻了。虽然工资微薄、疲惫不堪,但我很知足。周末,我渴盼走出藩篱,远离尘嚣,放飞心情,我渴盼与爱人孩子团圆聚餐,我更愿意努力挤时间与三五好友一杯清茶,聊叙家常。我的幸福公式是:周内用心工作+周末家人团圆+近郊彻底放松+有空朋友小聚=品质生活,优雅女人。我愿平和心态,充实自我,赠人玫瑰,手留余香,微笑生活每一天!愿大家:早上醒来,光彩在脸上,充满笑容地迎接未来;到了中午,光彩在腰上,挺直腰杆活在当下;到了晚上,光彩在脚上,脚踏实地地做好自己。愿我和朋友们光彩照人每一天,幸福生活每一天!

浅笑低吟的风铃

公园散步偶记

早上待在屋里烦闷,我出门沿湖散步,顺道拐进了渭滨公园。公园里树木茂盛,遮天蔽日,林荫小道干净整洁,曲径通幽,凉风习习,湖水微澜,真是清爽。

让我大开眼界的是,公园里真热闹啊,真是一个锻炼放松、怡情养性的好去处!

你看,湖边桥上,有一老者,手拿毛笔,蘸着清水,以地为纸,书写古诗词,或咏叹山水,或金戈铁马。他气定神闲,高雅大方,乐在其中!

你再看,湖边桥下,有一男一女,男的吹着笛子,笛声悠扬,引人入胜;女的引吭高歌,如痴如醉,唱的是用仓央嘉措的诗词谱写的歌曲《问佛》,走心得很!

往前走,你继续看,林荫道下,一群大妈正在放着民国时期的经典歌曲,翩翩起舞,歌曲动人心弦,听得人流连忘返!

你再看,一群大妈大叔,个个都是维吾尔族的行头装扮,打起手鼓唱起歌,载歌载舞,陶醉其中!

阵势最大的是中心广场那儿的合唱队伍,大多数是退休人员,也有散步的观众加入其中。他们手拿歌词本,在一个红衣白裤、宝刀未老的大妈的指挥下,在一队边拉边唱或边敲边唱的大叔的伴奏下,放声高歌,歌唱《好日子》、歌唱《父老乡亲》、歌唱《唱支山歌给党听》、歌唱《走进新时代》,个个全心投入,深情款款!

看到这些，我十分惊讶，小公园，大世界啊！生活如此多娇，引无数老者如此享受！退休生活有歌有舞，有诗有画，有伴同乐，人生夫复何求！

在心里，我为这些走出家门并自娱自乐的老年人点赞！

联想到现实生活中的一些老年人，有的退休后很不适应退休生活，无所事事，空虚寂寞，苦闷彷徨，老得很快，自己把自己活成了行尸走肉。有的在家里家务全包，洗衣做饭，接送孩子，十分劳累，自己把自己活成了全职保姆。而有的闲在家里，自我封闭，视成年繁忙的子女为一切，以爱的名义绑架子女，为了排解寂寞，对自己的子女唠唠叨叨、指指点点，自己把自己活成了负担。

说实在的，我真为以上老年人的种种活法感到悲哀！难道他们要成为思想僵化、知识退化、脏器老化、等待火化的老年人吗？

我觉得，现实中的老年人，要想活好自己，活得充实，活得精彩，首先得解放思想，与时俱进，要想开看开、适度放手，不要倚老卖老、过分插手儿女的生活。社会在进步，观念在更新，毕竟你和儿女是有代沟的。

儿孙自有儿孙福，莫与儿孙作远忧！除了关爱家人，照顾好自己外，老年人一定要有自己的生活爱好和朋友圈子，千万不可过分依赖儿女，用爱的名义绑架子女，使得因你的唠叨或固执或孤独而无法安心工作，无法经营小家！

老年人，你得走出家门，自娱自乐，了解世界；你得与人沟通，互通有无，取长补短，努力充实自己，丰富自己，为儿女减负，绚烂自己的夕阳红！

浅笑低吟的风铃

碎暖散记

最近,天气有点异常。你看,还是初秋时节,连阴雨就来了,从9月8日开始直到今天,断断续续十几天了,雨还在淅淅沥沥地下。放眼周遭,天色阴沉沉的,道路泥乎乎的,气温低低的,体感冷冷的,一派萧瑟景象。受其影响,我的心情也感到湿漉漉的,真是自古逢秋悲寂寥啊!

干完了手头的工作,坐在办公室里,有一点无聊无趣。我拿出手机,当起了吃瓜群众,随意地刷起了五花八门的娱乐资讯和社会万象,大多是标题党,纯属为了抓眼球和求流量,有点低俗,让人感到更丧气,心中不免激愤!

忽然,来了一个微信信息:老师,在吗?可以把你的电话号码发给我吗?我一看,是2017届的学生小赵发来的信息,我立马想起了暑假快结束时小赵和另一同学要来我家看我,当时因时间关系未能见面,有点遗憾。这会儿要我电话,可能是娃在外地上学想和我通话聊聊吧,于是就发过去了电话。没想到,大概半小时后,娃发来了信息:老师,送你一箱水果,已经在路上了!我回:瓜娃,你才上学,正费钱着呢,心意领了,但我不要啊!信息又来:老师,娃学习一般,但娃挣钱可以啊,送你的是维生素C丰富的好吃的猕猴桃,老师您尝尝哦!一瞬间,娃的坦诚、真诚、可爱、活泼扑面而来,暖意涌上心头,我很感动!

想起了两年前,小赵同学因为调皮贪玩不用功,还有长得帅谈恋爱而分心,应届高考失利,来"实验"补习,我带其英语。他虽然调皮坐不住,时有分神闲聊偷看闲书的情况,但我没有用言语刺激他,而是用眼神示意其收心听讲,用手势示意其拿笔记写,保护其自尊心,并课下约谈批评指正,娃就把我的善意鼓励记在心里,一直感恩我。

考上大学后,教师节的时候,他给我发来了短信,表达了他真诚的谢意和衷心的祝福,赞美了我的爱心教育和辛苦栽培。如今,又寄来了水果,礼物虽小,但礼轻情意重啊!丝丝暖意涌上心头,能被人感念是种幸福!

结束了和小赵同学的对话,我又想起了小马同学,于是又翻看我与他的互动。暑假的时候,小马同学主动加我微信,给我汇报了他的高考情况,又特别给我发来了他的QQ说说链接,谈到了他在重庆三峡一带旅游时鼓起勇气和一群外国青年用英语聊天交流的情况,以及此事对他的启发和感想。他说掌声和赞美从来都不是等来的,而是平常极大的兴趣和付出的努力铺就的。他的诚恳真挚、青春豪情让我很难忘。

其实,我和小马同学的师生缘只有短短的两个月。那是上学年,有老师请假,我临时被调去给高三小马他们班带英语。最初的几节课,我就发现了小马同学的英语很突出。他的英语读音,一听就能听出是长期坚持模仿磁带发出的;他的英语作文,一看就能看出是有些功底用心在写的。我于是大加赞赏,他很受鼓舞,发挥特长,服务全班,锻炼自己。自习时,他主动请缨给全班同学讲过好几次阅读题,我适当补充点拨总结,我们合作得挺默契的!

之前,小马同学又和我谈到了英语歌曲的翻译,并向我推荐了"MelodyC2E",说这是他认为很有活力一个公众号。我们一起探讨了同一首英文歌的翻译,一个版本有点直白口语化,而另一个版本就意译诗意化。所以,我们达成共识:要完美地翻译英文歌曲,译者不但要学贯中西、文学底蕴深厚,而且还要有浪漫情怀和时代气息,这样才能做到信达雅和韵!

看了和小马同学暑期的互动,又一阵暖意涌上心头,我会心一笑,是啊,有生如此信我,为师我很开心。能被人信任是种幸福!

浅笑低吟的风铃

刷着手机的时候，我的思绪又回到了现在。想起了今年所带的这帮学生，他们的学习成绩可能不是最理想的，可他们的情商还是可以的！

晚自习时我批改作业，对讲桌前的一个学生说，老师用一下你的红笔。哗，前三四排的学生都纷纷取出了他们的笔，伸长手递过来，争先恐后地说：老师用我的！老师用我的！那画面，好像是我在记者招待会上接受采访似的！我用其笔者，拳头一握，做胜利状，并长长地喊一声"耶"；我未用其笔者，悻悻地坐回座位，失望地喊一声："唉"……你说，他们可爱不？

改完作业后，我总结了作业情况，表扬了认真用心的同学，批评了应付差事的同学。在批评者中就有班上的学委，我很诧异，印象中她挺积极向上的啊，这次怎么让我失望了？我的犀利目光杀将过去。待我总结完后，她不好意思地跟我解释了她没认真做完的原因，笑着说：老师，我的光辉形象不能在你心中黯然失色啊！你说，这样的学生，你能跟她生气吗？

在课前学生讲的短文改错中，有一句：My classmates cheered me on. （我的同学为我加油。）我就解释cheer sb. on的意思是为某人加油鼓劲，又补充说cheer sb. up是让某人振作起来之意，还问他们口语中cheers是什么意思呢？为了让学生猜出词意并牢固记忆，我顺手拿起了旁边学生的水杯，并示意另一同学也拿起水杯与我碰杯，并问他cheers是什么意思？这学生用陕西话说：喝！其大方回答、夸张动作、豪爽之状，让我笑出声来：真的吗？他说：老师，咱们幽默一下轻松一下不行吗？

是啊，英语中有句谚语：All work and no play makes Jack a dull boy. 其意是：只学习不玩耍，聪明孩子也变傻。所以，我一直对他们宽严有度，提倡他们劳逸结合、严肃活泼，埋头拉车、抬头看路，实干加巧干，千万不要死板机械压坏板凳。最重要的是，基础弱的学生，一定要树立信心，持之以恒，做学习方面的有心人，每天进步一点点。能促人向上是种幸福！

放下手机，收回思绪，我抬头望向窗外，天还是阴沉着，雨还在淅沥着，但刚才小赵同学的快递礼物，小马同学的探讨微信，现任班学生的可爱情商，还有教师节时一些往届学生的祝福信息，让我获得了阵阵感动、丝丝暖意。

其实，在工作中、生活中，在与亲人朋友、同事学生的交流中，我时常流连于那些令人难忘的只言片语，那些令人惊喜的小小礼物，那些琐琐碎碎的暖，那些点点滴滴的情。每每想起，就感觉自己被爱意包围环绕，工作也不无聊了，日子也不乏味了，似乎时光都走得轻暖了。当然了，为了让这种暖意传递下去，也得更注重礼尚往来啦！

哦，对了，刘禹锡《秋词》的全诗是："自古逢秋悲寂寥，我言秋日胜春朝。晴空一鹤排云上，便引诗情到碧霄。"是啊，不以物喜，不以己悲，调整心态，阳光面对，在无聊中寻找出亮点来，于烦琐中剥离出枝干来。把简单的事情做好，你就不简单！把平凡的事情做好，你就不平凡！于是，我偏坐办公室一隅，在这个雨雾蒙蒙的下午，拿起了笔，散记下近日来工作中的这几个小温暖。此时，我的心里正如沐春风，我的心情已阳光明媚。

浅笑低吟的风铃

拾光随想

早上起来,天空下着小雨,空气清新凉爽,我站在阳台上向外张望,院中的景色映入眼帘:银杏树叶亮黄,冬青叶儿深绿,枫树叶子火红,被雨水冲洗着的草坪更加嫩绿了,好一派深秋意境!秋色惹人醉,我要去捡拾!

曲江真是个好地方,年轻,新潮,宜居,高大上。到处是公园,处处是风景。街上人很少,路面很干净,我撑着伞,漫无目的地走着,享受着这雨中的清静,沉醉在这深秋的斑斓中。顺着新开门的城墙向东,我偶遇了一个公园,名字是:拾光周末集市。这几个字分别用红黄蓝白绿几种颜色书写,五彩缤纷地绽放着,让人觉得朝气蓬勃、活力四射。我默念了几遍公园的名字,拾光,多么引人遐想的字眼啊!

光,即阳光,寓意为一切美好的光明的事物。光是非常重要的,万物生长靠太阳嘛。没有阳光,庄稼就没法生长。就像近期,菠菜的价格竟然贵过了猪肉的价格,让人很是不解。我与老妈聊天时,她说,今年成天下雨,雨水太多了,她小菜园里种了三次的菠菜都没发芽,种的白菜叶子也包不住,一是因为地被雨水下得板结了,二是没有阳光照耀植物怎么生长?可见光对植物是多么的重要啊!

光对于我们的身心也是非常重要的,太阳出来喜洋洋,和煦的阳光会明媚我们的心情。多晒太阳,还有助于维生素D的合成,提高骨密度,增强免疫力,这是光对身体的作用。但我认为每个人内心的光更重要,哀

生活感悟

莫大于心死，一个人心中若没有了追求和念想，会活得很无趣、很寂寥、很孤独、很难过。人的心中得有光，我们可以把它理解为理想、梦想、幻想、念想等。它是我们心中的桃花源、诗和远方。

工作不易。为了碎银几两，上班族起早贪黑，为了完成工作任务或提高业绩，经常加班，甚至深陷于996的上班模式，劳累着自己，轻慢了家人朋友。那么，何不在周末，也抽出时间，暂时抛开工作，走出家门，或亲近大自然，或咖啡馆小坐，或饭店里小聚，或音乐吧里欢唱，捡拾心中的光亮，照亮疲倦的内心，丢弃遇到的尴尬，忘却心中的不快？在自然的启迪下，在家人的关怀下，在朋友的鼓励下，放下沉重，重新加油，感受美好，追光前行！努力向梦想靠近，为社会做贡献，实现人生价值，过上更加幸福的生活。

求学不易。君不见，每天早上，起得最早的有两种人，一个是清洁工，一个是学生娃。如今，就业压力很大，找工作很不容易，那么，怎么才能相对容易地找到一份好工作呢？社会的共同认识就是，好好上学，争取上名校。为了上大学，学校、家长也是拼了，特别是高中学生，每天的学习时间都被安排得满满当当。孩子们很累，也常有抱怨和吐槽。但我要说的是，累确实是累，还是咬紧牙关，拼搏一下，毕竟，《劝学》里都讲了："三更灯火五更鸡，正是男儿读书时。黑发不知勤学早，白首方悔读书迟。"另外，时光匆匆，青春无价，花无百日红，人无再少年。趁着年轻，做一个眼中有光的青年，保持对事物的好奇心和对知识的渴望，心中有光，追求梦想，毕竟，努力的你们，未来有无限可能！

生活不易。人生在世，没有谁的生活永远是一帆风顺的，起起落落、坎坎坷坷是人生常态。所以，在"春风得意马蹄疾、一日看尽长安花"的高光时刻，莫要得意忘形。在"抽刀断水水更流、举杯销愁愁更愁"的愁苦之时，也莫要过于消沉，相信自己，三分天注定，七分靠打拼。努力着，做到问心无愧，更不要悔不当初。告诉自己，得之我幸，失之我命。心存正念，善待人生路上遇到的每一个人和每一件事，过好每一天。这样，当我们老了，坐在门前打盹晒暖的时候，想起曾经过往的美好，一

浅笑低吟的风铃

个微笑，一句问候，一声感谢，一句珍重，能有光可拾，束束光亮照耀心田。那么，逐渐枯萎的身体里那颗即将凋零的心会时时温热的，老迈的我们还是会感觉人间值得、不白活一回的。

我边走边想，一阵风儿吹来，几片叶子舞动着落在了我的伞上，唤醒了思绪流浪的我。我回过神来，看到平坦嫩绿的草坪上落下的那些金黄的叶子，我不由得把伞丢放一旁，欢快地捡起一片、两片、三四片……

在捡拾的过程中，心里忽然冒出了鲁迅的著作《朝花夕拾》。这又使我想起了上大学时流传在学生们中的用鲁迅的作品描述大学生活的经典比喻：大一是《呐喊》，迷茫而执着；大二是《彷徨》，痛并快乐着；大三是《伤逝》，逝者如斯；大四是《朝花夕拾》，破碎的幸福。

是啊，小时候总盼着长大，觉得时间过得好慢好慢，大学时体会到时光匆匆，四年一晃而过，那么现在处在初老阶段的我，开始爱怀旧，回望来路，朝花夕拾的时候，你在拾什么？拾到了什么？你是否清空了对过往的纠结与纠葛，是否摒弃了对一些人事的鄙夷和不屑？是否释怀了那些不好的事情和中伤你的小人？对，我们应该如这公园的名字启发我们的那样，弃暗投明！拾光追光！

四季如人生，走过春天的浪漫奔放、夏季的热情似火，有过高兴的呐喊，有过苦闷的彷徨，有过自责的伤逝，真希望自己的正念和努力能使自己拥有沉甸甸的秋收冬藏，能让我始终微笑着、美好着，能让我把自己活成一束光，照亮别人，温暖自己！也真心祝福每一个打工人、学生娃能劳逸结合，走过四季，经历风雨，得到收获，能始终做歌里的那个采蘑菇的小姑娘，单纯可爱，捡拾光亮，储存美好，拥有光明的未来、明媚的生活！

生活感悟

享受独处的美妙

嘿，你好吗？午休时，一个声音从心底发出，一遍一遍地查问着我自己。于是，我闭目思量，梳理我这一段时间的生活历程。

没想到，我越反思，越心焦。我似乎把自己活成了一部机器。这种机器人的生活，我有些受不了啦！我似乎把心中的那个我自己弄丢了！我必须逃离这种生活，我想独处，我想静静，我想做一些抛却世俗、脱离物质、远离纷争、少有是非的事情，去追求一下我心中的诗和远方！哪怕是半天，或是片刻。

于是，在今天下午无课的时候，我决定利用这难得的时间，静静地独处一隅，好好地放松一下自己，好好地整理一下思绪，好好地做一点我想做的事情。悠悠地行走在自己心中的桃花源，清静一阵。

听听音乐

不得不承认，优美的音乐能抚慰人的情感，净化人的心灵，美化人的生活。我听了好几首歌，首首入耳，曲曲好听。但有两首歌直击我的灵魂，于是，单曲循环，欣赏学唱。

一首是琼瑶作词、凤飞飞演唱的《月朦胧鸟朦胧》，音乐柔美，歌词飘逸，不知不觉带人进入唯美境地，让人想起凄美缠绵的爱情故事。你听，这会儿，歌词还在我的耳边飘荡："月朦胧鸟朦胧，萤火照夜空；山

浅笑低吟的风铃

朦胧树朦胧,秋虫在呢哝;花朦胧夜朦胧,晚风叩帘笼;灯朦胧人朦胧,但愿同入梦。"是不是很诗意呢?听听都激动,想想更浪漫!

另一首是好妹妹乐队的《你飞到城市另一边》,曲调舒缓,演唱深情,歌词是叙说式的,娓娓道来,让人仿佛看到了一个深情少女对恋人的难舍难离、心心想念,同时又夹杂着一丝担心物是人非的淡淡忧郁。快听:你飞到城市另一边,你飞了好远好远,飞过了灰色的地平线,飞过了白天黑夜。你飞到城市另一边,你飞了好远好远,飞过了蓝色的海岸线,飞过了我们的昨天。你呀你,是自在如风的少年,飞在天地间,比梦还遥远。你呀你,飞过了流转的时间,归来的时候,是否还有青春的容颜?

真美!走心的音乐,走心的歌词,一个人,在静静的下午,静静地听,慢慢地品,在音乐的烘托下,随着歌词的牵引,我思绪万千,重走了一回青春!

刷刷美文

听着音乐,我刷着我喜欢的几个公众号,都是关于阅读的。比如国学精粹与生活艺术、人民日报文艺、报刊文摘、教师博览、古典书城、十点读书等。在平时的生活工作中,我已经养成了利用零碎时间在这几个公众号里进行碎片阅读的习惯。不仅接收到了与时俱进的热点信息,而且丰富了我的精神生活。在日复一日、单调乏味的日子里,这些信息吹来丝丝清风,飘来阵阵馨香,使我在庸常的生活中感受到点点星光,欣赏到绵绵情丝。在一些文章里,我不仅读到了名人大家的经典美文,还可了解他们一生的起起落落、坎坎坷坷。为他们高兴欣慰,为他们忧郁难过。

比如,今天下午,在公众号十点读书里,我读到了一篇文章,题目是:《萧红,不要因寂寞而错爱》。文中讲述,萧红一生命运凄苦坎坷。自幼丧母,父亲冷漠,生活在这样一个缺少关爱的原生家庭里,压抑窒息。加上父亲思想守旧,反对她上中学,执意地将她许配给官僚之子,这种生活让叛逆的萧红无法忍受,她逃婚私奔,踏上了一生寻爱寻归宿寻安全感的道路。

老天赐予她文学的天赋,却没有给她稳定的生活、美满的婚姻。虽然她一生苦苦追寻,即使在颠沛流离的生活中,依然抱有最大的幻想、最狂热的渴望,希望另一半能给她一份现世安稳。可是残酷的现实、凄苦的命运,让她一次次孤苦无依,身心俱疲,堕入深渊。在她的一生中,她爱过的几个男人、怀过的两个孩子,终不过是生命中的匆匆过客,她也在奔波劳苦之后,过早地香消玉殒,客死异乡。

她在与端木的婚礼上所讲的一段话,使我印象深刻。她说:我对端木没有什么过高的要求,我只想过正常的老百姓式的生活,没有争吵,没有打闹,没有不忠,没有讥笑,有的只是相互谅解、爱护、体贴。

读完这篇文章,心情很是沉重,不由为她扼腕叹息。不过,萧红一生的坎坷命运、爱恨恩怨,已是过去,也许,深情的人总是被辜负。只是,从她的故事中,我们的确应明白:不要在孤寂时做选择,不要在深夜里做任何决定。记住,安全感这种东西不是靠别人给的。

联想到现实生活,我感觉到,虽然我没有大富大贵、大红大紫、出类拔萃、与众不同,但生活中的小确幸却充盈着我的生活,我想,这就足够了,我会好好享受并珍惜的。

写写随笔

最近几年来,因为小时候对文字的喜爱,因为喜欢闲暇时间的碎片阅读,因为朋友圈中几位文学爱好者的影响,以及平日对于生活中的一些经历和感悟,对于工作中的一些做法和反思,我时不时地有思想的火花和灵感闪现,总想拿起笔来作以记录和抒发。但是,在记下这些点滴时,我需要一大段时间,缓缓地梳理自己的思路,静静地码字记录。在这一个人独处的空间里,我完全沉浸在自己的精神世界里,与智者同行,与自己对话。

这不,今天下午的这段时间里,我就在教案本里列出了最近在评讲

浅笑低吟的风铃

练考试卷时体悟到的英语专题训练的窍门捷径,准备分析整理成教学小论文,题目都已想好。我很开心和充实!因为这是继这学期两篇论文《品读首尾两段,猜解阅读答案》和《构建画面处其境,角色融入解全形》发表在《教学考试》杂志上之后,我又有两篇论文即将发表!

还有,日常生活中的点点滴滴,我也喜欢拿笔记下,保留在我的日志里。刚才看了微信上很火的一篇文章,我觉得我的这种爱好坚持对了!文中讲到,趁着自己还不是很老,心中十分想做的事情一定要趁早做,心中深藏的故事,不管酸甜苦辣,一定要讲出来,别等到嘴巴不听使唤的时候,嚅嚅垂泪!觉得应该记录下来的事情,一定要记录下来,这样,在你日后,特别是老了的时候,你可以细细回忆,慢慢品咂,我想,有这些文字,连同图片的陪伴,你一定不会孤单!

说得真好!我在日志中、朋友圈中发的文字和图片,初衷就是记录自己的生活,能共享的,发出来与众人同乐!想私藏的,留下来,没事偷着乐,有事偷着哭!就是这么简单!

快乐时,专注时,时间总是过得很快!不知不觉,已是傍晚,我得从我的桃花源中走出,回到琐碎的现实中来。我也得感谢这繁杂的现实,正因这纷纷扰扰的现实,我才享受到了独处的美妙!

开车回家时,沉浸在FM105.5音乐电台的曼妙音乐中,心儿也跟着欢唱,一个声音从心底传来:我还不错!我得更好!休整后的机器,不再单调无趣,不再燥热难耐,它又要正常运转啦!努力吧!尽量把这重复轰鸣的机器化生活过成诗和远方!

生活感悟

开学首日散记

似乎还沉浸在过年的热烈氛围里，似乎还流连在元宵节的华灯璀璨中，我们的正式开学就在昨天校门口的车水马龙里如期到来了。

青春是沸腾的，莘莘学子的回归让校园恢复了往日的活力。道路上，一群一群的学生欢声笑语地走过；楼道里，一班一班的学生热火朝天地打扫着卫生；办公室里，一个一个的老师决绝地断舍离，整理好书桌，备好第一节课。我们和学生们一样，整理好了学习工作的环境，整理好了志存高远的心情，准备撸起袖子奋战高考一百天。

今天是开学的第一天，上的是周五的课，我遇到了一周中工作量最大的一天，早读、双排课、周考、晚自习，从天麻麻亮出门，到天黑漆漆回家。这会儿斜靠在床上，回忆着一天的活动，累并欣慰着。

早读时，我在高三（2）班，当我走进教室时，全班秩序井然。班主任甘新华已经威严地站在讲台上，科代表已经负责地在黑板上写明了早读的背诵任务，全体学生都站在自己的座位旁，手里高高地拿着书朗读着，我知道，辛勤的小蜜蜂们已上了一节早早读。我巡视了一圈教室，对还在背早早读的科目，还没转回英语早读的，我敲敲他的桌子、拍拍他的肩膀提醒他该背英语了。抬头看黑板时，学生的每日高考励志语录也让我为之激动：披星戴月走过的路，必能繁华满地，通往锦绣前程！是啊，早已青春不再的我回想过往，真的觉得人生漫漫，关键处只有那么几步，高考就是人生中的第一次大考，人生能有几回搏，加油吧，少年！

浅笑低吟的风铃

上课时，像平常一样，我强调高效学习有三到：口到，手到，心到。好记性不如烂笔头，请嘴上读，手上写，心里记。这已经成了我和学生们之间的一个有趣的互动，每当课前我言归正传时，刚提一个字，学生们就和我玩着似的说出这几句。就像每次听听力时，开头的汉语提示学生们也跟着一起念一样：现在，你有五秒钟的时间阅读第一小题……现在的学生就是这么大方，这么可爱！

今天的课堂里就有几朵可爱的小浪花流淌进我的心里，让我觉得自己也很潮，和青春飞扬的学生一样，也有一颗年轻的心，也能和学生们一起跳跃同频共鸣！

在讲到 hatch（孵出）这个词时，我就举了例子：Do not count your chickens before they are hatched. 我说，这句谚语的英文解释就是：Do not let out the ending in advance. 汉语的字面意思是：在你的小鸡还未孵出来之前先别数小鸡。意即陕西话不要把锅揭得太早，深层理解就是不要盲目乐观，不要提早下结论。刚解释完，一个学生就说：老师，这不就是不要剧透嘛！我听罢，拍案叫绝，机智！多么有时代气息的理解和翻译啊！

在讲owe to sb.（欠某人的）时，我强调这是完形必备，让我们创设情境记忆，当你将来事业有成，或走红毯发表获奖感言时，你就会用到：I owe my success to my parents, my teachers and my friends.（我的成功归功于我的父母、老师和朋友。）话音刚落，就有幽默的学生说：To my idols! 要知道idols是偶像的意思，音译为爱豆，常指那些网红明星等，学生们哄堂大笑，把我也逗笑了，我也开了他的小玩笑，他腼腆地笑了。随即我正面引导全班：细想这话也没错呀。现在，为了复兴中华民族，为了强国梦，娱乐至死的风气正在扭转，idols不能狭义地理解为当红的那些大美女小鲜肉哦，疫情防控期间，挺身而出逆行出征的钟南山、陈薇，还有扎根贫困山区、全心办学甘为人梯的张桂梅、丁海燕也是我们的idols啊！

晚自习时，我在高三（1）班，教室里窗明几净，教室后黑板上"守纪律优学风"几个大字散发着班主任袁娟对班级的殷切期望。是的，开局就是决战，起步就是冲刺，时不我待啊！我给学生布置了限时阅读任务后，像周练考一样，学生们很快进入了状态，我呢，坐在讲台上也投入地备课。教参里的一句国学经典映入我的眼帘：教也者，长善而救其失者也。这句话引我深思，我的理解是，教育就是发扬学生的长处，弥补短处。一名真正的教育者，要善于发现学生的错误并加以纠正和指导，要重视因材施教，善于因势利导，将缺点转化为优点。

　　发现学生的长处更重要，因为每一个人都渴望被肯定，都渴望有存在感、有成就感。这种肯定会激发学生无限的学习潜能，让其在学习的过程中取长补短，不断提高，从而使其成为一个积极乐观、充满正能量的人！

　　我常在思考，教学大纲和教科书规定了老师要教给学生的各种知识，但却没有规定要给予学生幸福。今后，我应朝这方面努力：与时俱进，更新知识，尽力精深自己的知识，深入理解教材，最大化地从中提取精华传授给学生，并能应用自如，进行生动活泼、深入浅出的教学。我想这也应是一个人活到老学到老的学习态度和一个教师更应具备的思想素质！

　　今天确实很充实啊，这会儿，头脑里忽然冒出抖音里很火的一个段子：她来了，她来了，她很带感地扑面而来了！是啊，新学期乘着春风，欢欢喜喜地到来了。不过很快，这最初的新鲜和欢快将归于平淡的日常和倦怠。我突然想起了车载电台里主持人聊到的一段话：生活可以是平淡的，但是心情不可以，心情平淡太久，就会使人麻木，连笑的时候都让人觉得太假。是啊，生活是一杯白开水，就看你往里面加什么调料了，酸甜苦辣、喜怒哀乐都是生活的佐料，会极大丰富我们生活的阅历、生命的内涵，这些人生体验也会让我们的课堂教学更有广度和深度。所以，新学期新气象，接下来的每一天我都将更多地进行中英文阅读，不断改变提升自己，希望能给学生、家人及周围的朋友带来快乐幸福的感觉。

浅笑低吟的风铃

监考随想

一场秋雨一场寒。国庆期间,断断续续的毛毛雨让咸阳一夜入冬。此刻,我在监考,室外,天空阴沉,气温很低,丝丝冷风,凉意扑面。室内,很是安静,学生们驰骋在考题中,或沉思,或疾书,不时翻动卷子的声音像是跳动的点点小音符,敲击着同伴,也敲击着盯着学生的我。

我环顾四周,教室里拼搏高考的氛围很是浓厚。进门的墙上挂着高考倒计时牌,距离高考还有两百四十六天。前面的标语是:怕吃苦莫入此门,图享受另觅他处。后面的标语是:为了理想,雕刻时光。两边的墙上,贴着几张竖式标语,分别是:勤奋、努力、好问。下面还有名言对其引申拓展,分别是:"业精于勤荒于嬉,行成于思毁于随。""少壮不努力,老大徒伤悲。""敏而好学,不耻下问。"还有几条时尚潮流的:努力到无能为力,拼搏到感动自己。越努力越幸运(Hard working, more lucky)。

说实话,我挺喜欢这样的高考文化氛围,人生经历告诉我们,童子功很重要,青春是用来奋斗的。在两个多月的高三复课中,我赞赏着孩子们备战高考的拼搏劲头,欢欣着孩子们每次练考后的细小进步,心疼着孩子们早起晚睡的疲惫倦怠,揪心着部分孩子底子薄、悟性差的困顿无奈。但不管怎样,孩子们正奋力在追梦的征途中,他们的将来都有无数个可能,这一点让我这个行将老矣的师者好生羡慕!

在这几幅标语中,为了理想雕刻时光是我最喜欢的。我反复咂摸它,越品越有味，意境深远啊！头脑里冒出一句英文：Time flies! 直译是时光在飞，多么形象、多么生动，这不就等同于我们汉语的时光如梭、逝者如斯夫吗？是啊，老了才真正地体会到时光是最不经用的东西！

记得小时候，日子总是那么长，掰着手指数日子等过年，踮着脚尖翘首以待等长大，叽叽喳喳憧憬着千禧年，满心欢喜描绘着新时代。这一切的一切似乎就在昨日，但时光它匆匆似流水，真的如调侃者所言的那样，人生只是三晃：一晃长大了，二晃变老了，三晃就没了。

现在这人生的二晃正在摇曳着我，摇曳得人老眼昏花、心烦意乱、郁闷不乐！摇曳得人怀恋过去、担心现在、惧怕未来！曾经追求的理想大多随风飘散，但年少时上外院当老师的这个理想还是实现了。一辈子都生活工作在校园里，单纯简单，与世无争，与调皮活泼、青春活力的高中生们在一起，真的让自己的心态和容颜相对来说一直都很年轻呢！这么看来，老天还是眷顾咱的。目前，虽已初老，但在心里更喜欢孩子，更珍惜一起陪他们备战高考的日子，为了孩子们的梦想，起早贪黑，雕刻时光，力求使得陪伴孩子们的每一课每一天都点点夯实、收益多多！为他们接近理想、实现梦想而播洒阳光、铺路搭桥！

备战高考的每一天都是艰辛的，更是枯燥的。要不，为什么会有十年寒窗一说？为什么会有头悬梁锥刺股的故事？所以，每当有学生疲累懈怠、睡意昏沉，或是作业不求甚解应付检查，或是考后只勾答案不查错因，或是严重拖延寄望改天的时候，我就玩笑着敲打着和他们一起背《今日歌》《明日歌》：

"今日复今日，今日何其少！今日又不为，此事何时了？人生百年几今日，今日不为真可惜。若言姑待明朝至，明朝又有明朝事。为君聊赋今日歌，努力请从今日始。"

"明日复明日，明日何其多。我生待明日，万事成蹉跎。世人若被明日累，春去秋来老将至。朝看水东流，暮看日西坠。百年明日能几何，请君听我明日歌。"

和学生一起背《今日歌》《明日歌》的时候，虽然一些学生不甚严

浅笑低吟的风铃

肃,甚至个别的嘻嘻哈哈在搞怪,但我能明显地看到他们理解老师的良苦用心、苦口婆心,更能看到诗文内容确实警醒到了他们:要珍惜时间,勿虚度年华,莫荒废光阴!你看,他们默默地拿起笔,轻轻地张开了口,在苦心地思、用心地记。的确,好记性不如烂笔头,他们不断克服困难战胜自己,为了理想,追月逐星,全力雕刻每一节课、每一个日夜!

学生们翻卷子的声音拉回了我纷乱的思绪和无序的呓语,我站起来巡视了一圈考场,也许所监的是排名靠前的好学生吧,个个试卷上勾画标记计算得密密麻麻,答题卡上白底红行里黑色的解答整整齐齐,真棒呀!我不由得在心中赞叹:青出于蓝胜于蓝,长江后浪推前浪,后生可畏啊!Go for it! Wish you good luck!(尽力争取吧!祝你们好运!)

坐回到讲台的时候,我又在心中默背《昨日歌》:"昨日复昨日,昨日何其好?昨日之功绩,今日何不为?今日空想昨日事,今日之空变昨日。若知今日空欢喜,昨日何不平常事?多做一些平常事,胜过成功只一日。莫把昨日当今日,昨日只能为昨日。"读完细思,走过一半的人生路上,有引以为豪人皆羡慕的美事,也有纠结彷徨让人羞愧的失意。随着年龄的增长,不知怎的,越来越爱回忆过去、慨叹现在、惧怕未来,常常不自觉地焦虑不安甚至难过抑郁。怎么办呢?尽量自己调节吧,那何不就按这首诗所讲的这样:多做一些平常事,努力做好平常事吧!

思绪到这儿的时候,我又有些自责,我一直自认是一个文学爱好者,曾有一个梦想,当个作家,记录生活、留住过往、传递美好,因为紧张充实的高三教学工作,已有近两月未提笔写点什么了,也没有挤出时间记录点什么了,自己的内心世界已然苍白荒芜了,真是不该呀!那么,趁着监考的间隙,让我也像这些好学生一样,为了理想雕刻时光,拿起笔,在时而环视教室、时而托腮外望,时而奋笔疾书、时而勾画涂鸦的无聊时候,断断续续地记下在这阴雨绵绵的凄风冷雨中我的监考随想和呓语吧……

生活感悟

厚道让你熠熠生辉

今天,刷微信朋友圈的时候,一篇名为《厚道是一个人的顶级情商》的文章让我印象深刻,文末的一句话我很有共鸣并非常认同:厚道看似是吃亏让步,其实是变相为自己增光添彩。

读到这句话的时候,我的眼前出现了两张面孔:一个阳光明媚,笑靥如花;一个满脸横肉,面目狰狞。我想起了我最近经历的两件事。

暖心的呼唤

记得大约是三年前,秋冬之交,大风刮起,寒流来袭,仿佛一夜之间就进入了冬季。俗话说,女人的衣柜总是缺件衣服,我翻箱倒柜,试了所有旧棉袄,觉得有点过时,都不合心意,于是去了万达广场,准备给自己好好淘一件棉衣。

逛了好几家店,试了很多件,腿脚都走累了,都没有试到合我心意的。在我失去了热情,准备出商场回家之时,不经意间又拐进了香影店。刚一进店,一个女孩就上前打招呼:姐,看你逛得有点累了,先坐咱这儿歇会儿喝点水。喝水的时候,我打量了一下这个女孩,个子不高,白白胖胖的,算不上漂亮,我与之寒暄,却发现她眼眸里透着光亮,挺真诚的。得知她家在农村,打工好几年了,已是这家店的店长了。我觉得她挺不容易的。

喝了杯水,歇了一小会儿,我又开始最后的挣扎,再试几件,不行就真回家。有时候，真的觉得衣服和人是有缘分的，并且还是一见钟情的那种，很快我就试到合心意的了，我很高兴。在美女店长的推荐下，我参与了充值活动，大概是充两千赠一千的活动，另外，还赠送一台小型挂烫机和五次左右的干洗。付了新棉袄的钱，会员卡上还剩不到两千元。

和我们办的各种会员卡一样，办的时候心很热，有很多美好的使用规划，但往往过后，因为各种各样的事情，基本没有使用或很少使用，甚至还忘到了九霄云外。我的这个余款我虽还记着，但却一直未去使用，任其在她们店里躺了一年多。去年年前，那个女孩打电话过来，提醒我使用，我才在过年前买了两件新衣回来，还参与了女孩推荐的买一赠一活动。

此后，余款还剩两百多，我又让其躺着未用。两个月前，女孩给我发来微信，告知我她们店要搬去西安了，让我抽时间快去使用，我回复说行，但就是未抽出时间前去。就这样，两个月时间里，女孩反复提醒了我至少五次，我终于在她们搬家的前一天下午匆匆赶到，到时，她们已开始拆衣架打包衣服了。见我来到，几个店员开玩笑说：姐呀，你真沉得住气，真是千呼万唤始出来，犹抱琵琶半遮面呀！说着笑着，我试好了一条裤子。

我又美了一些啦！但更美的是那个个子不高、身材稍胖、待人谦和的女孩！她的真诚厚道深深地打动了我，我发自内心地为她点赞！我表示，我会追随你到西安的！你的身影印在了我的心里！

冷漠的拉黑

女儿聪明伶俐，喜欢涂鸦，从一年级起就在某美术培训学校学画画，一直坚持了六年。

这个学校的Z校长是个六十岁左右的女人，人长得挺标致的，稍高的个子，白白胖胖的，准确地说是肥肥胖胖的，是那种因年龄而发福的臃肿的胖。但人收拾得很洋气，烫了头发，焗了彩油，戴着眼镜，穿着时尚，讲一口普通话,显得很高贵的样子,就是那种你一看到她,就觉得她该是坐着小车抱着小狗喝着下午茶的高贵女人。因为家校间需要联系,她的电话和微信我都有。

说起来是前年的下学期,美术学校报名交费搞活动,交两年学费减五百并赠送小小的拉杆旅行箱,我觉得划算,就参加了此活动,一口气交了五千四百元。计划不如变化快,娃上了一学期,小学毕业后去西安上学了,没法继续在这儿上学了。所以在去年上学期开学不久,我就告知了Z校长我来退费一事,她的答复是退费可以,要有原始收据,还要扣除拉杆箱和报名老师的提成,不过让我别着急来,她问一下情况再给我回电话。

我一听便知道这个女的不是善碴儿,就努力找票据,一时没找到,又想着实在不行娃放假回来再上也行,她总不能不认,于是这事就这么搁着了。其间她也未曾打来电话回复我。但我一直了解她的行踪,朋友圈里,她与女儿打扮时髦,穿着华丽,出国游、国内游,享美食,晒幸福,玩得不亦乐乎,很让我羡慕。

今年暑假,我让女儿去这个学校学画画,她不愿意。我这才下势去退费,不料想,这个学校换主人了,现校长让我去找Z校长,我于是打电话给她,她没有了往日的热情和耐心,冷冷地说所有手续和债务都交给新老板了。我想与她进行更多的解释和理论,但电话那头响起了忙音。我知道事情难办了,两边开始踢皮球了。想了想,我是找不上人家新老板,再说,我是想退费呢,找新老板肯定没戏。

解铃还须系铃人。我于是给她发了信息,说了前因后果,表达了我也有不对的地方,并提出只需退一半学费的愿望。当我发微信给她时,对话框里出现了刺眼的红色惊叹号,她竟然立马把我拉黑了!我被冰冷地拒绝了!这个死老婆子!我心里骂着,又给她发短信,重要的事情说三遍,连发三次,连发三天,毫无反应。后来,想起来的时候,客气地又发了几次,但还是石沉大海,连一点点小浪花都没有,弄得我自己都精疲力尽,觉得无趣了。

唉,人在江湖走,谁能不挨刀?我认了!但是,刷微信时,我偶尔会

浅笑低吟的风铃

看到那条未发出去的微信和她的头像，照片上风情的她涂着口红的嘴还在笑着，但在我心里那已是搔首弄姿的血盆大口了，深得可怕！

《礼记》上说，德者，得也。俗话也说，精明不如厚道，计较不如坦诚。也曾经看过这么一句话：人生在世如长河入海，决定胜负的，从来都不是一关一隘的得失和一时一地的亏盈，而是百川聚来的泓沛。

的确，古往今来，有那么多的人和事都在反复诠释着厚道是一种远见，厚道之人必有后福的道理。有时候，我也确实觉得：厚道善意就像一个圆，你若懂得诚信感恩博爱，为人厚道守信善良，那么终有一天，你做过的所有善事，都会以不同的方式回报给你。

那么，就让我们尽量穿起厚道善良这件华丽美服，努力发光发热，成为人群中最闪亮的那颗星！

生活感悟

我是小草

　　中午吃饭时，无意中看到了中央一套的一档节目，名叫《开讲了》，它的宣传词这样说道：开讲了——中国首家青年电视公开课；开讲了——一个有温度的演讲。我觉得说得特好，就很期待今天的开讲嘉宾，没想到让我惊喜的是开讲嘉宾是"全民丈母娘"凯丽。前一段时间，她在《我们结婚吧》里的表演新潮出色，还特接地气，我非常喜欢，能在这档节目里听到她的故事，我确实高兴，于是津津有味地看完了她的演讲。

　　从她的演讲中，我了解到她是一个很随性很率真、很用心很低调、很上进有追求的人。她演讲中的这么一段话给我留下了深刻的印象：回看自己的过去，能回看到什么？那就是一直以来，我都能拿一颗真心对待大家，对待观众，对待朋友，对待亲人。如果说这儿有一个奖状，你想颁给谁？我想说，颁给我自己。我想一个人能长期如一日地拿真心对待周围的每一个人，那确实不易，确实很棒。

　　这段话对我触动很大，我想到了我自己，我反问自己：你这几十年，兢兢业业，朴实无华，与人为善，良心做事，你是否后悔？你心素如简，人淡如菊，素面朝天，不恋繁华，你是否遗憾？你谦虚待人，礼让同事，埋头拉车，不问名利，你是否愚傻？你爱岗敬业，关爱学生，低头耕耘，粪土金钱，你是否吃亏？千万次，我在问自己。

　　说实在的，现如今，社会上的好多人好多事，我看在眼里，恼在心里。做作虚伪的人太多，他们或飞黄腾达，或人五人六，见了领导低头哈

浅笑低吟的风铃

腰，见了同事趾高气扬，与人相处当面一套背后一套，让我真正理解了什么叫阳奉阴违、笑里藏刀！和凯丽一样，我鄙视这些人，但有时想想自己与世无争、与人为善的处世哲学，也想委曲求全，想结识关系，想看客下面。但我实在硬舌不弯，伪装不出。唉，没办法，天性嘛！千万次，我反思自己，我回看自己，我虽然做事简单，为人爽直，随性率真，非黑即白，但我心安。我虽然粗茶淡饭，往来白丁，平铺直叙，不红不紫，但我知足。我虽然淡淡处之，安之若素，波澜不惊，但我是有追求的，我的心还是温暖的，不管是对家庭孩子，还是对工作同事，我追求问心无愧，锦上添花。

看电视听凯丽说颁奖时，我也突发奇想，如果对我来说，这儿有一个奖状，我准备颁给谁？通过对我几十年人生的回看，我想说，我也颁给我自己。和凯丽的认识一样，能几十年拿一颗真心对家人对朋友对学生，实属不易，难能可贵。颁奖词是："没有花香，没有树高，你是一棵无人知道的小草。从不寂寞，从不烦恼，你看你的品行熟人皆知。"

最后，我想说，中央一套的《开讲了》确实是一个有温度的节目。它团结紧张、严肃活泼，开讲嘉宾的故事分享自不必说，让人难忘的是八位青年代表的提问，独辟蹊径，低调奢华，值得学习！更值一提的是主持人撒贝宁，风流倜傥，阳光自信，满满的正能量！小伙伴们，有时间一睹为快哦！

生活感悟

请把你的微笑留下

今天上课，处理周考试卷，其中的完形填空文章很有温度，很暖心。

故事是这样的：作者第一次注意到这个交通协管员是在送儿子上学的路上，这个人不仅朝他挥手打招呼，而且还冲他微笑。这让作者很迷惑，他努力在头脑中搜寻，我认识他吗？在确认他不认识此人后，他就不再纠结，出于礼貌，接连几天，他回此人以微笑加问候，像老朋友一样。

几天后，谜团终于解开。这天，这个协管员在执勤，他示意车辆停下，让几个孩子先过到对面安全的人行道上，才放行等在作者前面的四辆车。第一辆车经过时，他微笑挥手，以示招呼，车里的孩子早就摇下了车窗，招手微笑回应他的问候。第二辆车经过时，他同样微笑点头，可司机明显不认识他，但出于礼貌，还是僵硬微笑、尴尬挥手。

接下来的几天里，作者继续饶有兴趣地观察，他发现：在这个协管员灿烂微笑、热情挥手、点头招呼的感染下，还没有一个人不还之以礼的。由此，升华出文章的主题：I find it interesting that one person can make such a difference to so many people's lives by doing one simple thing like waving and smiling warmly. His cheerfulness armed the start of my day. With a friendly wave and smiling face he had changed the feelings of the whole neighborhood. （我发现通过简单如挥手、微笑这样的小举动，一个人可以对很多人的生活有很大的影响。他的振奋情绪让我一整天的生活有了一个美好的开始。通过友好

浅笑低吟的风铃

的挥手致意和微笑传递,他改变了整个社区人们的感觉。)

此文虽是鸡汤,但是,我愿意喝了它,并把它化作春风雨露,为周围的人带去温暖善意,从而,美好了他人,美丽了自己。即所谓赠人玫瑰,手有余香。

我之所以愿意喝了这碗鸡汤,是因为感受到了这个故事里的温暖;我之所以能感受到温暖,是因为我自己及亲朋好友都曾经深切地感受到生活中的小事带给人们的深入骨髓的寒冷。

放眼周遭社会,看世间百态,一些人,见了领导或有利用价值的人,老远就眉开眼笑,见面更是极尽拍马之能事。若是同性别的,就拉着对方的手,姐呀妹呀、哥呀弟呀称呼着,极尽关怀与礼让;若是异性的,则媚笑着、颦眉着、娇羞着、顺目着,极尽发嗲与逢迎。若是见了一般同事或无利用价值的,则傲慢地飘过,视而不见,充耳不闻,个别时候,嘴里还不干不净的;若有事与其沟通,哪怕是其分内之事,他也佯装不知,推三阻四,拒你于千里之外,让你感到寒彻心扉。

斯文的你以为你与他道不同不相为谋,决定你走你的阳关道我走我的独木桥,但又会在某个不经意的时候,你与他狭路相逢。你鼓足了劲,拉平了脸,一身正气地高昂着头准备不与之打招呼,直接视而不见、听而不闻走过时,他那硬撑出来的盛气凌人马上会像针扎了的皮球,不那么硬了,他马上像换了一个人似的,会伪装成温顺的小绵羊,抬起了眼,咧开了嘴,挤出了笑,轻声地与你打声招呼,极力表现出温柔娇弱的关切来。

作为有素养的你,也会回以微笑,生硬地嗯一声,在他走后,你会觉得有种极不舒服的感觉。因为,你明显能看到他眼神的诈和笑意的假。并且,据以往所历之事,你知道,一转身,他立马会收起笑容,在他心里,他会狠狠地骂你、黑你、踩你,你有心过去与之理论,但你没证据,贼没赃硬如钢,说不定,嘴笨的你还会被反咬一口,弄得百口莫辩,有理说不清呢。你也不屑与之理论,毕竟,有理不打笑脸人,大千世界无奇不有,海大怪物多呀。相信善有善报、恶有恶报吧!

另外,那天与几位友人吃饭聊天,听朋友讲起他们碰到的几个奇葩,其中有一男一女，男的是典型的小气鬼，女的是个迷糊蛋，都好占便宜。这倒罢了，想通了也没啥，人性本自私嘛！朋友讲起，每次与他们聊天，吸收到的都是负能量，明明成天占着单位的便宜，却满腹牢骚，吐槽着领导，中伤着领导。但据观察，他们在见了领导的时候，跟前跟后，察言观色，尾巴摇得欢得很，真是屁颠屁颠的。

对于同事，他们也总是喜欢看着你倒霉背运，不喜欢你进步成长。总之，不管是同事本人或其家里发生点什么事，他们都会有话题说歪话题，无话题编排话题，非要把一个与他无争、埋头拉车的同事抹黑不可，把你说成单位某一时候的焦点是他们的最终目的。

让朋友感到郁闷不安的是，他们还会发挥他们是非精的特长，带偏、带歪你曾经的好同事好朋友甚至好主管。让这些人对你有了看法或是开始冷落你才是他们最得意的。朋友讲起她的经历时，很伤心，挺难过，因为，她曾经把他们当要好的同事甚至是要好的朋友看待，对他们真心实意地付出过。

我安慰她说，都奔五了，万事看开，人们都说，谁人背后不说人，谁人背后无人说？想开了，人生无非就是你笑笑我、我笑笑你，谁没被笑话过，谁又没笑话过别人？那又怎样呢？重点是过日子要冷暖自知，别人怎么说怎么笑无所谓，只要自己觉得对家人全力付出、对工作无愧于心、对爱好有声有色就行了。我虽然这么安慰朋友，但是，生活中的一些事却真真切切地告诉我，不管在哪儿，都有心术不正、颠倒是非、口蜜腹剑、两面三刀的人，一直想不通，他们为什么要这样呢？可能就如微信的深度文中所讲，人性里有很多恶，最致命的就是见不得身边人好吧。我们也很难免俗，但努力自修自律吧，做一个真心实意待人的人，在变老的路上，变得越来越好吧！

我在百度上搜出此文，让她细读，她在读罢此文后，深有同感！是啊，当今社会，人和人之间缺乏信任，出门在外，处处设防，事不关己高高挂起。地铁上、公交上、街道上，多数人耳朵塞上耳机，目不斜视，只顾听歌，或者打开手机，不停划拉，心无旁骛，只看视频。偶尔抬头，

浅笑低吟的风铃

四目相对，多数人只是很快地将目光移开。甚至是有人摔倒时，对于扶不扶、帮不帮还要纠结半天，先拍照后救助，真让人感到无奈！对于被救起后又反咬救助者的讹诈者，真让人觉得寒心！

多么希望，不管是外面社会，还是单位圈里，人们都能像这篇文章中的协管员一样，对于认识或不认识的人，少些淡漠，少些臆测，少些编排，少些中伤！多么希望，人们都能微微一笑，挥一挥手，播撒善良，传递温暖，感染那些冷漠的人，唤醒那些生硬的心，让世界充满爱啊！多么希望，人和人的相处都能如《歌声与微笑》里唱的那样，"请把我的歌带回你的家，请把你的微笑留下，明天明天这歌声，飞遍海角天涯，明天明天这微笑，将是遍野春花！"

生活感悟

往事值得回味

　　2021年年末，一场骤然而起的疫情突袭了西安，与之毗邻的咸阳也紧张起来，在12月23日也按下了暂停键，所有小区实施封闭管理，我们不得不居家工作，宅在家抗疫。

　　宅在家的日子难免无聊，急需要什么东西能赶走寂寞。元月10日，林长宇老师的文章《泰国印象》上下两篇就像一个调皮的小孩往湖水里扔了两块碎石子，让平静的湖面泛起了层层涟漪。

　　林老师心细如发，记忆力惊人，洋洋洒洒几千字，详细记叙了我们十一年前的泰国之旅。随后唐平生主任发过来的他保存多年的照片，更像是黑夜里的几点星光，闪烁耀目，让照片中的伙伴们感动感慨，心中暖意融融，让我也抚今追昔，思绪万千。

　　2021年暑假，确切的时间是7月22日到28日，在奋战了一年的高考工作之后，学校组织我们高三老师调理休整，我们一行三十四人，在当时的张本龙、唐平生、胡波几位主任的带领下，顺利成行，去了泰国。我们主要游览了泰国人称东方巴黎的首都曼谷和号称东方夏威夷的芭堤雅。

　　旅行中具体的细节我已记得不是很清了，只记得泰国皇宫的富丽堂皇、豪华奢侈，湄公河清澈的河水和蹦跳的鱼儿，两岸渔民朴素的民房，乡村小路旁宽阔的田野，郁郁葱葱如毯子般的嫩绿，热带植物园里斗艳的各色花儿，动物园里训练有素的大象鳄鱼表演，还有芭堤雅海水的一望无垠，海滩的沙白如银，夜晚的灯红酒绿霓虹万千。还有大家在湄公河游船

浅笑低吟的风铃

上放声的卡拉OK，在芭堤雅海上突遇暴风雨的相互照应，这些片段都还在我的记忆中。

读万卷书，行万里路，眼界的确很重要。作为老师，这点显得更重要。比如在曼谷机场一下飞机，听到的航班通知就是听力原文的真实场景，看到参观泰国皇宫的世界各地的游客，就理解了为什么听力书上说 Bangkok is an international city（曼谷是一个国际化的城市）；在曼谷机场亲眼见到的一群黑人的原始和一帮白人的高傲，就理解了什么是 racial discrimination（种族歧视）；在芭堤雅看到游人如织，也明白了英语阅读中对泰国的介绍。在芭堤雅海上，我第一次乘坐了海上滑翔伞，明白了英语阅读中关于旅游的一些吸引游客的 activities（活动），还有因紧张没配合好被伞拽倒而擦破了膝盖一大块皮肤的尴尬和疼痛。这些见闻和趣事无形中让自己的课堂也会 vivid（生动）和 lively（活跃）起来。

时光匆匆，转瞬十一年过去了，看着定格在集体照中的各位伙伴，心中真是感慨万千。这其中已经离退休的有张本龙、王源水、唐平生、郭君、霍淑娜几位老师，调动工作的有刘亚丽、孙雁平、赵西娟几位老师。其中，多位虽与我相隔不远却已多年不见。忽然想起一句很伤感的话，大意是，在我们的生命中，有些人走着走着就散了，但能相遇走过一段人生旅程，这都是前世的缘分。几位已退休的老师，几位调走了的同事，你们还好吗？我在心里，祝福我们大家不但都要好好的，而且要永远幸福下去！

岁月无情，岁月真的是把杀猪刀，它无情地把时光都深深地刻在我们还在工作岗位上的同事们脸上，特别是我的脸上和心里。这是在看了唐主任发来的这些照片，还有冯彦林发的朋友圈时，我心中最大的感慨和隐痛，当然，我也能体味到文后跟帖的同事们对岁月淡淡的忧伤。

十几年前还没有智能手机，更没有美颜相机，有的只是当时流行的数码相机、能打电话发信息的普通手机。我记得学校给我们洗了一些照片，我们大多都存放在相册或影集里了，可能多年都没翻动过了。如今，智能手机是如此高大上，功能更是强大，随时可以定格美、分享美。这次两位老师能费神找出当年的照片，写出追忆美文，真是太宝贵了！

那时，照片上的我们都是四十岁左右，都有着光洁的面容和开心的笑容，这一点真的让人怀恋。我仔细看着照片上的我，皮肤光亮，眼角没有一丝皱纹，更没有暴露年龄的法令纹，头发不仅长还茂密地飞扬着，牙齿很洁白而且是真牙，胳膊上的皮肤还是紧致的，甚至可以称得上是珠圆玉润的，穿的衣服还是腰身明显的。反观一下现在的自己……啊，多么怀恋过去年轻的自己啊！

记得听马未都讲过一段话，他说：四十岁的时候没什么感觉，五十岁的时候第一次对年龄感到悲哀，心情很灰暗，到六十岁的时候，甚至觉得人生都已过完，做事打不起精神，后来经过调整就好多了。怎么样进行调整呢？就是要保持年轻的心态，多跟年轻人一起做事，多学习接受新事物。正经历第二个年龄段的我对此深表赞同，因为我的心情也因年龄而灰暗过，正如今天读到看到这些泰国之行的文章照片时产生的感慨和忧伤一样。

但同时我又想到了联合国对人生年龄段的重新划分，零岁到十七岁是未成年人，十八岁到六十五岁是青年人，六十六岁到七十九岁是中年人，八十岁到九十九岁是老年人。过去是人活七十古来稀，现在是人活九十不稀奇，七十还是小弟弟！哈哈，这么说来，照片上的我们还是青年人呢！那么就让我们拂去忧伤，珍藏美好，微笑生活，有机会再约起，一起去看海，一起去赏花，一起再焕发青春吧！

初老之深体验

宝宝，快点，给妈妈到手机上把车一取，我把手机忘在车上了，结账要用呢！啥？到手机上把车一取？哈哈哈！老公和孩子笑得前仰后合。

宝宝，好了，妈妈已给你把耳朵剪了把手指甲掏了，快坐起来玩去吧！啥？把耳朵剪了，把手指甲掏了？宝宝笑得人仰马翻。

这是本周末和家人在一起时我所说的"怪"话，他们笑的时候，我也忍不住笑，笑出了眼泪。我知道这眼泪，一半甜蜜一半苦涩。甜蜜的是冷不丁说出的话逗得大家一笑，苦涩的是我知道这是初老的症状，是脑子不够用的开始。

时光匆匆，不知不觉已到了知天命之年，虽然内心还住着一个美少女，但身体的一些变化却告诉我，岁月无情，自然规律难违呀！几点明显的初老症状无时无刻不在扎着我的心。

昏花的眼睛

老话说，四十七八，两眼花花。三四年前，有一段时间，我发现自己在看手机时，得把胳膊伸长把手机拿远才能看清楚；看书时，书上的文字似乎总是挤成一片子，雾蒙蒙的，看起来很费劲。最初，我没在意，以为是用眼过度疲劳所致，还买了滴眼液，滴后几无效果。

在办公室聊起自己的情况时，一个长我几岁的老师说，瓜妹子呢，你这是老花眼，快去配老花镜吧！我很愕然！立马上网百度，症状一一相符，我很受伤。后来配了老花镜，但一戴上，头就有点晕，于是束之高阁。我还天真地幻想，尽量少看手机，看会儿书就停下，站窗边揉眼远望，说不定老花眼症状就会消失，我就会重回正常状态。

一段时间后，幻想破灭，工作还得继续，于是，我就开始戴眼镜，以至于到现在，我已配了两副眼镜，家里一副，办公室一副，只要看书，就要找眼镜！戴上眼镜，坐着看书，字就清楚，站起来看人或走动，就感觉有点头晕。这时，我才理解了小时候看电影，店里的掌柜戴着眼镜打算盘算账，跟人说话时又把眼镜拉下鼻梁从眼镜框上方看人的滑稽搞笑的样子！还有一点，我得告诉你，戴上老花镜看书写东西，很影响人的思路，容易出错，甚至闹点小笑话，你会真正理解成语"老眼昏花"的到位表达！

脱落的牙齿

有一句家喻户晓的广告词："牙好，胃口就好，身体倍儿棒，吃嘛嘛香！"那么，反过来理解，就是，牙不好，胃口就不行，吃饭一点都不香，甚至很难过。对于这点，我深有体会呀！

可能是遗传的原因吧，从四十岁开始，我的老牙就经常出问题，什么问题呢？牙髓炎！俗称牙神经疼。症状是忽而一阵阵疼，喝口水吃口饭都疼。疼痛一来，你不得不龇牙咧嘴，风度尽失；夜晚尤其疼，你不得不辗转反侧，起床踱步。真是牙疼不是病，疼起来要人命呀！对于牙髓炎，吃什么消炎药败火汤，啥作用都不起，唯一的办法就是去医院杀死病牙神经，你才能一了百了，获得重生。

但对于有牙周炎的人来说，杀死牙神经的弊端是治疗后加剧了牙齿的松动。牙齿一松动，咀嚼就不得劲。随着牙龈的萎缩，松动就会加剧，牙齿似乎就变长了，吃饭喝水总是撞到它，真是绳从细处断！咀嚼食物时上下牙也咬合不成，很无力，还有点疼。

浅笑低吟的风铃

到医院去看，医生用镊子逐个敲牙检查，很快找到病牙，发现有三度松动，建议我拔去。但我怕疼，再者假牙总归没真牙好呀，于是，我就说再等等看。我早晚温柔用心地刷牙，小心翼翼地用牙，希望延长它的存在，但就是这样，衰老的步伐也没法延缓。至今为止，已有八颗牙离我而去，并且都是牺牲在我吃饭的时候，倒在了我的嘴里，我心疼地把它吐出来，仔细擦拭一下，放在手心里，认真端详，《铁窗泪》的歌词就隐隐飘来，手里拿着脱落的牙，止不住的泪水流呀流……

可怜的我暂时只能吃软一点的食物，主要靠喝稀饭活着。如今，正是果蔬飘香的季节，新鲜的桃子、脆嫩的黄瓜、爽口的凉拌菜摆在我的面前，我都没办法大快朵颐，只能……唉，我真正体会到了老人们常说的有锅盔没牙的无奈和痛苦！

染霜的头发

爱美之心人皆有之，女人尤甚。我虽没有化妆的习惯，却有爱照镜子的习惯。每次照镜子时，捋捋头发，整整领子，拽拽衣袖，左一下右一下地端详自己，臭美得像《白雪公主》里的王后一样，也要问问镜子呀镜子，谁是世界上最漂亮的女人？在得到了镜子"你挺美"的回答之后，才满意地蹬起高跟鞋，背起时尚包，匆匆出门，奔向学校，或在办公室翻查资料伏案备课，或进教室答疑解惑传道授业。

可是，现在，我不太敢照镜子了。镜子是不会说谎的，一过五十岁，容颜的苍老难以掩盖，眼角的鱼尾纹，特别是嘴角的法令纹，那是无言的年龄泄密之处，小小孩童都能据此判断对你的称谓：阿姨？奶奶？啥？好，就大妈吧！

去年有一次照镜子时，无意地拨弄头发，整理发型。当我用梳子翻起刘海时，我竟然发现刘海根白了一点！我诧异！再翻看两鬓角的头发，也白了不少！我震惊！更可气和难过的是，我眉毛中美人痣上面的那根细细的眉毛，竟然也发黄了！啊，老天呀！我在想：最近也没有啥让我忧愁的事呀，怎会短时间徒增白发？

今年，我就更不喜欢照镜子了，梳头时，头发大把大把地脱落，卫生间的地上满是我的脱发，看着真心疼。对着镜子，我梳起所剩的头发，用手一摸，很细的一小撮，简直就是小时候辫子的三分之一不到啊！心中不由得冒出英文单词pigtail（头发），字面翻译猪尾巴，不要太有画面感呀！好丑呀，太扎心了呀！

我想起了贾平凹的《五十大话》里的描述：明显地腿沉，看东西离不开花镜，每一颗槽牙都被补过窟窿，头发也秃掉一半，老了的身子如同陈年旧屋，椽头腐朽，四处漏雨。看来我的以上几种初老症状应该是每一个人都会经历的自然发展规律吧。

时光它匆匆似流水，让我们荡起双桨的无忧无虑的童年阶段，爱之初体验的烦恼的青少年时期，潇洒走一回的中年时期都还清晰如昨，怎么一晃就要灵魂拷问时间都去哪儿了？

在与一些年龄相仿的人交流时，大家都有同样的感觉，红尘滚滚，长江后浪推前浪，苍天何曾饶过谁？那么，初老的我们难道就真的要开始睡意昏沉地坐在门前晒暖打盹了？不，千万不能那样活！

如今，社会发展，科技发达，咱要面对现实，接受变化，爱惜自己，专心工作，多多挣钱，戴高级花镜，染彩色头发，把自己武装到牙齿。好好生活，把期待降低，把依赖减少，把自己哄高兴，把家人照顾好，把朋友看承到，把学生调动起，努力活出存在感和价值感吧！

浅笑低吟的风铃

努力的方向带你飞

今天晚自习时，随意拿起学生的语文册子，读到一则寓言故事，让我深思良久。

寓言说，有两只蚂蚁想要翻越一段墙，去寻找墙那头的食物。这面墙长约二十米，高约一百米，其中一只蚂蚁来到墙脚下时，毫不犹豫地就向上攀爬，气喘吁吁地爬到一半的时候，因疲倦乏力而跌落下来。稍作休息，它又毫不气馁地继续爬，因为它相信，努力就有回报！而另一只蚂蚁呢，在实地观察、仔细研判后，决定绕过这段墙。很快地，它就到了墙的另一边，找到了食物并开始津津有味地享用起了美味。而前面那一只还在重复着一鼓作气、筋疲力尽、半路惨跌的怪圈。

这则寓言告诉我们什么道理呢？对我们又有着怎样的启迪呢？沉思之后，我又想起了成语"南辕北辙"背后的故事，那个"犹至楚而北行也"的魏国人，仰仗着自己的宝马快、盘缠多、车技好，一意孤行地朝北风驰电掣，其结果只能是离目的地越来越远！这两个故事启发我们：努力很重要，但选择和方向更重要！

说到努力和努力方向的话题，我的眼前有两个清晰的画面在闪烁，一个让人心生怜悯，一个让人小有羡慕。

生活感悟

风雨无阻讨生活

今天早上，我去市场买菜，外面很冷。风呼呼地吹着，地上满是飘零的落叶，街上行人紧衣缩身，匆匆而过。菜市场早市那儿，卖菜的和买菜的人还不少，不过个个也是搓手跺脚，直呼冷。在我挑菜的时候，一个熟悉的声音传来：《华商报》，谁要《华商报》？我抬头一看，还是那个妇女，她推着自行车，车后座上捆着一叠报纸，车前筐里放着水杯和简单的吃食，车手把那儿挂着一个袋子，装着捡拾来的瓶子和纸箱传单。再看她这个人，长得也不差，眼睛大大的，总是大哥大姐叔呀姨呀地招呼着让人买她的报纸。只是，今冬的寒冷让她的脸粗糙黑红，长期的户外串卖让她的衣服脏兮破旧。她努力地叫卖着，但几乎没人买她的报纸。听着她沙哑叫卖之声，望着她匆匆而过的身影，我的心里升起了莫名的难过。

这个女的我认识，我2003年调来咸阳时，她就在卖报纸，大抵那时生意还可以，在汽车站、在菜市场、在街道，都有人买她的报纸。而如今，时代发展了，高科技日新月异，互联网四通八达，人们的生活方式发生了翻天覆地的变化。人人都有手机，电子阅读几乎已经代替了纸质阅读。远到世界各地，近到社区周边，无论发生什么大事，我们从手机上随时随地都能了解，有几人还去买报纸看呢？还有，摆摊卖菜的吆喝声早已录音播放，还有几人在声嘶力竭地叫卖呢？

所以，我很为这个女的悲哀，你风雨无阻、早出晚归，辛辛苦苦、勤勤恳恳工作着，你很努力，但是，你努力干的工作是没落的，是已被时代淘汰了的，你的努力怎么能帮你脱贫，更何谈致富呢？想着想着，我不禁对这个妇女心生怜惜！

轻松悠然播美丽

前段时间，不知怎的，每次梳头，每次洗头，头发大把地掉，这让发质本就柔软、头发本就不多的我很是慌乱和担忧。长此以往，难不成很快

浅笑低吟的风铃

就秃了？在朋友的介绍下，我去了一家美容院做头疗。以前也许是忙碌的原因，更是观念的问题，很少去美容院。自从做了头疗之后，我对美容院有了新的认识和了解。

首先，美容院的环境舒适优雅。也是，顾客就是奔着放松身心、奔着变美去的，环境不赏心悦目，谁去呢？再者，美容院的美容师挺美的。也是，正如卖衣服的导购一样，你身材不好、气质不佳、穿着随便，怎么能让顾客相信你的审美你的推荐进而出手下单呢？做美容也一样，你蓬头垢面皮肤粗糙，怎么能让顾客相信你的产品你的手艺进而办卡长期光顾呢？最后，做美容的女人很多的。就拿我做的头疗来说吧，确实是有一些效果的，三个感受：一是头皮不痒了，二是脱发少多了，三是新长的碎发变多了。可能是因为效果很好吧，做头疗的人很多，每次去做，还要早早预约呢！

爱美是人的天性，女人尤其如此。做头疗时，是坐在镜子跟前的，所以端详自己的时间多一些。看着看着，觉得自己总体很漂亮，眉毛也浓黑有形，就是眉梢的眉毛有点短有点淡，于是，在朋友的引领下，我来到了另一家美容院，想文一下眉毛。所见所闻又让我吃了一惊，那个个子不高的美容师，一个下午就给六个预约的女顾客文了眉！眉毛很提人气色，效果不错！让我这个素面朝天原生态了半辈子的人也动心啦！还有更吃惊的，每人文眉收费一千九百八或两千九百八，你算算，她一下午挣了多少钱？

我不禁对美容院、美容师刮目相看：工作地点，风吹不着雨淋不上；工作收入，远远超过有正式工作的普通员工；工作性质，让这些女人更漂亮更年轻更时尚！我不禁对美容妹心生羡慕！

上面两个我亲历亲见的故事人物，再一次让我深刻领悟了所读寓言的深远启迪：努力固然重要，你所做出的选择、你努力的方向更重要！不是吗？同样是辛苦工作，卖报纸是越努力越贫穷，而做美容是越努力越富有！

当今时代，万事都是快速发展，日新月异；当今社会，人人渴望致富奔小康。正如总书记的新年祝词所讲,幸福是奋斗出来的!天上不会掉馅饼,不懈努力方能梦想成真,撸起袖子加油干!不过,在此,我要轻声地提醒你和我:无论做什么事情,都要认真地考虑一下,选择和方向是否正确,方向对了,努力必有回报!我为你鼓掌!方向错了,肯定会离目标越来越远,我为你惋惜!我们都是追梦人,愿你我只争朝夕,不负韶华,梦想成真!

浅笑低吟的风铃

倒春寒散记

阳春三月，阳光明媚，万物生机勃勃。树叶萌芽吐绿，花儿含苞待放，麦苗起身返青。经历了年前冬日疫情的人们在四处悠闲地散步，东瞅瞅西望望，尽情地饱览着这嫩绿盎然的春意，孩子们也在欢实地追逐着嬉戏，拽放着形状各异的风筝，一切是那么的美好祥和。

然而，3月5日，疫情又突然来袭，这次宝鸡是重灾区，西安也发现了一例，与之紧邻的我们咸阳，因为双城生活的人员太多，也很受影响。先是紧急排查3月1日以来去过西安的人员，这其中有同事和学生因小区有密接人员而突然不能来校的，引起人们心中少许的不安。再后来3月15日咸阳发现一例确诊，政府立马警惕，人们稍有恐慌。为了迅速阻断疫情，市政府立即采取措施，小区管控，居家办公，居家上网课，全员做三轮核酸。

巧的是，开始居家的这几天，气象上三月的倒春寒来了。这不，暖气刚停，昨天半夜我就被呼呼的带着呼哨的大风惊吓到了，早起感到屋里寒凉。从窗户向外张望，天空灰蒙蒙的、阴沉沉的，街上车少人无。唉，古人都说惊蛰之后疫情基本会自散，没想到二月二龙抬头后春光灿烂的时候，疫情突然反扑，这也是疫情的倒春寒呀！

不过，这次政府已经有了抗疫的经验和应对的措施，人们也有了自我防护的意识和配合社区的团结，所以不那么恐慌和散漫了。这不，早上六点，楼下已经开始嘈杂，医护人员和志愿者已经到位，物业人员和早起的人员已在排队做核酸了。

在上完一二节的网课之后,我也赶紧戴好口罩下楼去做核酸,有三组检测人员,人们有序排队亮码,医护也是逐个扫码做核酸。物业拿上喇叭在小区的各楼下喊着,小区的业主群里也不时有做核酸的动态,人们错峰做,一点也不拥挤,做得很快。

几天没下楼了,楼下的花儿在向我微笑,小区的树芽在向我招手,所以,做完核酸后我在小区里闲转起来。凉风中,各色花儿竞相开放着,红的、黄的、粉的、紫的、白的,五彩斑斓,惹人喜爱。曲径通幽处,禅房花木深。几个老人围坐在小区的亭子里,或拍着那可人的花儿,或刷着热闹的抖音,还不时闲聊着这恼人的疫情,言语间流露的是对过去的感慨和对如今生活的赞美。

我忽然想起了我婆,一个生于1923年的关中老太太,记忆中总是穿着藏蓝色大襟袄、深色裤子,还扎着裤脚,头上顶着蓝白相间的方格子帕帕,很干净很利落。她经常给我讲起"民国十八年年馑",印象最深的一句话是"三年六料没收成"。为了活下去,六岁的她放开被缠起来的脚,被家人领着到北山里去生活了好几年,年馑过去情况好转后才回到了老家。饿过肚子的人愈发明白粮食的来之不易,所以一辈子省吃俭用,简朴生活。她要是活到现在,一定会觉得生活在天堂里,每天都会笑呵呵的。也许也会加入这些老人中来,聊聊家常。

闲转的时候,我思忖着中午做什么饭,在小区为疫情特设的蔬菜供应点那儿转了一下,发现有绿莹莹的荠菜,何不也吃顿荠菜饺子,让家人一饱口福、回归自然一下?

于是,买菜回家,和面、择菜、剁菜、调馅、擀皮、包饺子。我平常不太做饭,就是做也是用半成品做,做起来很快的,今儿这一番叮叮当当的操作,引得老公不由得跑来帮忙,小女儿也跑过来看热闹,不一会儿也摩拳擦掌上手来包。多么难得的家庭慢生活呀!

在 small talk(闲聊)中,我聊起了我小时候挑菜的往事。那时候,正如九九歌里唱的那样,五九六九河边看柳,七九河开八九雁来,九九加

浅笑低吟的风铃

一九，耕牛遍地走。春打六九头，的确，年一过完你去看，田野里，麦苗开始返青，河边沟渠地里的荠菜也星星点点地冒出来了，大人们开始忙起了农活，小孩子们在下午放学的时候，就成群结队地提上小笼笼拿上小铲铲跑去地里挑菜，我们边玩边挑，或是先玩后挑，不管怎样，天快黑回家时，总能挑满满一篮子呢！

那时候还不兴使用化肥，更没有除草剂，一切都是那么原生态，麦地里的菜可多了，有米米蒿、有羊蹄筋、有麦花瓶、有崮崮芰，其中叫崮崮芰的容易在没种麦的闲地里发现，成片成片的，蒸菜疙瘩很筋道，好吃得很，可惜，我已多年再没见过它了。现在市场卖的这种荠菜或去地里挖的荠菜，我们称之为响吧冲，它长老时将茎秆上的果实撕下来让其垂着，手摇着听摇铃般的响声，那响声还有我们童年的欢笑声，常常回荡在记忆中一望无际的麦田里……

小女儿好奇地听着，似懂非懂，但挺不以为然的。是啊，对于在 e 时代长大的他们，眼里除了做不完的作业，看不完的日本动漫，玩不腻的二次元之外，物质丰富，吃喝不愁，几乎连麦苗和韭菜都分不清，今儿个吃个时令的荠菜饺子也不是啥稀罕之物。我真的为他们少时生活经历的匮乏和单调而感到可惜和遗憾，真的希望学校能开设农技课并实地实践，让他们能了解农业耕作，了解粮食的来之不易，珍惜如今的幸福生活，开创更新的更高的医学和科技，保障人们生活的长治久安。

坐在阳台上，我不时远眺着渭水静流和寂寞街道，近看着万千柳丝飘摇舞蹈，树树花儿笑戏春风，心中常常思绪万千、感慨无限。每每此时，我就像画家支起画夹描摹美景一样，也不由自主地拿出手机记写下心中的所思所想。近十年来，我已养成了写散文随笔记录生活分享感动的写作习惯，乘着时代的东风在微信朋友圈、报纸公众号上发表了不少文章，得到了文友朋友们的肯定和鼓励。特别是今年在《秦都》这个有分量的文学刊物举办的抗疫征文中，我的拙作《疫情下的我们(三)》能在四百多篇来稿中获奖上刊，我深受鼓舞。

在去冬今春的疫情居家中，在上好网课做完家务之余，我一点都没觉得整日宅在家的苦闷无聊；相反地，我在云端的网课中与学生同学习共进步，捡拾知识海洋里的朵朵浪花颗颗贝壳，泛起阵阵涟漪，激起层层细浪，这也是让我葆有一颗年轻的心的秘籍。闲暇之时，我还不时拿起笔，记写下头脑中的妙手偶得之灵感，记录日常生活中之感受，传递安闲自得之美好，心中很是充实丰盈。我真心觉得在疫情之下，有一份高尚的工作，有一个个人爱好是多么的重要和何等的幸福。

  时间过得很快，今天已是3月20日了，在政府的部署和大家的配合下，西安的疫情防控传来了好消息，社会面已经清零，下周一准备恢复线下教学，曙光已现啊！就在刚才，咸阳发布第三轮核酸检测全部阴性的报告，也有望明天解除管控，学生也准备错峰返校学习，真是可喜可贺的大好消息啊！风含情，水含笑，思过去，展未来，惜今朝，今朝最美，斯世最盛！热爱生活，踏实工作，过好每一天，活出质量、活得精彩是我不变的追求，我想这也是我们每个人的心中所愿吧！那么，明天就让我们走出倒春寒，拥抱春天、拥抱生活吧！

浅笑低吟的风铃

风雪中的温情和坚守

　　早上起来拉开窗帘，我一下子被眼前的景象惊讶到了：天气阴沉，雪花纷飞，渭河苍茫，街道冷清，行人稀少，一派萧瑟的样子。是啊，这已是西安全面封城、咸阳管控升级的第二天了，外面的景象，每日疫情病例的通报数字更增加了我心中的不安。

　　自从12月4日西安发现第一例新冠病例以来，与之毗邻的咸阳也紧张起来，因为双城工作生活的人员实在是太多了。人口密集的学校更成为高危地带，为了防患于未然，我校在12月20日下午对全校师生进行了核酸检测后，21日全面放假，22日师生休整准备，23日全面启动网上教学。我们的生活工作方式完全被打乱和改变了。但是，为了扼制疫情，政府社区、社会各界、各行各业通力协作，让我们安心配合，共驱疫魔，暖心的故事一个接一个……

暖心的考研安排

　　今天是全国研究生考试的第一天，在疫情蔓延肆虐的西安、咸阳，研究生考试排除了千难万险，也如期开考了，这真是一个巨大的挑战和特别人性的做法。就在昨天晚上，我读到了陕西教育考试院致广大考研学生的一封信，真的特别感动和温暖。

　　众所周知，目前就业竞争激烈，为了提升自己的竞争力和在该求学的年纪丰富自己的内涵，莘莘学子夜以继日挑灯夜战。但就在临近大考之时，疫情却在不知不觉中潜入西安，随着全面核酸检测的开展和中高风险区的划分，多少考生的备考节奏被打乱，心里备受煎熬。

考虑到考生的不易和前途，省考试院和教育部还有防疫指挥部反复商榷，决定如期开考，并对滞留考生、借考考生、隔离考生做了尽可能到位的安排，并反复打电话、发短信通知和确认，确保应考尽考。在抖音上，我看到在西安一隔离酒店，考务人员为一B类密接者送考上门，对在封控小区的考生提供滴滴专车的点对点接送服务，还有在全面封城的情况下，为了保证考生的出行，在考研这几天，全西安的地铁公交正常运行，真的做到了今年应考尽考的考研工作要求。政府真是太给力了，真的是太让人感动了！就像网友评论的那样，这待遇只有中国人有了。

坚强的医护物业

今早下楼去上班，刚一出单元门，冷风夹杂着雪花一下子扑面而来，浑身像泼了一盆冷水，一下子凉透了。我不由得缩回了头，裹紧了衣服，搓了搓手，心中直喊，好冷啊！

但当我走到中心广场那儿时，我看到三个医护大白和三个蓝衣物业人员还坚守在核酸检测点的大棚门口，等待着零星前来做核酸的业主。在这冷风刺骨的室外，他们已坚守了快一星期了，为了从昨天下午两点到今天中午十二点进行的第三次核酸检测不漏一人，小区门口的小喇叭一直连续通知着。现在才九点多一点，他们还得在这风雪中坚持。我忽然很心疼他们，对他们肃然起敬。

新冠疫情已持续了快两年了，因为防疫知识的普及，民众很是配合，戴口罩、勤洗手、测体温、扫健康码方面做得很好。没想到此次疫情离我们这么近，甚至就在我们眼前，真的是太恐怖了！所以，在咸阳这三轮全员核酸检测中，我看到了物业的尽职，医护的负责，业主的自觉。我坚信，有政府的指引，有全民的协作，疫情一定会很快得到抑制！

浅笑低吟的风铃

看到风雪中坚守的医护大白和物业人员，我还想到刚在抖音上看到的一个画面：咸阳先河小区一四岁女童为风雪中的大白唱了一首歌跳了一支舞，歌词是：谢谢你，因为有你，世界更美丽……

深情的网上教学

迎着漫天飞舞的雪花，踏着嘎吱嘎吱的积雪，我来到了学校准备上网课。雪中的校园真美呀，绿的冬青，红的楼面，在被白雪覆盖后显得更加深绿和红亮，操场上白雪皑皑，安静空旷，白雪环绕着的实验湖似沙漠中的月牙泉，静谧诗意。

教学楼里各个教室的灯都亮着，老师们还像正常日子里一样上着课。只是，没有了学生的校园就像失去了青春芳华的老人一样颓废，老气横秋；没有了学生的教室就像失了焦的眼睛一样空洞，少了些精气神。

但停课不停学，隔屏不隔爱。我们得想办法让网上教学收效最大化。为此，学校做了周密的安排，还召开了网上家长会。老师们为了网上教学也是相互学习、共同分享、相互促进，对智慧课堂、智慧黑板掌握不熟练的老教师更是拼了。

就拿我来说吧，一直对新技术有些排斥，这次是被逼上梁山了。为此，我不耻下问，在22日别人休整的时候，我就跑到学校，跟年轻的班主任在教室实际操作，怕自己健忘，还在教案本上记了操作流程。23日本是下午的课，一大早又跑来备课和在教室观摩了一下年轻老师的真实网课。在办公室里又跟组员下载了希泊白板5，学会了云课件的导入和运用。真的发自内心地感叹，科技真是太发达了，想用课件有强大的资源库，想讲题有黑板，共享窗口后，学生在自家电脑前看到的就和在教室里上课一样。

科教兴国，特别是在疫情就在我们身边狂舞的当下，弃流量明星追科研之星是对他们最好的思政课。国难当头的时候，耄耋之年依然担当重任的钟南山、敬业低调敢讲真话的张文宏才是我们该追的星、该学习的榜样，大多数老师都在他们的课堂上这么深情地引导着……

上完课后,迎着凛冽的寒风,我去了市场买菜和肉,也准备囤一点,万一咸阳也像西安一样封城了咋办?市场还相对稳定,供应充足,只是买菜的人都比平常多些,我心里嘀咕,很担心会出现抢购或买不到的情况,准备再次采购。

就在我坐在沙发上休息的时候,我打开手机,看到我们姐妹群里发的链接:好消息!咸阳一百一十个蔬菜便民点公布。再点开一看,政府社区已做了疫情管控期间居民的生活安排,遍布和覆盖各小区,这真让我吃了一颗大大的定心丸。

傍晚时,雪还在洋洋洒洒地飘飞着,大地一片白茫茫,小区里静悄悄的,我惶恐不安的心情平静了许多。我想起了在政府统筹协调下今天考研的顺利举办,小区里医护大白物业人员的负责坚守,学校里自己和同行的认真投入,还有政府机关对市民们疫情防控期间生活物资的保障和安排。今天一天的见闻让我更加相信:众志成城、共克时艰、驱走疫魔是指日可待的!是的,没有哪一个冬天不会过去,没有哪一个春天不会到来!

浅笑低吟的风铃

我的 2020 年春节心情实录

"爆竹声中一岁除,春风送暖入屠苏。千门万户瞳瞳日,总把新桃换旧符。"一提到过年,这首诗就会浮现在我的脑海,让我感受到喜庆的年味、欢快的氛围。同时,携儿带女走亲访友,朋友聚会推杯换盏,家人出游夜逛灯会这样的和谐画面也会浮现在我的眼前。然而,今年的春节,由于新冠疫情暴发,来势汹汹,迅速蔓延,席卷全国,防控形势异常严峻。作为普通人的我,积极响应并配合政府号召,宅在家里就是做贡献。于是,不出门、自然醒、提高厨艺,看电视、刷手机、心系疫情成了我今年的过年姿势;担心焦虑、难过难受、祈祷期盼成了我今年过年的心情日记。

开心启程

改革开放以来,我们的祖国强大了,我们的人民富裕了,我们的生活方式改变了。这几年来,趁着春节长假,越来越多的人走出国门,体验异域风情,还有更多的人自驾出行,领略山水美景,在异地过年已成为一种时尚潮流。

兄弟两口子思想超前,敢想敢干,勤奋工作,两年前就在海南买了房,高兴地邀请我们一大家子今年去海南过年。我们很激动,也很盼望。由于春运出行高峰,可能会一票难求,所以,我们早在元月初就订好了去海口的机票。我预测了一下，一方面国家严禁补课，另一方面师生倦怠抵触，校方用脚想都明白年前补几天课纯属劳民，所以绝对不会补课。这么算来，监完考阅完卷应该在17日，我就全勤完成教学任务，可以心无所虑地放飞自我了。于是，就订了18日的飞机票。

海南一直是我向往的地方，它位处南方，四面环海，冬天温暖，是好多人避寒过冬的地方，还有歌里所唱的五指山、天涯海角也是好多人趋之若鹜打卡旅游的地方。今年能有机会去过年，这种团聚加游玩的方式，我很期盼，规划着等24日老公和女儿抵达后，吃完除夕的年夜饭、大年初一的臊子面后，来一个环岛游，深度地了解一下海南岛，仔仔细细地欣赏一下海南的碧海蓝天、阳光沙滩、山林海礁、黎族风情。

可是，等到24日全家十一口人聚齐的时候，疫情形势已开始一步步升级，我们的环岛计划就此搁浅，只能乖乖地待在家里。此次海南之行，我的活动半径只有区区两公里，戴着口罩，在小区后边的公园看花草树木，在小区西面的海边听海涛拍岸，在滨海大道上赏海风椰韵，然后小心翼翼地返回家中。我清楚地记得，站在海边，看着浩渺的大海，我感到自然的伟大和个人的渺小，想起正在肆虐的疫情，我深深地祈祷：如果大海能够带走所有哀愁……

忧心焦虑

人民的生命安全永远是第一位的。瘟神凶神恶煞，疫情快速蔓延，特别是正赶上春节春运这个人口流动的当口，如果再不采取措施，后果无法想象。

为了全力做好新冠肺炎疫情的防控工作，有效切断病毒传播途径，坚决遏制疫情蔓延势头，确保人民群众生命安全和身体健康，23日起，武汉封城了！这是人类历史上所没有过的举措，可见疫情的严重性！紧接着，我又在手机上看到陕西省启动公共安全一级响应，停办了包括传统的西安城墙灯会和网红打卡地大唐不夜城的一切春节活动，可见疫情的严峻性。

浅笑低吟的风铃

我当时所在的海南省也发布通知,封闭了景点,也要求人们取消春节聚会,没事不出门,出门戴口罩,多通风,勤洗手等。连天蓝云白、海风吹拂、空气质量最好的海南都如此警惕,可见疫情传染的恐怖性。

每天早起,全家交流的就是每日的疫情通报,看着确诊病例和疑似病例的数字,治愈人数和死亡人数的对比,还有武汉前线定点医院的人满为患,以及各地医院组建的医疗队的紧急驰援,和全国人民一样,我们着急难过,隐隐的恐惧弥漫在心头。

从除夕以后,我基本待在家里,初二下午,我下楼去采购生活用品,发现街上人明显比以往少了,而这少有的行人都戴上了口罩。进超市时,必须测量体温,超市里,买东西的人还不少,我发现都是一买一购物车,且大多是米面方便面之类,一些蔬菜和鸡蛋已被哄抢一空。我意识到:呀,不好!已有人囤积物资了!傍晚,回到小区的时候,见到四五个居民,戴着口罩,急急地向小区保安反映小区里有辆鄂A牌照的车,并要求赶快将人找到并隔离,保安正打电话给卫生防疫部门汇报情况。

我猛然意识到事态的严重性,我们现在在海南,还没买返程机票,不知能买到不?回到西安,不知能买到菜和面不?想到这儿的时候,我立马和家人商量,此地不宜久留,走为上策!

稍稍心安

初五一大早,认真地吃完早餐,我们每人戴上两只口罩,匆匆地赶往海口美兰机场。之所以认真地吃早饭,是因为,我们打算戴上口罩后,在从八点半在机场候机到十点二十登机直到中午一点半到咸阳机场后回家的这漫长过程中,不吃不喝不上厕所,直至到家后再摘掉口罩。事实上,我们的确是如此做的。

在此,我要记录一下的是:机场人不多,一切井然有序,消毒防疫工作做得全面细致,从进机场大厅,到上飞机、下飞机、打出租车共查体温四次。在飞机上,每位乘客还填了一张疫情防控表,登记的信息很全面很细致，包括身份证号、电话号、座位号，还有详细住址，住址详细到单元楼门牌号。对于这些，飞机上的乘客都是配合的，我想，疫情当前，为了你好我好他好，我们应该这么做，这既是保护你也是保护我，要是有个万一呢？啊，呸！千万可别有这个万一呀！阿门，上天保佑！

回到家的第二天，我去了超市，考虑到疫情形势的严峻，还有海南超市的抢购囤物迹象，我很忐忑，不知能否买到蔬菜食物。没想到，超市里井然有序，门口检测体温，里面货物充沛，琳琅满目，购物者佩戴口罩，文明选购。蔬菜区那块的蔬菜应有尽有，新鲜水嫩，价格基本平稳。看到这一切，我此前所有的担心焦虑大大减轻，政府对居民的生活需求是高度重视的，是采取了有力措施大力保障的。我采购了三袋子蔬菜食物，准备未来几天都不出门，坚决不给国家添乱！

宅在家里的日子，我依然时刻关心着疫情。另外，像很多朋友一样，研究起了美食，迷恋上了做饭，人生第一次完成做发面蒸包子蒸花卷的全过程，又尝试了咖喱拌饭、水果沙拉、红枣蛋糕这些洋饭菜，还与武功的弟媳来了个文化交流，得到了真传秘籍，学会了地道武功旗花面的做法！嗯，香得很呀！

信心满满

采购了足量的生活物品、米面蔬菜后，我们全家自律地宅在家里。但我们依然心系疫情，关心着事态发展的每一步。看到全国各省无一幸免全都出现病例，还有每日通报的确诊病例数字，我的心里很难过很着急。祖国母亲病了，病得不轻啊，这是一场空前绝后的战"疫"！

国难当头，八方支援！从中央到地方，全员发动，我感受到了同胞们空前的团结协作。习近平主席召开会议指挥部署，李总理亲上火线慰问督导，国士钟南山披挂上阵深入研究，各级医院的医生护士临危请愿紧急驰援，武汉前线的医生护士冒着生命危险高强度工作，社会各界自愿捐款捐物支援前方。火神山、雷神山医院的快速建成，解放军防化部队的强大助

浅笑低吟的风铃

力,这一切的一切,都让人内心充满感动,眼里满含泪水,同时又让人充满信心,团结就是力量!

每天上演着让人感动的故事,看着抖音上各地乡村的硬核标语,我敬佩基层民众的聪明智慧,诸如:口罩还是呼吸机,您老看着二选一。不戴口罩乱聚集,家人含泪过头七。管住嘴,捆住腿,莫让亲人徒伤悲。这样的标语,简单易懂,很接地气,具有极大的杀伤力,让人一看就浑身起鸡皮疙瘩,赶快收起自己驿动的心,蜷起想溜的腿,乖乖地关门禁足,居家隔离。

特别让我感动的是一些最底层人物的倾囊相助。1月31日山东日照,一位环卫工大爷,来到银行,塞给营业员一个纸袋,内包一万两千元现金,并留纸条,上写急转武汉,为白衣天使加油!我的一点心意!还有2月2日,江苏淮阴拾荒老人捐款一万元,被拒后号啕大哭。要知道,对于这两个底层老人来说,这可是他们省吃俭用一分分攒起来的啊!还有很多很多人伸出援手,有钱出钱,有力出力,默默地支援着前线,我深深地敬佩你们,你们是最帅的!同时,我和老公,还有孩子,也分别默默地献上了爱心。

记录至此,已是深夜,推窗外望,漆黑一片,安静得出奇。是啊,白天小区都是静悄悄的,没几个人出入,何况晚上呢。正如抖音里所说的,这个年很静,静得让人心情如坐过山车,忽上忽下,五味杂陈。

随手翻看日历,明日立春!是啊,这个冬天异常寒冷,这个春节异常难熬。好在时间总会往前奔走,冬已尽,春可期。正如汪国真在《只要明天还在》里所说:"只要春天还在,我就不会悲哀,纵使黑夜吞噬了一切,太阳还可以重新回来!"真心祈愿山河无恙,人间皆安!

生活感悟

抖音杂谈

几年前，抖音刚兴起的时候，网上对它还是有很多抵触的解读和负面的看法，特别是说，学生娃们沉迷其中会浪费时间、荒废学业的，这一点我深表赞同，于是，思想上就自然屏蔽了它。没想到，在这个快节奏的时代里，短视频很快风生水起风靡网络，抖音就是其中的代表。最近我有闲时间在家，手机就看得多了一些，几种常用的社交软件里，抖音刷得最多了，我对它有了较多的了解，有点肤浅的感受不吐不快，总想叙说一下。

我觉得好的方面如下：

一、信息量大、传播快速、有图有真相。新闻报道讲究时效性，正如高中英语课本里"报纸是如何制作的"那个单元里的一句话：No one wants to read yesterday's, everyone wants to know today's.（没有人愿意读旧闻，人们都想看最新的新闻。）抖音短视频的传播就应和了这点，不管你什么时候打开抖音，都会看到世界各地、全国各地刚刚发生、正在发生或将要发生的突发事件或重大活动。视频短小，有解说有字幕有评论，还有很多相关的专门快评播报，读之，让人感觉世界纷繁热闹，你与之息息相关，没法割裂。

比如，最近刷屏的羊汤奶奶，可怜又不失礼貌地为北大硕士毕业而又因事故导致瘫痪的儿子讨羊肉汤喝的视频，就让人很破防，网友们纷纷伸出援手，几天就捐出二十一万送到其手中，让人觉得社会上还是好人多，如果人人都奉献一点爱，世界将会更美好。还有前一段时间沸沸扬扬的毒

浅笑低吟的风铃

教材事件，让人担忧又警醒，西方灭我之心长期不死，文化侵略之隐秘危险，看了那些插图甚至个别选文，低劣又恶毒，我们必须警惕并立马改正。中华民族的传统文化永远流淌在我们血液里。少年强则国强，少年智则国智！

二、平台开放，成就草根网红，展示不凡才艺。纵观一些娱乐影视明星，他们的成名固然有天赋和努力的先决条件，但出道出名很多情况下还是需要机会和运气的，也要有命运中的贵人相助并提携。如今，学艺术的娃们有很多很多，但实现梦想中的名利双收、达济天下则难于上青天。但是，高手在民间，我发现抖音上有很多有天赋的人，他们拍的段子不亚于前些年春晚上的喜剧小品，雅俗共赏，喜闻乐见。

比如河南超哥的相亲段子，文案内容与时俱进，多以歇后语的形式表达出来，如，你真是数字界和字母界里的一人之上万人之下呀，加以超哥一本正经又一脸无辜的呆萌表情，还有最后相亲不成反被踹了一脚，在"这娘们不像是好人呀"的嘟囔中仓皇逃跑的样子，总是让人忍俊不禁。还有洛川的平哥平嫂，虽是作务果树的农民夫妻，但自学拍摄短视频，以哑剧的形式记录农民夫妻的日常搞笑生活，老实巴交的平哥把农村的妻管严，朴素勤快的平嫂把农村的小泼妇演得活灵活现、逼真好笑。还有天津的老范，演唱的那些经典老歌入情入景，走心怀旧，余音绕梁，抚慰心灵。都是才艺卓越的人啊！他们圈粉无数成为网红也是抖音这个平台成就的。

三、传统文化、传统美食、乡音乡情在抖音上有了音画的情景记录和传承。这一点我比较支持和赞赏。"少小离家老大回，乡音无改鬓毛衰"，这句妇孺皆知的诗句告诉我们，无论我们行走得有多远，穿得有多么光鲜，乡音已根植在血液里并永远会伴随着我们，随着年龄的增长会是我们剪不断的乡愁。正因如此，也才有乡党见乡党两眼泪汪汪的说法。自从义务教育普及以来，国民的文化素质得到了史无前例的提升；但同时，普通话的推广，城镇化的推进，也导致我们小时候听到的一些正宗的陕西话正逐渐消亡，现在我们说的关中方言已没有几十年前的话那么正宗了。

我常常在想，这也和英语文章中读到的澳洲及太平洋岛国上一些土著语言的消失一样，得加以整理收集和保护了。可喜的是在抖音上，我听到看到了一些正宗的表达。如周至的"哈老婆"、淳化的"蛋蛋"、扶风的"阿郎超哥"、咸阳的"暴躁婆"，还有富平的"冬姐"，这些网红拍的段子用的都是原汁原味的关中话，虽然表演得很粗糙，但是关中俗语用得特别多，表达到位，我听得过瘾。如，猫吃糨子光在嘴上挖呢，炒虾等不得红性子急得吃生生呢，生姜脱不了辣气本性难移，竹竿上拴鸡毛好大的胆子，光屁股撵贼胆大不害臊，你再说把你嘴撕得挂到耳朵上，等等。你听，过瘾不？撑人骂人时是不是美得很？另外，跟着咸阳老乔，我学会了好多关中美食的做法，如蒸面皮、炸油饼、擀韭菜片片面，美得很！

四、一些优质的直播带货网红传递正能量，值得点赞支持。人都有老的时候，我们都不知道自己老的时候会咋样，老年痴呆前搁后忘，两眼昏花耳朵失聪行动蹒跚，无人陪伴、孤独寂寞都可能会有吧，有时候看着村里或小区里聚在一起晒暖拉呱的那些老人挺可怜的，但没办法，正如抖音上的段子所讲的那样，不管你是当官的、发财的，最终还是要坐着椅子挂着拐杖靠墙晒暖的。试问一下，你们见了这样的老人，会不会心有嫌弃绕道而走呢？

抖音上的"德善许凯"没有这样，相反，他见到村野的老汉老婆时，总是爷呀婆呀亲热地叫着，并没有违合感地用陕西话和他们聊着天，还不忘幽默地和老人们开着玩笑，给老人们照张相打印出来并装好小相框送给他们，临走时一句"好好活"让人亲切又泪目。最近，他把经常看望的忘年交"叶叶婆"扶持成了新晋网红，老太太成了他的农产品代言人，老人绝不会想到耄耋之年迎来了人生的高光时刻。另外，新东方的董宇辉也是耀眼夺目，他用他的真诚交流、广博学识、接地气的经历分享把助农产品带出了诗和远方，也启发带动了很多迷茫中的年轻人，成为他们直面现实拼搏奋起的榜样！

五、跟着一些网红，我们可以天南地北五湖四海地旅游和学英语。这几年来，阴魂不散的新冠病毒时不时地零星暴发，使得我们没法远距离地行走旅行。但是，没关系，抖音上的一些品质旅行网红会带我们逛遍世界的每一个角落，而且是小众景点，人迹罕至，绝对的原生态。跟着他们漂亮的画面和引经据典的解说，我们体验的还是深度的品质游呢！

比如，在"子建在草原"的短视频里，我们不仅能听到悠远激昂的蒙古音乐，还能欣赏到草原上的白云青草、朝霞晨露、夕照月明。在信马由缰的小视频里，我跟着这个资深摄影人的镜头，去了很多景点，看到了昭苏草原上的万马奔腾、那拉提花海里的无花果、古乌孙国的古老溜索方式、特克斯神秘的八卦城等。跟着"罐头瓶子在荷兰"，不走寻常路，听着他那夹杂着英语的迷人解说，我逛遍了欧洲的各个小镇乡村，的确是开了眼界长了知识还学了英语。比如，世界上最北边的城市是哪里？你去过吗？那里是什么样的？在他的视频中，我一睹为快，对朗伊尔城的地理概况和人文生活有了一点了解，很有意思。

六、跟着一些心理医生、教育学者或每日读诗、金句摘抄等博主修身养性，提升了个人素养。当今社会，竞争激烈，攀比成风，使得全民焦虑，灵魂少有安处。特别是中学生的学业压力造成的抑郁躺平，让老师家长们很着急。但是听了专家们的应对建议后，自己首先平和了心态，接着因材施教，具体问题具体分析处理。先是找亮点鼓励娃，再让其有存在感、成就感，产生学习内驱力，还有加强周围榜样的励志鼓励教育，然后尽最大努力让孩子在学业上做到不后悔。

正如李玫瑾教授所说的那样，与学习成绩优秀相比较，健全的身体、健康的心理更重要。也正如作家梁晓声在《人世间》里说的那样：自古以来，孝分两种，养口体和养心智，二者同样重要，缺一不可。孩子若是平凡之辈，那就承欢膝下；若是出类拔萃，那就展翅高飞。接受孩子的平庸，就像孩子从来没有要求妈妈一定要有多么优秀一样。通过阅读摘抄，我对社会上的人性也有了一定的了解，比如，一些得势之人对于弱势老实人的故意刁难是恶中之恶，还有露骨的评说人性里最大的恶就是见不得别人好等，对于这些，我不想理会和相信，我更愿意简单地微笑着打量这个世界。

以上我说了抖音好的诸多方面，当然，我也深刻地感受到了它泥沙俱下不好的几个方面。

一、信息量太大，让人有应接不暇狂轰滥炸之感。对于个别突发事件或负面新闻，一些人为蹭流量而做了过度解读，加剧了公众的焦虑不安，人们的不安全感，对于正在建设的和谐社会、共同发展实现中国梦很不利好。

二、抖音很聪明，似乎有窃听功能，它在偷窥和收集你手机上其他app的信息，比如我备忘录里提到了种牙的情况，我刷抖音时就不断刷到平台推送的种牙的视频和广告。另外，它似乎知道你的社会关系，各种亲友都会被推送而来。我听过一个真实的情况，有人刷抖音还刷出了第三者的视频导致离婚呢！这里，轻声提醒一下，心怀鬼胎、图谋不轨的人要注意了哦！哈哈哈……

三、抖音的视频文案里、各种评论里错别字太多。比如，把"大吃一惊"写成"大吃一斤"，把"恬不知耻"写成"甜不知耻"，把"坚持不懈"写成"坚持不泄"，更有甚者把"副主任"写成"逼主任"，把"报答妈妈"写成"暴打妈妈"，真是贻笑大方，让人笑到肚子疼了。

最后，我特别反感的是一些人为了流量或涨粉，不惜卖丑或卖色相，很掉价。希望抖音平台能加大审查过滤，少一些娱乐、少一些八卦，负面的东西、影响人三观的东西尽量不要推送了，多多担负起增强人们尤其是青少年不忘初心、踔厉奋发、振兴中华的责任和使命。

正如英语谚语所说：Every coin has two sides.（每个硬币都有两面。）事物都是一分为二的，有好的方面也有不好的方面，抖音平台推送优质短视频的同时，是必须要把好审查关的。但更重要的是，我们的内心要充满阳光正能量，能自觉远离鲍鱼之肆，追求花香鸟语是为最好。正所谓微笑向暖安之若素，你若盛开清风自来，心若浮沉浅笑安然。

影视况味

影视况味

《江南爱情故事》观后感

外面的雨淅淅沥沥地下着,天空灰蒙蒙的,四周阴沉沉的,地上落叶飘零,行人行色匆匆,一派秋天的萧瑟之象。这样的天气,渲染得人的心情阴冷潮湿,情绪烦躁低落。该干点什么呢?

我拿着遥控器乱按,看个娱乐节目吧,有点肤浅,有点浮躁;看个法制节目吧,有点惊悚,有点沉重;看个电视剧吧,有点冗长,很是费时。哦,那就看个电影吧,一个多小时,故事完整,是喜是悲,一气呵成,了无牵挂,既能打发时间,又能文艺一下。

我点击进入电影看吧,片库里面应有尽有,我跟着感觉走,点开了《江南爱情故事》。很快,我就跟着故事的人物之一明秀的叙述,在婉转走心的背景音乐里,走进了主人公的爱情故事里。我郁闷的情绪也随之平静美好起来。不得不说,这是一部非常好看的电影。

一、画面唯美,给人美的享受。影片里的江南水乡,小桥流水,小船悠悠,杨柳依依,风光旖旎。影片里的江南民居,黛瓦青砖,古朴厚重,韵味十足。影片里的男女主人公,小伙高大阳光,憨厚自信,意气风发;姑娘朴素贤良,漂亮温顺,恬静传统。他们的表演扣人心弦,其他人物的表演真实动人,让人看着既养眼又舒服。

二、音乐空幽,给人美的遐想。影片里的背景音乐特别好听,每一次响起都非常贴切地衬托了主人公雨莲悠悠的思念,绵绵的等待,怯怯的欣

浅笑低吟的风铃

喜,低回婉转,如泣如诉,余音绕梁。再配上江南水乡的秀丽风光,让人似乎和主人公一样,也是划着小船,漂荡在走心的音乐里,在潺潺的流水里徜徉、流连……片尾曲《江南莲》也是曲美词美,让人回味无穷:风摆荷叶颤,小红藕,根叶缠相连,淡墨画中走。江南莲,伴晚舟,含香立水间。花香幽幽,月影重重,秋水清波伴唱无眠。

三、故事凄美,给人静的沉思。故事发生在1937年的江南古镇,年轻的女子雨莲嫁进殷家的当天,素未谋面的丈夫明轩逃婚参加了抗日的队伍。顾及殷家的脸面,殷家决定让明轩的弟弟明皓替哥哥拜堂成亲,危机得以暂时化解,却在一对不可能的人心中埋下爱情的种子。

随着时间的推移,战火烧到了南方。在传统与道德的夹击下,雨莲和明皓的爱情也像这片土地一样遭到了无情的摧残。明轩阵亡的消息传回了古镇,悲痛中两个人的心又走近了一步。

但纯真的爱情和家族的命运在战争面前显得如此脆弱。炮火带来的阴影无情地笼罩了小镇,结婚前夜,明皓义无反顾地加入敢死队,与侵略者决一死战。

在战火连天的环境下,柔弱的雨莲坚守在美丽的古镇上,也坚守着自己的爱情。

多么美好的爱情故事啊!没有了当今社会爱情里的势利攀附,没有了当今社会爱情里的利用索取,没有了当今社会爱情里的轻浮越线;有的只是传统时代爱情中的心有灵犀,有的只是传统时代爱情中的相互欣赏,有的只是传统时代爱情中的相互守望和一生守候。这种凄美,悲中有喜、喜中有悲,正是这部电影艺术的魅力。

另外,这是一部能让人安静下来的电影,能够让人想起大师木心的诗歌《从前慢》里恬淡和悠长的生活,人们诚诚恳恳,说一句是一句,一生只够爱一个人。还有,这部电影里彰显的传统文化、家教、家风,也是我们现代人应该反思、学习和借鉴的。

外面的雨还在淅淅沥沥地下着,但这部电影里唯美的画面、悠远的音

影视况味

乐，平静了我烦躁郁闷的情绪，明媚了我阴冷潮湿的心情！电影里凄美的故事激荡着我的心神，我也在为雨莲祈祷，希望那个因一腔爱国热情而奔赴战场的热血青年明皓早日凯旋，莫要辜负雨莲坚贞痴情的守候！

我要说，《江南爱情故事》是一部很美好的电影！

浅笑低吟的风铃

电影《半生缘》观后感

这几天，心情慵懒，百无聊赖，干什么都提不起精神；心烦意乱，难以平静，做什么都坚持不下去。我这是怎么了？难道是初老症状，抑或是抑郁前兆？前一段时间痴迷的写作，最近我也无甚兴趣了。我这是怎么了？难道我要放弃自己了？不，不能再这么下去了！

记得书上说过，只有热爱生活的人，才能不断地获得生活中的种种灵感！对，我双手合十，平复心境，心中默念，不和生活作对，不和他人攀比，不和工作较真，良心做事，无愧于心，做好自己！对，我要调整心态，积极向上！我要摒弃灰暗，拥抱生活！

何以解忧？唯有杜康。对我呢，何以解闷？唯有文娱！我打开电视，搜索片库，观看拍摄于1997年的香港电影《半生缘》。

电影的色调虽然灰暗迷蒙，一点也不华丽，但是电影讲述的故事却很快地吸引了我，让我随着故事情节的发展，时而窃喜欢呼，时而悲伤哀愁，时而欢喜祈祷，时而揪心难过。一遍看完，还不过瘾，接着又看了第二遍，不得不说这是一部很好看的电影！情节曲折，故事动人，引人联想，发人深思。

电影改编自张爱玲的小说《十八春》，故事发生在20世纪三四十年代的旧上海。沈世钧和顾曼桢，两人因工作相识，一见钟情，情投意合，本可以顺理成章地步入婚姻，享受甜蜜爱情，生儿育女，享受天伦之乐。可是，造化弄人，曾因生活所迫沦为舞女的曼桢姐姐曼璐，为了挽回她风雨飘摇的婚姻，欺骗软禁曼桢，被其夫祝鸿才霸占并生了孩子。沈世钧呢，虽然心里十分放不下曼桢，但也无能为力，一是因为与曼桢失联失散，一是因为家里催促施压，无奈屈从于命运，与他不喜欢的表妹石翠芝结婚。世钧与曼桢两人都被现实生活摧残折磨，已没有了当初的纯真烂漫，都被生活磨平了棱角，都接受了真实的现实生活。

去年今日此门中，人面桃花相映红。人面不知何处去，桃花依旧笑春风。十四年的两地相思之后，他们才再次相遇。往事如烟，凄凄惨惨戚戚！一句平淡的你好吗，一句关切的只要你幸福，一句悲凉的回不去了，为这段曾让人祝福羡慕的爱情画上了惨淡的句号，让人决绝地斩断了两人破镜重圆、再续前缘的期盼。看着镜头里依依不舍却又咫尺天涯的两人，我不禁泪湿眼眶，心中慨叹，一别就是一生！

这部电影的改编拍摄，值得赞赏的有两个地方。一是许鞍华导演确实是金牌导演，故事的处理、镜头的选取、人物的情感把握都处理得恰到好处。整部电影没有卿卿我我、情情爱爱的片段和镜头，但整个故事却深入人心，牵动着观众的一颦一笑。二是演员大牌，俊男靓女，演技高超，黎明饰演沈世钧，吴倩莲饰演顾曼桢，梅艳芳饰演顾曼璐，王志文、葛优也有出演。我特别喜欢黎明的忧郁含蓄，吴倩莲的青春秀气。总之，导演、演员、故事情节的有机结合，促成了这部好看成功的电影！

看完这部电影，心情有些沉重，我的脑海里飘来了徐小凤演唱的那首歌：相见时难别亦难，东风无力百花残。春蚕到死丝方尽，蜡炬成灰泪始干。晓镜但愁云鬓改，夜吟应觉月光寒。蓬山此去无多路，青鸟殷勤为探看。是当时的人情世故、当时的社会环境造成了主人公的悲欢离合，两地闲愁，遗憾终生。

如今社会，资讯发达，沟通方便，婚姻自由，但人心自私，包容太少，离婚率高。这里，祝愿小年轻们友好沟通，珍惜缘分，收获幸福，愿得一人心，白首不分离！不要让爱人走丢，不要让爱情离散！不要再上演空悲切、人比黄花瘦的情感悲剧！

此刻，在看完电影后，我能慨而叹之以上内容，我能用手机打出以上

浅笑低吟的风铃

文字，我觉得，我应该不是初老症状，我应该不是抑郁前兆，但愿我只是常见的心情糟透了，情绪低落了。那么，我要做的就是要调整心态，放松心情，走出藩篱，拥抱阳光！希望明天会更好！

影视况味

漫步西影厂

去年冬天，在逛大唐芙蓉园的时候，站在宽阔的水舞秀广场上，看着水舞，听着音乐，我欢喜着。举目四望，在环园林立的高楼中，我看见了一幢特立独行的高楼，"西影"两个字特别醒目，我十分惊喜！哦，那就是大名鼎鼎的西安电影制片厂啊！我心想，一定要抽时间去那里看看。

今日有空，离它咫尺，我想着去西影转转，看看大雁塔，再穿过大唐不夜城回家。

前一段时间，这里烂兮兮的，外面一直是围挡，里面进行着装修改造，能看到的就是20世纪50年代修建的五层红砖灰顶的办公楼。在周围林立的大楼中，在门前宽阔的大街上，身处曲江的它显得特别过时。

不过今日，这里旧貌换新颜了。围挡已经拆除，朴素的大楼前是敞亮的广场，地上铺了绿茵茵的人造草坪，办公楼的正前方有一水晶做的现代艺术品，是留声机、胶片、放映机造型，下面写有一行字：中国电影从这里走向世界。广场的右前方还修建了一个小型喷泉，泉眼不是同时喷水的，而是每当有游人走过，就有几束小水柱依次登场，像是在欢迎大家。广场上游人三三两两，不时有人在办公楼前照相留念，小朋友们围着喷泉跑来跑去，很是欢喜呢！

哦，西影！之所以对它印象深刻、心驰神往，那是源于小时候看了它的几部电影，印象最深的有两部，一部是《西安事变》，一部是《人生》。看这两部电影时，我还小，看《西安事变》时，总是要分清谁是好

浅笑低吟的风铃

人谁是坏人，当时对影片中的蒋介石恨得咬牙切齿，恨他的两面三刀，恨他的攘外必先安内政策，恨他对张学良的扣押报复。当看到他在藏匿的石缝中被捉住时，我拍手称赞，欢呼雀跃。

看电影《人生》时，我深深地同情着勤劳质朴、美丽善良的刘巧珍，狠狠地鄙视着开朗大方、夺人所爱的黄亚萍，切齿地咒骂着欲攀高枝、移情别恋的高加林。电影的主题曲《叫声哥哥你快回来》深情婉转，如泣如诉，听得人泪眼婆娑。电影里的场景当时引我发笑，但如今看来却是多么富有生活气息啊！细想一下，会笑中带泪的哦！一是巧珍去县委大院看望高加林时和其聊天时说：我家的母猪下了一窝猪娃，又不小心压死了两个。二是黄亚萍和高加林一起工作，外出约会聊天的诗情画意。两个都很美丽的姑娘形成了多么大的反差呀，真是一个下里巴人，一个阳春白雪，用现在的话说，一个土得掉渣，一个是白富美。那时候我还小，天性使然，一方面痛骂着高加林黄亚萍这对狗男女，另一方面又悄悄羡慕着他们的蓝天白云你侬我侬，心中暗下决心，我也要好好学习，考上大学跳出农门追求诗与远方！

办公楼的西边，是一条宽阔的林荫大道，两边的法国梧桐已可两人环抱了，高大浓密的树冠高高地交错在空中，形成长长的拱形门廊，直通厂区的最里面。在这仲夏之午后，强烈的光线透过树枝，斑驳的光影随风轻晃，很有感觉呢！噢，打听了一下，这条路现在叫星光大道！

为什么呢？沿着这条路往里走，两边楼房的外墙上，挂有巨幅海报，都是西影自建厂以来有影响电影的有代表性的镜头画面。大树下两边的草坪里，陈列有过去所拍电影使用的道具，虽说并不起眼，但却会让人回忆起电影中的某些片段或镜头，让人觉得过去遥不可及的神秘如今是多么亲切随和。这里我想提一下的是办公楼前还陈列有一辆黄颜色的小飞机，那是1988年拍摄《古今大战秦俑情》时的道具，巩俐乘坐着它，栽进秦始皇陵，开启了一段穿越之旅。

路的两旁，还竖立有一些石礅，分别展示的是西影厂所获得的各种奖项，石礅上面是所获奖项的图样，石礅正前刻有获此奖项的电影名、获得届别等。不太文艺的我也长知识了，了解了很多国际国内的电影奖项：柏林电影节金熊奖、威尼斯电影节银狮奖、戛纳电影节金棕榈奖、蒙特利尔国际电影节最佳导演奖、圣塞巴斯蒂安国际电影节银贝壳奖、中国电影金鸡奖、中国电影华表奖、大众电影百花奖等。总之，当你由此星光大道走过，你不由得被西影人的奋进努力、精益求精、追求艺术的精神和所获成绩所激励，为他们拍摄出这么多大众喜闻乐见又走出国门获得大奖的国际化影片而赞叹！

我百度了一下：在全国电影制片单位中，西影在国际A级电影节获得最高奖项、获国际奖项数量位居全国第一，影片出口量全国第一。总共获得国内外奖项三百多项，出口影片八十多部，占中国大陆出口国的所有电影总量的四分之一。代表影片有《霸王别姬》《老井》《红高粱》《图雅的婚事》《美丽的大脚》《我的一九一九》《大话西游》等。西影的电影实现了中国电影与世界电影的对话。所以，西影不愧为中国的好莱坞、东方的好莱坞。闲时，我准备看看这些获奖电影，提高一下自己的艺术修养，丰富一下自己的人生阅历。

快走到星光大道尽头的时候，左边一个小型广场引我驻足，这里红花绿草，泉水叮咚，左前方有一人物雕塑。走近一看，是吴天明的雕像，再看下方简介，吴天明是西影厂20世纪80年代时的厂长兼导演，他上任后，带领全体员工大刀阔斧进行改革，顺应潮流起用年轻人，包容改革开放的新思想，开拓国际视野。正是在他任上，经典电影层出不穷，更有几部在国际上获奖，这在当时的国内简直是石破天惊。雕像前面的地上，半圆形的造型里，刻有他有影响力的杰作，如《人生》《老井》《变脸》《百鸟朝凤》等。是他发掘并培养了张艺谋、陈凯歌、黄建新、田壮壮等一代导演群体，被尊为中国第五代导演的伯乐和恩师。真是实至名归啊，这哪一个名字不是如雷贯耳、妇孺皆知啊！

我曾经也爱追星，当我了解到有那么多名导演名演员，那么多英俊潇洒的老帅哥，那么多漂亮优雅的大美女都曾在这里工作生活，积淀蝶变，我不禁很兴奋、很感慨，觉得离我心中曾经的偶像尤勇、张嘉益、陈坤、

浅笑低吟的风铃

佟大为、窦骁、巩俐、蒋雯丽、董洁、马伊琍、海清、周冬雨等是那么近。我又想起了他们所饰演的一些深入人心的角色和悲欢离合的故事，不禁对人生又有了新的感慨和感悟。

走到星光大道最后的时候，一幢现代化的高楼屹立眼前，这也就是我在大唐芙蓉园那儿看到的西影的标志楼，现在我已站到它的面前，一睹它的芳容。如果说前面的大楼是20世纪五六十年代的古朴沧桑，还透着老苏联那种红梅花儿开、田野小河边喀秋莎的素雅，那么眼前这座现代化的大楼就自然地融合在美丽曲江的高大上里，自豪地展示着它的内涵和奢华。

西影电影艺术体验中心展区面积达一万平方米，包含电影老爷车博物馆、电影胶片收藏库、大话西游奇妙屋、电影制作技术科普体验区、电影服化道展示体验区、世界电影放映机收藏博物馆、光影互动体验区、西影厂史馆等功能区。同时，这里收藏了纵贯世界电影发展历程的三百多台电影放映设备，胶片电影工业馆保留了国内唯一仍在运行的电影胶片洗印生产线，展示了众多经典电影生产过程中的创作手稿和艺术档案，更有大量展现电影原理和科技魅力的互动体验设备。它是一座集收藏、展览、教育、娱乐等于一体，全面展现电影历史与电影艺术的综合性、互动性电影艺术博物馆，弥补了陕西省专业电影艺术博物馆的空白。

这不，在饶有兴味地绕整个西影圈子边走边看中，我从东边路上出来，回到了临街的西影厂办公楼前，映入眼帘的就是火得一塌糊涂的电视剧《装台》的剧照。照片上张嘉益奋力地蹬着三轮车，载着闫妮穿梭在西安的城中村里，他们和孙浩一起，凭借自己对艺术的追求，凭着对家乡的热爱，凭着地道的陕西话，凭着咥陕西美食的那股酸爽劲，带动了陕西旅游和美食发展，当然更是演活了作家陈彦笔下的一群城中村中装台人的悲喜人生，他们也成了西影乃至陕西的名片。

在漫步完西影厂后，继续向西，不到三百米，我来到了大雁塔北广场。噢，西安不愧是旅游热点城市，大雁塔不愧是国家5A级景区，几日不见，日新月异呀！这不，这儿又新添了一座人行天桥，古朴厚重，还铺了红地毯。站在桥上，看着街上的车水马龙，行人的熙熙攘攘，回望西影大楼，我若有所思，明白了两个道理：

一是顺应潮流，与时俱进。如今，科技发达，物质丰富，人们思想开放，西影人若不是勇立潮头，敢想敢干，怎能有20世纪80年代的辉煌？若不是顺应时代，与时俱进，怎能有现如今西影圈子的复兴和繁荣？由此想来，我们普通的个人更应在生活工作中及时充电，丰富自己，悦己娱人，岂不更好？

二是戏如人生，人生如戏。令我印象深刻的《人生》《西安事变》就不说了，几十年过去了，毕竟有一定的时代局限。就拿电视剧《装台》来说吧，剧中顺子和蔡素芬两口子领着一群城市底层人为舞台灯光布景而忙碌讨生活，柴米油盐、家长里短，看似鸡飞狗跳却也有滋有味，淡淡的喜剧意味中透着一丝伤感和无奈。他们是装台人，现实生活中，我们谁又不是装台人呢？生活中不仅有我们追求的诗和远方，更有眼前的苟且。

努力断舍离，良心做人，简单生活吧！因为：纯真避油腻，善良能辟邪，傻乐更幸福！

浅笑低吟的风铃

平凡的无奈　刺骨的温暖

这几天，放假在家，追了一部电视剧《相爱十年》，很是好看，让我入戏太深，以至于今天看完了结局，心情沉重，失落难受，心绪杂乱，感受颇深。我欢喜着剧中人物的相识、相知、相逢、信任、进步、改变、成功，我遗憾着他们的无缘、错过、失意、挫败、背叛、堕落。我有很多的故事情节想要再次回顾思考，还有一大堆的联想感慨需要记录诉说。

先说说剧情吧。

20世纪90年代，还是一片纯然率真的肖然、刘元、陈启明与韩灵即将告别他们的大学时代，走入正酝酿着巨大变革的社会。那时的韩灵就如同一个遗世独立的仙子，让男孩子们魂牵梦绕。穷学生出身的肖然得到了韩灵的芳心，而除了爱情外，往后的人生还有太多太多需要考虑的现实问题。受时代浪潮和命运际遇的推动左右，这群好哥们儿先后来到了改革开放的前沿深圳，这里充满了各种机遇，同时也有未知——成功、堕落、友情、背叛、爱情、金钱。在光怪陆离的沿海城市，理想与物欲激烈碰撞，年轻人们用十年的时间考量着各自的心与灵魂。

下来再说说我感觉此剧好看的原因吧。

最先吸引我的是故事的背景，第一集一开始就是1992年的大学元旦晚会，还有第四集中1992年大学毕业即将离校的场景，多么熟悉的画面啊！校园的自习、小树林和石凳，老旧的宿舍楼、电影院，拥挤陈旧的寝室，还有里面的架子床和书籍、铺盖，床边贴的明星海报，去食堂吃饭自带的碗筷，寒暑假为了见一面坐的几个小时的绿皮火车，还有为了奖学金和毕业分配的明争暗斗和那些单纯纠结的友情爱情，一下子让我这个同年的毕业生感到异常亲切。特别是离校时，几个室友们喝酒唱歌，笑中带泪，那首《再回首》，多么熟悉，多么走心！听得我也不由得眼角湿润。在这些故事里，在这些角色里，我分明看到了我好多同学的影子，想起了我们同学身上的青春往事。

二是引人入胜的剧情和演员精湛的演技。故事以时间为序，讲了三个好室友加好哥们儿大学毕业后，来到传说中的遍地是黄金的深圳，创业时遇到的各种各样的艰难困苦，还有各种努力，各种改变，各种适应，都很真实，就真的好似在看自己某几位同学或亲友在深圳打拼的经历。当然，之所以有这样的感觉，也确实是这几位主演的锦上添花！饰演韩灵的董洁依然是那样的清纯脱俗、娇小可人。饰演肖然的邓超，形象和演技都让我印象深刻，学生时阳光帅气、青涩懵懂，打拼时吃得了苦、受得了罪，当老总时阔绰霸气、挥金如土。与韩灵的关系，从爱情到婚姻，从热烈到冷淡，每一个细节的表演都很自然、真实、到位。让我刮目相看的是饰演陈启明的王大治。因为几年前听说过他和董洁的绯闻，说他长相奇葩、癞蛤蟆想吃天鹅肉，也曾偷笑过他的长相，但此片改变了我对他的看法。在剧中，王大治的表演很精准到位，把大学里条件差的男生追求校花、讨好班花的表情、心理活动表演得活灵活现。把在深圳炒股失败，把自己嫁入豪门后受排挤、受白眼的无奈，最终打老婆发邪火等都表演得真实自然，挺可怜又挺可爱的。

最后是故事中肖然与韩灵的爱情故事引发的对金钱、对婚姻的思考。钱不是万能的，但没有钱是万万不能的。钱能买来一切，但买不到幸福。幸福是一种感觉。恋爱的激情过后，是漫长的平淡的婚姻生活，如何保鲜非常重要！那就是多迁就包容，少挑剔指责；多共同进步，少原地踏步；多一些自律约束，少一点放纵迷失！

剧中，刘元在职场左右逢源，有时低三下四，有时阴险狡诈，坐到了区域经理的位置上，但就是得不到他从大学起就心心念念的韩灵的芳

浅笑低吟的风铃

心。肖然呢，吃尽苦头，费劲脑力，驰骋商场，成为亿万富豪，让韩灵过上了想要什么就买什么的生活，但韩灵却一点也不幸福，独守着偌大的海景房，却常常黯然神伤，怀念一起吃清汤面的日子。陈启明呢，炒股落魄后，屈尊倒插门嫁入豪门，住进了别墅豪宅，吃起了山珍海味，过上了比别人少奋斗二十年的生活，失去了男人的尊严，他一点幸福感都没有！

剧中，陈启明是在深圳走投无路时与他的妻子黄芸芸结婚的。黄芸芸是有缺陷的，说话嘴巴极不利索，与他的梦中情人孙玉梅相去甚远，可以说，他们最初没有一点点的爱情。但是，是黄芸芸的大度贤惠、迁就包容这些优秀的品质感化了他、挽救了他，让他最终浪子回头金不换！

而肖然呢，与韩灵郎才女貌、金童玉女，却在暴富后与韩灵走到了离婚的地步，这是为什么呢？肖然开了公司后，忙于各种应酬，多次出入娱乐场所，灯红酒绿，难免冷落韩灵。韩灵呢，独守空房，当起了阔太太，她的内心是极度失落的，她又是敏感要强的，难免对肖然抱怨指责。这样，时间一长，夫妻间形同陌路，在一心机女的欺骗下，他们的婚姻走向了终结。太让人惋惜了！

让我感动的是，肖然和韩灵还深爱着对方，他们在迷失的痛苦中找到了自己，那就是不忘初心，成就自己，奉献社会。资助贫困孩子，改变他们的生活，才是最有意义的！让我感到难受的是，就在他们重归于好，准备欢欢喜喜过大年的时候，肖然却死于车祸！编剧呀，你为什么这么狠心？

也许，这又一次验证了人生的不完美吧。那么，就让现实中的我们明白：朋友也好，爱人也罢；喜欢也好，敌对也罢；珍惜也好，放弃也罢；陪伴也好，离开也罢……对每一个相遇过的人，都要发自内心地说句谢谢，谢谢你陪我走过的风景，经历过的点滴，那是彼此之间的独家记忆，独一无二，永远铭记。

前路迢迢，只愿君安！你陪我一程，我念你一生！

影视况味

让孩子成为眼中有光的人

最近已是伏天,天气闷热,待在家里,心里很慌,什么也干不了。无聊地刷朋友圈时,看到有朋友推荐电影《银河补习班》,说适合家长和孩子一起看,嗯,去电影院看场电影,好主意啊!

昨天下午,我就和女儿一起去财富中心看了这部电影,真心觉得是一部不错的电影。

《银河补习班》这部电影是由邓超、俞白眉执导,邓超主演的。故事的背景是20世纪90年代,讲述了一对父子跨越漫长时光收获爱与成长的亲情故事,还引发了人们对教育现状的思考。

父亲马皓文本是一位意气风发、前途无量的工程师,也是孩子心中的偶像和保护神,却在事业如日中天时,因意外的垮桥事故而入狱,同时遭遇了与妻子离婚的变故,并遗憾地错过了儿子七年的成长时光。出狱后,他用自己独特的教育方法和满满的爱给予儿子马飞自由成长的空间,教会儿子独立思考的能力和面对困难的勇气。

马飞的学习成绩在班上垫底,常被老师批评,却不思悔改,破罐子破摔,甚至就要被开除学籍,面临无学可上的问题。尽管在学校看来儿子没有可塑之处,但马皓文从未放弃,鼓励孩子找到心中的梦想并为之努力。他向学校的主任求情,求情不成,他和主任打赌,打算用一个月时间将马飞的学业提高,争取考到班上前十名——不,是年级前十名,证明他不是不可救药的学生,证明"学渣"也可逆袭,成为可造之才。

浅笑低吟的风铃

　　首先，马皓文要打消马飞的畏难情绪，撕掉他"缺根弦"的标签，树立他能学好的信心。当对着一拃厚要复习的课本时，马飞发愁熬煎，一个月内怎么才能啃完啊？马皓文用尺子量了一下书的厚度，然后除以天数，那每天必须消化拿下的书本就只有不到一厘米的厚度，他帮助孩子化整为零，每天进步一点点。当遇到难题不会做时，马飞畏难退缩：这题好难啊，我做不出来呀！马皓文鼓励他：你是最聪明的，你要一直想一直想，要像父亲一样，永不认输！当小测验马飞由倒数第一考到倒数第五的时候，马飞自卑气馁，马皓文倒为他的进步祝贺喝彩，进步虽小也是进步啊，说明努力肯定是有回报的！幸运的是，代理班主任小高老师也和马皓文一样，教育理念新锐，她看到了马飞的努力和进步，赞赏他是一个眼中有光的孩子！在爱与赞赏的簇拥中，马飞这个学渣信心倍增，践行计划，逆袭成功，一飞冲天！

　　其次，马皓文让孩子找到自己的兴趣并树立远大理想。他对孩子讲，人生就像射箭，理想就是箭靶子，没有箭靶子，所有的拉弓努力都是徒劳！这话说得真好！努力固然重要，但努力的方向更重要！电影中，马飞对宇宙飞船、太空世界很感兴趣，经常鼓捣飞船模型，把主任气得生硬地从他书包里掏走模型，决绝地从教学楼上扔了下去。在这样剑拔弩张的时候，马皓文这个特立独行的父亲，又一次冒着孩子被开除的危险，在紧张的期末复习中，带孩子去外地，白天看航空展演，晚上拼命按计划复习功课，一举两得，让孩子既体会到了读万卷书、行万里路的至理名言，又更加激发了孩子为成为宇航员的梦想而努力奋斗的决心！

　　最后，马皓文用自己的执拗告诉孩子，名誉也是很重要的。电影中，大桥的垮塌是因为他一直认可的徒弟收了黑心钱，篡改数据、偷工减料造成的，马皓文不知其中的猫腻做了背锅侠，妻离子散七年，吃尽苦头。出狱后，他成了过街老鼠，为了生活受尽白眼。他要为自己申诉，但申诉之路路漫漫其修远兮，看尽了别人的脸色。就在最后马飞确定成为飞向太空的最终人选时，马皓文偶然弄清了垮桥事故的真相，狠揍了始作俑者，不光彩地上了报纸。马飞为了自己的前途，劝父亲别再执拗，放弃申诉，马皓文说，每个人都是一座桥，都要尽力把自己的那座桥修好。他失望地对儿子说，我的教育是失败的……当在太空中飞船遭遇故障，是父亲的教导让马飞一直想办法并勇敢沉着地排除了故障，他和战友安全地回到了地面，受到了非常隆重的迎接。看着队友妻女相拥其乐融融的画面，他想起了自己为了虚荣苛求父亲放弃申诉的做法，自责不已。忽然，在人群中，他那白发苍苍的父亲步履蹒跚地向他走来，马飞难抑激动，泪流满面，他开玩笑地说我是第一次做儿子啊，爸爸，你的教育没有失败……

这部献给父亲、献给儿子的电影看得我时而笑出声音，时而泪花闪烁，引发了我对当前家庭教育、亲子关系、师生关系的思考，我挺同情现在的孩子的。

在学校，孩子过得不快乐。从学习目标看，分数成为唯一的目标，片面追求高分，见分不见人。从学习内容看，德智体美劳简化为智育，智育简化为知识，知识简化为训练，训练简化为刷题。刷题主导学习的全过程，学生在学校只做题不做事，更不做人。从学习过程看，学习方法极度同质化，不外乎提前学习、超纲学习、反复复习、重复纠错，可谓千校一面、千篇一律。从学习体验看，只考察成绩排名，不考核孩子感受。学习任务沉重且无趣，催生大量厌学人群，功能和体验双输。

在家里，孩子过得挺难受。父母这方面，焦虑啰唆是他们的常态，只要娃看书背书、写字刷题，他们就感到踏实满足，既送吃的喝的，又买穿的用的。当孩子玩会儿手机看会儿电视，他们就心急，觉得孩子不懂事不争气，怎么能把宝贵的时间挥霍着玩呢？孩子周六周天的时候，本可以在枯燥繁忙的学习之后得以释压缓解，但没办法，又得在父母的催促下，背上书包，走进培训机构，继续复习做题。孩子玩耍时或考试没考好时，父母的唠叨又会余音绕梁三日不绝：你不好好学习，就考不上好大学；考不上好大学，就不会有好工作；没有好工作，就找不下好对象；没有好对象，就没有……这样循环的唠叨，让孩子烦不胜烦。

如此一来，"学习"距离真正的学习越来越远，学习的本意是让学习者拥有知识、增长智慧，现在却炮制出大量只会刷题的做题机器，距离学

浅笑低吟的风铃

习的"初心"可谓渐行渐远。学习在"超度学习"中走到了自己的反面，完成了"学习的异化"。所以也就有了你所看到的好多被学业压得目光呆滞的孩子，也就有了每年高考后撕书狂欢的功利学习者。难怪这些放弃兴趣、压抑自我、为学而学的孩子考入大学后，没有了终身学习和持续学习的意愿，只顾放飞自我不思学习或把学习作为副业追求六十分及格呢！那么，往大了说，科技创新、科教兴国、民族振兴的美好愿望的实现就难免让人担忧了；往小了说，在大学虚度了光阴，没学到真本事，毕业即失业，光宗耀祖、改换门庭的美好愿望怕就要落空了。

现在，正值暑假，伏热难耐，想必大多数的家长正在和孩子相看两厌、斗智斗勇呢，也正为孩子的学习和成长着急上火、焦虑抑郁呢。那么推荐你带上孩子，走进电影院，看一看《银河补习班》，学一学马皓文，坐下来静下心和孩子平等交流，听听孩子的心声，换位体谅孩子的学习压力，赞赏鼓励孩子的梦想追求，唤醒激发孩子的信心潜力，训练培养孩子面对困难的勇气。还孩子童年，还孩子暑假，切莫拔苗助长，切莫急功近利，让孩子在适度学习的同时，也做回自己，追求一下他们自己心中的诗和远方，努力成长为眼中有光的人。

影视况味

我们都要好好的

这几周，因为崴脚，我不得不蜗居在家专心养足。看着外面的蓝天白云、绿树红花，我不免心急。多想融入自然，放飞自我！多想回到教室，传道授业！无奈，足不给力，走起路来一瘸一拐，方知千里之行始于足下之真理。

傻坐着也不是个事，于是刷手机、看电视、写随笔就是最好的消磨时间的方法。看朋友圈说北京卫视正在热播电视剧《我们都要好好的》，于是断断续续追完了这部剧。

这是一部都市情感剧。讲述了主人公寻找在成为家庭主妇后，与金融天才丈夫向前差距拉大，患上抑郁症，之后涅槃重生，找寻到全新自我的故事。是由刘雪松执导，刘涛、杨烁、金晨、刘端端领衔主演的。

因为我有着一颗少女心，爱年轻、爱漂亮、爱时尚、爱新潮，不喜议论人非，不喜评说或传播东家长西家短，崇尚简单纯朴，尽心尽力，顺其自然，所以，这么一部在别人看来剧情有点脑残、不甚接地气的消遣剧，在我看来还是不错的，它带着我在时尚的都市飞奔了一程，使我看见了美好，引发了思考。

所见美好有这么几点：

一是俊男靓女养眼。上面刚讲了，这是一部都市情感剧，女主人公为摆脱抑郁找寻自我，决然与丧偶式婚姻说拜拜后，入职Win时尚杂志，由一普通编辑成长为杂志主编。所以，故事的发展是在时尚圈展开的，剧中的人物穿衣打扮，个个时尚新潮，很有品位。就连两个中老年配角的穿着都让我眼前一亮，过目不忘。一个是艾丽莎的父亲老温总，风衣礼帽牛仔裤，还有竖起来的T恤衣领；另一个是小胡总的母亲胡姣姣，红衣白裤高跟鞋，外加抢眼的名包和拉风的太阳镜。

男主角向前的扮演者杨烁也挺迷人的，高高的个子，帅气的外形，妥帖的衣着，沙哑的声音，调皮的酒窝，坏坏的笑，像极了《魂断蓝桥》的男主人公陆军上尉克罗宁，让人迷恋！

在所有人物中，我最喜欢的是艾丽莎，因为她很像我女儿。她是典型的白富美，身材高挑，长相俊美，穿什么都好看，不管是职业干练的小外套加短裙，还是休闲风度的长风衣紧腿裤，抑或是家居风情的T恤配短裤，都是那么attractive（有魅力）。她的头发，不管是披下来，还是扎起来再编几个小辫儿，抑或是随意地扎个丸子头，都是那么charming（迷人）。更为要命的是，她名校毕业，学习时尚管理专业，拥有新女性的思维，积极汲取新知识，追求自由的灵魂，挑战自我，不依靠别人，有独立的思想，内敛贴心。有些人内心沉醉于自身的优越感，高高在上、盛气凌人，在人面前总显得很有身份感，给人一种不好相处的感觉，或许让有些人不敢靠近。而艾丽莎却没有刻意炫耀或制造自己的优越感。她在工作上认真严谨、利落又不失优雅温婉。她不会去指责别人的错，而是懂得换位思考，哪怕不赞同他人，也不会把自己的思想强加于人，而是用不同的角度来理解他人。她有自我管理、自我学习的能力，真诚待人。在艾丽莎身上，真正应验了一句话：越优秀的人，越懂得让别人舒服！

二是歌曲好听悦耳。我百度和八卦了一下：电视剧《我们都要好好的》片头曲、片尾曲、插曲共有十三首。主题曲是刘涛演唱的《静好》，片头曲是苟瀚中演唱的《他》，片尾曲是刘沁演唱的《她》；而插曲有陈翔演唱的《你过得还好吗（发行版）》《小船》、苏运莹演唱的《印证》、许钧演唱的《放肆去追》、余枫演唱的《放肆去追》、郭静演唱的《83721》、刘惜君演唱的《孤单旅行箱》、李嘉格和那吾演唱的《怎么剩我一个》、陈翔演唱的《小船（吉他版）》以及刘端端演唱的《你过得还好吗》。

　　这些歌曲非常好听，曲调悠扬舒缓，能让在都市打拼身心俱疲的人，暂抛焦躁，精神松弛下来，给人以心灵的慰藉。片头曲《他》、片尾曲《她》，词作用心，贴切故事，音乐好听，深入人心。片中插曲也很好听，歌词也写得好，使用的场景也恰如其分。比如，剧中男主人公向前精明强干、吃苦耐劳，事业巅峰时做到IPD公司亚洲区CEO，人称金融才子，但后来为小人陷害、圈内人排挤，事业一落千丈，婚姻崩塌失意，还要抚养孩子的吃喝拉撒，落魄的他不得不放下身段，拿着一沓报纸，在街上寻找工作。那种人生低谷的挣扎，心理的折磨，看得我眼泛泪光。此时的插曲《放肆去追》激扬响起，那音乐，像一双手在抚摸向前那哀伤的心；那歌词，更像一双大手在拉他站起来，并用力推动他和那些失意的人放下包袱，肆意去追。Hard work always pays off.（努力总是有回报的。）歌词如下，请欣赏："别沉默，别为曲折退太多，就算偶尔会脆弱，保留一份相信的执着。别难过，别为疲惫而失落，前方有太多如果，茫茫未知，也不该错过。放肆地去追，相信为成败流的泪，纵然夜不能寐，纵然伤痕累累，却坦然去面对，不后退。故事不一定都有结尾，没必要等安慰，没必要要求是非，这一路的伤悲，都难能可贵。别疑惑，别忘曾经的交错，有时身边会寂寞，珍惜所有，无法再挥霍。别闪躲，让时间成泡沫，哪怕付出没有把握，在这一刻，许自己一个承诺。放肆地去追，相信为成败流过的泪，不白流，相信无悔的付出，将覆盖阴霾，未来提前的问候，请别再意外。"

　　三是台词走心。对于从事教学工作的我来说，因为经常做完形填空，经常阅读一些正能量主旋律的美文故事。所以，一些台词对我来说还是非常励志的，在生活和学习中是可以启发我自己和学生的，是可以用来借鉴的。

　　不要总是想自己有多可怜，敌人有多坏，要想到解决的办法。生活中，不少人都会跟剧中的女主角寻找一样遇到薇薇安这样总是跟自己过不去的人，起初总是会躲在一旁哭泣，搞得一副楚楚可怜的样子。而艾丽莎

浅笑低吟的风铃

却告诉她，哭泣不是解决问题的办法，在别人陷害你的时候需要找到解决的办法。现实生活中的我们也是一样，职场竞争在所难免，面对挑衅不要自怨自艾，更不要诅咒对手，站起来漂亮地打个翻身仗才是硬道理。

没有人天生优秀，优秀都是拼出来的。剧中职场女魔头艾丽莎是公司所有人羡慕的对象，年纪轻轻就可以做主编，工作能力超强，即便是面对同事的陷害，也能一次次化险为夷。但是艾丽莎也告诉过女主角寻找，自己的优秀并不是天生的，而是拼搏出来的。现实的职场之中，大家只看到了那些工作达人光鲜亮丽的一面，却看不到他们背后挥洒的汗水，想要在职场站稳脚跟，努力才是最重要的。

职场如战场，没有人在意你高不高兴，只有人在意你做得够不够好。职场如战场，别人只会看到你的成绩，根本不会在意你的情绪。现实中的我们也是一样，尤其是那些情感丰富、敏感善变的女性，在职场遇到挫折的时候，个人情绪很容易大起大落，觉得全世界都在跟她过不去。但实际上根本不会有人在意这些，想要走出来必须学会自我调节。

另外，让我难忘的还有这么几句：在小徐为小人利用，陷害向前，避而不见向前，后又与之不期而遇时，向前拍着小徐的肩膀，意味深长地说道：人生，错一次可以，千万不要一直错下去。还有，在寻找为要回孩子的抚养权而要求律师想尽办法，甚至抖开所有老底撕开所有伤疤时，律师警告她说，你会赢得很彻底，但也会痛得很彻底。真是值得现实生活中的我们深思啊！为什么不能有话好好说呢？

最后，文中年轻人与父母的称呼和对话，我觉得也挺有意思。如艾丽莎电话中把父亲称为老狐狸，小胡总称自己的妈妈为娇姐。太有意思了！我觉得它反映了父母与孩子是平等民主的朋友式新型关系，这让我想起了我的孩子称呼我们老冯老南，挺好的，我早就接受了！

以上是我喜欢并追完了这个电视剧的几方面原因。当然，这部电视剧也有几点我个人有些厌恶的情节设置：一是第一集艾丽莎就在好友小胡总的帮助下，直播渣男男友偷情出轨的不堪画面。二是年轻帅气的暖男为什么要追大自己近十岁的大婶，年轻貌美的白领为什么要爱上带孩子的大叔呢？我不否认现实中可能有以上组合的真爱，但毕竟是少数，为拍给大众看的剧作，就不要大张旗鼓地给他们较多的镜头了！导向不好，不利于青少年成长！三是剧中寻找只因丈夫忙于工作，全心打拼，没有给予她陪伴就抑郁想自杀、决绝要离婚的这个情节设定太不接地气了。我和很多人的看法是一样的：为什么不可以在全职陪孩子时，参加一些儿童技能培训活动，与其他妈妈交朋友，也可记录孩子成长的点点滴滴，分享育儿经验呀……

  以上就是我在追完电视剧《我们都要好好的》后的一点个人观后感。之所以能有闲情逸致追完这部剧，并不厌其烦啰唆以上那么多，完全是因为崴了脚不得不坐在家里专心养足。是啊，回想起那天监考时不小心崴了脚，似乎没有一点征兆和过程。我只能感慨，人有千日好，出事在一秒啊！出了事，不管大小，原有的生活秩序就被打乱了，麻烦别人，苦痛自己，借用这个剧名，真心希望：我们都要好好的！

浅笑低吟的风铃

一生只爱一个人

今天，闲来无事，我看了一部电影，是由张艺谋导演，陈道明、巩俐主演的《归来》。在看的过程中，我一直深深地被故事情节吸引着，几度哽咽，几度流泪。在观看完后，我非常感动，久久地回味着故事，挥之不去，欲罢不能。我高兴着主人公的久别重逢，悲伤着主人公的对面不识，期盼着主人公的和美如初。可是，电影的结局却并不如我所愿，我难过，我感动，我祈祷……

电影的故事情节是这样的："文革"中，大学教授陆焉识被打倒关进了监狱，任教中学的妻子冯婉瑜独自一人，带着女儿苦撑着家。女儿勤学上进，富有革命激情，一板一眼地排练着舞蹈，一心一意地想演《红色娘子军》里的吴清华。身在狱中的陆焉识挂念妻儿，越狱逃跑，急切地想见妻儿一面。回家未见到妻子，在昏暗的楼道见着了女儿，激动中、惊恐中，他让女儿带话给妈妈，说在火车站见面。不料，涉世未深的激进的女儿为了能主演吴清华，把父母见面的时间地点报告给了"革委会"。就这样，提着换洗衣服、包着新蒸馒头去火车站偷见丈夫的妻子，在一片"抓人啦"的混乱状况中，与她魂牵梦绕的丈夫咫尺天涯，失之交臂。自此，妻子患上了心因性失忆症，时而清醒，时而糊涂。她恨死了女儿，不让其进家门。她唯一重要的事就是每天拾掇好家里，收拾好自己，举着写有陆焉识几个字的牌子，去火车站迎接她的丈夫。她活在他们曾经的美好里，那里有读书声飘荡着，那里有钢琴声悠扬着，那里有他们的浪漫相恋，那里有他们的举案齐眉……她日复一日、年复一年地等待着丈夫的归来。

几年后，丈夫陆焉识真的回来了！他急切地回到家里，热切地想见他的妻女，不料，被妻子视为陌路，连铺盖都扔出了家门，他惊愕，他难过。在得知了妻子患病的实情后，他镇静了下来，接受了现实，他和女儿一起，和街坊邻居一起，千方百计想唤回妻子的记忆。他给她弹琴，弹他们曾熟悉的旋律，弹他们曾拥有的浪漫，在悠扬的曲子中，妻子有了那么一丝回应，但只隔那么一会儿，她又恍惚迷茫，不识真人。陆焉识难过但并未放弃，他又开始给她写信，编了一个他回家的日子，情景再现地出现在火车站，挤在出站的人群里，希望举着接陆焉识牌子的妻子认出自己、迎接自己，但还是徒劳。他又为妻子读信，天天读，他读啊读，他等啊等，天天希望奇迹出现，他等待着曾经漂亮干练的妻子的清醒归来，他期待着未来美好生活的快快到来，但所有的努力都化为了遗憾。

看到这儿的时候，我多么希望电影有一个圆满的结局啊，多么希望苦心人天不负啊！多么希望有情人终成眷属，真爱回归啊！可是，电影的结局是陆焉识骑着三轮车，载着冯婉瑜，举着接人牌，不离不弃，风雨无阻，天天去火车站一起接陆焉识！冯婉瑜一心一意等着受难丈夫的重逢归来！陆焉识一心一意等着失忆妻子的清醒归来！

多么伟大的爱情啊！这才是真正的执子之手，与子揩老！这才是真正的只因在人群中多看了你一眼，再也没法忘记你容颜！这才是真正的愿得一人心，白首不分离！

看完这部电影后，我沉浸在电影的情节里，心潮起伏，难以平静！半下午以后，我外出散步，才慢慢回归到现实，我忽然觉得自己有点好笑，有点天真。当今社会，物欲横流，真爱几何？我想到了那些备受追捧的明星，追求奢靡，绯闻不断；我想到了那些浅薄女性，好逸恶劳，出卖灵魂；我想到了那些轻浮男性，处处留情，朝三暮四。凡此种种，都挑战着人们的道德标准，使得好多年轻人慨叹再也不相信爱情了。我难过，曾经的海誓山盟呢？曾经的海枯石烂呢？说好的爱你一万年呢？

看完这部电影后，我深深地被故事情节所感动。完美爱情是我们每

浅笑低吟的风铃

一个人渴盼和追求的，尽管世事浮躁；和谐生活是我们每一个人渴盼和追求的。尽管追名逐利；平和心态是我们每个人渴盼和追求的，尽管人心复杂；身心健康是我们每个人渴盼和追求的，尽管摸爬滚打、觥筹交错。我想说，生活是应慢慢体验的，爱情是应细细品味的，人生是应认真书写的。结束吧，这些偏离和谐的声音！滚蛋吧，这些败坏风气的做派！

最后，在心里，我呼唤人和人之间的真情！我呼唤人和人之间的真爱！我呼唤人和人之间的真诚！归来吧，慢生活！归来吧，牢信任！让我用今年春晚的歌曲《从前慢》作为我这篇随笔的结束语吧：

> 记得早年时，
> 大家都诚诚恳恳，
> 说一句，是一句，
> 长街暗无行人。
> 卖豆浆的小店冒着热气，
> 从前的日色变得慢，
> 车、马、邮件都慢，
> 一生只够爱一个人。
> 从前的锁也好看，
> 钥匙精美有样子，
> 你锁了，人家就懂了。

征文集锦

征文集锦

爱上咸阳

外面的雨淅淅沥沥地下着，干完了手头的工作后，我有一搭没一搭地刷着微信。突然，朋友圈的一条信息吸引了我的眼球：今日咸阳亲网征文启事，主题是：爱在咸阳——恋上这座城。认认真真看完征文要求后，我心中不禁有些激动，伏案沉思良久，我想说说我在这儿的工作生活，表达一下我对咸阳这座城市的感情与爱恋。

我是2003年从县区调来咸阳实验中学的。我们学校是咸阳市教育局唯一直属的完全中学，位于沈兴南路的沈家小区。这里的教师群体里人才济济，学生群体里藏龙卧虎，教师的教风灵活务实，学生的学风扎实创新。在这样的竞争氛围里，对于一个新加入这个团队的新人来说，工作压力可想而知。更为要命的是，晚自习要上到晚上九点多。常常，下了晚自习后，我的肚子饿得咕咕叫，怎么办呢？有人建议我去吃汇通夜市。刚开始，我还有些鄙夷，不就是个夜市嘛，有餐馆饭店好吗？

可是，禁不住朋友同事对汇通夜市的吹捧夸赞，终于，在一个晚自习后，大概十点吧，我决定去那儿吃饭。我原以为，此时汇通那儿肯定人不是太多了，但出乎我意料的是，老远就看见那里灯火通明、人声鼎沸，走近一看，更是让我大开眼界：道路的两旁停放着各种车辆，车上下来的帅哥美女，个个神采奕奕、阳光自信。马路两旁摆卖各种咸阳小吃，有五香毛豆五香花生，有煮玉米烤玉米，有烤红薯蒸红薯，有烤面筋烤鱿鱼，有炸油饼炸油糕，有菜夹馍肉夹馍，有五香锅盔原味锅盔，有琥珀糖蓼花糖……

浅笑低吟的风铃

样样看上去色香俱全。往里再走一点，就是面食区，中间有条不太宽的走廊，两边全是卖面的摊位，摊主来自咸阳北五县南八县各县区，个个热情好客，老远就招呼着来往的客人。

  我挑了人最多的一家坐下，摊主及时地倒上碗热乎乎的面汤，周全地问我：吃大碗还是吃小碗，吃宽的还是吃窄的，要辣子还是不要辣子，下绿菜多还是下绿菜少，要就蒜还是不要就蒜……真是热情如火啊！在确定好要求以后，摊主麻利地把鼓风机一拉，开始下面。趁这空儿，我和摊主攀谈起来，我弄清了汇通面名字的由来，是因它位置处于渭阳路的汇通十字。这里是咸阳美食小吃的聚集地，是咸阳市的小社会。我连忙说我今晚亲身经历，感受特深，咸阳人真是勤劳善良、热情好客、与时俱进啊！说话的当儿，面下好了，摊主又利索地给我拌面，拌的臊子好诱人啊，有肥瘦肉丁，有土豆丁、红萝卜丁，有炒韭菜炒豆角，饭量又足又热乎，吃一碗真是解饿又过瘾啊！自那次以后，我爱上了汇通面，再也不担心下自习后的疲惫饥饿，隔三岔五地，我经常光顾汇通夜市，尝尝咸阳的小吃美食，感受咸阳人的热情洋溢。

  学校的工作紧凑充实，但时间一长，也难免乏味无聊，去哪里舒缓一下压力，变换一下情绪呢？从我们学校往南走不到五十米，就是咸阳湖。咸阳湖大概是在2006年修建起来的，这里视野开阔，空气清新，有水有花，树木葱葱，小草茵茵。休闲锻炼的人成群结队，络绎不绝。下午没事的时候，去咸阳湖走一走，透透气、吸吸氧，一直走到统一广场已成了我多年的习惯。在晴天的时候，咸阳湖统一广场是那么美：蔚蓝如洗的天，清澈见底的水，苍翠繁茂的树，五颜六色的花，时尚健壮的小伙，青春靓丽的姑娘，精神矍铄的老人，活泼欢实的小孩，让你充分体验到咸阳的活力飞扬。向南望去，你可以看到鳞次栉比的高楼大厦，还可以看到远处秦岭的逶迤曲线；向东你可以看到气派雄壮的二号桥，还可以想象咸阳古渡的繁华忙碌；向西你可以看到古朴敦实的一号桥，还可以看到南来北往的车水马龙；向北你可以看到千古一帝秦始皇的汉白玉雕像，还可以走进地下商场吃吃饭，唱唱歌，跳跳舞，聊聊天，休休闲，看看电影。

每次,站在秦始皇雕像前,我都不禁为他的雄才大略而肃然起敬。想当年,他一统六国,气贯长虹;他统一文字,统一度量衡,为中华文明的发展起了重要作用;他开凿郑国渠,修筑万里长城,让人们过上了安居乐业的生活;他热爱八百里秦川一马平川,他相信关中人杰地灵,定都咸阳,他是我们咸阳人的骄傲!站在秦始皇的雕像前,我深深地感到一种沉甸甸的历史的厚重。看着广场上跳舞唱歌、打拳练招、锻炼休闲的人们,我由衷地感到一种气昂昂的舒心宽慰。我在想:要是秦始皇穿越至此的话,他一定会忘记他的三宫六院,他一定会留恋我们咸阳的和谐社会。咸阳湖散步之后,工作的烦恼烟消云散,思想为之清爽轻松,再次投入工作精神饱满。我爱上了咸阳湖,爱上了统一广场。我劳逸结合,一张一弛,能玩能干!

时间飞逝,一转眼,我调来咸阳实验中学已过十年,我由最初的对咸阳生活的不太习惯到现在的游刃有余,由最初的对咸阳历史的一知半解到现在的如数家珍,由最初的对咸阳人的些许排斥到现在的款款深情,我知道,我已爱上了咸阳,恋上了这座城。

愿咸阳的明天更加美好!

浅笑低吟的风铃

从交通靠走到出行有车

每次走在大街上，看到街上的美女一袭裙装，款款走来，又轻盈飘过，我眼睛都直勾勾的。我惊艳于她们的美腿，不管是夏天的光腿裸露，还是春秋的丝袜朦胧，又或是冬天的高靴加身，都是那样修长匀称、比例协调，给人以震撼的美感，我不由得回头再望，目送其远去。

你可能会纳闷，好色之徒？非也！人常说，缺什么，炫什么，我这是缺什么，看什么。

女人，哪个不爱美？我是一个爱美的女人，但一直以来，我都有个心病——小腿肚子有些粗壮，让我有点自卑，很不自信。我曾经有个梦想，就是在冬天的时候，也能穿上一双到膝靴子，但是试遍商场，要么靴筒提不上去，要么拉锁拉不上来，真是令人丧气，都怪有点粗壮的小腿。

那么，为什么会这样呢？我窃以为要拜小时候的劳动所赐。

我的童年和少年时光是在20世纪七八十年代，那时候的农村还很落后，交通大多靠双腿丈量着走，往地里运粪是靠架子车拉，个别日子过得殷实的，并且头脑超前的，才会买个加重自行车。村里几乎还没有手扶拖拉机，村子里的道路也是土路，连个石子路都没有，一切都是那样原生态。

就是在这样的生活大环境里，我，一个爱美的小姑娘，和当时的大多数人一样，在风里、雨里、泥里、土里生活着，艰难着，辛苦着。

有三件事，我到现在仍记忆犹新，永生难忘，这些都和那时不便的交通、传统的运输方式有关。

我家所在的村子在兴平北塬上,离县城大约三十里路,由于交通不便,大人们很少外出,上县城是件大事。在我七八岁的时候,听说爷爷要去县城卖牛犊,我哭着闹着要跟着去,为的是能跟着逛县城,吃好吃的。

　　家人无奈,就让我跟上,就这样,我手里拿着一根小棍,跟着爷爷上路了。爷爷在前面牵着老牛,我在后面赶着小牛,走着土路,穿过好多个村子,到达县城的牲口市场,卖了牛犊,又步行着赶回。最大的奖赏就是吃了个油饼,喝了碗醪糟,全然不觉牲口市场的嘈杂和粪臭。回来后,我那幼小的双腿哟,疼了好几天啊!

　　在我十一二岁的时候,我家要盖房子,那时我家的后院是个城壕,具体大小记不清了,只记得是个很大的深坑。万丈高楼平地起,盖房就得先整地基,那么,就要先拉土把这坑填平,再盖房子,活势大呀!

　　每到周天,爸爸不上班,我和弟弟也不上学,我们早早就被妈妈叫起,和爸爸一起拉土填城壕。拉土的地方离我家有二里路呢,村子又是土路,坑坑洼洼、凹凸不平,一个人拉土很费劲,于是,我和弟弟就分别给爸爸妈妈掀车子,他们弓着腰在前,用劲拉,我们撅着屁股在后,用劲掀。倒空土,又拉上粪,拉到我家自留地,一早上能拉五六个来回呢。那年的暑假,似乎就是在拉土掀车子的重复中度过的,真是现代版的愚公移山啊!我那美丽的小腿啊,健硕了很多!

　　最难忘的是1984年的秋天,连阴雨下了好多天,空气中弥漫着发霉的味道。村子里的道路已经不是路了,而是变成了一条土黄色的稀泥河,人们出门,无从下脚,无比艰难。

　　虽然许多天不见太阳,但是地里的玉米生长成熟是有时限的,地里的玉米该掰了,况且也得整地种麦子了。人们盼啊盼啊,老天还是挤着眼,一个劲地淅淅沥沥。没办法,阴雨绵绵中,人们在泥泞的地里掰了玉米,用架子车一车车拉回。每走一步,脚就像灌了铅一样沉重,每拉一车,就像上山缺氧一样,气喘吁吁、精疲力尽。我还是那个掀车子的孩子,含着泪、忍着痛,掀着车子,一步一泪啊!我那美丽的双腿啊,疼啊累啊!

　　在那些用脚丈量大地的日子,在那些拉架子车的岁月,和很多人一样,

浅笑低吟的风铃

我多么盼望有朝一日,我能考上大学、跃出农门,穿上干净美丽的花衣服啊!多么希望我们村也能有县城那样的柏油马路啊!多么盼望村里家里也能有机械化农用车或小轿车啊!

太阳出来红彤彤。实行改革开放政策以来,祖国大地发生了巨大的变化,人们的生活水平大大地提高了。在20世纪80年代,首先是人们的思想慢慢解放了,虽然物质上还不是那么富有。在20世纪90年代,开始实行村村通公路工程,我们村开始有了石子路;到了新世纪,我们村又修了平坦的水泥路,听说方便了许多呢!

2005年的时候,父母搬进了城里,我已有十几年未回我那魂牵梦绕的老家村子了。

今年清明节,我想回家给爷爷奶奶上坟,开车从咸阳赶回兴平县城,用了不到半个小时,从县城接上我爸我妈,回到老家,用了半个多小时。一路上,公路宽阔,一马平川,路两边的白杨树挺拔威武,好似站岗的哨兵在向我们招手致意。路边地里的麦子绿油油的,油菜花黄灿灿的,微风吹拂,摇曳身姿,似乎在向我们点头微笑,欢迎我们的归来。

公路一直通到村子里,村子里变化真大呀!原先的一条主街道,已经扩大到三条街道,水泥路面,平整干净。沿街走过,家家户户两层楼房,墙外贴着瓷片,屋内是水磨石地面,院子里修着小花园,房子里拉着网线,开着电视,房顶上架着太阳能热水器。让我感到惊讶的是,几乎家家都有干农活的蹦蹦车,一些人门前还停着洋气的小轿车。孩子们在街道追逐嬉闹,在车旁捉迷藏,乡亲们的脸上洋溢着幸福的微笑。

看着这一切,父母和我都感慨万千。父亲说,改革开放政策好啊,国家强了,农民富了,大家的日子都好了,过去口号中的楼上楼下、电灯电话、村村公路、家家有车的设想变成现实了。

我呢,看着自己有点臃肿的身体,拍着自己发福的肚皮,摸着自己饱满的腿肚子,开玩笑地说,改革开放的好政策在我身上体现得更充分呀,小时候拉车子把腿锻炼得那么健硕,害得我没信心穿裙子。如今呢,本想减肥,以圆长腿梦想,但现在不光老公有车,我也有车,上班外出都开车,想减，难呀！老妈说，都快奔五了，减啥肥呢，健康快乐是最主要的！

是啊，现如今，人们生活富足了，穿着打扮多样化了。爱美的我，不必羡慕长腿美女，我可以穿今年流行的短上衣阔腿裤啊，搭个长长的外搭，再配条鲜艳的丝巾，也可以美翻了呢！对，不必羡慕他人，活出自己的风格，享受美好生活，奔向美好明天！

浅笑低吟的风铃

但愿人长久

开樽拜明月,把酒话团圆。中秋节前后,秋高气爽,瓜果飘香,一派丰收景象。中秋节这一天,仰望天空,如玉盘般的月亮是那么的圆、那么的亮,人们自然而然会联想起亲人的团聚,憧憬起生活的圆满。所以,自古以来,中秋节就是一个仅次于春节的盛大的团聚团圆的节日,人们祭月赏月吃月饼,沟通联络,互诉离情,分享丰收的喜悦。在我们家乡,八月十五中秋节这一天,出嫁的女儿是要回娘家送月饼的。

犹记得去年八月十五回娘家的情形。一大早,我就提着月饼、水果等直奔娘家,娘家妈那边呢,也早就订好了饭店,热切地准备好待客的一切。

十一点左右的时候,两个弟弟一家,还有几个姑家都来了。十二点的时候,我们就在饭店济济一堂,围炉拉话了,大家嗑着瓜子,吃着水果,东拉西扯,天南地北,聊得很是热闹。

席间,爸妈忆苦思甜,感慨地说,这辈子他们知足了,几个娃生活得还可以,工作稳定,家庭和美,孙辈争气,跟着你们姊妹几个,住到城里热闹了,出门旅游开眼了,也常到酒店吃饭耍阔了,过去受的苦也值了!唉,不像咱老邻家你大妈,老了可怜得很呀,听说已经老年痴呆了!唉……

我一听,心里一惊,当即与我妈约定,吃完饭,回老家村子去看看邻居大妈,给她也送送月饼。

说起老家村子,小时候,那是我生活成长的地方,现如今,那是我魂牵梦绕的地方。说起邻家大妈,印象中,那可是一个勤劳善良、麻利干净的农村妇女啊，现如今，几十年过去了，老是该老了，无非就是行动迟缓腿脚不便，怎么可能痴呆呢？

　　吃完饭，稍作休息，我就开车带我妈一起回村。道路两旁高高的白杨树，开阔平整的田野，一派乡村亮丽的风光，但我无心观看。我的心有些迫切、有些沉重。我们到达村口的时候，正好碰上大妈的大儿子，也就是邻家大哥。问他大妈在吗，他说在；问他可以去看大妈吗，他说要叫他弟来开门才能看到，现在大妈在家锁着呢。我一听，心情更加沉重。

　　于是，邻家二哥被叫来了，还有几个较远的邻居也过来了，和我妈打招呼寒暄，他们对我们很热情，但言语中对大妈的现状既同情又无奈。

　　因为多年未见大妈了，因为小时候对于大妈的感情，所以，当门打开的时候，我迫不及待地连叫带找，大妈你在哪儿呢？我往她住的房子一瞅，咋没见人呢？同来的一个邻居说，她在房间角落那儿给镜子说话呢！我往进一走，这才看见：一个满头白发的老妇人，佝偻着腰，几乎缩成一小团，十分清瘦，行动迟缓，颤颤巍巍的，一手扶着柜子，一手抚摸着镜子，在那儿对着镜子说话，见我们到来，也不说话，目光呆滞。我很是讶异，她就是我记忆中的大妈吗？

　　邻家大哥说：妈，咱邻家大姨和她女美娃看你来了，你看你还认识她们不？她睁大那混浊的眼睛瞅了我们好一会儿，才缓过神来，似乎记起了一点什么：噢，她大姨和美娃哦。声音很微弱，有气无力的。于是我和我妈扶她出房间，坐到了外间的板凳上。看着大妈惨兮兮的状态，我的心像被针扎了一样，深深地刺痛，大妈呀，你怎么成了这副样子？虽说岁月不饶人，但也不至于如此不饶你，让你骨瘦如柴，让你痴呆至此！我的眼泪夺眶而出！

　　远亲不如近邻，想当年，大妈麻利干净，勤劳热情，整个这一条街，不管谁家有事有活，只要她没事或恰巧碰到，她都二话不说，出手相助，不端架子、不惜力气。我们是邻家，两家人更是经常串门，不分你我。如若碰到我家蒸馍，她就把手一洗，帮我妈揉面烧锅；如若碰到我家刨玉米，她就把袖子一挽，帮我家刨一会儿；如若缝衣缝被，她就把针一穿，利索

浅笑低吟的风铃

地帮着引上三两行。她心灵手巧,针线活做得极好,针脚细密,样子时新,穿着熨帖,当年我有小孩时,大妈还给我娃缝过老虎枕,绣过猫娃鞋呢!这些我怎能忘记?正如我妈说的,大妈是个能行人!是个受村人称赞的好人!

都说好人有好报,可老天在大妈这儿瞎了眼呀,怎么会让她的晚年如此凄凉呀!她生有三个儿子,没有女儿,当年把几个媳妇娶了后,她常对我妈说,她没有女儿,她要对媳妇好,老了还指望媳妇管她呢!可谁知天有不测风云,大媳妇进门不到十年的时候,突发脑出血瘫痪了,不但帮不了她,还拖累了大儿子甚至孙子。你想,现如今的社会,哪个姑娘愿意找一个家在农村、还有一个瘫痪妈的小伙呢?大妈与二媳处得最好,但谁承想,几年前二媳妇查出了乳腺癌,虽经全力医治,但还是没多久就去世了,二儿子不但没法出去打工,而且还得在家带孙子。你想,现如今的社会,地里又刨不来钱,又没法出去打工,日子只能维持温饱,何谈质量?更别想小康!三儿子一家呢,远在外地,心有余而力不足,大妈这种情况还不敢往城里接,万一下楼走丢了呢?

唉!我只能长叹一声,她是一个要强的人,命运的种种不幸打击着她,生活的百般不易折磨着她,这些噩运谁能承受?她整天睡不着觉,但改变不了现状,只能自责是儿子的负担,盼着早死不再拖累儿子,可老天又不收她。长此以往,几年下来,终于,她老年痴呆了,见人张冠李戴,说话颠三倒四,出门不辨方向,吃饭不知饥饱,在独自一人待在家里的时候,只能对着镜子说话,或者喊叫着,不停地敲打着临街的窗户……

大妈真可怜呀!在我妈、几个老邻居、邻家大哥与大妈拉家常叙离别的过程中,我一边看着大妈一边也参与着说话,我的泪水呀,止不住地流啊流,我是真难过!我拿出一块月饼递给大妈让她吃,也许是有了一圈人的陪伴,也许是零星记忆的回归,大妈咬了一口月饼,傻傻地笑了……可这笑,竟让在座的人都湿了眼眶。

在他们还在说话的空当,我出了门,在街道上转了转。多年没见这条街了,一切都变了模样,家家都盖起了楼房,可大多数是空房子。我小时候熟悉的那些老人大多都已经去世，年轻人几乎都奔城里打工去了，条件好的小孩子也多到城里念书去了，只剩下少数的人留守在村里，村子几乎成了空心村，挺冷清的。

我忽然有一种很悲凉的感觉。活到快知天命的年岁，亲历和听说的事情也不少，我真切感受到了古人所言的精辟：三十而立，四十不惑，五十知天命，六十花甲，七十古来稀！也真切地体会到岁月之更迭，人生之短暂，还有世事之无常，命运之多舛，时间之无情！我的老家村子的故事，就是那民风淳朴故事迭起的《白鹿原》！我周围村人的故事，就是那被命运捉弄又不甘屈从命运的《平凡的世界》！苦乐年华，悲喜交加！岁月啊，你带不走那一串串熟悉的场景，聚散总是缘呀，离合总关情呀！

回家的路上，我妈对我说：人要有良心，要有感恩的心。别看大妈是咱邻家，但过去两家相互帮助相互照应的日子咱不能忘，也忘不了呀！你大妈没有女儿，你今天能去看她、给她送月饼，也算是对大妈的一点报答和慰藉，也能让村人知道，雁过留声、人过留名，在她垂垂老矣、几不能饭的时候，善良的村人、邻家女也记挂着她啊！

是啊，愿我那小小的月饼和这短暂的看望，能为大妈那孤寂的心灵、干涸的心田送去一点点的雨露和一丝丝的温暖！愿大妈好人好报，心情舒畅起来！身体健康起来！

直到晚上，我的心情都久久不能平静，站在窗前，俯瞰万家灯火，仰望圆月，感慨万千！蓦地，楼上飘来王菲所唱的《水调歌头》，哀婉低回，如泣如诉，我不由得跟着哼唱起来：

> 明月几时有，把酒问青天。
> 不知天上宫阙，今夕是何年？
> 我欲乘风归去，又恐琼楼玉宇，
> 高处不胜寒。
> 起舞弄清影，何似在人间！
> 转朱阁，低绮户，照无眠。

浅笑低吟的风铃

> 不应有恨,何事长向别时圆?
> 人有悲欢离合,月有阴晴圆缺,
> 此事古难全。
> 但愿人长久,千里共婵娟!

在心里,我要把我浓浓的情意、深深的祝福送给爱我和我爱的人们!愿你们情暖中秋、月圆人圆!都能被岁月温柔以待!

征文集锦

家长里短话党恩

西安的天气真怪，前两天酷暑当道闷热难耐，这两天的大雨又一下子似回深秋寒凉袭人。站在窗前，看着被雨水清洗一新的树木花草，听着滴答滴答的雨声，我构思着新时代文学社的"党在我心中"的主题征文，一时没有头绪，索性准备出去走走。

去哪里呢？门口是游8（610）路的起点站，何不利用一下这便捷的条件，坐上它去往它的终点来个半日游？也许途中的所见所闻还会触发我的写作灵感呢！

因为刚过端午节，又下了两天的大雨，街上人不多，车上人就更少了，连着几个站点都没有上人。我坐在最前面，司机问我去哪里，我说我是下雨天没事闲逛哩，终点站那儿有什么好玩的吗？我怎么看站名像个偏远的农村呢？司机师傅说，终点站向北走二三里路就是浐灞湿地公园，好得很。

接着我们就闲聊了起来，因为年龄相近，我们聊的话题也比较多，司机说，现在国家确实强大了，社会确实好了，人们的生活质量确实提高了。想起他小时候，家中兄弟姐妹多，经常吃不饱饭，还吃过麸子做的馍，喝过麸子熬的粥呢。

那时候，他家里有两个面瓮，一个装黑面，一个装白面，能吃上黑白面两搅的馒头就是稀罕，更不用说逛会跟集吃个油饼油糕了，那能让他想起来就不由得舔舔嘴唇、咽咽口水，美上多半年呢！那时候也不常有新衣服穿，衣服总是穿烂了才舍得买新的。不像现在的小孩子，吃得好穿得好，

浅笑低吟的风铃

甚至于大鱼大肉摆在面前都不吃，说减肥哩，把好好的裤子硬是磨烂或剪开，硬说是时尚哩！

那时候，谁家要是有个收音机就很了不起，更别说电视机呢。想当年，日本电视剧《血疑》引起了当时青少年对影星山口百惠的热恋和对美好爱情的向往，香港电视剧《霍元甲》引起了万人空巷的聚集观看，点燃了全国人民的爱国热情，其主题歌《万里长城永不倒》更是经久传唱。而如今，家里的电视是高清数字电视，与Wi-Fi连接，直播、回看、片库应有尽有，想看哪个看哪个，想看什么看什么。就这，也没啥稀奇的，因为，现在人们人手一部智能手机，微信微博QQ连通各种朋友圈，及时传播着国际国内的各种大事小情，真的做到了足不出户却广知天下事。

现在的年轻人，哪个不是每天在过年？现在的老年人啊，哪个不是在享福？现在的中年人啊，生活压力确实是大，但只要认清自己，摆正位置，调整好心态，不过分追求，常怀感恩，知足常乐，勤劳肯干，基本生活是没有任何问题的，思想活泛勇于创业创新的，大多数都是能致富奔小康的。说实话，这一切都要感恩祖国，感谢共产党的英明领导呀！

说到共产党的英明领导，这首先是它的为人民服务、实事求是的宗旨决定的。众所周知，2020年年初暴发的新冠疫情，肆虐全球，至今还在欧美、东南亚一带横行。但中国在共产党的正确决策和全国人民的配合下，疫情得到了有效的扼制，直到现在，已经形成了特别有效的一套机制和管控措施，全国不管是哪儿，只要有一例疫情病例的报告，所在辖区立马行动起来，追查病例行踪及密接人员，全员核酸检测，并发出通知，相关人员主动向社区报告，自行在家隔离十四天。目前，全国人民的出行自由、祥和生活真的要得益于共产党的领导。

人民的利益大于一切，人民的生命重于泰山。疫情暴发后，国家组织科研人员，夜以继日，追本溯源，全力以赴，研制疫苗。如今，新冠疫苗已经问世，安全有效，正在给全国人民免费接种。这段时间，你在全国各地的社区医院都能看到排队接种的群众，大家幸福康乐，交口称赞，都由衷地感谢共产党的领导，发自内心地为自己是一个中国人而高兴自豪。这不,昨天还看到了一个新闻,台湾一些民众也想来大陆接种新冠疫苗呢!

司机师傅特别的健谈,侃侃而谈,热爱祖国,热爱生活,动情感谢共产党。他的热情也深深地影响了我。我也和他聊起了我小时候的生活经历,我也要感谢生在新中国长在红旗下的幸运呢!

小时候,和大多数同龄人一样,我生活在农村。我比司机师傅小个六七岁吧,幸运的是,我还没有太经历缺吃少穿的生活,不过最让我忧虑的是住所问题。那时候,农村人基本住的是土房子,睡的是土炕,条件稍好的人家房子墙的下面才砌几层砖,就这样简陋的条件,房间还不够多。在我的印象中,一家七口人,也就三个炕吧,我从小到大都是跟我婆睡在一起,拥挤却温暖。土房子有一个大缺点就是老鼠会打洞,钻进房子偷吃粮食。所以,我记得,我婆有一个提货笼子,高高地挂在顶棚下,一是好东西珍藏着慢慢用,二是为了防止老鼠偷吃或咬烂。

记得上大一的时候,国庆节放假,我兴高采烈地带了几个城里的同学回家来玩。晚上,我们睡在我妈的房间里,房子整洁干净,铺盖很是柔软平整,我们很高兴。不过,睡到半夜的时候,顶棚上的老鼠追逐咬仗,不时还发出吱吱的叫声,几个同学吓坏了。我一边安抚她们这没什么,我对之已习以为常,一边心里很自责自卑,心想,我什么时候才能在城里有一个属于我的老鼠不会钻进去的大房子呢?

是党的重视教育的政策,让我上了大学,之后在县城工作结婚,有了自己独立的小窝,还是两室一厅呢。在县城生活了十年后,我应聘到了咸阳,那时房子还不贵,我们很快就有了自己一百二十平方米的三室一厅商品房,还铺上了木地板,买了大背投电视,当时扎势得很呢!原想着在咸阳就一直生活下去了,没想到女儿的入职又把我们带到了西安。2017年,女儿大学毕业,只复习了五十天,凭着她的见多识广、自信阳光,一举考上了省城西安市的公务员,上班的地方就在钟楼旁边的区委大院,这是多么幸运呀!我在想,要是没有共产党的重拳整治反腐倡廉工作的推进,没有打虎拍蝇刮骨疗毒的气度,没有照镜子正衣冠洗洗澡治治病的总要求,

浅笑低吟的风铃

我一介普通百姓的孩子，怎能进入如此高的平台？我发自内心地感谢共产党，赞扬考公的公平性！

如今，女儿工作热情很高，工作忙碌充实，每次周末来西安小住的时候，我早饭后收拾家务打扫卫生，中午饭后小睡或听歌追剧，傍晚夫妇并肩出门，在南湖畔信步兜风，看曲江池夜景如在天上人间，游不夜城街道恍若梦回大唐。小区里也是红花绿草、曲径通幽，更有泉水叮咚、欢声笑语。坐在宽敞的家里，我和老公常常感叹，这一切似是在梦里！真如老公朋友开玩笑所说的那样，要真心感谢两个人，一个是老婆为你生了个好女儿，另一个是习近平主席的反腐倡廉政策！

不知不觉，就到了终点站，我与司机师傅挥手告别，感谢他下雨天的"专车"。我来到了浐灞湿地公园，撑着伞站在灞河大桥上举目四望，河面宽阔平静，雨雾蒙蒙，周围绿植如水洗过般清新可人，远处高楼林立，现代大气，近处有钓者几人，悠闲自得。有几个环卫工人还在值班，我与之闲聊，环卫工人自豪地说，十几年前这里还是荒草滩烂河沟，如今你看多漂亮，成风景区了呢，对面就是世博园。今儿下雨人少，平常人挺多的，在大桥上拍婚纱照的可多呢，特别是晚上，好多网红在此拍抖音，周围市民来此休闲散步遛娃的多得很呢！是啊，我家乡的渭河河堤路和咸阳湖也很漂亮，比这里还美，他们笑曰，现在，党的改革开放政策使得国家强大了，人民富裕了，祖国大地处处是风景，处处是公园啊！

在灞河湿地公园雨中观景结束后，我原路返回，在一家饺子馆里吃饭歇脚。因为已过午饭时间，店里没人，服务员是一个五十多岁但一点也不土气的妇女，我俩也聊了一会儿。我问她是哪里人，她说是渭南的，我问她正是大忙天，咋没回家收麦呢？她说，现在农村收麦快得很，五六天就收完了，收割机往地里一开，麦秆直接打碎留在地里又是有机肥料，麦粒直接弄净只等晾晒，晾晒完后给面粉厂一卖就又出来打工了。我诧异，收的麦子不在自家存放吃时磨面吗？她说，农村现在大多数都把麦晒干后卖给专门收麦的人或面粉厂，吃时光买面粉呢。现在的农活已不是过去那样的粗笨，现在的农民已不是过去那样的粗糙，在外打工，买房买车，也洋火着呢！如今社会好了，国家的政策也好得很，要感恩祖国感谢党呢！

下午回到家的时候，雨还在淅淅沥沥地下着，我闭目细想，构思征文稿的结构。半日出游看景听雨，我有点累；与人家长里短聊天，我挺高兴的。心境的转变使得此时的雨声就像是舒缓的音乐。我没有高远深奥的理论，我没有洋洋洒洒的长文，我没有大气磅礴的诗篇，但我把今天的所见所闻、家长里短记录下来，不就是对党的感恩，不就是对党真实的真诚的表达吗？灵感来袭，草就此文，感谢伟大的祖国，感谢伟大的党！

浅笑低吟的风铃

双脚踏上幸福路

　　周日，吃完午饭，闲坐在家，略感无趣。老公说，咱们出去转转，我带你喝茶，我说好啊好啊。于是，我们驱车走上了河堤路，来到了宏兴码头，坐在了小池旁，要了一壶茶，点了几碟干果，嗑着瓜子，呷着茶水，悠闲地放松下来。

　　天气晴好，碧空如洗，白云悠悠，视野高远。远处，秦岭轮廓清晰，黛色厚重，绵延起伏；河堤路花树夹道，平坦开阔，车辆飞驰。近处，码头里商户忙碌，游人往来，儿童嬉戏。我们偏坐池角，看鱼儿戏水，听蛙声阵阵，在微风吹拂中，我和老公都刷着朋友圈，看着美文，好生惬意！

　　突然，我看到公众号新时代文学的美丽中国征文启事，很感兴趣，接着又读了平台推送的几篇征文，我很有共鸣，心潮澎湃，也很想写点什么来抒发一下我心中的美丽中国。

　　这几年，"世界那么大，我想去看看"这句话妇孺皆知，十分流行。现如今，道路通畅，交通发达，飞机高铁汽车邮轮，海陆空全覆盖，人民富裕，生活康泰，城市建设现代化，高楼林立，商场、综合体里，商品琳琅满目，应有尽有，一站式服务，吃喝玩一条龙。农村城镇新型化，特色小镇里小桥流水人家，是休闲聊天聚会的好去处啊！所以，不管是在长假，还是在周末，人们可以随时来一场说走就走、或长或短的旅行。可这一切，在过去、在我小时候是完全不可想象的！

　　我想起了我的爷爷奶奶，他们生活在1920年到1990年，一辈子生活在农村，耕读传家，勤勤恳恳、本本分分。受时代的大环境所限，青壮年时，他们只能日出而作日落而息，勤劳地耕耘着他们热爱的土地，侍候着他们喜欢的鸡猪牛羊，养育着他们相亲相爱的一大家子。吃的是粗茶淡饭，住的是土墙土院，穿的是粗布衣服，用的是简陋物件，出门靠走或自行车。吃饱穿暖是他们最基本的追求，至于走出去看看外面，怕是想都没有想过。据我所知，奶奶一辈子去得最远的地方是咸阳，爷爷去得最远的地方是省城西安。晚年时，时代变了，社会好了，家庭也富裕了，他们却老得走不动了。现在想想，真为他们及他们那一代人遗憾！

我又想起了我的爸爸妈妈，他们是1940年左右生人，年轻时，也是吃过很多苦头的。不过，在他们壮年时，国家实行了家庭联产承包责任制，土地分包到户，他们凭借自己的勤劳吃饱了穿暖了，有一点小钱了，闲暇时，也经常跟集上县城，扯布做新衣，下馆子改善生活，也有机会走出去旅游了。我记得20世纪80年代的时候，爸爸他们学校出游，就带妈妈上过华山看秀丽风光，一览众山小，还逛过寒窑缅怀过王宝钏薛平贵的凄美爱情！这让周围的村民羡慕了好久呢！最近这十几年来，他们年老了，住到城里了，有时间了，交往多了，也想通了。似乎是要拽住时间的衣袖，弥补无质量的过去，圆满自己的人生，他们和一帮子老汉老婆几次参加夕阳红，去过国内的一些地方，包括宝岛台湾，甚至去年还走出国门，去了越南、老挝和泰国。一帮子老人相互做伴、相互照应，乐意融融，似乎忘了年龄，大有向天再借五百年的气势！我真为他们及他们这一代人欣慰！

我也想起了生于1970年左右的我们。我们是幸运的，在我们上学时，高考制度早已恢复，在千军万马过独木桥的高考中，我们幸运地跳过龙门，鲤鱼翻了身。多年的工作、打拼和经营，吃过苦头，有过辛酸，有过失意彷徨孤立无助，也有柳暗花明豁然开朗，不过，过去了都是好光景。如今，像大多数我们这个年龄段的大叔大妈一样，我们也有了幸福的生活。平时工作忙，但周末或假期，来一场说走就走的旅行，那就是区区一件小事啦！

记得我小时候，成天羡慕城里有亲戚的同学，爱听他们走亲戚回来时所讲到的城里的所见所闻、奇闻趣事，多么盼望有机会能到城里逛一逛住

浅笑低吟的风铃

一住啊！上中学时，我对文科很感兴趣，爱学语文历史地理，对于地理书上提到的那些城市、那些有代表性的地方特别感兴趣，多么向往长大后能到那些地方去走一走看一看啊！如今，我们赶上了好时代，过上了好日子，儿时的那些梦想大多已经实现了！我真的为我们及我们这一代人自豪！

2000年以后，我走过很多地方，见了很多的世面。我去过海南的天涯海角，吹着海风，让海浪亲吻着我的脚丫，与大海对话了！去过青海的大美青海湖，捧着湖水，让鸟儿在我的头上飞舞，与戈壁握手了！去过内蒙古的锡林郭勒，拿着鞭儿骑着马儿赶着羊，与草原拥抱了！我还去过香港和澳门，在香港的金紫荆广场和维多利亚港，在澳门的妈祖庙和渔人码头，都留有我甜甜的微笑、浅浅的足迹、深深的回忆，我与我向往的国际大都市相遇啦！

多年来，听着巴哈尔古丽演唱的歌曲《我们新疆好地方》，就禁不住对新疆充满了好奇与向往。去年暑假，我们坐飞机到了乌鲁木齐，租车自驾游了传说中的独库公路，特别是伊犁地区，真是太美太震撼了！美丽的独库公路，步移景变，有荒漠，有戈壁，有雪山，有森林，有流水，有草原，有牛羊，有马群，有飞鸟，有蝴蝶！特别是那拉提草原，人称空中草原，水草丰美，地肥人美，沃野千里，牛年成群，还有美丽的传说故事，让人想起遥远的历史、神秘的古国、勇猛的部落、美丽的公主……还有壮美的赛里木湖，远处山峦连绵，近处草地茵茵，公路伸展，环抱着宁静的湖泊，湖水湛蓝，清澈见底，平静如镜，空阔辽远，自然静谧，让人忘却了城市的喧嚣、职场的压力、生活的不易，开始思考敬畏自然，和谐生活，知足常乐，与人为善……

真如人们所说的，不到新疆，不知中国之大！不到伊犁，不知新疆之美！实地一走，方知此言不虚。新疆真大呀！新疆真美啊！我由衷地赞叹，祖国，我爱你啊！

今年假期，沾女儿的光，我又怀揣梦想，背起行囊，飞向欧洲，在十多天里，走过了欧洲的八个国家：意大利、梵蒂冈、德国、奥地利、瑞士、列支敦士登、荷兰、芬兰，看了罗马的斗兽场，荷兰的郁金香，巴黎的埃菲尔铁塔，佛罗伦萨的圣母百花大教堂，还参观了法国的卢浮宫和凡尔赛宫，逛了巴黎的老佛爷百货，荷兰阿姆斯特丹的老街。总体的感觉是很不错的，自然风光秀丽，天蓝云白，花红草绿，地广人稀，路宽车少。建筑宏大，雕刻精美，人文底蕴甚是深厚。但是，还是吃不惯西餐，也不习惯他们街道的冷清，更不习惯他们城市设施的老旧！在回国的飞机上，一行人慨叹，传说中的国外咱们也见识了，外国的月亮不一定比咱圆啊！咱们国内比他们好啊！回去后，咱们要撸起袖子加油干，取长补短，过好咱们自己的日子！未来再逛美国、澳洲、加拿大！

在喝茶休闲的过程中，我闹中取静，有感而发，一气呵成写下了以上文字。拿与老公一看，他竖起大拇指，幽默地说：送你一百个赞！写得挺流畅的，真情实感，朴实无华，你说出了我的感受。老婆，你辛苦了，来，咱干一杯水！哈哈哈……

天黑下来时，我们驱车回家，音响里传来《我爱你，中国》这首歌，很是应景，我们不由得跟着唱了起来——

> 我爱你中国
>
> 我爱你中国
>
> 我爱你春天蓬勃的秧苗
>
> 我爱你秋日金黄的硕果
>
> 我爱你青松气质
>
> 我爱你红梅品格
>
> 我爱你家乡的甜蔗
>
> 好像乳汁滋润着我的心窝
>
> 我爱你中国
>
> 我要把最美的歌儿献给你
>
> 我的母亲，我的祖国
>
> 我爱你中国
>
> 我爱你中国

浅笑低吟的风铃

> 我爱你碧波滚滚的南海
> 我爱你白雪飘飘的北国
> 我爱你森林无边
> 我爱你群山巍峨
> 我爱你淙淙的小河
> 荡着清波从我的梦中流过
> 我爱你中国
> 我要把美好的青春献给你
> 我的母亲,我的祖国

征文集锦

童年看电影二三事

　　春日午后，几只鸟儿在室外的树枝上叽叽喳喳地鸣叫着飞来飞去，和煦的阳光投射进客厅，斑驳的树影婆娑着摇来晃去，电视里CCTV-6电影频道的广告正在与人套着近乎。收拾完家务的我，半卧在沙发上，随意地翻着朋友圈。忽然，一则信息映入我的眼帘，定睛一看，是我所关注的公众号新时代文学社又要征稿了，这次的征文主题是童年旧事，我觉得我有话要说，有故事要讲。

　　说起童年，眼前立马浮现出一幅幅画面：田野里，采野花追蝴蝶割青草挖野菜；小河边，用竹篮子打水，用小石子打水漂；家门前，伙伴们踢毽子跳方格；家里面，姐弟仨一起吃好东西听收音机；学校里，懵懵懂懂读书摇头晃脑背书……特别让我难忘的是小时候看电影的几件事，至今仍时常在脑海里回旋。

　　20世纪70年代末80年代初的时候，全国已经实行了家庭联产承包责任制，人们刚刚能解决温饱问题，但是社会还很是传统落后，精神文化活动很少。最常见的文娱活动就是，一些村过古会时，会请县区或省秦腔剧团唱几天大戏。每每这时，四里八乡的人都会专门抽出时间扶老携幼前去逛会看戏，好不热闹！再有一种情况是每当有人去世的时候，子女们为了表达对已故亲人的哀思，也为了自己的虚荣体面，大都会掏钱请电影队在亲人下葬的先一天晚上放一场电影。

　　这种情况不常有，每当附近村子要演电影时，茶余饭后，消息很快就

浅笑低吟的风铃

不胫而走,村里的大孩子们相约着要去看电影。我们这些小孩子们竖起耳朵,早在他们聊天时得知情况,于是我们就央求父母开恩放行,父母往往经不住我们的死缠硬磨,手一挥说去吧去吧!

那时候,民风相对淳朴,社会治安还好,几乎没听说过有人拐卖孩子,所以,在父母叮咛过搭伙去的大孩子之后,小小的我们就蹦蹦跶跶地出发了,于是就有了我下面的两次看电影的经历。

一次是去固显村看电影。我清楚地记得电影名字是《神秘的大佛》,大概内容是一蒙面坏人想盗窃珍贵佛像的故事,为了达到目的,蒙面人几次在月黑风高之时,借助夜色的掩护,趁着人们熟睡,出来踩点活动。黑暗中,他那红白黑相间的蒙面布帕或是面具,特别诡异!他那骨碌碌乱转的眼珠子,黑多白少,特别阴森!把我们几个吓得心惊肉跳,不时捂眼。为了减少恐惧,相互壮胆,整个观看过程中我和发小的手都紧紧地握在一起。

电影结束后,人们四散离去,我虽困意上身,但还算机灵,一路小跑着跟着几个大孩子一起往回走。夜是那么黑,星星是那么亮,蛐蛐儿的叫声是那么大,夜风吹得玉米叶子飒飒作响,进村时,一声声的狗吠此起彼伏,让我害怕得很。

很快,伙伴们各回各家,周围更安静了。我婆睡着了,我叫了好几声门,我婆才应声,然后急忙披衣点灯出来给我开门。在等待的那几分钟里,我被黑暗包围着,我感觉那个蒙面人就在我身边张牙舞爪、晃来晃去,我吓得失声大哭,拼命地叫我婆快点开门,在门开的那一瞬,我立刻扑进了我婆怀里!

另一次是去御史村看电影。我和发小还是跟着四五个大孩子们早早赶去,去了才知道当夜确实要演电影,但因另一村也过事,先来后到的原因,要等另一村演完后才能来演。也就是说,要等到十一点以后电影才能开始。我想回去,但几个大孩子说已经来了,就先看看热闹吧。

于是,我们就挤在围观过事人家守陵烧纸钱烧纸衣服的人群里,好奇地看一帮巫女神汉念经祷告,最后实在无聊了就坐在人家麦秸堆旁聊天等候。等着等着我就睡着了，电影什么时候开演，演的什么，什么时候结束，伙伴们叫我了没有，我都不记得了。只记得我醒来时，天已蒙蒙亮，周围没有一个人，我吓哭了，边哭边往回走。在路上，我碰到我村人驮着小猪娃赶店张集去卖；在家门口，邻居二姨已早起洒水打扫庭院。

　　回到家，见了我婆我就继续哭，我婆狠狠地把我爸我妈数落了一番，我爸妈直埋怨那几个大孩子嘴上没毛办事不牢，但更多的是自责，说娃一个人深更半夜的，想想都后怕。为了哄我并给我压惊，我婆让我坐在炕上，给我打了个荷包蛋。看着热气腾腾的美味，我很快就破涕而笑……

　　我还有一次高大上的在电影院看电影的体验。这次经历应该早于上面的两次经历，也就是说，当时我的年岁更小，应该是五六岁的样子吧。那时候，我爸在秦岭工地那儿的冉庄中学教书，有一次，学校组织教职工包场看电影，大家十分兴奋。

　　爱子之心人皆有之。为了让我们见见世面，我爸骑车回家，准备带我和我弟同去。我妈见活动重大，要把我和我弟打扮一下才能见人，她安排我们换上干净衣服，穿上新鞋子。前梁一个，后梁一个，我们坐着自行车，飞一般地出发了。

　　秦岭工地离我家有近三十里路呢，我坐在后座上，时间一长，腿脚发麻，光顾着高兴，啥时候丢了一只鞋都不知道。哈哈，害得我爸不得不给我在县城买了一双"钢底鞋"，就是那时候的一种塑料底的鞋，一走一响的。在大家都穿布鞋的年代，我那双鞋很拉风呢！

　　记得电影院很大，看电影的人很多，电影的名字是《闪闪的红星》，电影的插曲很好听，主人公潘冬子很勇敢，反面人物胡汉三很恶毒。最让我难忘的是当时有一点让我很纳闷，就是胡汉三他为什么要叫个"胡汗衫"呢？还有一句台词，大概是地主阶级欺负农民，让农民们生活在水深火热之中，我当时就一直认为人们泡在水里淹着、置身火中烧着，我想象了一下那种画面后，一度很惊悚很迷惑……

　　时光飞逝，童年过往的好多事，特别是这几次看电影的故事，至今仍历历在目，清晰如昨。我掐指一算，那已是四十年前的事了，童年真是一

浅笑低吟的风铃

场梦啊！我披星戴月去看电影，我坐自行车去看电影时那些令人害怕的经历已经化为难忘的好玩的故事永远地印在了我的脑海里。

　　社会在进步，时代在发展， 几十年来，我们的文娱活动丰富多彩、层出不穷。如今，每当周末闲暇之时，我会走进电影院看场新发行的电影一睹为快，我也会锁定CCTV-6电影频道看看电影评论或电影快讯，我还会拿起手机打开爱奇艺随心所欲地看任何我想看的电影。喝着咖啡，嗑着瓜子，看着电影，回忆着过往，品味着生活，多么惬意的闲暇放松啊！感谢电影！感谢时代！

我的减龄秘籍：与学生同欢笑共成长

又是一年高考日。早上一打开手机，为考生加油鼓劲的话题已经刷爆朋友圈了。作为一名高三教师，受其感染，忍不住发了一条朋友圈，祝愿我带的二十七班、二十八班学生金榜题名，梦想成真！

没想到，点赞评论如潮水般涌来，有同学祝福我学生的，有朋友羡慕我的，有学生感谢我的，点赞和评论让我心潮澎湃！其中的一个往届学生说：老师，你送走了一届又一届学生，你却还是那么年轻！这条评论，让爱年轻爱美丽的我，瞬间很是得意忘形！我立马回复：谢谢爱徒美言，跟你们在一起，我的心永远年轻，是你们帮我减龄啦！

扪心自问，这条回复，丝毫不是矫情做作，而是我的真情实感！是啊，和学生娃们在一起，他们的青春活力，他们的幽默风趣，还有学习钻研的专注执着，深深地影响着我！我与他们一起欢笑着，一起成长着！

我想起了此刻驰骋在考场的这两个班的孩子们，想起了与他们奋战复习的一幕幕。我难掩激动之情，难弃爱怜之心，难抑鼓劲之力，我要回顾记录一下这一年的历程！

今年带的这两个班的孩子是补习生，他们经历过了一次高考洗礼，比应届生懂事、成熟、大方，他们经历了一次高考失利，比应届生懂得学习、沉淀、积累。所以，最初上课时，他们听讲认真，很少调皮捣蛋，虽然沉静，但我能明显感觉到他们的压抑和自卑。于是，我每堂课都给他们讲几条励志谚语或名言警句，让他们朗读背诵，并说出对句意的理解。复习单

浅笑低吟的风铃

词短语句型时，让他们情境融入，体会运用，易学易懂。讲解阅读理解文章时，与时俱进，联系实际，链接热点。特别是在叫学生发言时，我努力捕捉他们的亮点，积极肯定成功所在，诚恳指出不足之处，巧妙用关中方言、网络潮语、搞笑点评，既打破了课堂的沉闷，增强了学生的自信，又获得了学生的喜爱，建立了良好的师生关系！

正如6月2日与学生话别时学生对我说的那样：老师，这一年里，我们最爱上的课就是英语，因为在你的课堂里，我们不仅受到英语知识的熏陶浸染，更有欢声笑语的环绕陪伴！

哇，是不是有点自吹自擂？在这里，我想一改往日低调内敛的风格，高调负责地说，这都是有啥说啥，实话实说！那么，就让我走进记忆之百草园，去捡拾教学过程中的几朵小花，来呈现我不同的画风吧，来揭秘一下我的减龄秘籍吧！

高歌一曲送祝福

教师节那天，我上的是早上一二节课，第一节是二十八班的课，我刚一进教室，学生们似乎是早有准备，全体起立，齐声问候：Happy Teachers' Day！待全体学生坐下后，两个科代表来到讲台前，恭恭敬敬地，一个送了一枝花，一个送了一张贺卡。看到这么浓重的节日氛围，我忽然十分激动，以至于有些手足无措。我开玩笑说：谢谢！咱先不急上课，让我看一下贺卡内容是不是骂我呢，又骂我啥呢？打开贺卡，哇，是表扬我上课好玩有意思，是感谢我的辛苦付出，我窃喜！

但第二节到二十七班上课时，只有齐声问候的礼遇，既没人送花，也没人送贺卡。我有些失望，开玩笑说：你们这班娃呀，平时咱上课互动热烈，关系都不错呢，情商咋这么低呢？都对老师没一点贺卡表示，真是看起来利着呢，吹起来睒着呢，老师要龙颜不悦啦！我拿出那枝花、那张贺卡，用关中话念了起来，边念边开着玩笑，还故做生气状。这时，全班齐喊：老师，李彦要给你唱歌呢！看着全班同学兴奋的样子，我想，不妨让学生释放一下压力，于是，我喊：李彦在哪里？千呼万唤中，李彦上来啦，大方开唱，边唱边不时用眼神、表情与我和同学们交流，唱的是粤语歌，曲调熟悉，歌词听不太清，只记得鼓点最明显，重复了几遍的一句词是：喜欢你！那样真诚！那样认真！唱完之后，他不好意思地说，老师，一曲《偏偏喜欢你》送给你！我英语底子差，但是老师你讲解强调基础，深入浅出，幽默好玩，课堂氛围好，我喜欢！我们喜欢！老师，谢谢你！

我又一次被这种奇特的礼物砸晕！浑身精力充沛，激情开讲，我都被我自己感动了！

书信一封表感谢

记得开学快一个月的时候，二十七班来了一个学生，他虽然坐在教室的最后，但是上课时，他心无旁骛的定力，不时记笔记的习惯，与老师同读语句的做法，在我启发式提问后，总是张口回答，回答问题时看着老师的主动积极，给我留下了深刻的印象！我心想，这个学生如此自律，学习成绩肯定不错的！

晚自习时，他总会把他做题时碰到的疑问拿来与我讨论，还把他写的作文拿来让我批改。我发现他的悟性挺高的，能把课堂上学到的地道表达、高级词汇、提分句型努力运用，个别还用得很是巧妙！我心想，这个学生如此好学，坚持下去，英语上一百三绝对没问题！

为了扩大学生的阅读量，提高他们的自主学习能力，每周我固定一节课，让几名学生轮流讲解完形和阅读。学生们热情挺高的，都很重视这个机会，课前都做了充分准备；翻查词典，扫清阅读障碍；理顺句意，尽力把握文章信息；正确答案，必在文中追根溯源。但是，上台讲解时，个别同学，或因为过分紧张，或因为语言表达能力不强，总是把答案讲得有些模糊、有些啰唆。每每这时，班上几个英语学得好的学生总是热心相助，特别是这个学生，补充得很巧妙！我心想，这个学生将来一定很有出息！

正因为赞赏这个学生很高的综合素质，所以，上课我经常表扬他，鼓

浅笑低吟的风铃

励其他同学以他为榜样，沉静好学，不耻下问，乐于助人！在我的真诚激发下，在这个学生的带动下，二十七班的英语课堂气氛更活跃了，课外阅读的习惯增强了！

快过年时，这个学生给我送来了一份春节贺礼——一封用英语写的信，字迹工整，感情真挚，表达了他对我的栽培之感谢，表达了他对未来的努力之决心。真棒！赵坤！老师永远祝福你！

几段幽默笑声远

时代在发展，现在的学生接受新事物快，网络热点了解得多，网络潮语学得快。也许是娱乐搞笑节目看过得多，他们说话很是幽默风趣，思路往往出其不意，让你听了觉得好玩舒服，不禁捧腹大笑！现在的学生也很大方，下课时、自习时，经常有学生找过来，说要和我聊聊天、谈谈心。碰到这样的情况，我也是很高兴的，我会用心聆听，报以友好的微笑、真诚的沟通。我能感觉到，学生们对我还是能敞开心扉、畅所欲言的。

正因如此，我也改变了师道尊严、正襟危坐的古板教条，经常能够和学生打成一片，学生们也敢与我走得近、开玩笑，给我带来了无数的欢乐！这里，就让我讲几则印象深刻的趣事吧。

一次，下晚自习后，我把书本放回办公室，从致远阁西楼道下来，匆匆行走在环校东路上。冷不丁地，有人拍了一下我的肩膀，我纳闷，回头一看，是二十八班的几个男生。老师，我们正说你呢！说我啥坏话呢？我开玩笑问。老师，陕西地方邪，说曹操，曹操就到！老师，你教得那么好，我们咋能说你坏话呢？我们正夸奖你教得好呢！老师，这么晚回，要不要我们送你一程？你说，如此高情商的学生，叫我怎能不喜欢呢？

还有一次，在讲解一篇阅读理解时，提到了健康指数，我以前似乎见过一个公式，但是记不清楚了。于是我就问学生，一个女生上来写了，但拿不准到底对不对。学生们又喊：老师，赵禹豪招飞考试已经过了，让他写！于是，这个男生就写了公式，并说出了数值区间，我一看，和文章的数值是一致的。我顺便问他的招飞过程，他说：老师，体检确实过了，只要高考英语超过九十五分，成都飞行学院就上定了！老师，你能给我补课吗？我如果考过了，我一定带你飞！这学生多会说话啊！我忙说，这有啥问题呢，你若考上，老师以后坐飞机就找你了！我的话音刚落，就有调皮捣蛋者提醒我：老师，你知道马航是怎么失踪的吗？于是我和全班同学都笑趴下了！情商多高、反应多快的孩子们啊！叫我怎能不喜欢呢？

各种才艺巧释压

众所周知，高三的复习压力很大，为了让学生熟悉高考题型，为了让学生掌握高考考点，为了训练学生的考试感觉，第二学期几乎周周考试，每周只有半日休息。时间一长，枯燥乏味，所以，上课时，学生很疲惫、很萎靡，特别是临近高考的时候，一些同学你讲你的我睡我的，或你讲你的我做我的。在这样的情况下，教师若还挥汗如雨大讲特讲，填鸭式教学满堂灌，就很不合时宜，虽出力，但不讨好，更没效果。那么，该怎样让学生释放压力，该怎样提振学生的学习热情呢？

我的做法是，课堂中，在适当的情境下，随意地点名，让其登上讲台进行才艺表演，形式不限。我鼓励他们，过去那种酒香不怕巷子深的观念已经落后，现今社会，人才济济，竞争激烈，你必须要有拿得出手的让人能记住你的才艺，你才能与众不同、脱颖而出！最起码，站在台前，面对观众，你要克服恐惧心理，敢于开口。那么，上台讲题、上台表演就是最好的锻炼机会了。我开玩笑说，也许你在表演的时候，你的才情，你的灵活，你的好玩，会深深吸引某个异性同学，也许爱情就会悄悄来临呢！学生们害羞地笑，不过，还是接受了我的鼓励。

上台表演时，真是形式各异，有唱英文歌的，有唱韩语歌的，有唱粤语歌的，有讲笑话的，有说陕西话的，有表演街舞的，有打Beatbox鼓点的，有朗诵诗歌的，真是让我大开眼界、耳目一新！更有大胆者，上台模仿我们六位带课老师的经典动作和经典语录，真是让我捧腹不已、难以忘怀！

浅笑低吟的风铃

是谁这么大胆好玩有创意呢？是二十八班的班长陈博文，人小鬼大，一个贪玩但很聪明的学生，他学我和他们班主任太形象了！既有动作，又有语言，细节学得很到位，特别是把我的口头禅学得很像，他边学边环顾整个教室，针对不同学生的表现，他会说："哇，真是个乖娃，能行得很！"或"唉，你看，你个二流子！"还有"嘿，那谁，听讲着没有？""还打闹呢，唉，你个麦客！"他的模仿秀，差点快把我笑趴下了！这帮可爱的孩子们啊！

高考这两天，我在心里一直挂念着这帮孩子，默默地为他们祈祷祝福，挥不去的是这帮孩子可爱的笑脸，调皮的动作，搞笑的话语。想着想着，我就笑了，笑一笑十年少！笑着笑着，我就拿起了笔，写下了这个较长的教学故事，还有故事中的故事！写着写着，我的内心就特别充实、特别丰富，阳光洒满心田！

谢谢你们，点赞的朋友们，是你们的点赞，让我获得了成就感！是你们的评论，让我的写作梦更接近真实！谢谢你们，可爱的学生们，是你们给了我取之不尽、用之不竭的新鲜素材，是你们给了我余音绕梁三日不绝的欢声笑语，是你们给了我欧莱雅、迪奥、香奈儿也达不到的化妆效果！年轻自信！你们，就是我的减龄神器！因为，我一直微笑着，微笑的人最年轻！微笑的人，运气永远不会差！

最后，再次祝福你们金榜题名，梦想成真！也祝愿我自己笑口常开，永远年轻！

携手助力咸阳创文

我是公众号"咸阳日报亲网"的忠实粉丝,每天都关注它,了解我们咸阳的文化风情、历史传说、民间艺术,特别是与我们工作息息相关的最新资讯,与我们生活密不可分的大事小情。所以,当看到创建文明城市的征文启事后,我思绪万千,想积极参与,创建文明咸阳我有话说。

众所周知,历史上,咸阳是一座古老的城市,是秦汉文化的重要发祥地。秦始皇定都咸阳,使这里成为"中国第一帝都"。咸阳也是古丝绸之路的第一站,中国中原地区通往大西北的要冲。咸阳的五陵塬上埋着二十多位帝王,这厚重的历史积淀,我深表钦佩。近几十年来,咸阳人齐心协力,共同创建,获得了很多殊荣:中国甲级对外开放城市、国家级历史文化名城、全国双拥模范城市、国家卫生城市、首届中国魅力城市、中国地热城、全国十佳宜居城市、首批中国优秀旅游城市、全国精神文明创建工作先进市及中华养生文化名城。这些响亮的荣誉,我引以为豪!特别是近年来,咸阳这座古老的城市,与时俱进,城市面貌日新月异,一条条宽阔的马路四通八达,一幢幢高耸的楼房鳞次栉比,一座座热闹的广场彰显活力,一个个爱美的市民光鲜亮丽,特别是咸阳湖的修建,使这座城有了水的灵动和优雅,每天工作生活在这样的城市,我心情飞扬!

但是,在这些美好画面的背后,还飘荡着一些不和谐的音符,我们的城市还存在着这样那样的问题,特别是我们市民的文明意识,还亟待提高!君不见,各公共汽车站,特别是乐育路十字的汽车站,每天每时,过往的

浅笑低吟的风铃

车,可谓是车水马龙,等车的人络绎不绝,这些人等车时,少有排队意识,少有礼让意识,每过来一辆车,人群立马躁动涌动。车刚一停,他们少有先下后上的意识,少有左下右上的意识,只是一味地挤,一味地拥。在这种情况下,碰到某人的头,挤到某人的臀,踩到某人的脚,就在所难免。每每碰到这种情况时,他们少有理解意识,少有道歉意识。所以,你就会看到听到各种反应,有左挤右挤以牙还牙的,有尖叫爆粗口厉声警告的,有吹胡子瞪眼埋怨辩理的,甚或有撸起袖子对骂对掐的。挤进车里后,一些人没有礼让老弱病残孕的意识,甚至有一些青壮年男性,坐在孕妇专用座位上,旁若无人,心安理得。还有一些带娃的人,也对挤在旁边的乘客熟视无睹,置若罔闻,硬是让本来大人可以抱起来共占一个座的小娃一直占着另一个座。真是怀疑这种大人的文化程度,请问,尊老爱幼,给娃教过吗?孔融让梨,给娃教过吗?与人分享,给娃教过吗?仁爱之心,给娃教过吗?还有一些年轻人,在车内大声闲聊,时不时地大笑,更有一些热恋中的情侣,也许是荷尔蒙分泌旺盛,情到深处难以自持,动不动就进行亲昵表演,引得别的乘客哼哼不满,尴尬侧身。

君不见,各十字路口,特别是乐育路十字、渭阳路十字,人流量大,车流量大,出租车司机为了多跑快运,少有安全意识,少有礼让意识,培训他们的"宁停三分、不抢一秒,开车万里好、出事在一秒"的宣传,早已被他们抛诸脑后。为了上座快、赚钱多,他们穿街挤巷,不时超车,不时夹塞,路边有行人或骑车人的时候,他们也不会减慢速度,这样很危险!特别是下雨时,若开得快,会溅起水花打湿行人,这样有很大的安全隐患。一些私家车,为了赶时间,耍车技,速度也不低,红灯时也是见缝插针。也有不少的行人,漠视交规,唯我独尊,我行我素,在车流中翻越护栏,横过马路。诸多问题,使得我们这个慢生活的城市,也有变成堵城的趋势。请问各位司机,驾考培训时教你们的文明驾驶常识,你们还记得吗?请问各位穿越的行人、夹塞的司机,是否读过丰子恺的诗配画《慢生活》?如若没有,今年春晚刘欢唱的歌《从前慢》应有印象吧?各位,为了珍爱生命,活出质量,车马、行人,慢一些吧!多一些理解包容忍让和谐吧!

君不见,有的行人,垃圾随手丢,素质低下;有的行人,随地吐痰,素养全无;有的行人,口香糖随地吐,涵养尽失……总之,我们市民的不文明举止还或多或少地存在。

　　幸运的是,我们咸阳要创建全国文明城市了,这真是一次千载难逢的机会!那么,愿咸阳日报亲网以创建文明城市为契机,广泛宣传文明礼仪,提高市民文明意识、做人素养。愿咸阳日报亲网的这次创建文明城市征文活动成功举行,让更多的市民参与进来,颂扬文明,抵御丑陋,建言献策,从我做起,建文明城市,做文明市民!最后,再祝愿我们的创建文明城市活动圆满成功!愿我们咸阳这座古城,奏响时代的强音,既古朴厚重,又现代文明!愿咸阳的明天更美丽!

杏花疏影里的沉醉与遐思

又到三月,最是一年春好处。这几天,气温持续升高,加快了春天到来的步伐。小区里,咸阳湖边,树绿了,花开了,春风拂面,春意盎然,让人总有一种出去踏青赏花、拥抱自然的冲动。

午饭时,在朋友圈看到了同学的文章《北山漫记》,里面提到了礼泉的山底杏花,说是每年二月底三月初开始开花,这几天开得正艳。我那攒了近一周的冲动一下子就被她的美文所点燃所牵引。走,饭一吃,到礼泉去看杏花走!

于是,拽上老公,两点多我们就自驾出游了,轻车熟路,不到半小时,我们就下了西兰公路,驰骋在去袁家村的旅游大道上。袁家村一带跟我老家店张相邻,也是关中的白菜心,土地平展,沃野百里,人杰地灵。这不,坐在车里,极目远望,麦苗青青,树木发芽,绿意阵阵。摇下车窗,阳光明媚,春风吹拂,心儿欢喜。

不一会儿,我们发现路的两旁停的车慢慢地多了,空气里也飘来甜丝丝的味道。噢,山底村快到了,你快往外看,那一片片的杏林,就像朵朵白云,又像是铺了一地的雪被,如入一片银白的世界。啊,终于到跟前了!一下车,我就醉在了春风里,迫不及待地钻进了杏树林里,淹没在了杏花的海洋里……

数不清的杏花呀,花繁枝娇,朵朵绽放。那一朵朵杏花,就如一个个精灵,张着笑脸,三个一群、五个一伙,编织出了一个个美丽的花环,戴在春姑娘的头上，也迎接着来欣赏的我们。它白白的花瓣上像涂了一层淡淡的胭脂，白里透红，素雅端庄，羞羞答答，腼腆得像即将出嫁的新娘，娇羞的风姿引人入胜。杏花散发出的阵阵清香，引来了无数小蜜蜂，一会儿飞出去，一会儿闪回来，忙得不亦乐乎。一棵棵老杏树枝干遒劲有力，杏花白里透红，一簇簇压满枝头，那天然的纯美焕发出勃勃生机，给春天增添了无限的韵味和风光。

红杏枝头春意闹，出门俱是看花人。春光大好，杏花正盛，看花的人很多，拍抖音的大妈也很多，她们都是事先有"预谋"的，你看她们那大红大绿的衣服，色彩斑斓的丝巾，茶色的墨镜，齐膝的靴子，长长的自拍杆，又说又笑又唱又跳的，一会儿娇羞嗅花，一会儿树后探身，一会儿摘朵花儿戴在头上，一会儿揪些花儿撒下花瓣雨，一会儿坐在树杈上，玩得真嗨呀！

春日游，杏花满枝头，陌上谁家年少，足风流。谁呀？哈哈哈，那就是我呀！受其影响，我也不由得使唤起老公，在杏花疏影中，吹笛到天明。阳光斑驳里，树影婆娑中，蜂舞蝶飞中，鸟语花香里，我也照了好多照片，拍了一段抖音。还别说，今天临时穿搭的橘色毛衣浅蓝色牛仔裤在雪白的杏林中特别耀眼和光亮，显得很时尚很年轻！对，今后就这么捯饬，这身穿搭还得到了一向看不上我穿着的小女儿的点赞呢！对了，她老说我穿衣正统和老气，显得就像个老年大妈，哈哈……

走出杏花林的时候，我们决定在乡间的小路上走一走，随着现代媒体传播的便捷，礼泉山底杏花已是挺有名的了，到山底村看杏花这几天在网上正火呢，所以，车辆众多，游人如织。当地人发现了商机，在路口的一棵大柳树下，这几天也聚集了七八个摊位，有卖自家苹果的，有卖自家梨的，还有卖草莓的。草莓最近正上市呢，我就围上去准备买点尝尝鲜。

果农现在也精明得很，他们把草莓按果子大小分成三种：最大的八十元一盆，中等的六十元，小的四十元。老公要买最好的，我要买最经济的，最后在我"别看这小，但一口一个吃还省事呢"的理由下，我坚持买了小的。老公一脸不高兴，还气哄哄地说，宁吃仙桃一口，不吃烂杏半筐呢，

浅笑低吟的风铃

你是妇人之见！那格局，呵呵……

我们告别杏花林打道回府，频频再回首，杏花烂漫，垂柳依依摇曳，花香鸟语，别有一番韵味在田间。我要把这美好永远定格在脑海，心中冒出这句诗："有花堪折直须折，莫待无花空折枝。"是啊，听说过几天要降温呢，想想这几日云蒸霞蔚的惹人杏花也得经历风吹雨打，甚至倒春寒的袭击，过段时间也得凋零枯萎，花瓣飘落，不由得很心疼、很可惜，忽然理解了林黛玉的《葬花吟》……

人的一生也是这样子的，就像最近豆瓣评分很高的电视剧《人世间》里的周家兄妹及其相关朋友的人生那样，没有谁的一生一直都是高光万丈、完美无缺的，人人的生活里都有缺憾，有高潮有低谷。并且，随着年岁的增长，你会慢慢活得通透起来，会深深地觉得人的一生也是非常短暂的，真的就是大千世界历史长河中的一个匆匆过客而已。

花无百日红，人无再少年。大江东去，浪淘尽，千古风流人物；古今多少事，都付笑谈中。如今，社会这么好，国家富强了，生活富裕了，那么真的应该活好当下，人生得意须尽欢，莫使金樽空对月。这么想来，老实说，此时的我心里还真的有些后悔了，刚才我应该买那盆大草莓的，我本可以不用生活得那么粗糙和节俭，应该学着精致，多追求一下物品质量和生活品质，必要时也可"装腔作势"一下，也可"得意忘形"一下，也可"夸张奔放"一下，不用那么小心和拘谨，让自己后半生的生活道路上也铺满鲜花、多些掌声，而不总是零落成泥还护花！你说呢？

人间最美三四月，不负春光不负卿。愿所有花开，不负归期。愿你我的人生，平凡富足精彩！愿我们的生活，永远灿烂！

征文集锦

愿老妈得欢欣

最近，家里的琐碎事，工作的杂事，缠得我已有几周没回娘家看老爸老妈了，我内心很不安。上周四晚他们从四川旅游回来，到现在我都还没打电话问候一下，我心里很自责，毕竟他们已是七十多岁的老人了，况且这次还是出远门。他们还好吗？

今日得空，决定中午回去转转。一路上，秋高气爽，云淡风轻，我开着车子，听着音乐，心里盘算：午饭，把老妈做的美味煎饼菜合一吃；午后，美美地睡上一觉；下午，再出去逛个街，淘几件漂亮衣服；傍晚，兜上几张煎饼，提一袋子老妈种的绿色蔬菜，赶天黑回来；晚上，把我正在追的电视剧看完。这个周末是不是就完美了呢？

心里想得美，嘴上哼起歌，不一会儿就到娘家了，我提着东西上楼敲门，是老妈开的门。和平常一样的是，她依然笑着迎我进门，嘴上唠叨着说又乱花钱买东西。但与往常不一样的是，她没有伸手接我的东西，脸上有一丝忧郁闪过，我感觉有一点异样。

走进客厅，我发现客厅有些凌乱：地板上有几处水渍，茶几上有几粒饭渣，沙发上有几本散放的书籍。走进卧室，床上的被子没有叠，在床上乱堆着，走进卫生间，地上有更多处水渍，洗衣盆里还放了一堆脏衣服。这就让我觉得更加异样，以前家里总是干干净净整整齐齐，今儿这散散乱乱零零碎碎的样子，不是我妈的风格。我就问：妈，你啥都好着没？怎么被子都没叠？我妈叹口气说：再甭提了……

浅笑低吟的风铃

　　原来，上周五的时候，老爸老妈在几位老友的邀请下，想体验一下坐高铁，就跟旅行团去成都重庆旅游去了。对于七十多岁高龄的老人来说，旅途肯定劳顿，但走走停停，一切还算顺利。没想到，在回来的先一天，在下峨眉山的时候，那些抬滑竿的人看到老人，为了招揽生意，不停地把老人跟前跟后，絮絮叨叨、叽叽喳喳，极力叫人坐轿；而老妈呢，一来觉得自己走慢点还能行，二来不想花那个大价钱，所以她一边摇手一边快走，极力躲避，就在这过程中，不知怎的，一脚踩下两个台阶，重心失衡，一下子摔倒了。周围人见状，赶紧搀扶起老妈，关切地问感觉怎么样，人好着没，伤到哪儿了。老妈站起来觉得腿脚好着呢，只觉得牙齿把嘴唇垫疼了，另外右胳膊有点疼，拉起袖子察看，有几处大的擦伤，但胳膊还能活动，她就固执地认为没有骨折，只是肌肉拉伤，没必要去医院拍片子。

　　同行的人叫来了老爸和导游。老爸要与抬滑竿的理论，但老妈不让，说算了吧，下苦人不容易，他们是影响到她了，但人家又没掀你推你，咱自认倒霉吧。导游要带老妈去医院看医生拍片子，老妈说，不去了，不能因为她个人而影响一车人的行程。晚上，在酒店旁的药店里，老爸带着老妈，买了云南白药喷雾剂和治跌打损伤的活血止痛散，仅花了六十多元。散团时，老妈毫不犹豫地在责任免除书上给导游签了字，就这样轻描淡写地给这个小意外画上了句号。全团人都赞扬二老与人为善、深明大义、高风亮节。

　　听了老妈的述说，我赶紧察看伤情。我看见，她的整个右胳膊上青一块紫一块的，看来真的摔得不轻。我埋怨她说：老妈呀，你咋这么好说话的呢？导游带你去看病是她的分内事呀，花钱拍片买药有保险的赔付呀！老妈说：算了，导游女子对咱也不错，旅游时跑前跑后的，管吃管住的，咱抹不下那个脸，咱也不能讹人呀！

　　多么朴实善良的话语呀，多么善解人意的举动呀，多么谦和省事的为人呀！这与社会上那些恶意碰瓷的人，那些诬陷扶人者的人，那些得理不饶人、没理搅三分的人有多么强烈的对比呀！老妈的这番话让我很受触动。

　　我想起了那年用那脱粒机打麦子时妈妈的意外受伤。因为她本人怕耽搁活路不去大医院就诊手术，只在小诊所简单包扎处理，致使她的右手无名指第二个关节以上没法伸直，只能蜷曲地竖着，干活很受影响。夏天的时候，手里出汗，老妈的手指头经常被汗水浸得发痒难受，就这，老妈依然坚强，只要她能干的，她从不叫苦不叫累，绝不拖累儿女。相反地，只要我们回家，她总是要亲手给我们炒菜做饭，特别是烙菜合摊煎饼。久而久之，我们也习以为常。

巧娘养拙女。说起来，我真是自责和愧疚，老爸老妈七十五六的人了，在他们面前，我还是像个长不大的娃一样，没心没肺、没头没脑，不操啥心。我几周才回去一回，说真的，就是回去，实际上，不是我娃想吃她外婆的煎饼了，就是我既想吃煎饼又想逛街买衣服了。每次都还有些懒散，到家的时候，那热乎乎的煎饼菜合和香喷喷的蒜水汁子，飘着香气，已经在桌上等着我们啦！更不像话的是，吃完饭后，我们又玩起手机，嘴上说着妈你放下我收拾，但是手就是黏在手机上，屁股就是吸在沙发上，半点没停、半步没挪，最后，还是老妈默默地打扫了战场，默默地冲洗了碗筷碟子，悄悄地闭目养神休息会儿，静静地坐在我们旁边看会儿电视，还总是笑眯眯的。

微信上说了，你的岁月静好，只是因为有人在你背后为你负重前行。微信上还说了，妈在家就在，你养我小我养你老。望着老妈疲惫浮肿的脸庞，看着老妈行动不便的胳膊，听着老爸让人揪心的咳嗽，看着老爸不再利索的行动，想起与他沟通困难的听力，我真真切切地感觉到他们老了，是那种步履蹒跚的老了，老态龙钟的老了。我的心就会很刺痛，我觉得自己太不像话了，已近半百的自己还在啃老，怎么能这样？

于是，我叮咛老妈：妈呀，伤筋动骨一百天，虽是肌肉拉伤，虽已稍有好转，但不能犯以前手受伤时的错误了，要爱惜自己，要按时用药，尽量不要做饭。沙发乱了地板脏了衣服脏了，千万不要自己动手洗，放那儿我周末来了给你收拾清洗，你记下了没？

心动不如行动。在简单地吃过饭之后，我开启了疯狂模式，首先蹲在卫生间，亲手洗了那堆衣服并用洗衣机甩干挂出去晾晒，然后归整沙发茶

浅笑低吟的风铃

几,抹桌拖地,还用洁厕净刷洗了厕所,最后,在我妈的指导下发面揉面,切菜调馅,蒸了两锅包子。

从两点到六点,整整四个多小时,累得我腰都有点直不起来了。老妈看着收拾好的一切,挺高兴的,幽默地说,这还是第一次享受女儿洗衣、拖地、蒸馍、做饭的套餐服务呢!我也不好意思地笑了,夸下海口,说这几个月每个周末我都来给你刷洗收拾,您就当段时间女皇吧!

天快黑的时候,我兜着热乎乎的包子,提着水嫩嫩的绿叶菜,开车回家。在路上,我思绪万千,今儿虽然累了一天,煎饼没吃上,觉没睡成,街没逛成,衣服也没买成,但这辈子第一次能为老妈做这么多,我也是快乐的。我突然想起了程琳唱的《妈妈的吻》,于是连接蓝牙,用手机搜索并播放,跟唱起来:

>在那遥远的小山村　小呀小山村
>我那亲爱的妈妈　已白发鬓鬓
>过去的时光难忘怀　难忘怀
>妈妈曾给我多少吻　多少吻
>吻干我脸上的泪花
>温暖我那幼小的心
>妈妈的吻　甜蜜的吻
>叫我思念到如今
>遥望家乡的小山村　小呀小山村
>我那可爱的小燕子　可回了家门
>女儿有个小小心愿　小小心愿
>再还妈妈一个吻　一个吻
>吻干她那思儿的泪珠
>安抚她那孤独的心
>女儿的吻　纯洁的吻
>愿妈妈得欢欣

这首歌还真能表达我此刻的心境呢，哼着哼着，不觉已泪湿眼眶。我又想起了朱自清的散文名篇《背影》。我清楚地记得少时学这篇文章时，老师在讲台上饱含深情地讲解分析，而我和同学却捂着嘴趴在桌下偷笑文中胖子父亲身子向上缩、用力爬上月台替儿子买橘子的情形，笑他的迂，笑他的抠，笑他说话不漂亮。如今，四十不惑五十知命，每读此文、每听此文，我总是泪流满面。真是少年不识愁滋味，爱上层楼，为赋新词强说愁。如今识得愁滋味，欲说还休，却道天凉好个秋！

岁月教会我们很多东西。不养儿不知父母恩。老妈呀，年轻时，你为了养家糊口、赡养老人、供养子女，受尽了累，吃尽了苦，是你养我们小。如今，在你们迟暮之时，科技发达、国泰民安、家庭富裕，你和老爸应看透悟通人生，乐享清福，安度晚年，我们来养你们老。你和老爸善良无欺乐于助人的品格，会不断熏陶你们的儿女孙辈，会继续温暖你们的亲朋邻里甚至陌生人。我们相信好人有好报！衷心祝愿你们身体健康！天天得欢欣！

浅笑低吟的风铃

最是情浓味真家常饭

上个星期,我过了一个难得的七天长假,和家人在外面又吃大锅台,又吃羊肉泡。虽然美味,但吃多了,人就感觉很腻味,物极必反嘛!长假后的三天,我又忙于监考阅卷,时间紧、任务重,好几天中午吃饭都在凑合,很对不起自己,更对不起自己的胃!这几天,它有点闹情绪,咕噜咕噜响,似乎在对我说,我多么想吃几顿家常的饭菜啊!

这不,前天得空,我蒸了红薯叶子的菜疙瘩,熬了加有花生米和枸杞的大颗玉米糁稀饭。然后捣些大蒜,撒些芝麻和辣椒面,用煎油一泼,和菜疙瘩一拌,香味扑鼻而来!稀饭就菜疙瘩,那可真是我的最爱。这样的吃法,不但美味爽口,而且饱含我儿时的美好回忆,也是我们关中人的最爱。

小时候,在我们村里,家家都种红薯。在霜降前,我婆我妈经常采摘些红薯叶给我们蒸菜疙瘩吃,那时候的冬天特别寒冷,在十月下旬,村里人就得穿棉衣了。每次中午放学回来,吃上我婆我妈给我们熬的有红薯的玉米糁,再就着油香油香的红薯叶菜疙瘩,既美味又暖身,那种美好至今挥之不去,常引得我梦中怀念!

后来,我上了大学,每年暑假回来,妈妈早就泡好了豆芽菜,然后和面水,蒸面皮,熬加有黄豆的大颗玉米糁。糁子放凉,就着凉皮吃,那个酸爽,解暑解饥,特别是黄豆芽,颜色金黄,油香脆嫩,真是过瘾!那里面融满了妈妈对我们的爱。

前天,我真是过了瘾了,因为已经有好多年没采过红薯叶了,更没有吃过红薯叶子的菜疙瘩了。感谢老公，田园归来，有心采叶，取悦老婆，香甜家人！

昨天，下午无课，我赶紧挤出时间，准备收拾一下家里卫生，家里已有一周未打扫了，桌上地上一层灰尘，我实在忍无可忍了。

唉，想我在我妈那里，金枝玉叶的，很少干家务。现在，为人妇为人母，家里我得操持，家务得我做，谁让我治家无方，太过宠爱老公和孩子！我的家里，夸张地说，扫帚倒了，都得我扶起来，我不捡，太可怕了，那扫帚能在原地躺一年！

我无所指望，自己干吧！拖地擦桌、收拾杂物，累得我腰都直不起了。怎奈，还有一个晚自习等着我呢。起早贪黑，风雨兼程，自己的事情自己干，从未麻烦过别人，更不会给家人添乱。我都被我自己感动！

我有时虽会埋怨老公的懒惰，不知道体谅我，但一想到他的打拼，有苦有甜，有失有得，应酬颇烦，心不得闲，我就心生怜爱，想着要多多体谅他。

下晚自习回来，走到楼下，我就向楼上张望，看到家里的灯亮着，知道老公未去喝酒，在耐心地等我，特别是在等我的饭菜，我居然没有一丝不快，相反地，我心里暖融融的。其实，大多数时候，他不做饭，却会带着我吃夜市或吃大餐，吃他认为好的东西，他常开玩笑说跟着他吃香的喝辣的。

进得门来，老公装睡，我摇他，他忽然哈哈大笑：啊哈，我早就听到你的脚步声了！他的调皮、他的风趣，吹散了我的倦意，抚平了我的心绪。我开玩笑说：我还得喂猪啊！于是，走进厨房，炒菜下面，做了我们都爱吃的烩面片。

烩面片是我的拿手饭，简单得很。首先，老家有一家人开了一个加工厂，收购我们当地的优质小麦，自磨成面粉，然后用机器压面，切成旗花面片，烘干晾晒，论斤售卖。我家常年备有这种干面片，每到吃时，只需炒点菜，烧水煮三四滚即可。炒菜的原料最好是黄花、木耳、豆腐，或西红柿炒鸡蛋配紫菜，煮面时，一定要下绿叶菜和黄豆芽哦！调面时，醋多

浅笑低吟的风铃

一点，再来点味极鲜。不过，自吹一下，我调面的味道很特别，几个兄弟每次回家都点名要吃他姐做的烩面片。女儿还开玩笑说，老南牌烩面片，吃了忘不了，吃了一碗想八碗！哈哈哈！

今天，我上完早上一二节课，这一天都可以从从容容了。昨天几个同事谈论包饺子，萝卜香菇馅的，蘸汁的、浇汤的、清蒸的、油煎的，可馋着我了。

回想一下，我自工作以来这二十年，因有两边老人的帮衬，我很少包饺子呀、蒸包子呀，因为他们包饺子的时候，就会多包些喊我们回去吃，或给我们送来，特别是我妈，成天给我们烙菜合。再有，这二十几年来，在外面吃饭的时候比较多，养成了我不太做费时饭食的习惯。

今天我要包饺子，我买了韭菜、香菇、线椒、生姜，还有羊肉，又买了饺子皮，细心地包了两笼。我还捣了大蒜，加上辣子、芝麻、调料，用油一泼，加醋加香油加酱油，调了蘸食的汁子。美味得很哪！我拍了照片，发给老公和女儿，他们也馋得不行，女儿嗔怪我在她不在时偷着吃好东西！老公警告我别吃完，好东西要分享。我很得意！

我也要感谢我自己，体贴老公，娇惯女儿。我更要为我点赞，我是家里的主心骨，有我在，大猪小猪们才有舒适的小窝，我们一窝猪儿才能吃上美味的家常饭菜！

愿我的家人的相处，就像这红薯叶子菜疙瘩，味道甜甜的，回忆满满的！也要像这圆鼓鼓的饺子，内容丰丰富富的，个儿实实在在的！更愿我家里的氛围，就像这碗烩面片，永远热热乎乎的，永远香香美美的！

醉美新兴平　最抚凡人心

从昨天开始，刮起了风，下起了雨，一股寒流强势袭来，气温骤降。天空灰蒙蒙的，地上一层落叶，经得雨水一淋，车辆一轧，显得惨兮兮的，悲秋悯冬之感阵阵入胸。忽然觉得生活乏味，人生苦短。

随手拿起手机，无聊地打开微信，顺手点开醉美新兴平文学摄影群，爬楼浏览，里面的文友聊得很嗨，谈论的主题是此平台的三岁生日庆贺祝福之类的，让人感觉热情热烈，其乐融融，与外面的凄风冷雨形成鲜明对比，我的心一下子热乎起来。

出于好奇，我就读了平台最近推出的一些文章，不读不说，一读放不下呀！其中孤月冷梅的两篇文章，细数了群里的各位活跃文友，对他们的历次作品如数家珍，对他们的写作风格点评精准。读她的文章，深深觉得她是一位深爱文学的才情女子、时尚达人。有幸的是，我和慎独也走进了她的文字里，受到表扬，我心中正偷着乐呢！

人一旦给戴了二尺五，瓜劲立马就上来了。受表扬后，我就更关注此平台了。这几天，又陆续看到了刘尊建的两篇文章，讲述了他与醉美新兴平的故事和对一些作者作品的印象，还有薛文德也讲述了他与醉美新兴平的结缘及他的文学之路，还有许晓寒的具有《人民日报》社论范儿的贺文，还有太白的醉美乡土情，篇篇读来，情感真挚，温情扑面，他们对写作的热情，对"醉美"的热爱，深深地感染着我。

我也想拿起笔，记写点什么，来抒发一下自己的情感，也说一说自己

浅笑低吟的风铃

对于醉美新兴平的印象。在如今自媒体遍地开花的时代，我还是在忙碌完自己的工作之后，关注着这个平台，经常读它上面的推文，读之，我往往手不释卷、欲罢不能。Why？原因大抵如下吧。

这里有我的童年记忆。记得最早收藏的文章是蓦然写的《兴平麻花，那一口酥脆的乡愁记》，读完觉得文中满是回忆。是啊，在我爱吃的零食里，最喜欢的就是麻糖、油饼、油糕了，还有豆面糊，和如今的西安的肉夹馍、凉皮、冰峰一样，这可是兴平人逛会的绝配呢！后来又陆续读到一些文章，有写小时候看电影的，有写小时候的饲养室的，有写小时候沿街叫卖的货郎的，有写小时候逛会看秦腔戏的，这些文章写得朴实深情，经常把我带回遥远的童年和亲切的回忆。受其影响，我也写过几篇获得好评的文章，如《我的老王会开心逛》《再逛老王会》《小时候看电影二三事》《但愿人长久》等关于童年乡情的文章，发表在醉美新兴平及其他大的平台。

这里有我的母校师长。记得读过冯家才的几篇文章，讲述的是他的母校南位中学，还有回忆他的老师边志奎、赵兴民的，还有一篇写打铃的文章提到了程从绒，篇篇内容翔实，读后很是亲切和怀念。是啊，文中提到的南位中学也是我初高中上学的地方，也是我父亲南怀斌工作耕耘的地方，这里的一草一木都留有我少不更事、青葱岁月的痕迹。文中提到的几位老师我都认识，和当年我父亲在我心中的伟岸形象一样，他们那时是那么的年富力强、雷厉风行、风度翩翩、令人敬畏！对我来说还有默默奉献的边世才、武振中、杨光照、李整风老师。岁月啊，带走了你们的青春的容颜，带不走我对你们的回忆，愿你们安康幸福！

这里有我的同好大咖。我的感觉是，醉美新兴平里汇聚了一群真正热爱文学写作的人，群里不太有无趣的闲聊，也没有文学之外的段子链接，更没有拉票求赞的低级举动，让人感觉文友写的文章和诗作纯粹就是心声的抒发、真情的流露，有一种不吐不快的感觉，而不是追求点击量求留言之类的，挺好的。另外，在这个平台上，我经常能读到辛建斌老师的文章，如《打媳妇》《我的心态》《假如生活欺骗了你》《小鱼儿入托记》《家乡的名角》等，读其文，你会不知不觉被其幽默风趣的语言风格带入文章的故事中，同时，他辛辣睿智的思考又会深深地感染你，你会觉得你在与有肝胆者共事，从无字句中读书。另外，他佳作频出，让人钦佩其敬业勤奋，无形中也激励了我抽时间就要练练笔。

这里有普通人的人间真情。就说最近平台推的几篇文章吧，孤月冷梅的《寒衣节——怀念我的公公》、张凯平的《我的小妹》、冯育斌的《哦，那片黄土地》，这些文章饱含深情，抒发着作者对于亲人亲情、故土故人深深的眷恋和浓浓的祝福。特别是我的高中同学素，更是饱蘸笔墨，书写出了姐妹篇《不是亲戚》和《姨不是亲戚》，文中记述了20世纪70年代外乡人在异乡打拼安家、奋斗生活的诸多不易和辛酸，幸亏遇上了善良仁义的王都村伯、陈壁村姨，这几家没有血缘关系的人，因着善、因着义，你来我往几十年，亲情延续至媳妇孙辈，这份交情着实让人感动，每读一遍都会使我泪湿眼眶。但愿这份人间真情能感动浮躁的当代你我他，情暖万家并发扬光大。

行笔至此，外面已飘起了鹅毛大雪，天气更冷了，但却多了一些诗意的浪漫。醉美新兴平文学群里更加热情热闹了，因为明天就是它的三岁生日了。受其感染和影响，我也啰唆出此文，抒发了我的胸臆，表达了我的祝福，祝福它，愿它传承的乡音乡情更加浓烈，祝它传递的美好正念更加高能。总之，我想说，醉美新兴平，最抚凡人心。

浅笑低吟的风铃

疫情下的我们仨

吃完午饭，我站在窗前向外张望，目之所及，开阔高远，向东我能看见渭河1号桥，向西我能看见渭河3号桥，向南我能看到一小段河堤路。往日里，车水马龙、行人匆匆、有时还会堵车的这三处地方，今天却是桥面冷清，没有行人，道路宽阔空旷得让人寂寥怅然，心中惶恐。

在外地零星出现疫情甚至封城的情况下，在十三朝古都的西安，人们平静幸福地生活着。意想不到的是在这岁末之际，已经变异为德尔塔的新冠病毒，不知何时已悄然潜入并疯狂肆虐，千年繁华的西安不得不在12月23日按下了暂停键，与之唇齿相连的咸阳也实行交通管制，就在昨天又通告了管控升级，所有单位在家办公，所有市民居家防疫。

疫情面前，人人都是战士，积极响应政府号召，配合单位社区安排，坚决不给防疫添乱，不出小区宅在家里，就是为防疫做贡献。我们一家人尽力做好自己分内之事，并各取所爱，悄然进步，静静地陪伴着……

乐善好学的阿海

阿海是一个乐观热闹的人，爱交朋友，为人耿直，仗义疏财，平常总是闲不住。最近，咸阳对疫情的管控升级让他不得不待在家里。但是，斗室关不住他那不甘寂寞的心，强大的手机给他提供了最大的便捷，让他依然与外界保持着良好的联系和频繁的互动。

疫情时时牵着他的心。每天要做很多遍的事情是翻看手机，关注新闻发布会，了解疫情的通报情况。在各种短视频里，看到医护人员、民警同志还有社区工作者在寒冬中的辛苦和坚守，他很着急很感动，作为一个较大协会的会长，他觉得他该为一线防疫人员做点什么。

于是，在12月27日，他在群里呼吁各企业家伸出双手接力献爱心。他的倡议是这样开头的：国之大者，民生为钧。武汉战"疫"，举国同心。今我家乡，骤然难临。和平硝烟，保障如金。民企大爱，舍我其谁？强国丰碑，你我功垂！这几句话掷地有声，铁骨铮铮，看得各位企业家热血澎湃，纷纷慷慨解囊，不到一天时间，就收到捐款将近八万元！我真的赞赏他们的做人格局、家国情怀！愿好人好报！

在这居家抗疫的日子，阿海同志爱熬夜的恶习更加顺理成章了。有时候半夜时，他还坐在沙发上，开着电视，燃着烟，吐着烟圈，一副若有所思的样子，我知道，他快要"下蛋"了。这是我的玩笑话，是说他正在酝酿诗句。果不其然，不一会儿，他的诗句就发在朋友圈了，他兴高采烈，哼唱几句歌，呷几口茶，很满足的样子。白天，他无聊了就练毛笔字，摘抄诗词名句，修身养性。还别说，进步得还很快呢，估计过年时，基本可以给自家写春联了。

敬业爱写的阿兰

我是一个不爱社交、简单快乐的人，喜安静、爱独处，生活很是规律，上班去学校，下班就回家。上班对我来说就像是上学，我爱做题、爱阅读，向年轻人学习，取长补短，与时俱进；下班后就收拾家里，料理日常，做好后勤。在闲暇时间，喜欢写点散文随笔，捡拾美好，记录感动。

因疫情而宅在家的这几天，对我来说，忙碌又充实。当得知要上网课的时候，不爱用电脑的我心里很忐忑，就怕自己记不住操作流程和教学资源的导入与共享步骤。好在办公室的年轻人精明干练、乐于分享，不厌其烦地教我操作实践，直到熟悉自信。

浅笑低吟的风铃

停课不停学，隔屏不隔爱。多年的工作习惯促使我广查资源认真备课，倾情引导全心上课，课后批改作业督促检查，为每一个学生鼓劲加油。每次下课时，看到留言区学生的互动作答和若干个老师发的挥手告别的表情包，感觉很充实、挺幸福。是啊，青年是祖国的未来，少年强则国强！科教兴国，少年智则国智！请党放心，强国有我！这是今年7月1日建党百年庆典活动时，共青团员和少年队员代表在天安门广场上对党许下的庄严承诺。在疫情肆虐的时候，我们更能感受到科技和教育的重要，更加意识到孩子们的学习不能耽搁，能有讲台引导孩子们一心向学，追求卓越，努力学习，共驱疫魔，我觉得是一种幸运！

上网课之余，我也时时关注着疫情动态，更关注着作协群里抗疫情、迎新年的云展演活动。各位文友饱蘸笔墨书写的抗疫故事震撼着我，我不由得也拿起笔，写下了《风雪中的温情与坚守》一文，赞美了医护人员、物业人员、同行老师们的抗疫奉献精神，得到了朋友们的好评和校公众号的转载，我很受鼓舞，准备继续书写抗疫点滴和故事，为抗疫胜利助力加油！

阳光上进的阿娇

阿娇是我的小女儿，她是一个阳光开朗、聪明活泼的高一女生，个子虽已有一米六八，但还是一个处在叛逆期的让人又爱又气的大小孩。

嘀嘀嘀！每天早上六点四十五分的时候，网上早读的闹钟刺耳地响起，睡意蒙眬中的她，关掉闹铃，含混不清地说，妈妈，我再睡上五分钟，一会儿叫我啊……一副让人又心疼又想吼的情景。

是的，疫情蔓延，学校停课，她最近一直在家上网课。本以为还能偷点懒，怎奈学校管得严抓得紧，老师们也很负责任，特别是班主任杜老师，为了保证网课质量，他不但进行每日学习总结，而且要求各组组长也要做每日小组总结。同学督促同学，某种程度上比老师家长还管用呢，所以，阿娇心中虽然有惰性，但不得不全勤上课，课内得积极互动，课下得完成各种作业，拍照上传，一点也不比在校时轻松。

父母皆爱子，看着娃每日的辛苦，确实挺心疼的。但望子成龙望女成凤之心又让人很焦虑，总羡慕别人家的孩子。处在叛逆期的孩子，最烦大人唠叨说教了；但处在更年期的我，看着娃的一举一动就想说教。哈哈，更年期遇上叛逆期，难免会起火带炮，鸡飞狗跳。我就曾被她撑过，看谁好叫谁给你当娃去！怎么我的努力你看不到？我在学校跟同学处得挺快乐的，为什么一回家就叫人不开心？

我要反思一下，看娃的优点要用放大镜，看娃的不足要用显微镜。阿娇总体是很阳光的，身上有很多闪光点，她口才好，爱画画，学习还行，中考考得很不错呢。她是一个当老师的料，记得她七八岁的时候，支着一块小黑板，给两个堂弟教画画，一字一板书，有示范有提问，当时都惊讶到我了，真不错！绘画是她的课余爱好，就这几天，她画的圣诞树，她画的卡通美女帅哥，还真是栩栩如生呢！

学习是一个需要长期积累并坚持下去的清苦差事，没长大的她却还认为刚刚中考完得稍歇一阵，现在才高一，还有大把时间呢，所以学习方面有些松懈，总想偷懒，急煞人也！前人总结的花无百日红、人无再少年、少壮不努力、老大徒伤悲，少年辛苦终身事、莫向光阴惰寸功，难道非要等到长大成人、走向社会才亲自去品尝去懊悔？真希望她心智早点成熟，闻鸡起舞。

此刻，坐在窗前，雾霾散去，天空湛蓝，阳光和煦，楼底下又开始了第四轮核酸检测，白衣天使和物业工作人员又忙碌起来，小区居民十分配合，有序排队，保持一米间隔，缓慢前挪。

这情景让我想起了还在西安抗疫一线的大女儿阿天，自从疫情发生以来，她和她的大小伙伴们就被抽调到防疫办，长住酒店，昼夜奋战，进行流调，协调车辆，忙得有时晚上只能睡三五个小时。身处疫区中央，也很让人心疼和担心呢！不过，大是大非面前确实能锻炼人，她已经越来越有担当了，这又让做家长的十分欣慰。

写到这儿的时候，忽然觉得房子里很安静，我走出去一看，阿海在全

浅笑低吟的风铃

神贯注地练毛笔字,阿娇在奋笔疾书做作业,我呢,也一直在追逐采撷着自己澄明心境里的散文之云朵。每个人都沉浸在自己喜欢的事情里,欢喜着,充实着,进步着……

多么平静的生活,多么和谐的画面!这正是我们奋力追求的常态生活。多么希望寒冬里的这场疫情尽快结束,明媚的春天早点到来!

盛开在云端的网课之花

呀,终于把卷子改完了!我从椅子上直起身来,揉了揉眼睛,伸了伸懒腰,长舒一口气地说道。是的,我把元月3日线上考的我们的英语卷子改完了!在手机上改作文真费眼睛啊,我感觉我的眼球好像都要凸出来了。

站在窗前,我一边活动身体,一边极目眺望:往日车水马龙、川流不息的渭河桥上宽阔空旷,寂寥怅然,平静的湖面上水波微动,似乎和我们全城的市民一样,也在忧郁着疫情的肆虐和形势的严峻,让我不由得心生感慨。

是的,受骤然暴发的疫情的影响,我们学校也全面停课,师生们转战线上教学,已经上网课有两个多星期了。停课不停学,隔屏不隔爱,这是我校对这次网课的要求,在这两个多星期里,我每天都能感受到师生间的学不停、爱相随。

在钉钉的年级教师群里,为了共同抗疫,筛查异常情况,每天早晨天不亮的时候,年级干事都会发出体温上报表,教师们都会积极配合尽快填完。每天傍晚或半夜,老师们都会拍照上传自己第二天上课的教案,黑笔认真书写环节,红笔显明标注重点,真的很认真很敬业。年级的孟晓军、张渊和史园博几位主任更是忙碌和细致,全面落实着学校韩校长、唐校长的统筹安排,还摸着石头过河进行了第一次线上考试的尝试和创新。为了教师们能做好阅卷工作,他们专门还录了短视频,手把手地教大家发布作业的步骤和注意事项,真的很负责任,让人不由得为他们点赞。

浅笑低吟的风铃

在钉钉的三个班级群里，班主任陈丽娜、罗振宇、杜维波不仅是 early bird（早起的鸟），而且是 busy bee（勤劳的蜜蜂）。你看，每天早晨六点半的时候，他们就在班级群里发布体温打卡表，七点的时候，督促同学们打开摄像头开始早读，八点的时候，又查看课堂并及时呼叫还未进来的同学。每天晚自习前，发动各组长上报组员一天的学习情况和困惑难点，积极与各科任老师反馈和沟通，及时进行线上答疑解惑。每每让我眼前一亮的是各小组发的名言警句，如：梦想是凌晨拿起笔的坚持，是掀起被子的毫不犹豫和冷水打脸的清醒，是六点看到旭日东升的惊艳和所记笔记绽放的光芒。真的很振奋人心。

在微信的 Sisters 群里，我们致远阁英语组的十四位姐妹，也不时地进行着业务上的沟通和分享，更有关心叮咛的温情和暖心。在这次网课之初，大家就相互学习，分享希沃白板上的优质课件和在钉钉上的导入和使用的方法。Old dogs can not learn new tricks.（老狗学不了新把戏。）我记不住，学得慢，他们不厌其烦地帮助我。当今科技发展真是一日千里呀，在这次线上教学中，中青年教师也不断接受各种新技术新挑战超越着自己。

比如，要在钉钉上讲《五年高考三年模拟》上的试题，拍照制课件有些麻烦，王军平就自己摸索，扫了书上的二维码并导出了 word 版本，就很奇妙！在12月31日晚上七点，黄雅静召集组员们在微信上开了视频教研会，也很新奇。当提到要在网上阅卷的时候，大家很熬煎，英语的客观题多，难道要 ABCD 一个个盯吗？这时，电脑达人崔娟娟想到了使用问卷星的方法，更让人目瞪口呆！这真是山重水复疑无路，柳暗花明又一村啊！真是后浪可畏呀！

的确，在这次线上考试中，她早早帮我们在问卷星上设计好一卷的统计方式并在考后的当天下午就给我们出了成绩。剩下的二卷，大家就得自己看啦，还要与已出的一卷相加得出总分，逐个加又是一个难题，一不小心还会错行，该咋办呢？黄雅静又分享了她的做法，还贡献出了她的 excel 空表。但很遗憾，很少用 excel 的我只能望表兴叹，不得不烦劳我美丽的眼睛和勤劳的双手，手动完成了看卷和加分工作。不过，Sisters

群里的姐妹们真的让人很暖心。

　　疫情还在持续，不过昨日西安报告的确诊病例的数字已经大大下降，社会面的清零目标已经快要达到。但迫于这次德尔塔病毒的隐匿和狡猾，我们还不敢麻痹大意，防疫管控这个弦还得绷紧一阵子，这样的话，我们的线上教学看来得持续到这学期末了，真的挺着急的，因为网课、网上考试毕竟还是有一些局限。

　　居家抗疫，我们心中难免会焦虑烦躁，好在，还有上面的几个群里每天传送来的同事们同学们的认真负责、乐教乐学、新奇有趣的故事，让我似乎置身于山花烂漫的山野河谷，可以闻闻甘甜清新的空气，可以听听清冽叮咚的泉水，还可以采撷小花朵朵，追逐蝴蝶翩翩。每天徜徉在网课的电波中时，也犹如乘坐飞毯，心境开阔起来了，诗与远方也触摸得到了，累并快乐着。

　　揉揉眼睛，收回思绪。我发现已是正午，阳光和煦温暖似初春，远处的桥上有几辆货车飞驰而过，近处的湖面波光粼粼。是的，乌云遮不住太阳，阴霾总会散去，疫情也定会被击败。在疫情面前，科学技术更显得关键和重要。请相信，在党的坚强领导下，在学校的严格要求下，我们一定更会竭尽全力做好线上教学，让每个孩子都学习有长进，关爱永相伴！

旅游杂记

旅游杂记

百里画廊半日游

最近几天，刚刚开学，学校家里，一摊子杂事，工作孩子，诸事须搞定。还有那个孩子气的老公，须得叮咛呵护，保证其一日三餐吃饱喝足，合理营养，须得精神关怀，督促其早睡早起，健康生活。

于是乎，我操这心操那心，喊了孩子喊老公，着急上火，急火攻心。于是乎，一夜之间，眼睛不适，视物模糊，不得不不停地揉眼擦拭；嗓子干疼，声音嘶哑，不得不不停地喝水滋润！于是乎，心烦意乱，想逃离这喧嚣，想享受一处幽静，舒缓一下节奏，放飞一下心情！

去哪里呢？听说眉县的百里画廊、千里荷塘非常不错，还有，太白山山脚下梦幻的音乐喷泉十分壮观。走，去那儿放松一下吧！

我们三点出发，出门时，天空阴云密布，有零星雨滴落下，我们打起了退堂鼓。但转念一想，既已出门，驱车沿河堤路兜兜风也是不错的选择，于是，就继续前行，打算跟着感觉走！

在路上，微风吹拂，已无下雨迹象，我又心有不甘，打电话给一朋友，了解线路，了解观景体会。不想，朋友正人在旅途，带着他的朋友，重游画廊，再赏喷泉！那么，你说，我们能抵挡得住撒欢的诱惑吗？

于是，沿河堤路南线，我们一路追随，一路说笑，一路远望；一路绿意，一路风景，一路好心情，一个多小时后，我们到了目的地！

眉县的百里画廊、千里荷塘渭河荷文化观光区，正如它的名字一样，大气而富有诗意！这一片的地势十分平坦，视野开阔，荷叶连连，翠色青

浅笑低吟的风铃

青，十分养眼！随着闲适的游人，我们漫步在曲折小径，在朴素的草亭小坐休憩，近观荷叶莲蓬。我们还登上赏荷塔，远眺画廊全景，极目四望，贪婪地呼吸新鲜空气，尽情释放！

流连完百里画廊、千里荷香之后，已近傍晚七点，于是，我们驱车前往太白山脚下，准备观光音乐喷泉。搞笑的是，在我们吃完晚饭，准备看九点的那场时，听工作人员说刚才八点时，周末的两场已连续播放完毕。我们很是遗憾，只能自嘲是吃货一群，聊以自慰，说以后抽时间再来嘛！

不过，这里的夜景也值得欣赏啊！你看，远处山上，喷泉四周，霓虹闪烁，如梦如幻，恍若仙境，美不胜收！你看，近处水畔，流水潺潺，波光粼粼，涟漪层层，柔情万千！在凉风习习中，在夜色阑珊中，在梦幻仙境中，游走说笑，流连驻足，忘情于山水之间，心儿不由得也飞舞起来！

美景激发灵感！老公诗兴大发，沉吟片刻，赋诗一首：

秋正好，景最佳，暂抛尘烦且一醉。
夜未央，酒尚暖，霓虹灯里意犹酣。
物是是，人非非，大千世界乱纷飞。
月已隐，星也藏，茫茫大山云梦归。

哇，难得的雅兴，难得的休闲，难忘的美景，唯愿我的眼睛快快清澈起来，嗓子快快清亮起来，继续充满热情，爱工作，爱家人，爱自己，抽空再爱大自然！

旅游杂记

汉中赏花行

早就听说汉中乃陕西江南，风光旖旎，人杰地灵，所以非常想去实地逛逛。早就听闻洋县乃汉上明珠，朱鹮故乡，驰名中外，所以十分想去亲眼看看。于是，在看了朋友圈朋友们发的在汉中洋县赏花的图片后，我毫不犹豫地报了名，带上老爸老妈，去汉中赏梨花、看油菜花！

周末，天公作美，结束了绵绵一周的春雨，天气放晴，阳光明媚。我们坐上了旅游大巴，一路欢歌，前往目的地。车子钻过好多个隧道，跨过无数个山沟，绕过很多个山梁，终于驶出了秦岭大山，来到了位于汉中平原东缘的洋县。这里地势平坦，偶有丘陵，所以视野开阔。春风先绿秦岭南，无限春光入目来！你看，绿油油的麦苗，黄灿灿的油菜花，交织成无数黄绿相间的格子，美不胜收！你看，青青的屋瓦，白白的院墙，小桥流水人家镶嵌其中，自然和谐！看到这别样的春光，我们倦意全无，兴奋不已，真想立马跳下车，奔向大自然，拥抱这大好春光。

爬过一段山坡，我们到了梨花沟，放眼望去，漫山遍野的梨树，白白的花儿竞相开放，绿绿的树芽才露尖角，是那样的淡雅，那样的有生命力！游人们流连其间，欢声笑语，幸福洋溢。我也忍不住凑近花枝，贪婪地嗅着花香，沉醉其中！

午饭后，我们去看油菜花。刚一下车，淡淡的花香扑鼻而来，金灿灿的油菜花跃入眼帘，兴致勃勃的游人徜徉在花海中，各色衣服充盈其间，是那样的夺目，那样的美！走近花儿一嗅，清香沁人心脾。我迫不及待地

浅笑低吟的风铃

走进花地,臭美地在丛中一笑!

油菜花的旁边,就是洋县朱鹮保护繁殖区,我们能近距离观看朱鹮,实在难能可贵。朱鹮被称为鸟类中的"东方宝石",洁白的羽毛,艳红的头冠,黑色的长嘴,加上细长的双脚,被日本皇室视为圣鸟。曾广泛分布于俄罗斯、中国、朝鲜、日本,在20世纪五六十年代,因生态环境恶化,几近绝迹。幸运的是,1981年,在洋县发现了七只野生朱鹮,后经大力保护并繁育,到2014年已有两千多只了,真乃幸事!了解了朱鹮的故事,再看看鲜活的朱鹮,我们饶有兴趣。你看它,时而在浅水处觅食,时而飞上树杈张望,甚是可爱!

在回家的路上,我的老爸老妈甚是开心!能走出老家,开开眼界,逛逛山水,他们很知足。他们更惊异于曾经的蜀道难、难于上青天的蜀汉之地,通过现代化的隧道打通,如今天堑变通途了!车上的游人呢,依然兴奋,他们甜蜜地分享着他们的美照,尽情地谈论着他们的感受。我们一致认为,汉中山美、水美、朱鹮美,是个好地方!我们的共识是,如此人间仙境,如此圣洁之鸟,应与我们长相伴,那么从你我做起,从现在做起,树立环保意识,爱护我们的环境吧!

旅游杂记

壶口瀑布一日游

黄河是我们的母亲河，是我们中华民族的象征，它蜿蜒逶迤滚滚东流去。而在晋陕大峡谷那儿形成的壶口瀑布，是黄河上一颗璀璨的明珠，是世界上最大的黄色瀑布，名震中外。

年前我就给老爸老妈许诺过要带他们去陕北转转，看看壶口瀑布，因为疫情和工作忙，一直没有成行。眼看着暑假余额不足，我在8月3日匆忙报了一个8月4日去看壶口瀑布的一日游。

我是先一晚上就把父母接来咸阳的，晚上我们聊了很多，挺兴奋的，第二天早上六点五十分我们就坐上了去壶口瀑布的大巴车。

如今，生活水平不断提高，人们在物质生活满足的同时，也不断地追求着诗和远方，所以，去旅游的人挺多的，车上座无虚席。车子在平坦的高速路上行驶，车窗外，视野开阔，景色各异，我们看到：一会儿高楼拔地而起，一派现代繁华之象；一会儿田地里瓜果飘香，一派丰收喜悦之景；一会儿两岸青山云遮雾绕，一派大好河山尽收眼底之美。十里不同天，真神奇呀！

车里，在导游的引领下，一场联欢会已经开始了，有人应景地唱起了陕北民歌《蓝花花》，有人也相和地唱起了电影《人生》的插曲《叫一声哥哥你快回来》，曲调婉转，歌词走心，把大家都带到了歌曲的意境里。巧的是，车上有一帮子老年大学的老头老太，其中一些还是市作协的，他们见多识广，放得很开，把车厢当成了舞台，有朗诵的，有讲笑话的，有唱歌的，其中有一个老太太已经七十岁了，她带来的美声唱法的《我爱你

浅笑低吟的风铃

中国》赢得了阵阵掌声。还有一个六十岁左右的老师讲了凤翔改改的来历，还说了四川话、河南话、陕西话等方言，惟妙惟肖，引得大家笑声阵阵。老爸老妈也很开心，竟和我一起感叹：看来没有一点才艺，今后都不好意思出来旅游了！哈哈……

在满是好奇地张望中，在热热闹闹地嬉笑中，车子已到了黄河对岸的山西吉县壶口景点。我们下车透气吃饭，站在黄河岸边，大自然的鬼斧神工造就的晋陕大峡谷让我们深感震撼！当然，来一碗正宗的山西刀削面更让我们过瘾！

饭后，导游已帮我们领好了门票，我们就要亲临久负盛誉的壶口瀑布了！刚一进入景区，远远地就听见涛声隐隐如雷，走近之后，宽阔的河床和滚滚的黄河水一览无余地展现在我们的眼前，河谷里雾气弥漫。游人很多，我们随着游人，沿着观光栈道，缓缓向前，边走边看。天公作美，没有下雨，相反地，太阳钻出了乌云，露出了笑脸，乌云识趣地散开，白云朵朵，天空湛蓝，两岸青山夹峙，河水宽阔平静。

越往前走，涛声越大，水雾也越多，我们终于到了壶口瀑布的跟前，挤过游人，逮住一个空，我终于能抓着护栏网，近距离一睹壶口瀑布的雄姿了。只看见几百米宽的河面在此迅速收窄，河水一下子跌落进约三十米宽、二十多米深的狭窄深槽中，溅起浊浪滚滚，激起缭绕水雾，以排山倒海之势展现在我们面前，气势磅礴，景色壮观，真宛如一大壶水正在烧开，咕嘟嘟地冒着热气，沸沸扬扬，热气腾腾。这些冲天的水雾慢慢落下，像毛毛雨，轻柔地落在游人的身上，在这炎热的伏天，是那样的舒爽！游人们如痴如醉，贪婪地欣赏、拍照、感叹、惊呼。

我不禁想起李白《将进酒》里的千古名句："黄河之水天上来，奔流到海不复回。"想起《黄河大合唱》，我不禁哼唱起来："风在吼，马在叫，黄河在咆哮，黄河在咆哮……"看到对面也有那么多游人在驻足观看，又不禁想起了刚看的几则宣传：多年前亚洲第一飞人柯受良驾驶汽车飞跃黄河；山西吉县青年朱朝辉骑摩托车飞越黄河；河南人冯九山横跨壶口走钢缆，创下吉尼斯世界纪录，被誉为华夏第一走；黄河漂流队员王来安乘坐由四十个汽车轮胎缠结在一起的密封舱,开启人类在壶口的体育探险,被称为黄河第一漂。这些勇士的惊世壮举与壶口瀑布的奔腾咆哮相得益彰,充分展现了中华民族不屈不挠、勇于探索的精神,我不禁对他们肃然起敬,《龙的传人》这首歌又在我心底缓缓流淌……

回过神来,瀑布那儿围了一大堆人在看别人照相呢,照相者穿着红色花袄、绿色裤子,围个红色围巾,别个粉色头花,骑着毛驴。毛驴由一个穿着羊皮坎肩、缠着白羊肚头巾、手拿长烟锅的后生牵着,活脱脱一个新媳妇回娘家的喜悦画面,让人想起朴实勤劳的陕北人及他们面朝黄土背朝天的不屈努力。

对臭美的我来说,拍照是必不可少的,带老爸老妈出来一趟也不容易,必须留下美好瞬间。叫路人照的相感觉不满意。所以,我就叫专门拍照的小伙子在有代表性的最佳地点给我们照相并立等可取冲洗出来。我们穿的衣服颜色较深,与浊黄的河水对比鲜明,好看得很!爸妈很高兴,特别是老妈——嗯,我知道,老婆子回去后会和一堆子老婆坐在小区门口相互传看的,肯定会收获一点点的小满足的,哈哈……

三个小时的观赏逗留很快结束了,带着对壶口瀑布的美好回忆,带着对陕北朴素生活的想象,我们踏上了返程之旅。在车上,我想起了女儿初二课本上的一篇课文《壶口瀑布》,于是百度出来,让老爸看,文中的一句话引发了我们的共鸣:这个小小的瀑布,怎么一下子集纳了海、河、瀑、泉、雾所有水的形态,兼容了喜、怒、哀、乐、愁,人的各种感情,造物主难道是要在壶口浓缩一个世界吗?

我想是的,发源于青海巴颜喀拉山脉的黄河,绕过崇山峻岭,跌宕起伏,起承转合,不屈不挠,滚滚东流,奔向大海,其间道路之漫长曲折令人惊叹!

同样,在这个世界上,没有谁的一生会一直是平坦的光明大道,没有谁的生活会一直"爽歪歪";我们每一个人的一生,或多或少都会有起起落落,都会有酸溜溜、心痛到无力的时候。那么,像这滚滚东流的黄河水一样,活得澎湃真实一点吧,跌跌撞撞也要奔赴大海,坎坎坷坷也要追求

浅笑低吟的风铃

梦想，接受这有起有伏、有高潮有低谷的生活，努力追求平静时内敛稳重，跌落时不悲不躁，丰富自己的内涵，不忘初心，方得始终。

旅游杂记

夏游小雁塔

前一段时间连日高温，天气特别炎热，热浪充斥着关中大地，包裹着周围的一切，西安已然是全国的几大火炉之一了。热加上疫情，让我们无处可逃，只能尽量待在室内，靠空调续命。

老天爷似乎也忍不下去了，终于在前两天间隔着下了几场雨，特别是7月21日到22日的那场大雨，浇灭了艳阳的炙烤，赶走了蒸笼的闷热，送来了久违的凉爽。

22日那天午后雨就停了，在下午三点多的时候，拨云见日，雨后初霁，风景秀美，蓝天白云，青草绿树，渭水悠悠，远山黛青，云雾缭绕，让人相信山里一定住着神仙。

这么美好的夏日早晨，如果睡懒觉就太浪费了。我是一个低调务实的人，西安旅游业是这么火，政府的惠民政策也很好，好多景点都是免费的。何不利用这好机会看看这些家门口的景点并悟悟其中厚重的历史价值呢？那么，小雁塔就是我今天要去拜访和亲近的。

昨晚我就在网上预约了九点到十一点的门票，早上八点出门，坐公交车很快就到了小雁塔站，下车过了马路左转即到其大门口。

刷身份证进了入口，一条宽阔平坦的大路通向里面，两边是粗壮高耸、叶冠茂密的梧桐树，像夹道欢迎游人的士兵一样。里面游人不是很多，有两个夏令营的小学生也刚入园，由两个上了年龄的老者带其参观并做讲解，他们穿的衣服背后的字告诉我他们是西安博物院的志愿者。抱着

浅笑低吟的风铃

学习的目的,我还蹭着听了一段讲解,明白了小雁塔的前世今生。

小雁塔,位于唐长安城安仁坊荐福寺内,又称"荐福寺塔",建于唐景龙年间,与大雁塔同为唐长安城保留至今的重要标志。小雁塔和荐福寺钟楼内的古钟合称为"关中八景"之一的"雁塔晨钟",是西安博物院的组成部分,为国家4A级旅游景区。

小雁塔是中国早期方形密檐式砖塔的典型作品,原有十五层,现存十三层,高约四十三米,塔形秀丽,是唐代佛教建筑艺术遗产,佛教传入中原地区并融入汉族文化的标志性建筑。1961年3月4日,小雁塔被国务院公布为第一批全国重点文物保护单位。2014年6月22日,在卡塔尔多哈召开的联合国教科文组织第三十八届世界遗产委员会会议上,小雁塔作为中国、哈萨克斯坦和吉尔吉斯斯坦三国联合申遗的"丝绸之路:长安—天山廊道的路网"中的一处遗址成功列入世界遗产名录。

值得一提的是,在小雁塔的后面、白云阁的前面那一块院子里有五六棵千年国槐,树龄都在一千三百年以上,枝干苍劲,树冠高大,树叶蓊郁。在其旁边就是雁塔晨钟的所在,游人聚集于此,敲钟祈福。每天清晨寺内会定时敲钟,数十里内都可听到。钟声清亮,塔影秀丽。清代诗人朱集义有诗:"噌吰初破晓来霜,落日迟迟满大荒。枕上一声残梦醒,千秋胜迹总苍茫。"在古城中别有一番韵味。

从这儿右拐,是开阔平坦、绿草如茵、树林茂盛、湖水清澈、亭台楼榭的现代休闲区域,里面的一个唐代叠罗汉造型让我过目难忘,发自内心地赞叹古人的杂耍技巧和艺术魅力。

从这边的园林区穿过,我来到了小雁塔的另一个门,正前方书写着西安博物院几个大字。我才知晓小雁塔已属于西安博物院的一部分,是其中的历史名胜区。另外两个部分一个是刚刚经过的园林游览区,一个是文物展馆。噢,就是我前面的这个现代简约的建筑了。

据介绍,这个主体建筑是由中国工程院院士、陕西历史博物馆的设计者、建筑设计师张锦秋设计的,整体外观以天圆地方理念创作,突出体现中国传统文化思想,与小雁塔以及荐福寺古建筑群相得益彰。真美呀!走,快进到里面全面了解并一睹芳容吧!

西安博物院以古都西安为题，以西安作为十三朝古都，一千多年建都史为主线，以历代文物的展示为基础，突出反映西安的都城发展史和都城社会生活状况。在"古都西安"的总标题下，又分为"千年古都"和"帝都万象"两部分。

造像艺术专题陈列厅以佛教石刻造像为主，辅以金铜造像等佛教文物，介绍长安佛教的基本情况，突出长安佛教的空前盛况。在玉器陈列厅，我看到了很多天地之灵的古代玉器精品。在丝路流光的陈列区，我欣赏到了从地中海传到古代长安的玻璃艺术。总之，据介绍，这里收藏了西安各个历史时期的文物十三万件，其中拥有国家三级以上珍贵文物一万四千四百多件，并有相当一部分文物出土于周、秦、汉、唐等中国历史上有重要影响的朝代。用于陈列的文物展品，是在这些藏品中挑选出的文物等级高、代表性强、影响面广的文物。的确让我叹为观止，大开眼界。

参观完文物区，出得门来，放眼四望，景区古朴又现代，开阔又静谧，身临其境，感觉美好。的确如刚才志愿者所讲，小雁塔这个景区是国内集历史和现代于一体的很完美的4A级景区。

我步入东边休闲游览区，竹影婆娑，树叶斑驳，微风不躁，湖水依依，清荷秀美。我坐在小径边的石墩上小憩，翻看着刚拍的照片，听着热情的游客敲击雁塔古钟的悠远之声，觉得很放松而且很有收获。这个夏日的参观小雁塔之短行，圆了我幼时学在西安、玩在西安、住在西安的梦想，我会用心地把它制成美文公开发布，记录我的美好体验，丰富我的假期生活，并为宣传西安、扩大其影响奉献绵薄之力，也不失为一件乐事！

浅笑低吟的风铃

兴庆宫公园雨中游记

今年秋季，陕西的雨比往年都多，这不，9月底连着一星期的雨刚停了三天，乌云又笼罩了蓝天。10月4日下午终是又下起雨来了，而且附赠大风。冷风加中雨，导致断崖式降温。

老天呀，你是有多委屈，说哭就哭，而且哭得稀里哗啦，让你的子民也跟着遭殃。绕着长安的八水普遍涨水，导致母亲河黄河水面浩渺，水位直逼警戒线，抗洪压力巨大。

据天气预报讲，此轮降雨又将要持续十天，期待着的国庆假期的后几天要泡汤了，我不免有点遗憾。但待在家里又很烦闷，还是得出去透透气，雨中即景也许是一个不错的选择吧。于是我撑伞下楼，准备到小区里转转。我忽然想起《都市快报》报道过西安的兴庆宫公园改造建设完成，已经对市民开放了，何不去那儿散散心呢？

老狗学不会新技术。今年国庆节待在家里有两大进步，学了两项新技能：一是原先坐公交刷的公交卡没费了，小宝帮我在微信里注册了西安乘车码，既能乘公交又能乘地铁。另一个是我平常较少用的手机导航，她又教我提升了对其功能的进一步拓展使用，比如若去某地，可查询公交线路，可步行导航，还可开启到站提醒，真是太高级智能了，特别方便。好，此时有空，何不再复习巩固一下这些新技能呢？

我在家门口坐了228路，在兴庆宫公园东门下车，来到了公园里。雨下得挺大的，游人很少，视野开阔，目之所见，绿树红花，小草茵茵，彩色路面十分平坦。这一切在近日雨水的清洗下，更显得清新脱俗，别具情调，正应了人们所说的有钱难买水中色！你瞧，比起晴天的时候，树木更加葱郁，小草更加嫩绿，空气更加湿润！你再看，花木上晶莹的水珠，透亮滚圆，多么富有诗意呀！

放眼四周，高楼大厦造型各异，有古朴凝重的，有彩色现代的，无不流露着西安厚重又不失现代的城市气息。于是乎，我在心里羡慕起住在公园周围的人来，站在自家阳台，就可俯瞰公园美景，出得家门，就可免费进入园中，背手漫步园中，看小桥流水，赏红花绿草，听啁啾鸟鸣，唱经典红歌，打健身太极，多么惬意闲适呀！

撑着花格伞，我这个中年胖大妈走到了公园的玉带桥上，登高望远，公园的湖泊尽收眼底，心境也开阔起来，心中更是信马由缰。耳畔传来公园广播的声音，于是，我侧耳细听，了解到了兴庆宫公园的前世今生：兴庆宫公园建于1958年，是在原唐兴庆宫部分遗址上兴建起来的，是为了迎接上海交大西迁西安而新建的配套设施。2021年，为了迎接十四运，西安市政府决定对其改造提升，工人们日夜奋战，终使其旧貌换新颜，如今它是一座集文化娱乐和遗址保护于一体的西安市内最大的城市公园。

噢，兴庆宫公园还有这么深厚的历史文化渊源啊，怪不得公园里的亭台楼阁、水榭拱桥的名字都是那么耐人寻味，如沉香亭、南薰阁、花萼相辉楼、长庆轩、五龙坛、彩云间、龙池、龙堂、勤政务本楼等。就如我正站在其上的雕刻有精美图案花卉的洁白如玉的"玉带桥"的名字一样，让人有衣袂飘飘欲乘风归去、前往琼楼玉宇之联想。

走到花萼相辉楼前的时候，我迷惑了，一是不知萼字怎么读，二是不解楼前较宽阔的平台之上建了一个类似花瓣样造型的建筑的用意。我百度了一下，明白了花萼相辉楼这个萼字，与惊愕的愕、鳄鱼的鳄同音，本意是花朵盛开，特指花瓣下部的一圈叶状绿色小片。这样我就理解了花瓣样造型建筑的意义了。而且我还得知花萼相辉楼在盛唐时期，曾位列四大名楼（即江西的滕王阁，湖北的黄鹤楼，湖南的岳阳楼，山西的鹳雀楼）之前，统称为"天下五大名楼"，享有"天下第一名楼"之称。啊，多么有

浅笑低吟的风铃

文化底蕴的公园啊!

雨还在下,在花萼相辉楼的走廊处休息约半小时后,我继续撑伞前行,蓦然发现前方路边林荫处,有一楼阁里灯火通明,有人影晃动,走近一看,原来是一家"樊登书店"。我十分惊喜,樊登书店开到公园里了,眼光挺独到的呀!最近几年,在微信上樊登读书会挺热的,但我没有加入其中。在抖音里,因为爱看一些国学经典、情感语录、亲子阅读等方面的视频,强大的抖音就不停地向我推送这方面的东西。所以,我经常刷到樊登,有时候也会听听他的新书书评或教育观点,觉得他好像已是老熟人了。

我收了雨伞,走进其中。书店不是太大,但环境优美,看书的人还挺多的。有坐在门边窗户下矮桌处的,有坐在书架后茶几旁的,有在书架边站着挑书或阅读的。我挑了一本武志红的书,随手翻开,里边讲到了婆媳关系、夫妻关系、亲子关系等,分析得挺到位的,但我个人认为,这些见解在现实生活中操作性不强。在现实生活中,要想求得双方的和谐共处,除非对方也和你三观基本一致,并能不提陈年旧事,不翻旧账,不计前嫌,能一起向前看,接受新事物,共同进步才行。其实,家不是讲理的地方,而是讲爱的地方,家人之间的相处最好的良药就是爱心、理解和宽容,有时候装聋作哑也不失为一种奏效的策略。哈哈!你说呢?

看了一会儿书,我忽然看见书店中间的大桌子上放了一个挺大挺厚的黑皮的留言本,出于好奇,我走过去坐下来翻看。我看了几十条留言,就像是倾听了几十个人的内心独白或经历故事。有赞美这幽静的看书环境的,有发表读书后所思所想所感的,有结合书中所感充满信心展望未来的,有惆怅考研失利在此看书重拾信心整装待发的,有感念自己与爱人经历长跑收获爱情结晶的,有年轻父母带孩子看书体验打算再来的,更有年长者在此看书感慨生活美好的。条条留言真情实感,大多数还是才情飞扬呢,真的很有意思。估计不少是兴庆宫公园对面的交大学生或学者的留言吧。

沉浸在书店轻柔的音乐里,我在书店待了两个多小时,看了看书,歇了歇脚，抬头望向窗外，雨小了一些，天也快黑了，该回家了。坐在回家的车上，亮起的霓虹灯照得街道两边灯火阑珊，在有积水的路面上折射出混浊的光亮，让内心清静的我不免又忧郁起来。

老天爷呀，请睁开眼睛吧，千万不敢再哭泣了呀，你此轮降水的后果太严重了！山西全省，陕西渭南沿渭河的蒲城、大荔、合阳一带农田被淹，庄稼被毁，甚至有河水决堤、水漫村庄的灾难发生，看到抖音里有农民在齐腰深的水中抢收玉米，还有道路塌方车辆被埋，真是让人心急和心痛。几十年来，我们的民众勤劳团结，拼搏实干，脱贫攻坚，刚刚全面步入小康，正走在全面致富的路上，我们大家的幸福生活来之不易，多么希望天时地利人和的发展环境长长久久呀！

回到家，吃过饭，身体暖和了好多，刚才路上的冷风凄雨又有了温暖温馨的感觉。此刻，坐在床上散记下这雨中兴庆宫公园的半日游时，我由衷地赞美西安古朴厚重又现代时尚的城市风貌，深情地感念国人奋进中的生活方式和幸福康乐，真切地祈盼降雨快停，洪水快退，山西、陕西挺住！我在心中一遍遍地默唱："乌云乌云快走开，太阳太阳快出来！"

浅笑低吟的风铃

民盟一日游

这几天，时值三伏天的中伏，天热得要命。你看，关中已连续一周发布高温橙色预警，气温高达三十八摄氏度以上，真是百里清蒸，千里红烧，关中上下，热浪滔滔。这样的气温使人焦躁不安、心烦意乱，真想逃进大山，寻一处清幽，捧一掬溪水，折一枝山花，享受片刻的凉爽悠闲！

正在我心中幻想逃离高温、逃离焦虑的时候，我们民盟的领导打来电话，说要组织盟友们进山消暑，大家顺便聚会聊天，以增进我们的革命友谊，激发我们的工作热情，提升我们的革命斗志。这真是太好了！

于是，8月2日早上七点，我们在校门口集合，登上了旅游大巴，开始我们的一日游。我们的目的地是旬邑的唐家大院和铜川的薛家寨。

第一站

因为放暑假已有二十多天了，我和盟友们算是多日未见，甚是想念。再加上，校园开阔，分年级管理，一个年级一个阁（楼），很多盟友平日里难得相见，甚至难觅其踪。所以，我们都很珍惜今日相聚的机会，也就不难理解大家见面时的热情寒暄，上车时的叽叽喳喳，行车中的玩笑调侃了。我们的大巴驰行在宽阔的咸旬高速上，在轻松幽默的氛围中，于十点半左右到达了我们此行的第一站：旬邑的唐家大院。

下了车，一股山风吹来，为我们送来一丝凉意。下了车，我极目四望，远处绿山叠嶂，沟壑纵横，还可见崖畔上当地人过去住的土窑。近处，村舍人家，庄稼茂盛，玉米长势喜人！虽然这是一处民俗文化旅游景点，但和别的热门景点人满为患、车堵难行的场面相比，这里冷清得多，游人星星点点，停车方便自由。我的心里在想，这破地方，值得看吗？

走近一看，我们看到一大幢房子，门楼高大雄伟，有精细的砖雕装饰，大门古朴庄重，门口砌有一对门墩，上面有一对小狮子，刻有讲究的石艺雕刻，更人性化是门口还置放了一对长条石凳，平滑结实。站在门口，或坐在石凳上，视野开阔，绿意满目，凉风习习，好一幅山水画！我们真想归隐不归！没办法啊，臭美的我们或立在唐家门口，或手抚门墩，或坐于石凳，拍照留念，想象唐家曾经的风光。

然后，我们迫不及待，买票进入，唐家真是庭院深深啊！唐家的历史引人入胜。

唐家大院蕴含着深厚的民族文化，有着极高的文化价值、艺术价值。据《唐氏世系谱》记载，"三水唐家"的祖宗是唐应弼。至于唐家什么时候迁到这里的，现已无从考证，但其家族在清初便很有声望，是远近闻名的大地主。他们财大势大，名扬西陲，商号曾遍及陕西、甘肃、四川、安徽、江苏、福建等十三省五十多个县，人称"汇兑中国十三省，包捐知府道台衔；马走外省不吃人家草，人行四川不歇人家店"。在清嘉庆年间，唐家不过六十口人，就有仆人丫鬟一百六十五人，还备有鹦歌轿（相当于现在的红旗轿车）六十六辆，"出门不离车马轿，全堂执事开道锣"，好不威风。

据记载，唐家大院从1825年开始修建，于1886年基本告一段落。共建有院落八十七个，房舍两千七百多间，雕梁画栋。现存的唐家大院，仅是其全部房舍的冰山一角，但它依然反映着唐家的辉煌和大院的恢宏，屋顶脊卧兽飞，墙壁为水磨石砖，镶以木、砖、石雕，造型优美，精巧细腻，整个建筑浑然一体，气宇轩昂，堪称艺术佳作。除此之外，唐家大院第四代传人唐廷铨之墓，更是精心构筑，墓前有三门四柱五楼式石牌楼一座，其由数百块石雕构成，每层均以飞檐重拱连接，三道门各书石刻楹联和横额,四根石柱及各层横梁前后及其两侧还雕有神态逼真的立体罗汉十八尊及楹联、匾额等,还有石旗杆一对,石人、石马、石羊、石狮各一对,整个牌楼构思奇巧,做工精细,富丽堂皇。

不幸的是,这个曾经拥有万贯家财的大地主家族,明末清初时,在极尽奢华与挥霍中,家道中落,走向衰败,更为不幸的是,大院后又遭到极大破坏。

百余年的沧桑过后,唐家大院的旧日风华尚存,只是,八十七院仅剩下了几间……它们孤单单地立在阳光下,拖着寂寥的长影,伴着青苔,往更远的时空张望……滚滚的历史长河中,泛起的是浪花,沉下的却永远是泥沙。徜徉在这深宅大院中,抚摸老墙,感受这古宅大院精雕细刻的百年历史,从游人驻足流连的目光里,流露出的是遐想、赞叹、感慨、回味,或许还有不尽的沉思吧。

在了解了唐家及唐家大院的历史渊源后,我不由陷入沉思。我想起了《三国演义》的片头曲:"滚滚长江东逝水,浪花淘尽英雄。是非成败转头空,青山依旧在,几度夕阳红。白发渔樵江渚上,惯看秋月春风。一壶浊酒喜相逢,古今多少事,都付笑谈中。"我心中默唱着这首歌,感慨万千。

我们兴致勃勃,流连忘返。坐到车上的时候,我回看刚拍的照片,唐家大院的文化氛围也让我心折,梅兰竹菊、福禄寿喜、钓鱼图、求学图、着棋图、八骏图等预示着主人风雅高洁的品质。唐家大院里有好多匾额和对联,耐人寻味。无奈本人才疏学浅,一些繁体字不认识、看不懂。但我记下了一些认识的和值得玩味的,以鞭策自己并共享。

第二站

参观完唐家大院,已近中午十二点了,我们决定在照金吃午饭。于是,我们上车,向着照金进发!大巴在蜿蜒的山路上穿行,我打开车窗,任凉爽的山风吹拂脸庞,看满目的苍翠肆意流淌,好美啊!

旅游杂记

在照金吃完午饭，做好休整之后，我们就从容出发了，因为薛家寨距此才五公里。远远地，我们就看到好几座山头，是青黑色的那种，我们正在纳闷，就听林老师讲解说，这就是典型的丹霞地貌。丹霞地貌（Danxia landform）系指由水平或平缓的层状铁钙质混合不均匀胶结而成的红色碎屑岩（主要是砾岩和砂岩），受垂直或高角度解理切割，并在差异风化、重力崩塌、流水溶蚀、风力侵蚀等综合作用下形成的有陡崖的城堡状、宝塔状、针状、柱状、棒状、方山状或峰林状的地形。简单说，山的颜色多呈红色或青褐色，形成的物质像土又不像土，像石又不像石。哦，我长知识了！

不一会儿，我们已到了薛家寨红色旅游景点的门口。下得车来，凉风扑面，溪流潺潺，虽是艳阳当空，但比家里凉爽多了。简短地拍照留念之后，我们准备上山。来此之前，我未做功课，不了解薛家寨为何地，也不知道要爬山，所以，在山下向别的行人打听时，游人遥指山顶红色处，并说山路陡峭，部分路段接近七十度，我的心里打起了退堂鼓，就对大家说，你们上山，我在山下转转，等着接应你们。大家不许，同路不舍伴嘛！幸好，因为盟员里有一个病号，我们决定走坡缓的另一条路。开始，我还可以，但走了一段路后，我和宙颂、欧霞落在了后面，我们气喘吁吁，浑身是汗。有好几次，我想放弃上山，但二位姐妹善解人意，体贴入微，又是递水，又是给吃的，鼓励我坚持，无限风光在险峰啊！就这样，走走停停，看看歇歇，我们终于上到了山顶。

大自然就是神奇！山顶地势平缓，树木郁郁葱葱，凉意阵阵，我们欢呼起来。我呢，此时此刻，真想铺一片席子，或系一个吊床，悠闲惬意地躺一会儿，摇一会儿！

慢慢悠悠地，我们到了薛家寨。看了介绍，我才真正了解了薛家寨的前世今生。

传说薛刚反唐时，曾屯兵于此，故而得名。这里石峰千仞，拔地而起，三面悬崖，人莫能攀，仅西北和土儿梁山岭相连，可直通桥山主脉。寨子灌木丛生，十分隐蔽，登上悬崖吊桥，再过两道石门，有天然石洞五

浅笑低吟的风铃

窟：大者能容二三百人，小者可容数十人。20世纪30年代初，刘志丹、谢子长、习仲勋等老一辈无产阶级革命家开辟了以照金为中心的陕甘边革命根据地。1933年春，陕甘边党政军领导机关迁驻薛家寨后，这里就成为照金苏区的政治、经济、军事中心，也是红军的后方基地。为了建设薛家寨，红军上寨后首先加固了前后哨门，并增筑碉堡，设岗放哨。又在石洞修了堞墙。同时在党家山、鸡儿架等处建立哨卡，周围布有地雷、滚石垒及战壕、暗道等防御工事。利用这里的四个天然岩洞修建了一至四号红军寨，自东南而西北依山势依次排列。一号寨南邻秀房沟，当年为陕甘游击队第一、第三支队驻地；二号红军寨为当年的红军医院和被服厂；三号红军寨是红军当年的军械厂，又称"兵工厂"或"修械所"；四号红军寨为陕甘特委驻地和供需仓库。

参观红军的几个寨子时，我们也惊叹，思索着这里的历史与未来、艰难与辉煌。的确如此，想当年，刘志丹、谢子长、习仲勋等红军干部，为了穷人翻身得解放，带领红军和群众，在这样的险要环境，担惊受怕，吃苦耐劳，历经千辛万苦、千难万险，用他们山一样的毅力，终于开辟出一片新天地。我们能有今天的和平稳定生活，的确要感谢他们，吃水不忘挖井人啊！我们要尊重历史，珍惜和平，共筑我们的中国梦！

我们边走边看，边看边议，忽然，天色暗了下来，抬头一看，乌云密布。不好，要下大雨了，赶紧下山！紧走慢走，狂风大作，山雨说来就来，雨点很大，大雨倾盆，我们的太阳伞都用作了雨伞，就这样，团结协作，互相照应，下得山来，除了头部，全身湿透，个个都成了落汤鸡！

真是风云莫测，世事无常啊！我们上山时的闷热，变成了此刻的透凉。风依然很大，你看，地上的积水被风一吹，似乎能跑二三里！太可怕了！

正准备发车走时，发现两名盟友未归，赶紧打电话联系，电话打不通，车里的空气顿时紧张起来，因为我们知道，那两位男士未带伞，而且，山上没有躲雨处！空气凝滞了好一会儿，林老师的电话响了，谢天谢地，是二位男士打来的，说他们快下来了，众人长舒一口气。好大一会儿后，我们看到两个"雨人"向车这边走来，手里居然有把伞，经问询，才知是好说硬泡，花一百元买来的！

  清点完人数，林老师发话回家。坐在车里，衣服湿透了，但只能忍耐。大家谈论着今天的行程，有惊有险，有喜有忧，但总的来说，清凉消暑，美好甜蜜！长知识，难忘怀！

  晚十点左右，回到咸阳，咸阳已是雨城，到处都堵车，到处都可以看海！原来，咸阳也下了特大暴雨！谢天谢地，我们安全返回！

仲夏新疆之行

盼望着，盼望着，我们的新疆之旅开始了。这是我第二次来新疆，出于对它的壮丽风景的向往，我依然是迫不及待。这次行程叫仲夏新疆之行。

Day 1

2021年7月5日早九点半，我准时上车前往机场，十二点二十五分飞机起飞。我有幸坐在靠窗的位置，天气晴好，一路所见，极其清楚。我鸟瞰了从陕西到新疆的沿途风光，美不胜收，心中无数遍赞叹着大自然的鬼斧神工。蔚蓝的天空下，白云朵朵，形状各异，极目远望，整个景象，像极了浩茫天空里有朵朵白云岛，让人禁不住联想，里面是不是住着许多神仙？

在甘肃、新疆的上空，万里无云，只看见下面层峦叠嶂，山峦上面被雨水冲刷出的沟壑千丝万条，沙漠广阔无垠，只有上面的沙棘如星星点点。河流像一条带子蜿蜒入山谷，公路像一条黑线延伸向远方。到了乌鲁木齐上空，俯瞰下去，在荒漠中有绿野片片，看来乌鲁木齐是个不错的地方。

下午三点四十六分飞机准时降落在地窝堡机场。我们入住了伊犁大酒店，环境还不错，但管理严格，出入必须戴口罩，还做了核酸检测。休息后，我们去了二道桥国际大巴扎（维吾尔语，意为集市、农贸市场），逛了水果大巴扎。新疆国际大巴扎是世界规模最大的大巴扎。它集伊斯兰文化、建筑、民族商贸、娱乐、餐饮于一体，是新疆旅游业产品的汇集地和展示中心，是"新疆之窗""中亚之窗"和"世界之窗"。这里是近年来乌鲁木齐市最富民族特色的观光地。大巴扎2004年入选乌鲁木齐市"十佳建筑"，在涵盖了建筑的功能性和时代感的基础上，重现了古丝绸之路的繁华，集中体现了浓郁的西域民族特色和地域文化。的确，这里的点滴细节都体现着西域风情，都会让人联想到聪慧可爱的阿凡提。

Day 2

伊犁大酒店的早饭真心不错，有新疆的格瓦斯，这种饮料是面包发酵，冰镇的更好喝，还有一种酸奶也很好喝。饭后，我们出发，走的是S101国防公路。出了城市，公路两旁视野开阔，特别是走到百里丹霞地貌那儿，景色特别震撼，不由得感叹：江山如此多娇！

S101国防公路在新疆昌吉回族自治州昌吉市南部、天山北麓，长约二十公里，被人们称为"天山地理风光走廊"，这里的丹霞地貌一里一景，经过岁月的风蚀雨淋，红色的陡峭山峰巍然挺拔，错落有致的五彩山脊绵延伸着向远方。正值七月炎夏，炽烈的阳光直射着丹霞地貌，巨大的山体在云朵飞扬的蓝天下赤红欲燃，奔放而阳刚的姿态极具冲击力，雄浑巍峨的山体，满眼淡绿、淡黄、浅白、深褐交错伸展，绵延百里，造型奇异，蔚为壮观！我们词穷，也只能喊出观景台处石头上刻写的几个大字：江山多娇！

我们同行的几人有共同爱好，沉醉其中，照了很多照片，录了一些视频。晚上到达精河市，在精河市市场逛了一下，我买了一套很漂亮的裙子，还逛了人民公园，认识了红柳，就是红柳烤肉用的那种红柳。

浅笑低吟的风铃

Day 3

酒店的馒头很好吃，其他的太一般。早上出发后我们去了赛里木湖，赛里木湖是中国海拔最高、面积最大的高山湖泊，水特别清特别凉，去的半路上下起了小雨，我们很着急很失望，要是到了雨下大了一片迷蒙的话，就看不到远处的草地雪山了。朋友的女儿开玩笑说她要马上作法，希望乌云乌云快走开。说来神奇，到了时，真的不下雨了。

赛里木湖是省级旅游名胜景区、第五批国家级风景名胜区，是大西洋暖湿气流最后眷顾的地方，有"大西洋最后一滴眼泪"的说法。湖水清澈见底，透明度达十二米。赛里木湖古称"净湖"，里面原没有鱼，但1998年从俄罗斯成功引进了高白鲑，现已发展成为新疆重要的冷水鱼生产基地。

在环湖公路上，我们重点观赏了点将台，点将台是成吉思汗向西开疆拓土时集合将领举行出征仪式的地方。拾级登上最高处，望向四周苍茫大地，不禁有一种莫名的激动，一种厚重久远的历史感盈于胸怀，向一代天骄成吉思汗致敬！

中午，我们在霍城市的清水河镇吃了饭。饭后，在一个名叫解忧公主的庄园，我们看到了梦中神往的薰衣草。说实话，这里的薰衣草有点过了季节，显得老气横秋，商业化太浓，卫生管理不尽如人意，让人有一丝丝的失望。不过解忧公主这个名字确实是好，让人想到美丽高贵、善解人意、优雅风情的美女，希望这淡紫色的浪漫、温情脉脉的名字带给我们好运吧！

下午我们经过了果子沟大桥，进入伊犁，赶往特克斯。伊犁真是塞外江南，沿途水草丰美，庄稼茂盛，很像我们的关中环线。果子沟大桥也很值得打卡体验！

Day 4

早饭过后，我们出发前往琼库什台。琼库什台位于新疆特克斯县喀拉达拉乡，距离特克斯八卦城九十公里，是一个牧业村，村内居民以哈萨克族为主。

  我们走的是县道，比较深入和原始，沿途山河壮丽，风光无限，蓝天白云。嫩绿的草原像巨大的绒毯子平展延伸，起起伏伏，望也望不到头，各色小花朵朵摇曳，牛羊在草原上悠闲吃草。我们一路惊叹，一路感慨：江山如此多娇！村子边上有一条河，水量挺大，沿河上溯，有原始森林，地上层层针叶，河边枯树横躺，无不告诉我们此处神秘原始，人迹稀少。在这里还可骑马戏耍，河边漫步，坐着发呆，草上打滚，亲近自然，放空自己，做一只小蝴蝶抑或一只小蚂蚁……

  这里民风淳朴，有一个故事可见一斑。在茂密的森林里我们沿河漫步，同行的小陈见一饮马的七八岁的小男孩，和他攀谈起来，说骑马真帅，小男孩立马就说他可以带她骑。小陈开玩笑说我们两个人要骑，他口哨一吹立马又叫来一个伙伴。看娃又小又真诚，抱着补偿的心理，原本不打算骑马的我和雪丽也说想尝试一下，很快又来了两个二十岁的小伙子，牵着马，我俩又犹豫了，说不骑了，两个小伙也没表示啥不满，叮咛了一下两个小孩，就走了。要是在别处，我俩一定会挨骂的，真是纯朴的孩子！

  我们后又停在一个观景台上看风景，偶遇结婚的队伍，跳舞欢笑，像是看了一场维吾尔族歌舞的现场直播。还看到了油菜花海、青纱帐、麦田、棉花田等。

Day 5

  今天早上，我们打卡了特克斯县的八卦中央公园，在太极坛那儿好奇地转了转，登上台阶，极力想看太极坛内部有什么，一打听，哦，里面是特克斯的历史展览馆。举目四望，确实是有八条街，真如导游所讲：是以县城中心的八卦公园太极坛为中心，向外辐射乾、坤、震、坎、艮、巽、离、兑八条大街。每条主街长一千两百米，每隔三百六十米左右有

浅笑低吟的风铃

一条连接各个主街的环路。所有街道和环路路路相通、环环相连，还有路标和方向牌指引。所以，特克斯八卦城是全国唯一没有红绿灯也不会堵车的城市。同时，它也具有浓郁的民族风情、厚重的历史文化和秀美的自然风光。

下午，我们到了伊犁州首府伊宁市喀赞其老城风景区，它不是我们理解的那种景区，而是一片老城，没有城墙，没有大门。当地人基本是维吾尔族，典型的新疆人的模样，帅气漂亮。老人在街边闲坐着聊天，店主在门外等待或在店内接待着游客，还有七八个小孩子在村边的小河里戏水打闹，浑身湿透，自得其乐。

街上的游人很多，多是坐着这儿特有的"马的"。在现代化的都市中体验原汁原味的维吾尔族文化风情，悠然自得，乐在其中，真正的慢生活，真正的中西亚的传统异域风情。为什么叫这里为蓝色小镇呢？这儿的人喜欢蓝色，他们把房子、房门、窗棂大多涂刷为蓝色，给人纯净浪漫的感觉。街道上，不时有鸽子落下又飞起，人与自然和谐共处得真不错！我们流连其间，舍不得离开。在离开的路上，又听说伊宁市还有一个人文景区叫六星街，那里的房屋五彩斑斓，房前红花绿草，有地道的中亚美食，这次与之失之交臂，真让人遗憾，期待下次吧！

Day 6

今天我们离开特克斯前往新源县。途经唐布拉百里画廊，连绵起伏的山脉，深绿神气的雪杉，绿茵如毯的草原，远处山顶的积雪，构成立体的巨幅风景画，壮观震撼！

我们深入画廊，去了一个叫仙女湖的地方。这是一个尚未开发的地方，游客不多，商业气息较弱。我们是骑马上去的，大约有十里路吧，路是崎岖不平的山路，是得蜿蜒着向山上走的，山顶的风景实在是美，一步一景，三步一画。湖泊、草原、雪山、牛羊、马匹、牧民、毡房，这一切美好聚在一起，是那么的大气而又静谧，宛如人间仙境。同行的小美女被美得挪不动步，直言今晚想住在这儿，劈柴喂马、采蘑菇、看星星。

　　骑着马上山下山，哈萨克兄弟才收费两百元，他们一路牵着马很不容易。更不容易的还有我们骑的马，一路埋头向前，浑身出汗，累得不停放屁，每每想要休息时，或是在小溪那儿想喝水时，你轻拍一下它的屁股，它就立马行动继续向前行进。我真的理解了当牛做马这个成语，我对牵马的哈萨克兄弟说，给马吃好些吧，在心里，我希望人们都能善待弱势群体。

Day 7

　　今天，我们从新源赶往奎屯，走了从乔尔玛到独山子的这段独库公路。路上的风景美得不像话。就我们走过的这一段，就经过了绿荫葱茏的峡谷，呈盘龙之势的山峦，宽阔无垠的草原，成群结队的动物，形态雄伟的湿地等。如此丰富的景色汇集在此，让人应接不暇，大呼过瘾。最震撼的是站在停歇点看到的九曲十八弯的公路，真如袖带在飘舞。最独特的体验是在炎炎七月，我们还能看雪、滑雪、打雪仗。我拍了好多照片和视频，白雪皑皑的背景中，穿着鲜艳、激动无比的游客煞是好看。

　　独库公路以风光奇特、山路险峻而著称，真是筑路奇迹，无数旅行家称它为"公路旅行的终极梦想"。据说，修建它用了十年时间，因雪崩泥石流等牺牲了一百多名解放军战士。让我们也向长眠在乔尔玛陵园的英雄送上我们深深的敬意！

　　下午，我们去了独山子大峡谷，景区整体以灰黑色为主，从不同角度看，形态变幻万千。亿万年河水的冲刷雕琢出沟壑纵横，层层叠叠堆集形成的岩石里，星星点点满是鹅卵石，大自然鬼斧神工的崖壁上，满是岁月的痕迹，气势磅礴，硬朗粗犷，苍茫豪迈。震撼是我们的第一感受，第二感受是自然真伟大，人类很渺小，你我得敬畏自然！

　　这里有很多娱乐挑战项目，因为胆小怕晒，我们没敢尝试其他项目，只一起挑战了玻璃栈道。刚开始，我心儿怦怦跳，两腿颤战；适应了之后，心儿欢喜，手儿挥舞，盘腿坐于正中，置身于半空中，照了好几张相，激动不已。

Day 8

昨晚入住乌市伊犁大酒店，早上睡到自然醒，吃了这个酒店丰富美味的早餐。在朋友女儿的带领下，我们去了乌鲁木齐最大的水果干果批发市场之一的华凌市场。我们是坐出租车去的，司机师傅挺热情友好的，聊天中得知他也是外地人，不过，来新疆二十多年了。如今超市里什么都有，网上购物也特别方便，我们本不打算买什么的，不过，禁不住市场里成堆的色香味俱全的五颜六色的美食诱惑，也禁不住巧舌如簧的店家的热情推销，买了一些新疆特产，如天麻茶、天山雪菊胎菊、玫瑰美容养颜茶等。我们还在网红饭店"石榴红了"里吃了饭，正宗的新疆烤肉流着油但不腻，鸽捞面很有特色。吃饱喝足后，我们赶往机场，打道回府，心中很不舍。我在心中默默祝愿：愿各族人民像石榴粒那样紧紧拥抱在一起，把新疆建设得更加美好富足。

我还会再来的！

旅游杂记

非常6+1的芽庄之行

盼望着，盼望着，距离高考的日子越来越近了，辛苦忙碌一年的我们，也可以松口气了。学生们都在规划着高考后去哪儿放松了，我们高三的几个非班主任的老师，也不由得凑到了一起，去哪儿呢？都谁去呢？

肯定要去性价比高的地方，目的地最好要远离尘嚣，面朝大海，富有诗意，再则能有别于在国内旅行，在海女子与旅行社沟通后，我们决定去越南的芽庄看看。

刚开始，十几个人都有兴趣，但出于各种原因，决定去的共七人，有趣的是六女一男，所以，我就称我们的组合为非常6+1。

芽庄市位于越南中部沿海地区的庆和省，是越南众多海滨城市当中一个较为僻静的海边小城市，与拥有海上七大奇观的下龙湾相比较，芽庄的恬静内敛渐渐受到更多外国游客的关注。

我们的芽庄之行共六天，每天都有不同的体验，不同的收获！

Day 1

6月4日晚，我们一行七人十一点在咸阳国际机场集合，前往越南芽庄旅游。飞机说好的三点五十起飞，但因一点故障，四点三十才起飞，飞行了将近四个小时，终于到达了芽庄金兰湾国际机场。

飞机起飞时，天已快亮了，在飞机上，我看到了天刚破晓时的壮观

浅笑低吟的风铃

景象,红色的霞光,划开了黑夜与白昼,蔚为壮观。快到芽庄时,天已大亮。飞机窗外云海浩瀚,天空蔚蓝;俯瞰机下,大海苍茫,渔船点点,真美啊!只是几个小时的干坐,人难受得很,手脚都浮肿了。

6月5日的安排是自由活动。我们赶上了酒店的早餐,用完餐后,人困马乏,美美地睡了一觉。

下午四点半集合后,我们来到酒店边的海边。见到大海,心情敞亮,激动无比,我们就像一群孩子,扔掉鞋子,扑向海边。我们光脚走在沙滩上,任细沙渗入我们的脚缝,又跑进浅海,任海水亲吻我们的腿脚,真惬意啊!

爱美的我们又开始臭美了,摆出各种造型,感谢高大艳的pose指导,感谢海女子提供的好手机,感谢成伟的耐心配合,我们玩得很嗨!

下午六点多的时候,我们准备去吃饭,沿街寻找时也看到了芽庄的日常风貌,街道不宽,汽车少摩托车多,车速挺快,还不太让人。路边店铺林立,但多是小店,与国内的相差很大。

有意思的是,这里的房子、桌子、椅子等都是小号的,我戏称,像幼儿园小朋友用的,什么原因呢?人种问题呗,这里的男男女女都又瘦又矮,但很结实。有的房子不足一间宽,却可以盖七八层高,听导游介绍说:在越南,入学和医疗都有政府保障,而住宅是祖先留下来的永久产权,百姓不用攒钱,够花就行。所以,你可以看到大多数芽庄人衣着普通,穿着拖鞋,不紧不慢,悠闲自在。我真羡慕他们的知足常乐。

吃完饭,回酒店休息。酒店的设施还不错,有中央空调,二十四小时热水供应,最赞的是Wi-Fi很给力,让我们与国内的众亲友联系畅通无阻!

Day 2

6月6日,越南之行的第二天,早上九点坐上大巴,我们今天要出海啦!

一坐上船,我们就被美景所震撼。海是那么的宽广,烟波浩渺,一眼望不到头，水是那么的干净，清澈见底，能看见水下的沙子石头。天空是那么的高远，流云朵朵。水色是那么的好看，孔雀蓝那样的颜色，蓝格莹莹，绿透心田，真是美！

值得记录的是，我们坐着玻璃船去看珊瑚，透过船底的玻璃，我们看到了神奇的海底世界，珊瑚朵朵，各色鱼类畅游其中，真美呀！我不禁感叹，大自然是多么的神奇呀，真是大千世界，无奇不有呀！我想起了一首歌，歌名是《一天到晚游泳的鱼》，忍不住哼唱几句，真想变成一条鱼，自由自在的，无忧无虑的。

下午五点回到宾馆，我和几个年轻同事，换上泳装，来到海边，戏水拍照，甚是开心。我真切感受到大海的美好，海水是咸的，不小心扑到眼睛里，会让人很不舒服。

我们下午七点到街上吃饭，顺便感受了一下当地人的生活。有一点很有意思，这儿的人力车和我们那儿的不一样，是什么呢？我们的人力车是车夫在前，车厢在后，而这儿的人力车则是车厢在前，车夫在后。我们不禁好奇，这是为什么呢？

据导游讲，是因为芽庄这个地方，地理位置在北回归线以南，又地处海边，年平均气温是二十六摄氏度，大多数时候，这儿是湿热温热的。不干活，出去一下，人都汗津津的，更不用说卖苦力的车夫了。客人若坐在后面，风一吹，客人就会被车夫的汗味熏着，所以人力车才有了这奇怪的造型。

另外，历史上，法国人统治越南的历史有两百多年，越南盛产香料，法国拥有香水配方，所以，越南的香水也是世界有名的。其中，最著名的是西贡小姐，香水气味淡雅稳定，香水以着传统服装和戴斗笠的越南女士为瓶身，靓丽诱人，展示了越南这个国家的神秘美丽。

有意思，长知识了！

浅笑低吟的风铃

Day 3

6月7日，我们早上八点集合，去有名的天堂湾。

车程约一小时，沿途所见，让我们对越南的风貌可窥一斑。正如导游所讲，越南的硬件设施比中国落后十到二十年，软件比中国落后一百年。

你看，路边的村舍低矮狭窄，路边的田野还放牧着水牛，田地边还停留着农用拖拉机。这边几乎没有私家车，家家户户、男男女女出行都靠摩托车，公路很窄，类似于我们的乡村公路，路的两旁也没有树，只有路边、地里、山丘上野草疯长。越南的人似乎也很懒，街道上、门道边、路边的垃圾废弃物品随处可见。每次见到这样的景象，我真想下去捡一下路边的垃圾，拔一下门边的野草，再扫一扫他们的庭院。

再想一下，我们落地的芽庄机场，就像我们20世纪八九十年代时的火车站，硬件设施真和我们的咸阳国际机场天上地下，没法同日而语。

上午九点多的时候，我们到了天堂湾，这里的天依然是那么蓝，海依然是那么宽，沙滩依然是那么美。高高的椰子树在海风中摇曳，让我们忍不住又换上泳衣，扑入大海，拥抱它、亲吻它！或者任由大海抚摸着我们，任由浪花拍打着我们！真想变成一条鱼，一条爱游泳的鱼！

中午一点的时候，我们集合去体验泥浆浴，泥浆就是火山灰，据说含有各种矿物质，泡泡洗洗对皮肤有很好的美白作用！

虽然看上去把身体弄得很脏，但是，为了美白皮肤，还是泡吧！泡完后，我们又泡了半个多小时的温泉，驱散一下在海里游泳、在飞机上和车上吹的冷气，我们说着笑着，相互打趣着，很开心！

下午五点多的时候，我们返回芽庄市，经导游推荐，吃了实惠的牛杂火锅，味道挺不错的！芽庄人也挺心实的，把我们都吃撑了。

吃火锅的时候，突然大雨倾盆，我们开玩笑说，这么大的雨，也不打个雷、闪个电打个招呼。约半小时后，雨停了，典型的海洋气候啊，怪不得当地人老是穿着拖鞋呢。

还有一个小插曲，我们迎迎爱美又热情，她心心念念想要买一件奥黛，今天到了市里，就想趁此机会问一下，看能否买到。怎奈当地人听不懂汉语，也听不懂英语，迎迎急得比画，当地人热情地拿来了雨衣，我们大笑。迎迎还不罢休，扭动翘臀比画，当地人终于懂了，指了指远处的超市。

可见，出门在外，在语言不通的情况下，body language（身体语言）是多么的重要，以后可把此例讲给学生听，或用于导入新课，一定新颖有趣。

Day 4

6月8日早八点十分，我们在宾馆大厅集合乘车后，换乘快艇去有名的珍珠岛，去那儿的游乐天堂。

珍珠岛的游乐天堂据说是越南的迪士尼乐园，有各种娱乐设施和水上乐园，老少皆宜，去过的人觉得特别值得，没去过的人则非常后悔。远道而来，不去很遗憾。所以，虽是自费项目，但我们义无反顾地报了名。

坐快艇十多分钟后，我们到达了珍珠岛，这里实行一卡通，即花三百五十元买了入门卡后，进去，你想玩什么就玩什么，觉得什么好玩，可玩多次，这一点巨划算，比国内的省钱多了。

我们乘电梯来到山上，沿路欣赏热带海边美景，又参观了好几个景点。

一是动物园，里边有很多动物，长相奇特，生活习性也奇怪，几乎都叫不上名字。我拍了它们的照片，准备回去闲了查查资料，了解学习一下。

二是参观了植物园，这里的植物园被打理得特别好，花木各种各样，五颜六色，鲜嫩欲滴，摆有各种造型。印象最深的是有三只大桶，倒出的是充满希望的花儿朵朵，让人想到春风十里、流光溢彩、美不胜收、独具匠心等成语。

浅笑低吟的风铃

三是海底世界，我大开眼界，惊叹海底之广阔无垠、浩瀚无边，惊艳鱼儿之品种繁多、自由无拘束！我虽然叫不上鱼儿的名字，却非常羡慕鱼儿的生活，真想成为一条鱼，一条爱游泳的鱼！

令人难忘的是，我们还玩了游乐项目，胆小的我也在同伴的鼓动下冲了上去，骑了旋转木马，驾了旋转飞机，开了碰碰车，坐了摩天轮。我们开心得像个孩子一样。

其中乘坐摩天轮最让我们难忘，这个摩天轮最高可达两百米，是世界前十高的摩天轮之一，但是，座厢宽敞，平稳舒适，没啥惊险的。而目之所及，美哭了！真是欲穷千里目，更上一层楼啊！坐在摩天轮上，芽庄的美景尽收眼底，珍珠岛的全貌一览无余，真是天上人间，童话世界。我们不由得对着大海呼喊：大海，我们爱你！芽庄，我们来啦！我们还一起高歌了几曲，《大海啊我的故乡》《妈妈的吻》《大海》《水手》等，开心的笑声伴着歌声飞出窗外，传向远方！

我们还看了海豚表演、传统民族表演，也很不错的！

Day 5

6月9日一大早，我们在酒店大厅集合，准备看几个有代表性的景点，再尝尝越南美食。

我们先来到芽庄大教堂。芽庄大教堂建于1928年，以独特的法式风格吸引着无数游客，整座教堂外形由石头雕刻而成，矗立在一个绿油油的山坡上。沿着开满小花的阶梯上去，我便感受到一番肃穆神圣的气氛。这里不仅可以找到很多中国文化的影子，还可以嗅到独特的印度教的气息。这是这座城市的必游景点之一。

第二站，我们来到了占婆塔。当地人又称此庙为婆那加，这里有几栋巍峨的宝塔，据说在7至12世纪时，此地共有八座宝塔，现只剩四座，其中最大的主塔内供奉占婆女神，她是古时候统治芽庄的占婆王国之母，印度教徒称占婆女神是印度教希瓦神（Siva）的化身，越南佛教徒称她为天依女神。所以，占婆塔也叫天依女神庙。

第三站到了五指岩。这是芽庄的一个自然景观，耸立在海边的巨大岩壁上，有一个巨大的五指印印在上面，真是一种奇观。进五指岩前，我们先来到一座具有越南风情的建筑，欣赏由越南民间艺人演奏的乐曲，演奏者用竹、石制作的本土乐器演奏了几首越南本土音乐。

在五指岩这块，我们可以看到芽庄市的妩媚，一边是各种高低不同的建筑物，掩映在青山绿水之中，大多建筑是白色的，在阳光下非常耀眼夺目。一边是广阔无垠的大海，在蔚蓝天空下波光粼粼，这景色真是美轮美奂，我们和众游客一样，又忍不住拍照留念。

中午时分，我们还品尝了越南三宝。即牛肉河粉、越式春卷、越式汉堡。越南饭菜吃起来清淡不腻，蔬菜添加得较多，只是没醋、没辣子，有点甜，不难吃，但也不美味。

晚上，在导游的引领下，我们来到了当地一个性价比较高的海鲜店，点了新鲜的大龙虾、皮皮虾、螃蟹，还点了蟹黄粥，味道美极了，但我们眼大肚子小，差点没吃完。

酒足饭饱，人困马乏，回酒店冲洗之后，我在激动中酣然入睡。

Day 6

今天是我们越南之行的最后一天，按行程，要去几个购物点了。

其实，想想也是，漂洋过海，来到了这么远的地方，也该给自己和亲友买点纪念品了。

我们先来到了一个卖珍珠的店，参观了各种贝壳，了解了砗磲，了解了珍珠的产生形成过程，了解了珍珠的种类和品质鉴定方法，知道了黄色珍珠是最宝贵和稀缺的，其次是粉色、紫色、白色。我在众人的刺激下，狠了一下心，买了一串价值不菲的紫色珍珠项链挂在脖子上，还买了一对耳环。

接下来，我们体验了乳胶床垫和乳胶枕头，真是舒服得很呢！越南盛产乳胶，据说乳胶枕头、乳胶床垫通风透气，不变形，不发黄，不生螨虫。出于健康考虑，好多游客出了手，采购了一番。

再接下来，我们又参观了丝绸店，在进店之前，看了一段奥黛走秀，知道了越南的国服女式的叫奥黛，男式的叫奥甲。奥黛类似于中国的旗袍，但腰部开衩较高，下身搭配宽宽长长的裤子，走起来衣袂飘飘的，挺美的！越南的丝绸床上用品也很漂亮。

最后一站是越南纪念品店，这里有越南三宝，即西贡小姐香水、白虎活络膏、越南牛角梳子，另外还有越南绿豆糕、榴莲糖、腰果，外加舒服耐穿的橡胶拖鞋。

进了这些店，我们增长了一些见识，花了一些钱，有些心疼，下次外出一定要理性消费，合理开支！

今天最开心的就是早上五点起床，跑到海边看日出。朦朦胧胧中，太阳光穿透几朵乌云，霞光映照大海，黑色的海面泛着点点霞光，海浪拍打着海岸。游人们有的走在沙滩上，有的坐在沙滩上，吹着风，说着话，或发着呆，却很有闲适慢生活的感觉。真美啊！这样的景象，拍一些剪影是最好的了。

我们下午六点多到芽庄机场，九点半登机，飞行四小时后，凌晨两点四十准点到咸阳国际机场（因为北京时间比芽庄早一小时），虽然很累，但很激动！今后还是应该多出来走走看看，因为，旅行的意义在于更好地体验另一种生活，走过的路、看过的景、遇到的人都是旅行的收获！

时间过得很快，我们非常6+1的旅行结束了。在这次旅行中，我们相互照顾，相互体谅，团结协作，十分愉快。团队的每一个人都让我刮目相看。唯一的男士成伟儒雅有担当，是我们的保护神，让我们很有安全感。小美女文莉细心沉稳，发挥智能手机的作用，为我们导航，拍美颜照。海女子才思敏捷，为我们出主意、做攻略。高大艳干练新潮，时不时地充当我们的pose指导。风风人如其名，风风火火，细心体贴，为大家操心这操心那。还有热情似火的迎迎，总能带动我们玩乐的气氛。谢谢，亲爱的玩伴们！

人间最美是相遇！

回来这两天，迎迎奉上散文一篇，名为《慢芽庄》。

成伟填词一首："春衫薄，椰风海浪沙滩，芒果荔枝榴莲。日日逐浪笑语喧，频频弄姿镜头前。如幻瞬间，相逢即是缘。"

海女子赋诗一首："美人脉脉对骄阳，含情凝睇镜中妆。欲与众友再聚乐，娇扶眠榻懒离凉！"

此次旅行，我们确实体会到了相逢即是缘，也确实盼望与众友再聚乐！的确，旅行是一种求新、求知、求乐的高级精神享受。朋友们，真心珍视此行经历吧！热切盼望下次再相约哦！

浅笑低吟的风铃

我的欧洲之行

出发

这次出行，一切就像做梦一样。我们本打算去美国参加一个毕业典礼，不料美签被拒，女儿难过伤心，但我的年假已请，仓促中打电话咨询欧洲之旅，意料之外地还赶上了组团时间，八天内搞定了这次欧洲六国之行。本打算乘坐5月1日七点半的芬航班机，没想到5月1日前一天晚上快上晚自习时，导游打来了电话，说明天的芬航取消，改为海航班机，集合时间是今晚十点半。本打算晚上再给老爸老妈打通电话，汇报一下我的行程安排，也准备给小宝打通电话，叮咛一下学习要玩学结合，这一切都没来得及。八点半下了晚自习，九点回到家，匆匆收拾，九点五十出发，十点半到达机场，听了导游的注意事项，办了行李托运，过了安检，登上了飞往罗马的直航飞机。

预计要飞行十二个小时，这是我第一次坐长途飞机，心里很是忐忑，想着上机前的各种匆忙，心里还有点嘀咕，飞行时间太长，还是很危险的。于是在心里祈祷，安全落地吧！

飞机的设施很先进，每个座位前都有电脑，你可了解你所乘坐航班的飞行信息，还可看电影、电视剧，还可听音乐、打游戏等。我看了一部电影后，已很疲乏了，和很多其他乘客一样，很快就睡着了。飞机的飞行特别平稳，只是坐在座位上睡觉，真的是太难受了，腰疼脚胀小腿浮肿。不过，起来上个厕所活动活动，在走廊走走站站，有了很大的缓解。说个笑话，以前，我坐飞机，一直是乖乖地坐在座位上，不敢走动，不敢上厕所，总担心把飞机走得不平不稳了，甚至把飞机会踩下去。哈哈哈……这次，是我第一次在飞机上来回走动了几圈并上了厕所哦！

看了几次飞行信息，得知正飞行在莫斯科上空，高度一万多米，飞行了七千多公里，距罗马还有两千多公里，此时北京时间已是十点，罗马时间是凌晨四点多。一切都像在做梦一样啊！我也一直在想，昨晚还在亚欧大陆的东边，半个对时，我们就已穿越整个亚欧大陆，跨越九千多公里，来到了亚欧大陆的最西边，造飞机的人真伟大！人类真伟大！科技真神奇！我们真幸运！赶上了好时代，实现了我小时候只有在梦里才能实现的天方夜谭！好吧，下飞机后，准备开启我们的罗马假日！

Day 1

早上六点十一分，飞机安全落地，办完出关手续，领了行李，出了海关已七点多了。抬头看天空，天很辽阔，风儿轻柔，树叶嫩绿，草地鹅黄，看到了很多蓝眼睛黄头发的欧洲人，当然也少不了胡须浓密、野性高大的欧洲男人。

由于酒店下午三点后才能入住，于是，我们拖着疲惫的身体，直接坐上旅游大巴，开始了罗马之游。

我们走过帝国大道，看了古罗马斗兽场、万神殿、威尼斯广场、古罗马遗址、许愿池等地，用震撼二字最能概括我的感受。这儿的建筑大都有一千五百年以上的历史，但其建筑规模、建筑风格，都是那样的宏大，那样的精美。其中斗兽场就是我们在历史书上看到的那样。还有万神庙，建筑精美，设计巧妙。我走进庙中，看到了各种精美的雕刻，构思新颖，故事曲折，寓意深刻。我抬起头，看到了天窗，没有玻璃遮挡，下雨时怎么办呢？噢，低头看地面，是大理石、水磨石地面，特别是天窗正下方的地面那儿，有十几个窟窿，用作雨天排水之用。

古罗马遗址，有如我们的圆明园遗址，保护得很好。从中确实可以看到古罗马帝国的辉煌！

浅笑低吟的风铃

游览古罗马城,印象最深的两点:一是房屋很结实,全是石材筑成,带有各种雕刻,很精美!二是地面的铺设,全是小方石,很结实很古朴,走在其上,稳当厚重!看着这些,我不禁感慨,人家建造这样的建筑,修整这样的街道,真的是为了长久居住使用的。

我们还来到了梵蒂冈,参观了圣彼得大教堂,据了解,梵蒂冈是世界上最小的国家,国土面积只有0.44平方公里,身在其中,确实是小,感觉跨过一个门槛就出国了。这里的圣彼得大教堂是罗马基督教的中心教堂、欧洲天主教徒的朝圣地与梵蒂冈罗马教皇的教廷,是世界第一大教堂。

下午,在回酒店的路上,我们看到了意大利美丽的田园风光,美丽静谧。路上道路平坦,车辆不多,但是村村通公路,家家有汽车。这里的汽车很小,基本是两厢的。这里的房屋很田园,多是三层左右的小独栋,周围绿荫环绕,房屋每层都建有阳台,种满了绿植花草,很有诗意!

噢,我还有个发现,这里的人们特别爱养狗,这里街头的流浪汉也会音乐!难怪意大利是文艺复兴的发源地呢。

Day 2

今天一大早,我们离开罗马,乘车前往佛罗伦萨。据导游讲,佛罗伦萨是极为著名的世界艺术之都、欧洲文化中心,也是欧洲文艺复兴运动的发祥地、歌剧的诞生地、举世闻名的文化旅游胜地。曾被我国诗人徐志摩译为翡冷翠,是百花之城的意思。细想一下,诗人的这个译法更恰当,是不是十分梦幻,让人对其充满想象呢?

约三个小时后,我们到达了目的地,因为要参观的是佛罗伦萨的老城区,大巴开不进去,只能步行前往。穿梭在狭窄的街道,踩在斑驳的青石路上,看着两边古老的房屋,感受着厚重的历史和弥漫其中的艺术气息,让人有穿越时空之感。似乎一转身,就能见到一个历史名人,闻听一段历史故事。

这不,我们路过了但丁故居,据导游讲,在这儿能看到两个但丁,一个是故居外墙上的小雕像，一个是我们站立的地面上，有一块地砖，用水一浇，就明显能看到一个人的头像，是为第二个但丁，很神奇！好多游客围在那儿看呢。

当我伫立在但丁故居前的时候，我突然想起，上学时历史书上就讲过但丁。我知道他写过《神曲》，知道他的名言：走自己的路，让别人说去吧！还记得年少轻狂的自己和同学多次在作文中引用过呢。

不一会儿，我们来到了圣母百花大教堂跟前，我们都被这宏大的气势、精美的建筑、漂亮的外观、如织的游人所震撼，太美了！听着导游的讲解，再观看这绝世的建筑，你只会叹服！大教堂太精美了！艺术家太伟大了！

在这儿，请允许我介绍一下：百花圣母大教堂也叫佛罗伦萨大教堂。世界上庄严雄伟的教堂很多，但很少有教堂能如此妩媚。这座使用白、红、绿三色花岗岩贴面的美丽教堂将文艺复兴时代所推崇的古典、优雅、自由诠释得淋漓尽致，难怪会被命名为"花之圣母"。教堂自1296年开始奠基建设，花了一百七十五年时间才最终建成。天才建筑师布鲁涅内斯基仿造罗马万神殿设计的教堂圆顶，是古典艺术与当时科学的完美结合，连教皇也惊叹其如神话一般，一位音乐家还专门为它作了一首协奏曲。后来米开朗琪罗又模仿它设计了梵蒂冈圣彼得大教堂，却不无遗憾地感叹：可以建得比它大，却不可能比它美。最令人不可思议的是，布鲁涅内斯基没有画一张草图，也没有写下一组计算数据，仿佛整座圆顶已经在心里建好了。他的墓就在教堂地下，教堂广场上他的塑像手指着心爱的圆顶。圆顶内部是瓦萨里所绘制的穹顶画《末日审判》，大厅墙壁上有壁画《乔凡尼·阿古托纪念碑》和为纪念但丁诞辰两百年所绘的《但丁与神曲》，浮雕比比皆是。登上教堂北侧的四百六十三级台阶到达圆屋顶，可以俯瞰整个佛罗伦萨老城区的街景。

中午短暂的休息之后，我们又来到了君主广场，又名市政厅广场。这儿的建筑也很壮观精美，还有很多栩栩如生的雕塑，每一个雕塑都在勾勒一个画面或诉说一个故事。最让人开心的是，在这儿，我们看到了世界

浅笑低吟的风铃

上最美的男子：大卫。《大卫》是米开朗琪罗的代表作，原件存于佛罗伦萨美术学院，这儿展出的是其复制品。我仔细观看：该雕像展现了一个年轻有力的裸体男子形象，体态健美、神情坚定、肌肉饱满、有生命力，似乎能够感觉到人物血管的跳动，更突出了大卫作为一名英雄的高大形象。《大卫》体现了人体的神圣美与即将迸发出的巨大热情，从而成为西方美术史上值得夸耀的男性裸体雕像之一。

我们很高兴地与这个美男子合影留念。在广场上溜达了一小时后，大家集合，步行回车上。又一次走在那些狭窄的街道上，我仿佛还能听到文艺复兴时期的马蹄声，所有的建筑和绘画都还闪耀着文艺复兴时期的光芒。总之，对于今天在佛罗伦萨的见闻，用激动和震撼来形容我们的感受是最贴切不过了。

Day 3

由于早到了一天，所以，今天的行程相对轻松一点。在七点半用过早餐之后，我们走出宾馆，在小镇上转了转，天气晴朗，蓝天白云，空气清新，凉风习习，鸟语花香。只不过，街道冷清，少有行人。我们还观察到，这边的人家家小楼房，每层有阳台，阳台上摆满绿植鲜花，楼前有小院落，再是小铁栅栏，楼旁有小汽车，有车库。小镇很安静很干净很美丽，不知什么原因，就是人少，在我们逗留的四十多分钟里，就只见了两拨人，一是一位六十岁左右的大爷在草坪那儿遛狗，一是两位四十岁左右的妇女牵着狗、聊着天从街上走过。哦，对了，意大利人好像特别爱养狗，可能是人少伴少的原因吧，难怪他们视狗为家人呢。还有一点值得我们借鉴，遛狗要拴狗绳哦！

九点我们准时出发，三个多小时后，我们到达了比萨城。比萨是一座老城，城区不是很大，没见到高楼大厦，多是三四层或四五层高的小楼房，好像还是民居，一家一户的样子，街道人也少，很干净，就是比萨斜塔那儿游客挺多的。

旅游杂记

说起比萨斜塔，我立马就想起了小时候看的小人书《伽利略》，也想起了物理书上学的伽利略的自由落体实验。故事如下：

在伽利略之前，古希腊的亚里士多德认为，物体下落的速度快慢是不一样的。它的下落速度和它的重量成正比，物体越重，下落的速度越快。比如说，十千克重的物体，下落的速度要比一千克重的物体快。

一千七百多年前以来，人们一直把这个违背自然规律的学说当成不容置疑的真理。年轻的伽利略根据自己的经验推理，大胆地对亚里士多德的学说提出了质疑。经过深思熟虑，他决定亲自动手做一次实验。他选择了比萨斜塔作为实验场。这一天，他带了两个大小一样但重量不等的铁球，一个重十磅，是实心的；另一个重一磅，是空心的。伽利略站在比萨斜塔上面，望着塔下。塔下面站满了前来观看的人，大家议论纷纷。有人讽刺道：这个小伙子的一定是有病！亚里士多德的理论不会有错的！实验开始了，伽利略两手各拿一个铁球，大声喊道：下面的人们，你们看清楚，铁球就要落下去了！说完，他把两手同时张开。人们看到，两个铁球平行下落，几乎同时落到了地面上。所有的人都目瞪口呆。伽利略的试验，揭开了落体运动的秘密，推翻了亚里士多德的学说。这个实验在物理学的发展史上具有划时代的重要意义。

我一边想着，一边走着，不一会儿就来到了比萨斜塔景点，景点很壮观，一座宏伟的大教堂旁边，伫立着高高的斜塔，前面是一大片绿草地，使得这里显得庄重肃穆。哇，塔确实是斜的，让人很担心它会继续倾斜，甚至马上就会倒掉。但它为什么没有倒下呢？它的历史是怎样的呢？

据导游讲，意大利比萨斜塔修建于1173年，它由著名建筑师那诺·皮萨诺主持修建。它位于罗马式大教堂后面右侧，是比萨城的标志。

开始时，塔高设计为六十米左右，但动工五六年后，塔身从三层开始倾斜，直到完工还在持续倾斜，在其关闭之前，塔顶已南倾（即塔顶偏离垂直线）3.5米。1990年，意大利政府将其关闭，开始进行整修工作。

在整修工作中，许多有关专家对比萨斜塔的全部历史以及塔的建筑材料、结构、地质、水源等方面进行充分的研究，并采用各种先进的仪器设

浅笑低吟的风铃

备进行测试。

比萨中古史学家皮洛迪教授研究后认为,建造塔身的每一块石砖都是一块石雕佳品,石砖与石砖间黏合得极为巧妙,有效地防止了塔身倾斜引起的断裂,成为斜塔斜而不倒的一个因素。但他仍强调,当务之急是弄清比萨斜塔斜而不倒的奥妙。

比萨斜塔屹立而不倒的奥秘是什么呢?看来目前还没有完全弄清。

重温了铁球实验这个故事,聆听了导游对斜塔的介绍,让我们对伽利略肃然起敬,对科学研究更加崇尚。是的,回去后,应和学生一起再细思一下实验室里贴着的伽利略的两句名言:一切推理都必须从观察和实验得来。追求科学,要勇敢。

Day 4

早上从比萨出发,开车一小时左右,到达威尼斯。不巧的是,天空乌云密布,不一会儿,大雨如注。车窗外,雨雾蒙蒙,能见度很低;车厢里,叹息埋怨,失去了欢乐。我们心想,完了,运气不好,白来了,难见威尼斯的风情了。

到达目的地后,我们挤在一个码头的候车大厅口,放眼望去,是匆匆移动的各色雨伞,是匆匆奔跑溅起水花的未带伞的个别人。天气也有些冷,我们瑟缩在一起,等着码头大巴转运我们去坐游船。多亏导游给我们升级了有顶棚的大游船,而取消了原订的贡多拉,贡多拉是一种两头尖尖并且上翘的无顶的由人工划行的小船。要不然的话,今天就只能望威尼斯兴叹了。

我们情绪低落地坐在有顶棚的船里,隔着玻璃窗,怏怏地看着外面。但又忍不住内心的好奇与追切,推开顶窗,冒着小雨看外面。没想到天公作美,几分钟后,乌云中有小块的蓝天露出,不一会儿,天晴了!威尼斯的天晴了,太美了!

威尼斯的风情总离不开"水",蜿蜒的水巷,流动的清波,它好像一个漂浮在碧波上的浪漫的梦,诗情画意久久挥之不去。据导游讲,威尼斯城市面积不到八平方公里,却由一百一十八个小岛组成,一百七十七条运河蛛网一样密布其间。因而,威尼斯有"因水而生,因水而美,因水而兴"的美誉,享有"水城""水上都市""百岛城""亚得里亚海的女王""桥城"等美称。它还是世界著名的历史文化名城,是威尼斯画派的发源地,其建筑、绘画、雕塑、歌剧等在世界有着极其重要的地位。威尼斯是文艺复兴的精华,也是世界上唯一没有汽车的城市,上帝将眼泪流在了这里,却让它充满柔情。

我们又来到圣马可广场,这里被拿破仑认为是世界上最美的广场。建筑雕刻华丽精美,宏伟壮观。广场四周有很多咖啡馆,门前摆了很多桌椅,广场上游人很多,还有很多的鸽子,有的哗地飞起,有的闲庭信步,有的与游人互动,或落在游人手上,或落在游人肩上,有意思极了。我们也参与其中,把几个硬币握在手中,装作食物,吸引它们围观并落在我们手上、头上或身上,抓拍人鸟和谐的照片,好玩极了。

中午一点多的时候,我们穿街走巷,逛了逛威尼斯的街道,街道很古旧,两旁商店林立,卖啥的都有。后来又去逛商场,买了酷奇眼镜,把自己打扮得酷酷的、美美的。再后来,我们点了有名的威尼斯墨鱼面套餐,尝了墨鱼面、炸海鲜、意大利红酒、甜点。不过,真不是导游讲的那样,是一种享受,而实实在在是一种难受,难吃得很啊!

下午三点的时候,我们与上学时梦想的贡多拉和向往的威尼斯说了再见。开车五个多小时后,我们离开了意大利,进入了奥地利,夜宿奥地利的因斯布鲁克。天又下雨了,很冷。希望明天雨过天晴,暖和起来。

Day 5

一大早醒来,拉开窗帘,雪花飞舞,地上已有薄薄的一层落雪了,我没带厚衣服,只能把能穿的先套上,迎着风、冒着雪,继续今天的行程。我们离开了奥地利,一路上用时三个多小时,去看德国的天鹅堡,然后去

浅笑低吟的风铃

瑞士。

在路上，雪越下越大，车不得不开慢点，这也让我们饱览了沿途奇特的风光。远处的山上，雾凇之景十分壮观，白茫茫一片，草地上积了一层薄薄的雪，漂亮极了！但是随着不断地深入山路，雪更大了，公路上积雪挺厚的，到德国天鹅堡时，能见度很低，我们什么也没看见。好在，团里有一个人步行进去了，拍到了城堡、天鹅、静静的湖水。外面很冷，没办法，我在免税店里逛了好一会儿。

接下来，上车继续赶路，一小时后，我们到了列支敦士登，很美！我们在此自由用餐，吃了美味的烤火腿、面包，听了当地歌手富有民族特色的弹唱。

再接下来，乌云散了，蓝天露出来了，天晴了，我们的心情也敞亮了。车子一路疾驰，进入瑞士，公路两边的风景太美了！草绿，屋红，山高，雪白，牛儿、羊儿是那样的悠闲舒心！春天和冬天同时存在，奇妙极了！我们忍不住拿出手机拍拍拍，怎么拍都是引人入胜的明信片之景！我的心里不由得冒出两个形容词，impressive（令人赞叹的）和breath taking（激动人心的）！

下午五点，我们到了瑞士的名城卢塞恩（琉森），坐游船一小时，游览了一个美丽的琉森湖。深邃的湖水、巍峨的远山，风清水绿山更翠，再加上山顶积雪的勾勒和映衬，如此风光怎能让人不心动！

据导游讲，作为瑞士第四大湖，且是唯一一个全部水域都在瑞士境内的湖泊，琉森湖与瑞士的兴衰发展割舍不断、联系密切。

琉森湖是瑞士联邦的发祥地。古时湖畔有四个州，1291年8月1日四个州缔结联盟，脱离神圣罗马帝国的统治，成为今日瑞士的雏形。因此，此琉森湖也叫"四森林州湖"。瑞士的传奇人物、国父威廉·泰尔抗击外敌入侵的故事也发生在这一地区，留下不少遗迹。

如诗如画的美景更吸引来了大量的文人艺术家，作曲家瓦格纳在琉森湖畔的恋情刻骨铭心，贝多芬微醺的月光曲洋溢着宁静。琉森湖的美不仅在于深厚的文化底蕴。在1230年圣哥达山口通道（Gotthard Pass）打通之前，琉森湖航运在几个世纪里都是瑞士交通运输的重要部分，是唯一有效连接琉森市以及瑞士北部城市和更北方地区的交通干线。因为这湖的美，湖畔的琉森古城有了"湖畔巴黎"的别名，也成为瑞士最著名的度假胜地和欧洲最受欢迎的湖畔度假地。

来到卢塞恩，一定要坐一回琉森湖观光船。随着游船缓缓驶出港口，游客可以依次欣赏到老城的全景，琉森的地标：横跨在罗伊斯河（Reuss）上的教堂桥和八角水塔，之后的便是穆塞格城墙（Museggmauer）上的九个钟塔和教堂的尖顶，以及被称为瑞士新天鹅堡的白色古奇（Gutsch）城堡。游船向着阿尔卑斯诸多雪峰的方向继续前进，在湖中央区域是琉森湖畔的高级度假地：布尔根施托克（Buergenstock），著名好莱坞影星奥黛丽·赫本曾在此处的小教堂举办了婚礼。在梅根霍思城堡（Meggenhorn）还能见到湖畔高六米多的耶稣雕像。

上岸后，我们逛了各种名表店，开了眼界，长了见识，了解了一些世界名表的名字，如：百达翡丽、爱彼、江诗丹顿、伯爵、劳力士、卡地亚、欧米茄、宝玑、万国、宝齐莱等。

晚上入住的酒店是个小屋子，很有特色，逛了一天，我们都很累，洗洗就睡了。这边天在九点十分后才黑下来。

Day 6

早上八点离开酒店，我们前往阿尔卑斯山，乘坐缆车观光。

在国内，我们都吃过阿尔卑斯奶糖，喝过阿尔卑斯矿泉水，为什么国货要用这个名字呢？无不是想沾一沾它的名气，让人相信它原料的纯净和品质，足见阿尔卑斯山的名气，为此，我还专门百度学习了一下：

阿尔卑斯山脉（Alps）位于欧洲中南部，覆盖了意大利北部、法国东南部、瑞士、列支敦士登、奥地利、德国南部及斯洛文尼亚。阿尔卑斯山脉自亚热带地中海海岸法国的尼斯附近向北延伸至日内瓦湖，然后再向东

浅笑低吟的风铃

北伸展至多瑙河上的维也纳。阿尔卑斯山脉呈弧形，长一千两百千米，宽一百三十至两百六十千米，平均海拔约三千米，总面积大约为二十二万平方千米。其中有八十二座山峰超过四千米的海拔，最高峰是勃朗峰，海拔四千八百一十米，位于法国、意大利和瑞士的交界处。阿尔卑斯山脉是欧洲最大的山脉，同时也是个巨大的分水岭，欧洲许多大河如多瑙河、莱茵河、波河、罗讷河等均发源于此。各河上游都具有典型山地河流的特点，水流湍急，水力资源丰富。

另据导游讲，阿尔卑斯山景色十分迷人，是世界著名的风景区和旅游胜地，被世人称为"大自然的宫殿"和"真正的地貌陈列馆"。这里还是冰雪运动的圣地、探险者的乐园。瑞士的缆车观光设施是世界上最先进最安全的，我国的好多登山观光车都是从瑞士进口的，再加上阿尔卑斯的美丽风光，来瑞士，不坐此缆车，等于白来，将遗憾终生。我心想，有那么夸张吗？

到了景点，因为来得早，游人不多，我们没多等就坐上缆车了。上山用了三十分钟的时间，随着高度的提升，风光也有所不同。远处，山麓与谷地间的不少村镇，山清水秀，环境幽雅；近处，木屋安静，绿草茵茵，云雾缭绕，牛羊成群，让人感觉那就是神仙住的地方。上到山顶，极目远眺，雪松屹立，冷峻壮丽。白雪皑皑，约有尺厚，虽然看不见远处的群山连绵，听不见松涛阵阵，但我们打雪仗、拍雪景，甚至躺在厚厚的雪上拍照，乐在其中。在外面疯了一阵子，天很冷，于是我们就去山顶的咖啡馆喝拿铁、热可可。我们一边闲聊，一边远望，盼着乌云散去，我们就可以登高远眺，一览众山小。

下山花四十分钟左右，我们运气还不错，天慢慢晴了，还看到了一点远处的青山。

午饭时，我们又回到了卢塞恩，我给老公买了块江诗丹顿手表，看了瑞士有名的一座木桥。之后我们又坐瑞士的金色山口快车，来到因特拉肯，一路上风光秀丽。只是我有些晕车，难受极了。

这里值得一提的是：金色山口快车连接了瑞士古老城市琉森和因特

拉肯。经过了明丽的湖水，雄伟的阿尔卑斯山，悠闲的牧场，美丽的葡萄园，多彩的花园和隧道。金色山口快车是将图恩湖、布里恩茨湖和琉森湖等瑞士最美的湖泊连接在一起的引人入胜的线路。

下午五点半，我们离开瑞士，进入德国，宿一小镇，好山好水好寂寞。我有点想念西吴桥的包子、704的胡辣汤，还有中华小区的油条豆浆了。

还有一点，这儿纬度高，白天长，八点半九点的时候，天才黑，早上五点半天就亮了。

Day 7

早上，我们离开小镇，前往德国的滴滴湖。因为瑞士的琉森湖太让人印象深刻，难以忘怀，所以，再看本也有名的滴滴湖也就just so so（一般般）了。

中午两点半，我们到达了法兰克福。因为昨天晕车厉害，导致今天身体很不得劲。我只是跟着走了全程。

法兰克福（Frankfurt），正式全名为：美因河畔法兰克福，以便与位于德国东部的奥得河畔法兰克福相区别。法兰克福是德国第五大城市及黑森州最大城市，也是德国乃至欧洲重要工商业、金融和交通中心，位于德国西部的黑森州境内，处在莱茵河中部支流美因河的下游。法兰克福拥有德国最大的航空枢纽、铁路枢纽。法兰克福国际机场已成为全球最重要的国际机场和航空运输枢纽之一，也是仅次于伦敦希思罗国际机场和巴黎夏尔·戴高乐国际机场的欧洲第三大机场。法兰克福全城拥有超过三百二十四家银行，经营着德国百分之八十五的股票交易、欧洲规模最大的国际性车展。

法兰克福大学也是德国排名前列的国际顶尖高校，是德国最著名的研究奖莱布尼茨奖（Leibniz-Award）获得者最多的大学，精英集群数量全德第二。2012年全球毕业生就业调查显示，法兰克福大学的毕业生就业竞

浅笑低吟的风铃

争力排世界第十、德国第一。

根据德国每年的城市潜力排行榜数据显示，近五年中，法兰克福已连续三年问鼎榜首。

在法兰克福，我们参观了法兰克福大教堂。由罗马广场东侧穿过半木造市民住宅，可以看到法兰克福大教堂，是13至15世纪的哥特式建筑物，又称为"皇帝大教堂"，因为是德国皇帝加冕的教堂。从14世纪迄今，已有六百年的历史，虽几经战火，仍能幸免于难。在1562年至1792年间神圣罗马帝国的加冕典礼即在此举行，在教堂的宝库内陈列有大主教们在加冕典礼时所穿的华丽衣袍。

我们还在罗马广场（市政广场）转了转，看了看正义女神塑像。

罗马广场是法兰克福现代化市容中，仍然保留着中古街道面貌的唯一广场。罗马广场旁有个罗马厅，实际上就是旧的市政厅，其阶梯状的人字形屋顶别具特色。里面的皇帝殿是许多罗马皇帝进行加冕的地方。罗马广场西侧的三个山形墙的建筑物，可以说是法兰克福的象征。1944年，该广场受到英国空军的猛烈空袭，基本被毁，战后重建。除了柏林的巴黎广场、汉堡的市政厅广场和慕尼黑的玛利亚广场之外，这里是德国最重要的城市广场。

广场中间竖立着面向旧市政厅的正义女神喷泉，女神手持象征公正的天平，雕像是1611年竖立的，早期是砂石的，1887年换成了铜像，下面的喷泉曾经在加冕仪式时喷出红白葡萄酒供市民分享。

让我振奋精神的是在法兰克福的地陪导游，一个精干帅气的贵州小伙，讲解干净利索、幽默风趣。他自称"留德华"，是留在德国的华人。据他讲，德国的结婚率很低很低，为什么呢？是因为在德国，离婚手续很麻烦。我也查了一下资料，如若要离婚，必须分居两年以上，离婚时，男方要支付法庭诉讼费，房子归妻子，还要支付自己工资的百分之二十给妻子，孩子的另算。

另外，德国制造很厉害，德国的工匠精神也很值得学习。所以，我们买了一些德国产的小物件，准备回国后送朋友。比如能用十几年的钢皂、能用一辈子的刀具和高压锅等。

下午开车三个多小时后,我们到了离荷兰很近的一个小镇。晚上我在酒店喝了一瓶德国啤酒。嗯,很不错。

Day 8

一说到荷兰,我们就会想到郑成功收复台湾,想到历史书上提过荷兰。是的,在17世纪时,它是当时世界上最强大的海上霸主,曾被誉为"海上马车夫"。今天要去荷兰,那么,就先让我再做一下功课,了解一下这个国家的概况。

荷兰是世界有名的低地国家,本土设十二个省,下设四百四十三个市镇。首都设在阿姆斯特丹,但是其中央政府、国王居住办公地、所有的政府机关与外国使馆、最高法院和许多组织都在海牙。国土总面积四万多平方千米,位于欧洲西偏北部,是著名的亚欧大陆桥的欧洲始发点,与德国、比利时接壤。还是欧盟和北约创始国之一,也是申根公约、联合国、世界贸易组织等国际组织的成员。

荷兰是一个高度发达的资本主义国家,以海堤、风车、郁金香和宽容的社会风气而闻名,对待毒品、性交易和堕胎的法律是全世界最为自由化的。荷兰是全球第一个同性婚姻与安乐死合法化的国家。2019年2月,2018年全球幸福指数出炉,荷兰排名第六。

荷兰国土南北最远端相距约三百千米,东西最远端距离约两百千米。沿海有一千八百多千米长的海坝和岸堤,海岸线长一千多千米。13世纪以来共围垦约七千一百多平方千米的土地,相当于荷兰陆地面积的五分之一,如今荷兰国土的百分之十八是人工填海造出来的。

早七点半,我们离开德国,开车十多分钟后,到达荷兰境内,约两个半小时后抵达阿姆斯特丹附近的利瑟小镇,来到库肯霍夫公园看郁金香。

据说,库肯霍夫公园内郁金香的品种、数量、质量,以及布置手法堪称世界之最。公园的周围是成片的花田,园内由郁金香、水仙花、风信

浅笑低吟的风铃

子，以及各类的球茎花构成一幅色彩繁茂的画卷。园中各类花卉达六百万株以上，还有很多难得一见的珍稀品种。每年的春天，这里都将举行为期八周左右的花展，同时还有许多相关的活动，包括园艺与插花等的工作坊、各种主题的展览等。这里最让人瞩目的活动是花帽的展览，展出花卉在帽子设计方面的运用。郁金香的最佳观赏时间是3月到5月，此行，我们来的还是好时间。

我们到来时，天下着雨，淅淅沥沥的小雨影响了我们的视野，给我们赏花带来了一些不便。虽然我们没有看到蓝天白云，没有听到鸟儿啁啾，没有闻到花香扑鼻，但雨后的公园一切如洗、清新自然，花儿姹紫嫣红、争奇斗艳，树木高大挺拔、林荫蔽天，湖水清澈见底、潺潺流淌。郁金香的品种繁多，摆放造型奇巧，让人目不暇接，赞叹不已。

在公园里的一个咖啡厅，我们喝了卡布奇诺，还与两个优雅女人聊了天，她们很热情、很友好。

午饭是在阿姆斯特丹吃的，下午我们逛了街区，参观了钻石加工厂，逛了广场，参观了凡·高博物馆，还看了老街区的情况。真如导游所讲，荷兰有三怪：第一怪，自行车。这是因为，荷兰虽然是发达的资本主义国家，但在阿姆斯特丹，道路狭窄，开车还没有骑自行车方便和快捷，街道两边也到处摆放着自行车，不时可见西装革履的人骑着自行车匆匆而过。在火车站那儿，我们还看到一个立体停车场，不过停放的不是汽车，而是自行车。难怪荷兰也被称为自行车王国。街上门头上写着"咖啡馆"的场所，其实不是喝咖啡聊天休闲的地方，而是吸食大麻的地方，是为第二怪。在阿姆斯特丹老街区那儿，还有几条街道，两旁的门店，公开摆放着夸张的性用品，橱窗里还站着或坐着浓妆艳抹、几乎全裸的卖淫女，是为第三怪。我们只想匆匆走过，根本不敢逗留。这儿的开放与放纵，太吓人了！

下午五点多，我们离开阿姆斯特丹，一路上，雨后的风光无限美好。地势平坦，原野空旷，绿草如茵，牛羊成群，难怪荷兰的畜牧业发达，奶酪出名呢。快九点时，我们到了比利时的名城：烈日，并宿于此。

旅游杂记

Day 9

  今天一大早,我们离开烈日,前往布鲁塞尔,参观了大广场,了解尿童的故事,很震撼也很有意思。我还买了很多巧克力,很好看,更好吃。

  布鲁塞尔大广场是欧洲最美的广场之一,1998年被联合国教科文组织列入世界文化遗产名录。它藏在一大片民居建筑中,被纵横交错的古老街道和普通民房所遮掩。我们要看到它,必须经过狭窄的小巷,随着拥挤的人流缓缓前行。来到小巷的尽头,便似河流汇入大海,人群倏然散开,大广场就柳暗花明地兀立在你的面前。大广场呈长方形,长一百一十米,宽六十八米。它的这种低调内敛的隐藏,给人由狭窄到开阔、由局促到舒朗的美妙体验。在看到广场的那一瞬间带给人的惊喜和愉悦,足以让人很快消除旅途的疲劳,然后在广场度过半天美好的时光。

  广场地面用花岗石铺就,简约的风格和鲜艳的图案展现了这座城市的文化特质。环广场的建筑物多为中世纪所建的哥特式、文艺复兴式、路易十四式等建筑形式,其建筑风格各异,使人宛如置身于中世纪。

  广场十分富有生活气息,各种酒吧、巧克力店、餐馆点缀着广场四周,人们坐在广场上,悠闲自在。法国作家维克多·雨果也曾居住在市政厅对面餐厅二楼有红色玻璃的房间,他赞美这里是"世界上最美丽的广场"。天鹅餐厅是当年马克思和恩格斯曾经来过的地方,著名的《共产党宣言》就在这里写成。

  这里每两年还要举办一次鲜花地毯节,花农们用六十万到七十万株秋海棠编织出图案精巧、富有意义、色彩绚丽、美轮美奂的地毯,吸引成千上万的游客前来观光旅游。

  听导游这么一讲,我们肃然起敬并更加赞叹不已。接下来,我们看到了布鲁塞尔第一市民:尿童小于廉。它也是比利时首都布鲁塞尔的市标,建于1619年,有四百年的历史。

  塑像中的小于廉光着身子,叉腰亮肚,无拘无束地在人们面前撒着"尿",姿态生动,形象逼真。塑像高半米左右,坐落在一个约两米高的

浅笑低吟的风铃

大理石雕花的台座上。小于廉头发微卷，翘着小鼻子，调皮地微笑着，显得十分天真、活泼。

17世纪末，法国又企图把布鲁塞尔纳入自己的统治，向布鲁塞尔疯狂进攻，被击退后恼羞成怒。一天晚上，法军潜到城边，安放炸药，点燃了导火线，要炸毁城墙。在这千钧一发之际，被一个从屋里跑出来准备撒尿的叫于廉的小男孩发现，用尿把导火线熄灭，又叫醒睡着的大人们，投入战斗，打败了法军。市长亲自授予小男孩奖章，并称其是布鲁塞尔第一市民，给他戴上桂冠。为了纪念小男孩的救城之举，人们制作了这尊铜像，并竖立在当年浇灭导火线的那条街上。

1698年，巴伐利亚总督路过这里，念他赤身站在刺骨的寒风中，便赐给他金丝礼服穿戴。此举引来宾客们的纷纷效仿，他们争先把具有本民族特色的服装赠给小于廉，以致他的衣服多得要专设一个博物馆来收藏。其中就有中国赠送的两套，一套是中国人民解放军军装，另一套是1979年布鲁塞尔千年大庆时北京派人专程赠送的汉族对襟小裤褂。每逢10月1日，小于廉就穿上此装，一副可爱的姿容。

据说，全世界最有名的巧克力牌子，比利时就占了五个，所以，巧克力是必须购买并带给朋友们的。歌帝梵（Godiva），还有黑松露巧克力都真好吃，层次分明，口味细腻醇厚，余味绵长。

中午我们在路边加油站吃了饭。开车五个多小时后，我们抵达巴黎，在卢浮宫对面的免税店我买了有名的旅行箱，买了MK包包、希思黎全能乳。

晚上吃了法式大餐，还挺讲究的：第一道前菜，还佐有红葡萄酒或白葡萄酒；第二道，海鲜大拼盘，内有螃蟹、虾、生蚝、海螺、鹅肝酱、蜗牛；第三道甜品，比预想的好吃，我终于尝了鲜，挑战了自己，吃了平常一点兴趣都没有的海鲜。

饭后我们还看了埃菲尔铁塔，在云彩的衬托下，十分好看，拍了很多照片。

旅游杂记

Day 10

一大早吃完早餐，我们坐车来参观卢浮宫，看到了宏伟的建筑、丰富的展品和传说中的倒金字塔。特别是看到了卢浮宫的三大镇馆之宝：《蒙娜丽莎》、断臂维纳斯、胜利女神像。还有很多历史书上出现过的珍品真迹，十分震撼！

卢浮宫位于法国巴黎市中心的塞纳河北岸，位居世界四大博物馆之首。始建于1204年，原是法国的王宫，居住过五十位法国国王和王后，是法国文艺复兴时期最珍贵的建筑物之一，以收藏丰富的古典绘画和雕刻而闻名于世。现为卢浮宫博物馆，占地约一百九十八公顷，分新老两部分，宫前的金字塔形玻璃入口，占地面积为二十四公顷，是华人建筑大师贝聿铭设计的。1793年8月10日，卢浮宫艺术馆正式对外开放，成为一个博物馆。卢浮宫已成为世界著名的艺术殿堂、最大的艺术宝库之一，是举世瞩目的万宝之宫。

下午我们参观了凡尔赛宫，更加震撼。李姓导游是一个定居巴黎四十年的华人，讲解得特别好，我们跟着他引人入胜的讲解，参观了整个宫殿，了解了路易十四、路易十五、路易十六的历史故事，很有意思。

凡尔赛宫位于法国巴黎西南郊外伊夫林省省会凡尔赛镇，是巴黎著名的宫殿之一，也是世界五大宫殿（北京故宫、法国凡尔赛宫、英国白金汉宫、美国白宫、俄罗斯克里姆林宫）之一。1979年被列入世界文化遗产名录。

凡尔赛宫宏伟、壮观，它的内部陈设和装潢富有艺术魅力。五百多间大殿小厅处处金碧辉煌，豪华非凡。内部装饰以雕刻、巨幅油画及挂毯为主，配有17、18世纪造型超绝、工艺精湛的家具。宫内还陈放着来自世界各地的珍贵艺术品，其中有远涉重洋的中国古代瓷器。由皇家大画家、装潢家勒勃兰和大建筑师孟沙尔合作建造的镜廊是凡尔赛宫内的一大名胜。它全长七十二米，宽十米，高十三米，连结两个大厅。长廊的一面是十七扇朝花园开的巨大的拱形窗门，另一面镶嵌着与拱形窗一一对应的十七面镜子，这些镜子由四百多块镜片组成。镜廊拱形天花板上是勒勃兰的巨幅

浅笑低吟的风铃

油画，挥洒淋漓，气势横溢，展现出一幅幅风起云涌的历史画面。漫步在镜廊内，碧澄的天空、静谧的园景映照在镜墙上，满目苍翠，仿佛置身在芳草如茵、佳木葱茏的园林中。

正宫前面是一座风格独特的法兰西式大花园。园内树木花草的栽植别具匠心，景色优美恬静，令人心旷神怡。站在正宫前极目远眺，玉带似的人工河上波光粼粼，帆影点点，两侧大树参天，郁郁葱葱，绿荫中女神雕塑亭亭而立。近处是两池碧波，沿池的铜雕塑丰姿多态、美不胜收。

1783年，美国独立战争后，英美在此签订了《巴黎和约》。1919年6月28日，在镜廊里，法国及英美等国同德国签订了《凡尔赛和约》，第一次世界大战宣告结束。今日的凡尔赛宫已是举世闻名的游览胜地，各国游人络绎不绝，参观人数每年达两百多万，仅次于巴黎市中心的埃菲尔铁塔。南北宫和正宫底层自路易·菲利浦起改为博物馆，收藏着大量珍贵的肖像画、雕塑、巨幅历史画以及其他艺术珍品。凡尔赛宫除供参观游览之外，法国总统常在此会见或宴请各国国家元首和外交使节。

还有点有意思的知识需要记录，据说，高跟鞋始于路易十四，因其身高只有一米五四，与他的崇高王权极不匹配，所以要求鞋匠加高鞋跟以增加身高，就这样，慢慢有了高跟鞋并发展成为风尚。路易十四的名言：朕即国家。路易十五的名言：在我死后，哪管它洪水滔天！还有路易十六王后，当她在宫廷中生活奢侈挥霍无度时，有大臣告诉她老百姓都吃不上面包了。这位王后天真地说：那他们干吗不吃蛋糕呢？

了解了拿破仑称雄欧洲，掠夺了大量艺术珍宝到卢浮宫的故事，还有凡尔赛宫主人家族起起落落、沉沉浮浮的故事，我不禁在心里感慨，水能载舟，亦能覆舟。青山依旧在，几度夕阳红。

晚上，大雨，我们看了红磨坊表演。红磨坊，法国一家大型的歌舞表演厅，现在是法国娱乐业中一家效益良好的企业，是巴黎的一个旅游景点。据介绍，红磨坊歌舞团至今已有一百一十多年的历史，其历史可以追溯到19世纪下半叶。在法国巴黎，红磨坊的舞蹈表演每晚都有。舞台美轮美奂，舞蹈演员个个都是俊男靓女，活力四射。杂技演员个个身怀绝技，令人叹服！这场世界顶级的歌舞表演，让人流连忘返，难以忘怀，很值得一看！

Day 11

今天去了三个地方，上午我们逛了巴黎的老佛爷百货，它的全称是巴黎老佛爷百货商店，是由法语原名Galeries Lafayette音译而来。它诞生于1893年，在奥斯曼大道四十号，紧邻巴黎歌剧院。它曾经凭借豪华如宫殿的装修轰动一时。在拜占庭式的巨型镂金雕花圆顶下，来往的人影绰约，像赴一场中世纪的聚会，购物真正成了一种享受。

今天，老佛爷百货的含义早已经超出一家百货公司，成为巴黎时尚文化的缩影和策源地。然而它之所以经久不衰，不仅因为它们拥有世界上几乎所有的时尚品牌，而且因为它们全球化的眼光和文化视野。

当我们走进去之后，果然名不虚传，各种各样的时尚品牌琳琅满目，应有尽有，各色人种络绎不绝，摩肩接踵，其中大多数是中国游客。让我感到吃惊的是，价格昂贵的奢侈品牌，如LV、香奈儿等购物时还要排队等候，一次放进去五六个人，据说是为了创设优雅且高级的购物环境。据我观察，每一个出来的顾客都买了东西，心满意足，幸福洋溢，就跟不要钱白给的一样。我惊诧，有钱人咋这么多呢？

吃完午饭，我们驱车去看了有名的凯旋门，在有名的香榭丽舍大街拍了照。

巴黎凯旋门，即雄狮凯旋门，位于法国巴黎的戴高乐广场中央，香榭丽舍大街的西端。凯旋门正如其名，是一座迎接外出征战的军队凯旋的大门。它是现今世界上最大的一座圆拱门。巴黎凯旋门是欧洲一百多座凯旋门中最大的一座，也是巴黎市四大代表性建筑（即埃菲尔铁塔、凯旋门、卢浮宫、巴黎圣母院）之一。这座雄伟的建筑是为纪念拿破仑1805年12月在奥斯特尔里茨战役中打败俄、奥联军而建的，十二条大街以凯旋门为中心，向四周辐射，气势磅礴，形似星光四射，故而被称为"星形广场"。

浅笑低吟的风铃

1970年戴高乐将军逝世后，改称为戴高乐将军广场。

下午，我们乘坐了塞纳河游船。

塞纳河是法国最大的河流之一，位于法国北部，整个河流长达七百六十六公里左右，是欧洲具有历史意义的大河之一。塞纳河就好像是一个玉带，安静地穿流过巴黎市区，我们乘坐在塞纳河游船上，欣赏到了河两岸的风景名胜，如卢浮宫、大小王宫、奥赛博物馆、巴黎圣母院、埃菲尔铁塔、国民议会、夏约宫等。所以，你若来巴黎旅游，一定要坐一次塞纳河游船哦，它会让你用不同的角度细看巴黎的美景。前一段时间，巴黎圣母院发生大火，损毁严重，所以，这次我们看到两个尖顶被烧毁倒塌掉了，剩下的主体外围搭上了修复的施工架子。真是太遗憾了！

傍晚时分，我们早早回到酒店收拾东西，明天就要赶飞机，打道回府了。是啊，看得很多了，逛得很累了，审美有些疲劳了，肚子也想念火锅、扯面了。

回　程

今天一大早，因为害怕堵车影响我们回程，我们带着打包好的早餐，匆匆赶往戴高乐机场。还好，一路顺利，提前三小时到达机场。

在这儿，我们要办免税手续。长一下知识吧，即我们在德国、瑞士、法国买东西的发票，要在离境的机场盖章并装进店家给的信封里寄回购物商店，否则，就要被店家扣钱，因为，在店家结账时你用你的银行卡或信用卡做担保着呢。

办完了免税手续，我们托运了行李，十点半离开巴黎，两个半小时后落地芬兰赫尔辛基，准备转机乘坐芬航飞机，直飞咸阳国际机场。

说到芬兰，我还是非常感兴趣的，我瞪大了眼睛看着机场外的赫尔辛基，天很蓝，云很白，路很宽，车很多，有高楼，也有教堂。我们五点半离开时，太阳还老高呢，像我们这儿两三点的样子。真是神奇！这是为什么呢？纬度高呗！

旅游杂记

因为行程的安排，这次只能在机场深情地看一看赫尔辛基这个波罗的海的女儿，期待日后再来深度体验一下这个全球最宜居城市和幸福指数最高的国家的美妙吧！

坐了十个多小时的飞机，13日早七点，我们顺利落地咸阳国际机场，很快回到家里，昏睡了一天，倒时差解疲乏。这次的旅途虽然很累，但是很快乐，很有收获！

一是见识了欧洲美丽、空旷、安静、清新、高远的乡村风光和古老、厚重、文艺、精巧、浪漫、雅致的城市文明。二是亲眼见识和体验了书上学到的很多知识，开阔了视野，增长了阅历。三是国外公民的素质确实高，他们友好、热情、礼让、耐心，与他们的沟通还提高了我的英语口语水平。四是我真正明白了西餐和中餐的区别和优缺点，明白了胃和肚子也是怀旧的（西餐太难吃了）。五是金窝银窝不如自己的狗窝，外国的月亮也不比咱中国圆，在国内突飞猛进发展的今天，我们的月亮甚至比他们的圆！

期待国内日趋发展得更好！也期待下一次出国游！毕竟，读万卷书不如行万里路啊！

后 记

闲来无事的时候,我写了一些拙文发在朋友圈里,获得了很多朋友的点赞和评论。当时有爱开玩笑者预祝我成为作家,期待我将来出本散文集,虽说是调侃之语,但我深受鼓舞。如今,我不仅加入了咸阳市作协,而且就要出版我的散文集了!在此说一说我的感想。

首先,我要感谢我的智能手机。2014年我过生日的时候,老冯开玩笑说,给我换个智能手机吧,媳妇是丈夫的脸面呢!我若不收,说不定他就花给他的各种"女朋友"了,多不划算啊!这话有道理!智能手机里备忘录的功能最实用,让我可以随时随地记录日常的点滴体会,收藏阅读时发现的哲思名言和心灵禅语。照相机功能也很迷人,让我可以随时随地拍摄与三五好友欢聚的场景,定格与父母孩子出游的美好瞬间。

其次,我要感谢微信朋友圈这个平台。有了智能手机,我就下载了微信,学会了给好友们发信息、发图片、发语音、发视频。在朋友圈里,我可以随时随地了解朋友们的动态,就像他们在我对面一样,我的生活变得更加丰富多彩了!好友们的朋友圈内容每天都是五彩缤纷的,让我觉得我的世界比任何时候都宽广。看着看着,读着读着,不吐不快的冲动更加强烈!就这样我写下了许多散文随笔。

最后,我要感谢朋友圈里的同事、朋友。王同学的大作好评如潮,我羡慕他是微信里的"红人",有鲜花和掌声。他肯定了我的文字,说我的语言平实不絮叨，感情真挚不做作。蒋同事鼓励我想写就写，想发就发，就当给自己写回忆录。文友丫丫的文章平实接地气，每每读后，觉得就是在和好姐妹拉家常，让我也有诉说的强烈愿望，也会写点随笔。我还要感谢我校的林长宇老师，几乎在我的每篇文后，都有他给我写的中肯评论，这给了我坚持写下去的信心和努力的方向。

总之，闲暇时胡诌的拙文能获得朋友们的赞扬和评论，我很感动，也感到很荣幸。如今能出版这本散文集，正是因为有你们的支持和鼓励！像浅笑低吟的风铃一样，未来我会继续歌唱生活！